LA CONJURATION DE DANTE

Fabrice Papillon

LA CONJURATION DE DANTE

ROMAN

ÉDITIONS DU SEUIL
57, rue Gaston-Tessier, Paris XIXe

ISBN 978-2-02-152406-2

www.seuil.com

À mes parents, Didier et Liliane

Chapitre 1

Jeudi 4 avril 2024, Paris 5e, 2 h 54

La place du Panthéon bruissait du ronronnement des rares véhicules qui glissaient rue Soufflot, en épousant les rondeurs de la montagne Sainte-Geneviève.

Tout autour sommeillaient les majestueuses façades du lycée Henri-IV et de l'église Saint-Étienne-du-Mont.

Les rues d'Ulm, Clovis et Clotilde étaient désertes. Le quartier Latin somnolait sans s'assoupir tout à fait. C'était Paris, l'œil aux aguets, l'oreille tendue, prête à se ranimer à la sirène d'une ambulance, et à scintiller du reflet bleuté des rampes de gyrophares.

Un Scenic de la BAC prenait la tangente rue Lhomond, en ignorant tout de ce qui se tramait sous ses roues.

Vingt-cinq mètres plus bas, dans les entrailles de l'humble colline, une opération commando se déroulait en silence. La rumeur de la surface ne suintait que des rares interstices qui piquetaient les plaques de fonte rouillées recouvrant les anciens puits de sondage.

Il fallait haleter plutôt que respirer ; l'air manquait, les galeries biscornues donnaient du fil à retordre.

Les lampes frontales cognaient régulièrement les parois de calcaire qui transpiraient une étrange sueur. Avec

90 % d'humidité et quinze petits degrés, les carrières souterraines de Paris n'avaient rien d'accueillant.

– File le plan. On est encore paumés. C'est un foutu labyrinthe.

La tête de colonne se retourna et s'érafla les épaules contre les murs étroits. Dans un mauvais réflexe, il releva le menton et bousilla sa frontale sur le ciel de galerie. Il maugréa et tendit la carte toute moite au second.

La tronche enserrée dans un casque trop petit pour lui, les joues ratatinées et les arcades sourcilières broyées, Castelain sentait ses tempes tambouriner au rythme de son pouls déréglé. La migraine enflait, il détestait la mission. Il avait toujours été claustrophobe.

Alors bien sûr, c'était bien payé.

Il faut dire que l'objectif complètement déjanté demandait une maîtrise exceptionnelle. Les risques étaient énormes.

Il ne connaissait pas le commanditaire, mais ne doutait pas qu'il était sacrément secoué.

Il se concentra sur le document ramolli et avisa les boyaux qui caviardaient le sous-sol, au-dessous de la place du Panthéon, entre la rue Clotaire et la rue Clotilde. Juste à l'aplomb s'érigeait la statue de Jean-Jacques Rousseau, le visage grave, un livre à la main, vêtu d'une espèce de robe de chambre et chaussé d'improbables charentaises, comme surpris au saut du lit avant d'être sculpté contre son gré.

L'opération avait été préparée avec une méticulosité qui n'avait rien à envier à l'impressionnant pendule de Foucault dont les oscillations, au cœur du Panthéon, démontrent que la Terre tourne sur elle-même.

Castelain s'échinait à décrypter les symboles qui barraient la carte de l'Inspection générale des carrières. Ils s'étaient infiltrés par la cave d'un immeuble de la rue d'Ulm, dont une précédente équipe avait dégagé un vieux puits de sondage comblé dans les années 1850 à l'aide de remblais suffisamment friables pour être facilement extirpés. Ces puisards piquaient droit à la verticale, traversaient les couches sans intérêt – alluvions, sables, grès, marnes blanches et autres caillasses – avant d'aboutir aux roches prisées des carriers du Moyen Âge : le fameux calcaire grossier avec lequel un bon tiers des immeubles de Paris avaient été bâtis – dont le Panthéon lui-même.

Au total, quatre cents kilomètres de tunnels lardaient le ventre de la capitale, un véritable gruyère devenu dédale insalubre et formellement interdit au public. Par chance, un réseau relativement isolé tendait ses tentacules aux portes du Panthéon.

La colonne s'était remise en branle, traversant une salle plutôt vaste – quoique toujours aussi basse – et ouvrant sur plusieurs voies. Après une énième hésitation, Castelain trancha.

– Par là. C'est la galerie qui mène au puits d'extraction.

Au bout d'une cinquantaine de mètres seulement, un petit lumignon marquait le point d'arrivée. Il ne s'était pas trompé, mais le temps pressait. Le plus gros restait à faire.

La semaine précédente, l'équipe technique avait dégagé le puisard qui remontait jusqu'au flanc droit de la crypte du Panthéon. Il leur fallait encore percer une fine couche de la dalle du sous-sol de l'ancienne église royale voulue par Louis XV, reconvertie en mausolée des personnalités les plus dignes de l'histoire de France. Le commando n'avait nul besoin d'atteindre le rez-de-chaussée et son ample nef parée de ses immenses colonnes corinthiennes, surplombée de sa spectaculaire coupole à caissons. Ils évitaient ainsi de s'exposer aux nombreux dispositifs d'alarme et de vidéosurveillance qui s'y trouvaient. Leur cible était ici, dans la crypte. Bien au frais. Ils venaient des tréfonds de la ville et restaient à couvert dans les caveaux. Ni vus, ni connus.

Enfin, dans un monde idéal.

Car les travaux préparatoires de l'équipe logistique avaient provoqué une fissure bien visible dans le sol de la crypte. Ils ne l'avaient certes pas entièrement percé – ce qui eût immédiatement éventé leur opération –, mais avaient tellement flirté avec la chape qu'ils avaient fini par lézarder le dallage...

Dans les jours précédents, les services techniques du Panthéon avaient installé un petit capteur sismique capable d'informer en temps réel de l'élargissement de la microfaille. On ne badine pas avec les monuments historiques, surtout lorsqu'ils abritent les plus vénérables macchabées tricolores.

Castelain et sa bande ignoraient évidemment ce détail. Et que leur temps était bien plus compté qu'ils ne l'imaginaient...

À 3 h 17, ils finirent d'élargir la brèche à l'aide de leur burineur électrique.

Aussitôt, l'alerte fut lancée.

Castelain en tête, les huit hommes se hissèrent sur les dalles de la crypte avec souplesse. Ils se trouvaient dans une allée qui donnait accès à huit caveaux – quatre de part et d'autre – numérotés de 15 à 22.

Rien à espérer de ce côté-là, ils étaient tous inoccupés.

– On traverse, l'objectif est en face.

La colonne se faufila dans l'allée centrale, au niveau de la croisée du transept, du moins telle qu'elle figurait au-dessus de leur tête, au rez-de-chaussée. À leur droite se trouvait l'entrée du vestibule, un espace assez vaste occupé par quatre sépultures dont celle de Jean-Jacques Rousseau et, juste en face, celle de son meilleur ennemi, Voltaire.

À gauche se profilait l'allée qui conduisait aux tombes d'une quarantaine de personnages du Premier Empire, la plupart proches de Napoléon, dont les noms sans intérêt ne disaient rien aux membres du commando. Dans les autres caveaux sommeillaient au contraire d'illustres personnalités comme Victor Hugo, Émile Zola, Alexandre Dumas, ou encore Jean Jaurès.

Rien qui ne les intéresse pourtant.

Ils s'engouffrèrent dans la quatrième allée et firent face à huit portes à croisillons – à nouveau quatre de chaque côté – dont une protégeait leur cible. La nuit, en l'absence des touristes, elles restaient fermées à double tour.

Ils passèrent rapidement devant le sépulcre abritant Jean Monnet, André Malraux, Jean Moulin et Simone Veil, et stoppèrent net devant le caveau numéro 8.

– C'est celui-là, souffla Castelain.

Une goutte de sueur dévala ses tempes.

L'opération la plus délicate de sa carrière allait débuter. Il déglutit et posa son barda sur les dalles de calcaire. Ses hommes l'imitèrent. Deux d'entre eux s'attaquèrent à la porte, qu'ils firent céder comme on débouche une bouteille de champagne. Deux pieds de biche avaient suffi, sans grande résistance.

À l'intérieur, un silence de mort régnait dans une obscurité quasi totale. Seul un soupirail distillait une faible lueur. La crypte n'était pas entièrement enterrée ; des vasistas ventilaient une aération naturelle au sommet des murs.

Sur la gauche, nichés dans un renfoncement, deux tombeaux en pierre étaient disposés l'un sur l'autre. Celui du dessous constituait une sorte de banquette permettant de se hisser vers celui du dessus.

Il n'y avait aucun doute. Ils étaient au bon endroit. La sépulture supérieure était engravée du nom de sa célèbre locataire : MARIE CURIE-SKLODOWSKA.

Quant à feu son époux, Pierre Curie, il était relégué en dessous, comme écrasé sous le poids du génie de sa dulcinée, dans l'éternité comme dans leur vie passée.

Trois membres du commando s'échinèrent sur la pierre tombale de la physicienne, à l'aide de meuleuses.

Les minutes s'écoulaient.

Au même moment, deux membres de la sécurité, alertés par le sismographe qui s'était brutalement emballé dix minutes plus tôt, arpentaient les allées de la grande nef, juste au-dessus de leur tête. Ils n'étaient qu'à quelques mètres de l'entrée du vestibule.

Déjà, le couinement insupportable des meuleuses heurtait leurs tympans. Ils avançaient à pas feutrés, sur leur garde. Ils n'étaient pas armés, mais disposaient tout de même de gaz lacrymogènes.

En bas, le groupe était parvenu à desceller la dalle qui recouvrait le tombeau. Ils la firent pivoter puis la déposèrent au sol.

La sépulture de Marie Curie apparut. Une soudaine émotion submergea l'équipe. C'était tout de même l'une des personnalités les plus célèbres au monde qui gisait là-dedans. Même des incultes comme eux en avaient entendu parler et connaissaient, très vaguement, ses travaux sur la radioactivité. De là à savoir qu'elle avait reçu deux prix Nobel dans deux disciplines scientifiques différentes – un cas unique dans l'histoire –, il ne fallait pas pousser.

– Vous avez vu la Vierge ? Magnez-vous. On n'a pas toute la nuit.

Castelain était nerveux, comme saisi d'un mauvais pressentiment.

Quatre gars s'emparèrent de la caisse de sapin et peinèrent à l'extraire du bloc de calcaire. Elle pesait un âne mort.

– Ils l'ont enterrée avec son piano ou quoi ?

Lorsqu'ils eurent enfin déposé le colis au sol, Castelain joua lui-même du pied de biche pour faire sauter le couvercle.

Comme prévu, les ennuis allaient commencer…

Le poids inattendu de la sépulture – près de cent kilos – s'expliquait par le second cercueil qui reposait dans le premier : une caisse de plomb de 2,5 millimètres d'épaisseur, censée bloquer l'émission des ondes radioactives accumulées par la physicienne durant toute sa vie.

Deux mercenaires ôtèrent leur uniforme noir et enfilèrent une combinaison opaline qu'ils avaient embarquée dans leur sac à dos. Gants nitriles et masque à oxygène complétaient la panoplie : on se serait cru en pleine intervention à Tchernobyl.

Et pour cause.

– Tous les autres, sortez immédiatement.

Marie Curie avait manipulé polonium et radium toute son existence, au point d'en mourir prématurément. Sa leucémie foudroyante, à l'âge de soixante-six ans, avait certainement été induite par son exposition prolongée aux rayonnements ionisants. Lesquels avaient rendu son corps proprement radioactif – du moins au moment de sa mort, dans les années 1930.

Même si neuf décennies s'étaient écoulées, Castelain restait prudent et ne voulait pas exposer ses hommes. Il saisit son compteur Geiger et réalisa une première mesure dans l'air ambiant : 0,031 microsievert par heure. Autant dire rien. Pour mettre sa santé en péril – en un temps bref –, il faudrait subir un débit d'un million de microsieverts (ou un gray, dans le jargon nucléaire), c'est-à-dire trente millions de fois plus qu'à l'instant… Maintenant, il restait à mesurer le niveau de radioactivité à l'intérieur du cercueil de plomb.

Les deux techniciens en tenue de radioprotection s'attaquèrent au couvercle. Tandis qu'ils tapaient avec marteau et burin sur les arêtes supérieures de la chape métallique, des cris confus s'élevèrent du couloir.

Castelain fit signe à ses hommes de s'interrompre et tendit l'oreille. Il empoigna son talkie-walkie.

– C'est quoi ce bordel ?

– Deux individus ont fait irruption. Ils sont neutralisés. Vous pouvez continuer.

– Deux… quoi ? De qui on parle, là ?

Le chef de groupe flippait, et voyait l'heure tourner. Si l'alerte avait été donnée, malgré la garantie de l'absence de système de sécurité en sous-sol, c'est que d'autres crétins allaient bientôt rappliquer.

Mais il était hors de question d'interrompre la mission. Il se retourna vers ses deux sbires en tenue d'astronaute.

– Bougez-vous, allez !

Un dernier coup fit pénétrer l'un des burins sous le couvercle. En faisant levier, ils parvinrent enfin à décapsuler le cercueil de plomb.

Les trois hommes se figèrent net.

Ils n'en croyaient pas leurs yeux.

L'un des techniciens en lâcha son marteau qui heurta le sol dans un bruit mat.

À l'intérieur, grâce à la parfaite étanchéité de la caisse de plomb, la physicienne apparut littéralement momifiée. Comme si elle avait été enterrée quelques jours auparavant… Son visage, malgré le teint bistre, était parfaitement identifiable. Ce front bombé, cette chevelure blanche… Castelain eut un frisson en découvrant que ses yeux et ses paupières avaient disparu, laissant des orbites béantes et créant l'impression d'affronter un zombie qui n'allait pas tarder à se dresser comme un diable sort de sa boîte… Sa bouche était ouverte, et, au-dessous, jambes, cuisses, poitrine et bras étaient parfaitement en place. Ses vêtements, en revanche, avaient sans doute été absorbés par la peau avant qu'elle ne flétrît ; on n'en voyait plus la trace. Ses bras et ses pieds nus étaient graciles, comme sur les photos d'époque de la physicienne. L'ensemble du corps, certes rigide, se trouvait ainsi globalement conservé. On pouvait même discerner des tiges de rose noirâtres, recouvertes de quelques pétales…

Cette confrontation était surréaliste, près d'un siècle après sa mise en bière. Un tel résultat pouvait-il aussi s'expliquer par les effets des radiations, qui avaient peut-être consumé les organes de l'intérieur, au point de faire apparaître la Polonaise dans cet état quasi desséché ?

À cette pensée, Castelain saisit son compteur Geiger et l'approcha du cadavre. À l'intérieur du cercueil, les crépitements augmentèrent légèrement. Il toucha les membres et le crâne de Marie Curie. L'appareil crachota plus fort, avec des rayonnements alpha et bêta deux fois plus élevés que dans le bruit de fond ambiant. Heureusement, pas de quoi fouetter un chat, ni même faire tousser une mouche. Le chef de groupe fit signe à ses hommes de se détendre et d'ôter leurs masques à oxygène. Ils ne risquaient rien. En près d'un siècle, la radioactivité du corps de Marie Curie s'était largement atténuée. Ne restait qu'une légère contamination par le radium 226 au niveau des masses osseuses les plus importantes : pieds, hanches et boîte crânienne.

Pour le dernier acte, Castelain décida d'agir seul.

Il saisit une scie électrique oscillante sur batterie, un modèle couramment utilisé dans les salles d'autopsie. Il l'enclencha et s'approcha du crâne préservé de Marie Curie. Il hésita, puis prit une profonde inspiration. Dans un crissement suraigu, il cisailla la boîte crânienne de la physicienne, qui s'effrita en mille morceaux. Il devait y aller mollo ; hors de question de bousiller la marchandise.

Après quelques secondes de ce régime barbare, il posa l'appareil et s'efforça d'écarteler le crâne à l'aide de ses doigts, le plus habilement possible. Au bout d'une minute, la cervelle racornie de la double prix Nobel se découvrit. Il plongea ses deux mains et retira l'organe encore gélifié par endroits. L'un de ses hommes lui tendit aussitôt un ample bocal. Castelain déposa délicatement le cerveau dans le récipient, rempli de formol. Puis il rabattit l'opercule et tira sur le caoutchouc pour chasser l'air.

Il logea son larcin dans son sac à dos et s'exfiltra du caveau, talonné par ses hommes. Ils avaient tout laissé en plan, en y ajoutant une petite surprise à l'attention des enquêteurs... Marie Curie, le crâne mutilé, demeura immobile dans son cercueil éventré.

Dehors, le commando s'apprêtait à se carapater par le puits d'extraction. Castelain devina deux silhouettes bâillonnées et ficelées comme des saucisses, qui se tortillaient sur elles-mêmes.

– Qu'est-ce qu'on fait d'eux ? lâcha son second.

Au même instant, des pas lourds résonnèrent derrière la porte du vestibule.

– Le commanditaire a été clair : aucun témoin. Et on ne va pas se les trimbaler dans les tunnels. On n'a plus le temps.

Il fixa son adjoint droit dans les yeux.

Le message était limpide, et glaçant.

Chapitre 2

Jeudi 4 avril 2024, Paris 15ᵉ, 8 h 23

– Relisez le texte encore une fois. C'est le seul moyen. Vous le savez bien…

– Oui, oui…

– Vous avez bien pris votre comprimé ? Sinon, ça ne sert à rien.

– Oui, oui !

– Je vous écoute.

Louise soupira, agacée. Ce toubib commençait à lui courir sur le haricot, et l'heure tournait. Elle s'était éveillée en nage, après une nouvelle nuit grisâtre – pas tout à fait blanche, deux ou trois heures volées à l'insomnie et à l'angoisse.

Chaque semaine, c'était la même corvée. Et elle désespérait de bénéficier des effets de ce traitement soi-disant miraculeux.

– « Mon père pile brutalement, je me réveille sur la banquette arrière. Le choc est colossal, assourdissant, un bruit de taule et de bris de glace monstrueux. Mon frère est passé par le pare-brise, mon père est écrasé contre le volant et ma mère pousse un râle rauque… »

Les larmes, une nouvelle fois, refluèrent à la commissure de ses paupières.

Elle devait tenir.

Saloperie de protocole.

– « Je me détache… J'arrive à sortir de l'habitacle… Mon frère est dans le talus, en sang… Mes parents respirent encore… Il y a cette cabine téléphonique, juste avant le panneau de sortie du village… Je la vois à cent mètres, je dois faire le 15, je sais que c'est gratuit, que c'est le Samu… Mais… mais… »

Louise fondit en larmes.

C'était trop difficile. Même trente ans plus tard. Elle avait tout essayé, des pilules multicolores, des thérapies, et même des retraites spirituelles. La disparition de l'astronaute Ethan Miller, et son impuissance à le sauver – faute de mise au point d'un antidote à temps[1] – avaient ravivé le traumatisme de la mort atroce de ses parents. Son impuissance, toujours et encore…

Pourquoi était-elle restée prostrée, là, à dix mètres de la 505 ?

Jusqu'à l'embrasement de la Peugeot ?

Sans esquisser le moindre geste. En abandonnant son père et sa mère à une mort ignoble, sur cette voie verglacée, en début de nuit, en plein hiver. Désespérément seule, à cette heure-là, sur cette route-là. Brûlés vifs, après qu'ils eurent agonisé de longues minutes – largement le temps d'appeler les secours – jusqu'à l'explosion du réservoir.

Quant à son frère… Il aurait mieux fait d'y passer, lui aussi. Elle s'en voulait à mort – c'était le cas de le dire. « Surculpabilisation », postulaient les psys.

Elle suivait un protocole mis en place à la suite des attentats du 13 novembre 2015, à l'aide d'un bétabloquant, le Propranolol, avalé quelques minutes avant de raviver le traumatisme, par la lecture du récit cru de l'événement violent. Louise se souvenait encore du boniment du médecin, dans ce service de psychiatrie de l'hôpital européen Georges-Pompidou, l'année précédente : « C'est la méthode Brunet. L'idée, c'est de débloquer la mémoire à long terme et d'empêcher que votre mauvais souvenir reste stocké à jamais. Alors c'est simple : vous écrivez la scène douloureuse que vous avez endurée. De la manière la plus… directe, sans concession. C'est dur, mais c'est indispensable. Vous décrivez tout, même les détails les plus insupportables. Ensuite, vous viendrez ici chaque semaine, pour relire ce texte à voix haute. Mais juste avant, vous avalerez un comprimé de Propranolol. Et nous répéterons ce dispositif plusieurs semaines : médicament, lecture du texte. Et vous verrez, au bout d'un moment, ça bloque la reconsolidation mnésique. Vous finirez par déculpabiliser, et vous détacher. Je vous préviens, ce sera difficile, surtout au début. » Tu m'étonnes, avait songé Louise.

Elle n'avait presque pas avancé depuis les premières séances, deux mois plus tôt.

Elle observa les affiches punaisées sur le mur pâlot du box de consultation. L'une d'elles évoquait une campagne de dépistage des maladies psychiatriques, avec une représentation réaliste du cerveau, cette espèce de mollusque tout plissé qui la dégoûtait. Ce n'était pas le bon matin, de toute manière.

Elle se demandait comment cet étron gélatineux pouvait abriter l'intelligence. « Les fonctions cognitives supérieures », comme disent les sachants. Sans parler de l'âme…

Avait-elle une âme ? Son âme n'était-elle pas définitivement damnée, après ce qu'elle avait fait endurer aux siens ?

Le sanglot redoubla.

Le médecin capitula, la mine mi-contrite, mi-excédée. Sujet pourri, pensa-t-il très fort. Louise n'était certainement pas un bon cobaye, bien trop rétive à l'autorité. Les exhortations du genre : « Oublie ! Là, maintenant ! », comme un mentaliste claquant des doigts pour provoquer l'endormissement, ce n'était vraiment pas pour elle. Il fallait s'y résoudre.

– Bien, mademoiselle Vernay… Je pense qu'on va s'arrêter là pour ce matin. Et… vous n'êtes pas obligée de revenir la semaine prochaine. Cela fait deux mois maintenant, et je ne perçois pas vraiment de progrès. Je pense qu'il serait préférable…

– Voilà, c'est ça, merci docteur.

La jeune femme tourna les talons et claqua la porte.

L'affiche du cerveau se décolla et se ratatina sur le lino.

À l'extérieur, le soleil peinait à percer les nuages. Paris s'avivait, la rue Leblanc était aussi encombrée qu'un souk à Marrakech. Les Parigots jouaient du klaxon, tandis qu'une kyrielle de scooters et de vélos électriques déferlaient dans un flot continu. Pas moyen de traverser…

Finalement, Louise se jeta sur la chaussée. Quitte à crever un jour, autant en finir tout de suite.

Un deux-roues pila, glissa et manqua se rétamer sur le trottoir. Le motard éructa tous les noms d'oiseaux de son répertoire, laissant la jeune femme de marbre, un petit sourire en coin.

La prochaine fois, tu respecteras les passages piétons, ducon.

Parvenue sur l'autre rive, elle remonta la rue jusqu'au bureau.

C'était le seul intérêt de ces rendez-vous pénibles : l'hôpital Georges-Pompidou se trouvait à deux cents mètres de son travail. Louise Vernay, quarante-quatre ans, récemment promue commissaire par le concours interne après avoir sauvé le monde – à défaut d'épargner Ethan Miller –, avait fini par quitter Lyon, sa ville natale.

Elle avait pourtant tout tenté pour ne jamais replonger dans le « chaudron » parisien. Sept ans de PJ dans le saint des saints, le 36 quai des Orfèvres, bien avant le grand déménagement dans le quartier des Batignolles, l'avaient durablement vaccinée contre cette vie de soutier. Après quoi, la gone qui avait fui les fêlures insurmontables de son enfance avait succombé à la nostalgie et au besoin de se réenraciner. Malheureusement, au bout de quelques années, ses exploits controversés tels que son pétage de plomb chez Interpol et auprès de l'armée lui avaient coûté cher : le bannissement, le plus loin possible, de la capitale des Gaules. Avec son diplôme de commissaire obtenu *in extremis*, elle avait pu prétendre revenir dans la capitale, seule ville dans laquelle elle possédait encore quelques attaches, et de nombreux souvenirs. Évidemment, elle atterrirait dans un placard doré – et Dieu sait qu'ils ne manquaient pas à Paname.

Le bâtiment futuriste entièrement vitré tendait ses protubérances géométriques sur le trottoir. Les parois reflétaient intensément la lumière, comme de l'aluminium. Cette architecture lui rappelait, chaque fois, la Station spatiale internationale et ses immenses panneaux solaires réfléchissants. Et, chaque fois, une douleur lui cisaillait le cœur. Ce building avant-gardiste abritait non seulement ses bureaux, mais aussi le siège social du CEA, le Commissariat à l'énergie atomique. L'un des fleurons de la recherche française, et La Mecque de la dissuasion nucléaire. Bosser au beau milieu des nucléocrates ne la ravissait guère…

Mais c'est ici que son département avait élu domicile.

Depuis bientôt deux ans, Louise Vernay se trouvait affectée à Viginum, un service créé peu de temps avant l'élection présidentielle de 2022. Un repaire de geeks censés lutter contre les attaques numériques émanant de l'étranger qui visaient à déstabiliser l'État – et ses représentants. Parmi les militaires, ingénieurs, analystes et autres programmeurs du service, une seule flic : elle. Louise Vernay, dont l'incompétence en ces domaines tutoyait les sommets.

Bien sûr, elle s'était battue contre les GAFA et tenait ici la promesse d'une revanche contre les géants du Web. En réalité, seul « poulet » de cette basse-cour digitale, elle ne pouvait plus nuire à personne. Elle se trouvait neutralisée, de fait. Son rôle de liaison avec le ministère de l'Intérieur – attribution naturelle d'un commissaire – revenait, grosso modo, à un super emploi fictif.

Louise avançait mollement sur le trottoir et s'apprêtait à pénétrer dans le bâtiment quand le vrombissement d'une moto, à grosse cylindrée, détourna son attention.

Elle croisa le regard perçant du pilote qui roulait visière ouverte.

Il la fixa intensément.

Elle eut aussitôt un sale pressentiment.

Quelque chose d'anormal était en train de se produire.

La moto s'approcha encore et n'était plus qu'à dix mètres d'elle, tout près du trottoir.

Par réflexe, elle porta la main à la crosse de son Sig Sauer.

Tout se déroula en une fraction de seconde.

Le pilote détacha les bras qui lui ceignaient la taille et poussa violemment son passager qui s'effondra au sol, presque aux pieds de l'enquêtrice. Focalisée sur les yeux inquiétants du motard, elle n'avait même pas remarqué celui qui l'accompagnait, blotti contre son dos.

Juste avant de remettre les gaz, le pilote s'adressa à elle. Distinctement, sans hésitation.

– Tous les couvercles seront levés, et d'au-dedans sortiront les cris des hérésiarques et des disciples de toute secte. Celui-ci souffrira comme les autres, depuis son tombeau brûlant. Pourrez-vous le sauver ?

Puis il fila en zigzaguant entre les voitures.

La flic demeura bouche bée. Qui était ce type ? Sonnée par ces propos délirants, elle n'eut même pas le réflexe d'apercevoir la plaque d'immatriculation. Elle baissa le menton, son regard buta contre le mystérieux passager, recroquevillé à terre. Elle s'agenouilla et lui serra l'épaule.

– Monsieur ? Eh oh ? Ça va ?

Aucune réaction.

La jeune femme releva la visière ; il était inconscient, les yeux clos. Elle tâta le pouls et le trouva bien trop lent. Elle fouilla les poches une à une, mais ne dénicha aucun papier, ni rien qui permît de l'identifier.

Tout cela n'avait rien de naturel. Elle revivait la scène et réalisa qu'elle avait été clairement *ciblée*. Que le « colis », jeté à ses pieds, lui était destiné. Elle tenta de se remémorer le charabia que le motard avait débité… Cette histoire d'hérétique et de tombeau brûlant… Le passager sans connaissance détenait sans doute la clé de cette mauvaise plaisanterie. Il fallait le ranimer avant qu'il clamse à ses pieds.

Elle était à deux cents mètres de l'entrée des urgences.

Appeler le Samu ou les pompiers, si près du but ? Ses notions de secourisme lui hurlaient de ne surtout pas bouger la victime. Elle embrassa la pagaille ambiante d'un regard circulaire et calcula qu'une ambulance mettrait au moins dix minutes à débarquer dans ce foutoir.

– C'est vraiment trop con, souffla-t-elle.

Elle stoppa une Clio qui roulait la calandre collée au pare-chocs du van qui la devançait. Avec l'aide du conducteur, elle déposa le plus délicatement possible le corps inanimé dans la Renault, puis ouvrit la route, à pied, en aboyant sur toutes les voitures pour qu'elles s'écartent et laissent passer le convoi. Trois minutes plus tard, l'équipée de fortune arriva devant les portes coulissantes des urgences du CHU.

Louise se rua vers le guichet d'accueil.

– Venez tout de suite ! Il y a un type évanoui, je crois qu'il est dans le coma ! Il respire à peine.

L'infirmière leva les yeux vers l'hystérique qui la haranguait.

– Et, le « type » comme vous dites, il est où exactement ?

– Dans la bagnole. On est garés là, juste derrière les portes. Magnez-vous !

Une minute plus tard, les brancardiers débarquèrent devant les portières de la Clio, flanqués de deux internes.

– Vous l'avez trouvé où ? interrogea l'un d'eux, suspicieux.

– Sur le trottoir. À deux pas. Il est tombé de moto.

– Quoi ? Mais on ne vous a pas appris qu'il ne faut jamais bouger la victime d'un accident de la route ? S'il a un pet au rachis, et qu'il reste paralysé parce que vous avez aggravé son état, vous ne pourrez vous en prendre qu'à vous-même.

– Eh, mollo, déjà je vous amène le mec en trois minutes. En plus, c'était pas un accident. Il a glissé, c'était le passager de la moto. Le pilote ne s'est pas arrêté, mais il n'y a pas eu de choc. Il est juste tombé à mes pieds. Et il était déjà dans le coltard.

L'interne écoutait d'une oreille distraite, tout en exécutant les premiers gestes. Il avait déjà classé la fille dans la case « grosse tapée ».

Il s'adressa à son collègue.

– Il respire, mais il est bradycarde.

Le pouls très lent pouvait être le signe d'une hémorragie cérébrale. Il se tourna vers l'infirmière qui le talonnait.

– Appelez le réa, on l'emmène en déchoc !

Louise suivait le brancard et les soignants. Un gamin qui effectuait son service civique aux urgences la bloqua dans le hall.

– Désolé madame, les accompagnants ne peuvent pas entrer. Restez dans la salle d'attente, on vous tiendra au courant.

Louise brandit sa carte professionnelle, qui arborait le mot POLICE en rouge sang et la mention « commissaire » en gras, bien visible. Un titre ronflant auquel elle ne s'était toujours pas habituée. Elle avait accepté de passer le concours, à l'École nationale supérieure de police de Saint-Cyr-au-Mont-d'Or, aux portes de Lyon, sous la pression de son boss, le numéro 2 de la PJ régionale. Mais elle aurait mille fois préféré rester simple officier, à la tête de son groupe de la Crim lyonnaise. L'enquête de terrain lui manquait terriblement.

Le gamin capitula devant le pedigree de Louise, laquelle – en exagérant, comme toujours – avait ajouté que la victime était le « témoin vital d'une affaire criminelle » placé sous sa responsabilité.

– OK, vous pouvez y aller, mais ne touchez à rien, mettez un masque et n'entravez pas le travail des médecins.

À l'intérieur, deux aides-soignantes ôtèrent délicatement le casque puis découpèrent les vêtements de la victime. Dans le même temps, une infirmière lui plaça un masque à oxygène sur le visage tout en maintenant sa mâchoire inférieure en extension pour qu'il n'avale pas sa langue.

Louise, légèrement en retrait, avait l'impression d'assister à un épisode d'une série débile qu'elle regardait sur Netflix. Elle observa les gestes précis du réanimateur.

– C'est bon, je l'intube.

Louise voyait la mort rôder et s'attendait au pire à chaque instant. « Pourrez-vous le sauver ? » Ces mots surréalistes ne cessaient de résonner en elle.

Après qu'il eut branché le respirateur artificiel, l'anesthésiste se tourna vers l'infirmière qui venait de poser un cathéter et d'effectuer une prise de sang.

– En plus des analyses habituelles, demandez l'alcoolémie.

Il se pencha puis examina les pupilles du patient. Elles étaient rétrécies comme des têtes d'épingle.

– Ajoutez la recherche de toxiques.

Louise ne put s'empêcher d'intervenir.

– Des toxiques ? Il a été empoisonné ?

Le réa leva le nez et réalisa qu'une étrangère au service observait tranquillement son équipe en plein travail.

– Vous êtes qui ? Qu'est-ce que vous foutez là ?

La flic dut de nouveau débiter son bobard et darder sa brème tricolore.

– Il est peut-être drogué. Il en a les signes.

– Drogué ? Quel produit, selon vous ?

– Je ne sais pas, un dérivé morphinique sans doute.

– Héroïne ?

– Peut-être. Les analyses le diront. Mais...

Le médecin sonda les bras de la victime.

– Je ne vois pas de points de piqûre.

Il examina plus précisément l'avant-bras gauche et se tourna vers l'infirmière.

– Vous avez fait plusieurs tentatives pour poser le cathéter ? Je vois un petit point plus haut.

La fille, vexée, répondit en pinçant les lèvres.

– Ah non, docteur, j'ai trouvé la veine du premier coup. C'est entré comme dans du beurre.

– Alors, il s'est peut-être bien fait une injection. Mais c'est étonnant qu'on ne trouve pas d'autres traces... Chez les toxicos, c'en est criblé en général.

Le médecin poursuivit son examen clinique. Il souleva les bras et les laissa retomber comme deux poids morts. Acte simple, mais efficace. Le bras gauche chuta étrangement, de manière asymétrique par rapport au droit. Le réanimateur recommença. Même résultat.

– Bon, suspicion d'AVC. On l'emmène au scanner. Il passe en priorité : urgence absolue.

– Je suis désolée docteur, j'ai deux scans en maintenance et le troisième est en rade depuis trente-six heures. Il devait être réparé hier soir mais...

Le médecin pesta intérieurement contre le manque de moyens de plus en plus critique des hôpitaux publics.

– Alors l'IRM ! Ça va être plus long, dites au manip radio de se mettre une pile. Chaque seconde compte. Allez !

Louise n'en manquait pas une miette.

Cinq minutes plus tard, le malade, perfusé et sous assistance respiratoire, fut basculé avec d'infinies précautions sur la table d'examen, prêt à être enfourné dans l'appareil d'imagerie à résonance magnétique.

L'enquêtrice obtint d'entrer dans la cabine de contrôle, à plusieurs mètres de l'impressionnant anneau blanc. Une vitre épaisse séparait la machine des pupitres. Pendant l'examen, le champ magnétique est si puissant que le moindre objet métallique, en l'absence de barrières de protection, peut être violemment projeté contre l'anneau. Un accident est si vite arrivé...

Le corps coulissa à l'intérieur de l'IRM, puis l'opérateur radio lança la première séquence.

Des détonations perçantes traversèrent le vitrage, comme les tirs laser d'un mauvais film de science-fiction. Louise sentait l'angoisse monter ; ces percussions la mettaient mal à l'aise.

– Y en a pour longtemps ?

– Une vingtaine de minutes, max.

L'écran de contrôle s'emplit des premiers clichés noir et blanc de l'organe. Elle tentait de décrypter les pleins et les déliés mais ne comprenait rien, évidemment, à ce qu'elle voyait. La cervelle apparut avec ses replis peu ragoûtants et, selon les angles, ressemblait parfois à une grosse noix.

– Vous voyez quelque chose ? s'impatienta l'enquêtrice.

– Je ne suis pas radiologue, je fais juste l'acquisition des images.

Au même instant, sans que personne s'en aperçût, la tête se

mit à trembler de manière frénétique à l'intérieur du casque-antenne.

Sur les moniteurs, les clichés apparurent de plus en plus flous.

– C'est quoi ce bordel ? siffla l'opérateur.

– Il y a un problème ?

Le mauvais pressentiment de Louise refit surface.

Le technicien stoppa aussitôt l'appareil et se précipita dans la cabine d'examen.

La table finissait de coulisser et de recracher le malade hors de la mâchoire circulaire, tandis qu'un long bip monocorde s'était substitué aux impulsions stridulantes de l'IRM.

Sur l'écran du cardioscope, un tracé linéaire avait remplacé les volutes qui traduisaient les battements du cœur.

Louise, pétrifiée, resta sans voix. Elle n'avait rien compris. Tout s'était déroulé si vite…

L'opérateur radio se trouvait en état de choc. Avait-il commis une tragique erreur ? Un mauvais réglage ? Sa machine avait-elle gravement dysfonctionné ? Il n'y comprenait rien, lui non plus.

Malgré le retour du réanimateur et une mobilisation sans faille, les soignants furent impuissants à bouleverser le cours du destin.

Dépités, ils finirent par débrancher le respirateur.

C'était terminé.

Chapitre 3

Jeudi 4 avril 2024, Paris 17e, 15 h 44

– Vous avez tenu près de deux ans sans faire de vagues. Pas mal.

Le commissaire général ne souriait même pas. Pas de deuxième degré, ni d'ironie dans ses propos. Il constatait, purement et simplement.

Nicolas Grimaldi dirigeait la Crim depuis trois ans et n'avait presque jamais croisé Louise dans sa carrière – ou, du moins, il n'en avait aucun souvenir. En revanche, il connaissait ses états de service et ses esclandres répétés à la PJ de Lyon, jusqu'au bouclage d'une enquête hors norme dont les ramifications, des États-Unis à la Station spatiale internationale, en passant par le porte-avions HMS *Queen Elizabeth* et le pas de tir de Baïkonour au Kazakhstan, n'avaient laissé personne indifférent. Bien sûr, Vernay était un cas, un sérieux. Mais ses résultats, quoi qu'on en dise, forçaient l'admiration.

– Ce n'est quand même pas banal, votre histoire de légume qui claque dans un IRM… Ils en disent quoi, les toubibs ?

Louise n'était pas à l'aise. Les nouveaux locaux de la PJ, le fameux « Bastion » niché dans le quartier des Batignolles, un building surprotégé de trente mille mètres carrés, était bien trop froid et impersonnel pour mettre en confiance. Le bureau du taulier n'avait plus aucun charme. Oubliés les parquets, moulures et cheminées du Quai des Orfèvres. Maintenant, c'était dalles glacées, vitres blindées, béton, peinture immaculée et modernité. Fonctionnalité. Efficacité.

Pour sa première visite dans les nouveaux locaux de la Direction régionale de la police judiciaire, elle n'en menait pas large. Elle redoutait surtout de replonger dans la catégorie « frappadingue qui trempe dans des histoires sans queue ni tête ».

– Ils sont largués. Ils n'ont aucune idée de ce qui s'est passé. Ils penchent pour un problème avec l'appareil, mais normalement, c'est complètement inoffensif ce truc. Ils pataugent total.

– Bon, l'autopsie tranchera.

Louise observait Grimaldi du coin de l'œil. Elle avait évidemment entendu parler de lui. Un flic respecté, qui avait franchi tous les échelons sans commettre d'erreur. Un beau sans-faute. De la poigne, mais sans excès. Un sens aigu de la diplomatie et du politiquement correct. Successivement patron de la PJ de Bordeaux, puis de Marseille, il avait rejoint le Bastion en 2021, renouant avec les services parisiens qu'il avait autrefois fréquentés, comme beaucoup.

Son bronzage artificiel le rendait un tantinet suspect. Quel coup fourré lui réservait-il ? Elle mit les pieds dans le plat.

– Et… vous m'avez convoquée juste pour que je vous confirme mes déclarations ? J'ai tout expliqué aux collègues tout à l'heure, à l'hosto…

Grimaldi se leva. Il mesurait à peine un mètre soixante-dix et semblait perdu dans ce bureau fadasse. À travers les vitres légèrement teintées, le trafic s'étirait le long du boulevard Berthier, encore marqué par les stigmates des travaux du tramway récemment achevés. Les « seigneurs » de la PJ se trouvaient cantonnés aux portes de Paris, piégés entre les Maréchaux et le périphérique, à quelques centaines de mètres de Clichy. Pour parfaire ce beau paysage routier qui prenait le bâtiment en étau, un immense faisceau de voies ferrées flanquait le building à l'ouest. Un décor de paradis.

Bien sûr, les architectes avaient songé à implanter un grand square, le parc Martin-Luther-King, mais l'ambiance générale n'était vraiment pas bucolique.

– Je vous ai convoquée par rapport à ce que le motard vous a dit. Vous pouvez me le répéter ?

– Je ne m'en souviens pas très bien… Quelque chose comme : « Les couvercles seront soulevés, et de l'intérieur les hérétiques pousseront des cris. » Il a aussi parlé de secte, et de tombeau brûlant… Il a ajouté : « Pourrez-vous le sauver ? » Il parlait apparemment de la victime.

Grimaldi s'était planté devant l'une des fenêtres et contemplait le tribunal de grande instance. L'immense gratte-ciel flambant neuf toisait le bâtiment du Bastion, marquant la suprématie de la justice sur les forçats de la procédure qui trimaient à ses pieds.

– Et qu'est-ce qu'il voulait dire, selon vous ? De quoi voulait-il parler ?

– Rien. J'ai juste l'impression qu'on a affaire à un gros chtarbé qui s'est mis en tête de nous la mettre façon médiévale, histoire d'habiller un bon vieux meurtre.

Grimaldi sourit. On lui avait parlé du langage fleuri de la fonctionnaire.

– Il n'était pas mort, Louise, à ce moment-là.

Voilà qu'il l'apostrophait par son prénom. Bon ou mauvais signe ? Tentative de familiarité chaleureuse, ou pathétique réflexe paternaliste ? Du genre : « Il n'était pas mort, ma pauvre Louise, jusqu'à ce que vous gâchiez tout, une fois de plus. Vous avez encore merdé. » La jeune femme se ressaisit.

– C'est vrai, mais il était mal barré. Quand j'ai débarqué à l'hosto, ils l'ont intubé direct. Il était sur le point d'avaler son acte de naissance. Quand on saura qui est ce type, on pourra...

– Loïc Eyrolles, directeur adjoint au CEA.

Louise leva un sourcil. Première nouvelle, merci d'avoir gardé l'info tout ce temps.

– Il bossait au CEA ? Le Commissariat à l'énergie atomique ? Mais...

– Je sais, votre service, Viginum, se trouve dans les mêmes locaux que leur siège social.

– Alors le colis ne m'était pas spécialement destiné... Ils voulaient le jeter devant son bureau, symboliquement... Je suis passée là par hasard...

– Peut-être, oui. Mais ça ne change rien : vous êtes le seul témoin. Le motard s'est adressé à vous. Et puis Eyrolles ne bossait pas du tout rue Leblanc. Il travaillait à Bruyères-le-Châtel, à côté d'Arpajon dans l'Essonne, au siège de la DAM Île-de-France.

– La *dame* ?

– La Direction des applications militaires.

– Les applications militaires ? Au CEA ? Du coup, là, on parle de...

– L'arsenal nucléaire, oui.

Un champignon atomique se propagea dans l'esprit de Louise.

– Donc inutile de vous faire un dessin, Vernay. Vous allez devoir vous coltiner l'armée, et vu les enjeux, probablement leur direction du renseignement. Et je compte sur vous pour faire preuve, disons, d'une extrême diplomatie s'ils vous interrogent.

C'était donc ça.

– Ne vous inquiétez pas, je ne taperai pas de scandale.

J'ai appris la leçon. Comme vous disiez, ça fait deux ans que je ne la ramène plus.

Grimaldi eut un rictus satisfait. La grenade dégoupillée qu'on lui avait dépeinte avec force superlatifs n'avait pas l'air si givrée que ça. Le bénéfice de l'âge, peut-être. Ou bien le statut de commissaire ? Elle n'avait clairement pas le look de l'emploi, mais c'était une femme. Et on en manquait cruellement, au sein du corps de conception et de direction de la police nationale. C'était peut-être l'occasion de la faire sortir du purgatoire. Et, par là même, de garder un œil sur elle du matin au soir. C'était encore le meilleur moyen de contrôler un électron libre.

– Bien, Louise – je peux vous appeler Louise ?

Ça recommence, songea la jeune femme, tout en acquiesçant avec méfiance.

– J'ai une proposition à vous faire. J'imagine que vous ne souhaitez pas finir votre carrière à Viginum ?

Louise déglutit.

– Je... Non, en effet...

– Eh bien, je vous propose de réintégrer la PJ. J'ai besoin de votre flair pour m'aider à résoudre cette enquête.

Pouvait-elle sauter de joie, là, en plein milieu de ce bureau glacial ? Elle eut à peine le temps d'articuler un vague remerciement que Grimaldi enchaîna.

– D'autant que j'ai une autre affaire qui, d'évidence, est reliée à la vôtre.

Le patron exhiba un dossier qui sommeillait sur son sous-main en cuir.

– Ça s'est passé cette nuit, dans les sous-sols du Panthéon.

– La profanation de la tombe de Marie Curie ?

Grimaldi fronça les sourcils. Évidemment, ces crevards de journalistes s'étaient immédiatement emparés de l'affaire et en faisaient leurs choux gras. L'info passait en boucle sur France Info et sur BFMTV. Ils avaient pourtant fermé le monument historique *sine die*, mais tout s'ébruitait à la vitesse de la marée montante.

– Attendez..., souffla Louise, qui commençait à percuter. Quelques heures avant la mort d'un expert de la bombe atomique, on a profané le tombeau de la mère de la radioactivité ?

– Un « tombeau brûlant », ajouta Grimaldi. Le cadavre de la physicienne est encore légèrement radioactif. Et on a retrouvé son cercueil ouvert, donc avec « le couvercle soulevé »...

Louise pensait en mode warrior. Tous ses vieux réflexes refirent surface.

– On nous dessine un joli jeu de pistes... Un groupuscule écolo-terroriste prêt à tout pour nous contraindre à sortir du nucléaire ?

– Je ne sais pas s'ils sont écolos, mais ce qui est sûr, c'est qu'ils ne plaisantent pas. Les fouille-merde l'ignorent encore au moment où je vous parle, mais on a deux macchabées sur les bras. Deux *frais*, je veux dire, en plus de la Polonaise.

Le taulier fit pivoter trois clichés face à Louise. On y voyait deux corps bâillonnés et ligotés, avec une plaie béante à la tête, et baignant dans une mare de sang.

– OK, donc ça a très mal tourné...

Vernay se parlait à elle-même. Son regard commençait à scruter les moindres détails de la scène de crime.

– Et si j'ai pensé à vous, Louise, c'est aussi en raison d'une singularité... Une circonstance qui va, je crois, vous rappeler des souvenirs, comme à quelques collègues de l'époque. Les assaillants sont passés par des galeries souterraines avant de remonter jusqu'à la crypte du Panthéon.

– Des galeries ? Comme les catacombes ?

– Exactement.

Un raz-de-marée mémoriel submergea l'enquêtrice. Les flics de la Crim, dont elle faisait alors partie, avaient été profondément marqués par l'affaire des galeries, en 2018. Un groupe d'illuminées – seulement des femmes – s'était illustré dans les anciennes carrières de Paris, dont elles maîtrisaient la topographie sur le bout des ongles[2]. L'une des opérations de la PJ, à laquelle Louise avait participé, s'était soldée par un fiasco sidéral. Un collègue avait perdu la vie au fin fond de ces boyaux obscurs. Elle se souvenait parfaitement de lui : le brigadier-chef Louis Monzoni, alias Obélix, une montagne de cent dix kilos, ex de la BRB, et dernier de son groupe. Le « groupe Brunier ».

Marc Brunier… Ce grand flic que tous respectaient religieusement avait si mal tourné… La mort violente de sa fille, sous ses propres yeux, au fond même des galeries souterraines, l'avait ravagé.

En quelques secondes, d'autres visages se matérialisèrent dans l'esprit de l'enquêtrice : il y avait ce lieutenant, là… Brénam, en charge des basses besognes. Et puis Lionel Varin, dit « la Chnouf », ancien des stups, spécialiste des filatures et accessoirement « mains sales » – c'est-à-dire l'assistant du procédurier. Dans chaque groupe de la brigade criminelle figurait en effet un « procédurier », abonné aux procès-verbaux et aux innombrables scellés des scènes de crime. Une véritable tannée pour des flics tels que Louise, bien trop bohème et instinctive pour s'épanouir dans ce rôle d'ascète méticuleux de la paperasse. À l'opposé de son caractère, le procédurier du groupe Brunier était un flic taiseux et minutieux, pour ne pas dire psychorigide. Une belle plume, un ancien khâgneux. Mais quel rabat-joie ! L'archétype du stoïcien moderne, austère et puriste, qui méprisait toute forme de lâcher prise : il abhorrait alcool, tabac et pétards bon enfant. Un pisse-froid qu'elle ne regrettait nullement – Dieu sait qu'ils ne se comprenaient pas.

Bon sang, comment s'appelait-il, déjà ? Un prénom débile…

Au même instant, quelqu'un toqua à la porte du boss.

– Ah, tu tombes bien ! Entre, Lorrain !

Louise serra les mâchoires.

C'était ça : Lorrain. Lorrain Ceylac.

Chapitre 4

Jeudi 4 avril 2024, Paris 5e, 17 h 37

– Elle avait une sale gueule, quand même…

– En même temps, si t'avais deux cratères à la place des yeux et le même teint faisandé, tu donnerais pas des masses envie non plus.

Les deux techniciennes de l'identité judiciaire pouffèrent tout en s'affairant sur le crâne émietté de Marie Curie. Leur pinceau magnétique époussetait la poudre dactyloscopique qui se confondait avec les éclats de matière osseuse.

Elles avaient trimé toute la journée sur la scène de crime, en équipe restreinte compte tenu de l'exiguïté des lieux. Elles avaient identifié de nombreuses empreintes papillaires et quelques traces biologiques à l'aide de leur CrimeScope, cette lampe miraculeuse qui révélait l'invisible. Mais avec les flopées de touristes qui piétinaient chaque jour les lieux, peu de chances d'isoler des marques spécifiques laissées par les criminels. Elles avaient aussi tenté de débusquer des projections de sang, grâce au luminol dont elles avaient aspergé la plupart des surfaces.

En vain.

L'ingénieur, lui, avait bombardé le périmètre de prises de vue et reporté toutes les cotes sur son carnet millimétré.

Avec l'aide du procédurier, il avait aussi dû conditionner tous les scellés. Entre ces actes rébarbatifs, il s'était farci les « huiles » qui avaient défilé tout au long de la journée : le patron de la Crim, le substitut du procureur, et même le préfet de police s'étaient radinés. Le caractère atypique, pour ne pas dire exceptionnel, du double assassinat, associé à la profanation de la tombe d'une icône nationale, avait mis tout ce petit monde en ébullition. Le point d'orgue avait été la visite du directeur de cabinet du ministre de l'Intérieur, aux alentours de midi. Toutes ces allées et venues avaient perturbé le travail méticuleux des techniciennes de l'IJ. Elles avaient heureusement délimité les zones « inviolables » à l'aide de leur rubalise jaune et noir.

Plusieurs chevalets se dressaient au sol. Les lettres A et B désignaient l'emplacement des agents de sécurité abattus à bout touchant ; leur cadavre avait été évacué à l'institut médico-légal en fin de matinée. Une ample tache brunâtre maculait les dalles de calcaire. L'hémoglobine s'incruste durablement, et il serait bien difficile de rendre son lustre à la pierre blonde, sauf à la poncer.

Une dizaine de chiffres pointaient les éléments matériels, comme les douilles de neuf millimètres, et quelques résidus de plastique que les assaillants avaient peut-être oubliés derrière eux. Mais le gros du travail avait consisté à faire maints relevés autour et à l'intérieur du trou béant qui connectait la crypte à un puits abandonné, dont l'édification remontait sans doute à plusieurs siècles.

Une équipe spécialisée s'était infiltrée pour tenter de retrouver la trace du commando, mais elle s'était rapidement perdue dans le dédale des galeries.

En cette fin d'après-midi, les expertes de la scientifique se consacraient enfin à l'impressionnante dépouille de la Polonaise.

Louise venait de pénétrer dans le vestibule, en lorgnant la sépulture de Rousseau. Un tombeau de bois plutôt rustique, sculpté de discrètes colonnes doriques, et d'une main empoignant une clé, qui semblait vouloir sortir du mausolée pour se faire la malle. Elle n'avait jamais adhéré aux théories fumeuses du philosophe. Croire qu'on naît « bon » et que la société nous pervertit est un peu facile. Et naïf. Quinze ans de PJ permettaient d'affirmer que certains tarés naissent tarés, il n'y avait qu'à voir le témoignage des parents, des proches et des psys. L'enquêtrice jeta ensuite un coup d'œil à la statue de Voltaire, juste en vis-à-vis. Son tombeau de marbre se trouvait niché en arrière-plan, dans une encoignure.

– Tu sais qu'ils sont morts la même année, à deux mois d'intervalle ?

Lorrain Ceylac adorait étaler sa science. L'ancien capitaine avait été promu commandant et dirigeait désormais l'un des neuf groupes de la Crim. Ses hommes et lui se trouvaient chargés de l'enquête. Louise allait devoir le supporter, et composer.

– Je sais surtout qu'ils ne pouvaient pas se piffrer. C'est bien un truc de gros tordu de les coller face à face pour l'éternité.

Puis la jeune femme ajouta, perfide :

– C'est un peu comme si toi et moi, on nous enterrait l'un en face de l'autre.

Ceylac, engoncé dans un veston trop étroit, encaissa.

– De toute manière, c'est du pipeau tout ça, lança-t-il. Les restes de Voltaire comme ceux de Rousseau ont été dispersés après la Révolution. S'il reste un fémur et deux rotules, c'est déjà pas mal…

Louise haussa les sourcils. Elle ignorait ce détail. Cela signifiait que des millions de visiteurs se faisaient enfumer depuis deux siècles – au moins.

– Et ce ne sont pas les seuls, renchérit Ceylac. Les trois quarts des tombeaux sont presque vides. C'est l'administrateur du Panthéon qui nous l'a avoué ce matin. Il fait le beau dans les médias en disant qu'il héberge soixante-dix-huit macchabées légendaires, mais la vérité, c'est qu'à part Marie Curie, justement, on n'a pas beaucoup de corps entiers. Tiens, Jean Moulin par exemple…

– Oui, on n'a jamais retrouvé son corps, il a été torturé par les nazis et sans doute jeté dans une fosse. Tout le monde sait ça, Ceylac.

– Venez voir !

L'ingénieur de la PTS avait surgi d'un couloir, en haletant. Louise Vernay et Lorrain Ceylac enjambèrent un ruban, contournèrent les estampes pourpres des deux victimes assassinées de sang-froid, slalomèrent entre les chevalets qui signalaient des éléments matériels, et se faufilèrent vers le corridor de droite. La troisième porte était grande ouverte et donnait accès aux restes de la physicienne la plus célèbre du monde.

À l'intérieur, le cercueil de plomb mangeait presque tout l'espace. Les techniciennes étaient figées dans leur combinaison intégrale, comme au garde-à-vous. Elles laissaient à leur chef le soin d'exposer les faits troublants.

– Le crâne a été scié, et on l'a ouvert de force, peut-être même avec les doigts.

– Vous êtes sûrs que le crâne était entier ? s'étonna Ceylac.

– Oui, c'est certain. Les débris sont très frais, très blancs. Et puis on s'est renseignés : en 95, quand ils ont transféré le cercueil au Panthéon, ils ont contrôlé l'intérieur. Le corps était entier, avec la tête intacte. Il est clair qu'ils sont venus pour ça.

– Et… ils ont fait quoi exactement ?

Démonstratif, l'ingénieur écarta les deux parties de la boîte crânienne à moitié désagrégée.

– Eh bien… ils ont emporté le cerveau. Le cadavre est miraculeusement conservé, comme momifié. On voit encore des traces gélatineuses : il était dedans, c'est certain.

– Donc ils sont venus pour voler la cervelle de Curie ?

Ceylac en resta bouche bée.

– Et ce n'est pas tout : en examinant l'intérieur, on a retrouvé ça.

L'expert exhiba une petite plaque noirâtre, d'à peine trois centimètres carrés. Ceylac enfila des gants nitriles et s'empara de la pièce à conviction. Il avait une très bonne vue, et s'en vantait souvent. « 12 sur 10 aux deux yeux. J'aurais pu être astronaute. »

– Apparemment… il y a le chiffre 6 gravé dessus. Et autour, comme une espèce de cercle…

Il retourna la minuscule lame. Cette fois, sa vue prodigieuse ne suffisait plus. L'ingénieur disparut et resurgit avec une bonne vieille loupe à la Sherlock Holmes.

– Alors, il y a un texte. Si je lis bien… « Tous les couvercles étaient levés, et d'au-dedans sortaient les cris des hérésiarques et… » Là, ça devient vraiment illisible…

– « et des disciples de toute secte », acheva Louise dans un souffle.

Ceylac fronça les sourcils.

– Tu connais la citation par cœur ?

On ne savait plus très bien si l'officier se piquait du zèle de culture générale de la commissaire – c'était lui, d'habitude, l'érudit – ou bien s'il s'étonnait seulement qu'elle connût la fin du message laissé par les déments qui l'avaient gravé…

– C'est ce que le motard m'a dit. Mot pour mot.

Personne ne pouvait plus douter du lien entre les deux affaires. C'était à la fois un progrès et la source d'une profonde inquiétude. Jusqu'où iraient-ils ? Que voulaient-ils accomplir ? Combien d'autres opérations meurtrières ? Et surtout, pourquoi ?

– Commandant ? On a peut-être un témoin…

Lorrain Ceylac pivota lentement, tout en fixant Louise d'un air suspicieux. Il se demandait bien comment et pourquoi son ancienne collègue avait été désignée par le motard, volontairement ou non, comme réceptacle de ces propos insanes et glaçants. Son adjoint, le capitaine Bachir Belaïd, venait de rompre la solennité du moment.

– Qui ça ?

– Un chercheur. Les assaillants sont apparemment passés par un de ses laboratoires souterrains.

– Souterrains ? répéta Ceylac.

– Oui, souterrains.

– Il existe des labos sous terre ? insista stupidement l'officier.

Louise leva les yeux au ciel.

– Bon, on ne va pas y passer la nuit : il est où ce Nimbus des abysses ?

– Il attend dans une galerie. Il faut descendre par le puits. Et marcher au moins trois cents mètres. Mettez des casques, les plafonds sont bas là-dessous.

Quelques minutes plus tard, Louise, harnachée dans un gilet pare-balles – ordre du grand patron, traumatisé par l'affaire des galeries de 2018 – et coiffée d'un casque oppressant, descendait les barreaux rouillés de l'antique puits d'extraction. Ceylac se tenait au-dessus d'elle ; l'ingénieur et Bachir Belaïd, juste en dessous. Si elle glissait, elle avait une chance d'en réchapper. Le puits s'enfonçait à près de trente mètres ; la descente n'en finissait plus. À mi-chemin, la rumeur de la surface s'évapora, et ne demeuraient que les bruits sourds et mats des quatre enquêteurs qui descendaient prudemment sur l'échelle. Une impression de claustrophobie se dégageait déjà, avant même de toucher le fond.

Parvenue en bas, Louise reconnut aussitôt la physionomie biscornue des tunnels qui sillonnaient une bonne partie des entrailles de la rive gauche de Paris – le GRS, Grand réseau sud – avec son silence angoissant et ses boyaux si étroits qu'on en érafle sans cesse les parois irrégulières. Et surtout, il fallait se courber en permanence pour éviter de cogner le ciel de galerie. L'humidité suintait, au point que la commissaire pataugea dans une succession de flaques. Aucune lumière ; seules torches et frontales montraient la voie. Le capitaine Belaïd avait récupéré une carte et en suivait, du mieux qu'il pouvait, les sinuosités.

– Tu sais vraiment où tu vas ?

Louise n'était nullement rassurée. Un début de nausée, mâtinée des souvenirs traumatiques de l'opération de 2018, commençait à la submerger.

– Je me fie au plan de l'Inspection générale des carrières. On est là, on va par là, direction le jardin du Luxembourg.

L'enquêtrice jeta un œil au document qui dévoilait une facette fascinante du Paris du dessous. Une sorte de tache matérialisait les carrières dans lesquelles les forçats du Moyen Âge avaient excavé d'immenses blocs de calcaire durant des siècles. Sans aucune aide mécanique – ne serait-ce qu'une machine à vapeur –, ces carriers avaient dû succomber bien jeunes, après avoir souffert des affres physiques et morales d'un tel labeur, plongés dans l'obscurité, et manquant toujours s'étouffer par déficit chronique d'oxygène.

Sans compter les effondrements imprévus, et les chutes du haut des puits d'extraction qui grêlaient la croûte de la capitale. Le Grand réseau sud mesurait, à lui seul, quelque cent kilomètres. Une série d'embranchements distribuait dans des galeries secondaires. Il ne fallait pas se paumer… Sans parler des « chatières », des trous sauvages creusés au sommet de certains murs et qui permettaient de relier deux tunnels normalement étanches. Les pourritures qui avaient dégommé froidement les gardiens du Panthéon pouvaient s'être faufilées n'importe où.

Au terme d'une randonnée chaotique, les quatre membres de la PJ débouchèrent dans une salle impressionnante. Il y flottait une odeur rance, un mélange d'humus et d'excréments.

Louise se pinça les narines et grimaça.

L'espace était plongé dans une semi-obscurité. L'enquêtrice inspecta les lieux à l'aide de sa torche.

– Baissez la lumière ! Ils sont très fragiles.

La voix s'était élevée du fond de la cavité. Un timbre rauque, qui en imposait.

– Bonjour aussi, cingla l'enquêtrice.

L'homme fit deux pas vers l'avant. Son visage se découpait à peine dans la pénombre, empêchant de se faire une bonne idée sur le style du « client ». Il semblait entre deux âges, plutôt grand et sec, la chevelure encore vivace tirant sur le gris argenté. Belaïd fit rapidement les présentations, mais buta sur le pedigree du chercheur. Il consulta son calepin.

– Donc... Alban Vogel, directeur du Jardin des Plantes et de l'arboretum de Chèvreloup, professeur au Muséum d'histoire naturelle.

L'enquêtrice détourna son regard vers le sol. L'odeur de terre humide et de purin l'écœurait, l'empêchant de se concentrer.

– Vous cultivez de la bouse ou quoi ?

– Presque. Fumier de cheval, paille et sulfate de calcium.

Ceylac s'approcha des longues rangées nauséabondes qui s'étiraient d'un bout à l'autre de la salle obscure. Une ventilation naturelle, assurée par un puits de sondage situé à l'extrémité de la cavité, laissait courir un air frais. Le puisard procurait aussi la faible lueur qui planait dans cette étrange tanière.

– Mais… ce sont des champignons !

– Exact, souffla Vogel. Agaricus bisporus, déjà cultivés dans l'Égypte antique. On en trouve gravés sur les murs des tombeaux des pharaons vers 1450 avant notre ère. En France, on en sert à Versailles à la table de Louis XIV. Et tout au long du XIXe siècle, on les cultive dans les anciennes carrières de calcaire, comme ici. Et leur nom vulgaire… Je suis sûr que vous savez…

Vernay avait la désagréable impression de participer à un jeu débile, du genre : « Question pour un champignon ».

– Les champignons de Paris ! lâcha Belaïd, fier de lui.

– Passionnant, ironisa Louise. Donc c'est ça, votre labo ? C'est super high-tech, dites-moi…

Le problème avec Louise, c'est que le naturel revenait toujours au galop.

– La nature a beaucoup plus à nous apprendre que vous ne semblez le penser, commissaire. Avez-vous entendu parler du biomimétisme ? Des dizaines d'équipes dans le monde tentent de reproduire les miracles de la nature pour les détourner à notre avantage. La toile d'araignée, par exemple… Souplesse, finesse et grande robustesse. Quelle merveille… Un matériau inégalé par l'homme.

Louise ne savait guère sur quel pied danser. Le type se révélait charismatique, et clairement érudit. Mais quelque chose la gênait ; elle ne pouvait s'empêcher de le trouver hautain et antipathique… Était-ce à cause des relents âcres du fumier ?

– OK, bref, avez-vous vu des hommes passer ici ? À quelle heure ? Combien étaient-ils ? Vous avez pu voir leur visage ? Par où sont-ils partis ?

– Je n'ai rien vu. Je suis arrivé il y a une heure et j'ai simplement constaté qu'ils avaient vandalisé une partie de ma production.

– Vandalisé ?

– Oui, ils ont dû passer en courant, sans ménagement. Ils ont saccagé plusieurs couches et détruit au moins 30 % des spécimens. Et, croyez-moi, c'est très complexe à faire pousser. D'autant qu'on n'en produit plus du tout dans Paris. Depuis la fin du XIXe siècle et les travaux du métro, les cultures ont été transférées en Touraine et dans le Saumurois. Ici, c'est une culture expérimentale.

Louise doutait de l'intérêt scientifique d'une champignonnière plantée à trente mètres de profondeur.

– Et vous expérimentez quoi, exactement ?

– J'étudie le fonctionnement du mycélium, leur appareil végétatif. Il entre en symbiose avec la plupart des plantes et des arbres, en se liant à leurs racines. Les filaments souterrains des champignons puisent très profond l'eau et les nutriments, ce qui permet d'alimenter les autres végétaux – parfois sur des kilomètres. Vous imaginez si les sociétés humaines fonctionnaient de la même manière ? Au lieu de l'individualisme, de l'intolérance et de la haine ?

Louise déglutit. Le chercheur avait parlé d'une voix puissante, sans l'ombre d'une hésitation. Il tenait du gourou capable de mobiliser les foules. Rien ne collait : cet endroit sordide qui empestait la fiente de chacal, ces collections de champignons improbables, le mystérieux commando qui s'était faufilé au beau milieu, et cet universitaire quasi mystique qui détonnait avec l'ensemble.

Pendant que Vernay tentait de lire entre les lignes, Belaïd faisait le tour du propriétaire. Il comptait machinalement les rangées de casques blancs qui coiffaient les champignons les plus connus et les plus consommés au monde. Lui aussi s'interrogeait : quel intérêt d'étudier une espèce aussi banale ? Quelque chose clochait. C'est alors qu'il se figea devant d'étranges créatures, qui n'avaient rien à voir.

Tiges frêles, chapeaux en forme d'ogive, teinte brun-jaunâtre et rassemblés en grappes. Ils poussaient aussi sur un lit d'excréments, mais bien plus comac.

Belaïd se pencha, huma et se redressa dans un mouvement de dégoût. De la bouse de vache, pour de bon !

Ces champignons ne lui étaient pas inconnus. Au contraire... L'officier avait traîné ses guêtres aux stups pendant sept ans, avant de rejoindre la Crim. Il percuta d'un coup.

– Des psilos ! Vous faites pousser des psilos !

L'ingénieur de l'identité judiciaire connaissait bien le sujet, lui aussi. Forcément, les saisies de stupéfiants et leur analyse représentent une grande partie de l'activité de la police technique et scientifique. Il se rapprocha des suspects.

– Exact. Je pencherais pour la variété Psilocybe semilanceata.

Le Pr Vogel acquiesça, une moue admirative au bord des lèvres. Louise l'observait ; il ne montrait aucun signe de nervosité. Le type cultivait des champignons hallucinogènes, des « *kings* » psychédéliques capables d'envoyer planer dans l'exosphère, et n'en éprouvait aucune gêne.

– Et du coup ? Les psilos ? Vous en faites quoi ?

Lorrain Ceylac avait questionné avec un air soupçonneux non voilé.

– Je collabore avec l'hôpital de la Pitié-Salpêtrière à un essai clinique à base de psilocybine, l'un des principes actifs de ces champignons. Bien contrôlée, elle fait des miracles pour guérir la dépression, ou sevrer les addicts au tabac. C'est un peu comme les opiacés, si vous voulez : tout est question de dosage. Les dérivés morphiniques peuvent vous envoyer dans la tombe, en cas d'overdose d'héroïne par exemple. Mais bien maîtrisés, ils vous soulagent des pires douleurs. Ils vous endorment en salle d'opération. Ils répriment les toux les plus coriaces...

Vogel s'approcha de Louise. Son regard se fit d'une intensité troublante.

– Vous voyez, commissaire, c'est comme dans la nature : tout est question d'équilibre. De respect des équilibres. Il s'agit d'entrer en symbiose avec le produit, et non d'en être victime, comme si c'était un insatiable parasite. Quand les hommes cèdent à leurs pulsions les plus viles et succombent aux tentations les plus obscures, ils rompent les équilibres. D'une notion de bien-être ou de plaisir, ils vacillent dans la douleur. Le manque. La chute au plus profond d'eux-mêmes. Ils deviennent leur propre cauchemar et n'ont d'autre issue que d'en vouloir toujours plus. De se détruire toujours plus. Ou d'en finir à jamais.

Louise se pétrifia. Ce type pouvait-il lire en elle comme dans un livre ouvert ? Avait-elle encore ces traits caractéristiques des junkies, ou ces signes inconscients qui traduisent l'état de manque ? Elle tenait bon, pourtant, depuis deux ans et son retour à Paris. Mais il n'y avait pas une semaine, pas un jour même, sans qu'elle y songe. À cela, et aux boulets psychiques qui l'entraînaient vers le fond malgré ses vaines tentatives de traiter le mal à la racine.

L'enquêtrice sentit confusément que cette enquête pouvait la conduire en Enfer, pour y affronter ses propres démons.

Mais ce qu'elle ignorait en cet instant, c'est qu'elle allait connaître bien pire encore.

Chapitre 5

Vendredi 5 avril 2024, Paris 12e, 9 h 24

Évidemment, elle n'avait pas fermé l'œil de la nuit.

Après deux années de routine insignifiante, sa vie venait de basculer dans l'une des enquêtes les plus complexes de sa carrière.

Elle replongeait dans l'atmosphère d'une époque tortueuse et torturée, où l'adrénaline coulait à flots, tout comme l'alcool et les stupéfiants. Louise avait toujours voulu paraître forte, mais n'avait jamais vraiment tenu la pression. Il lui fallait alors exciter ses neurones dopaminergiques à l'aide de molécules galvanisantes : éthanol, THC ou CBD.

À deux ou trois reprises, elle avait testé des nouveautés saisies par les collègues des stups. Elle se servait dans les armoires du Quai des Orfèvres, qui se trouvaient rarement scellées. Rien à voir avec les locaux flippants du « nouveau 36 », rue du Bastion.

Louise s'était égarée. Un flic ne pouvait se permettre de tels dérapages, qui auraient pu lui coûter sa carrière – et bien plus cher encore. Une fois mutée à Lyon, sa ville natale, elle s'était raisonnée et avait drastiquement réduit sa consommation de marijuana. Sa dernière enquête d'envergure, soldée par la mort du premier homme qu'elle eût vraiment aimé, l'avait définitivement vaccinée. Son retour à Paris s'apparentait à une pénitence qu'elle s'infligeait pour reprendre contact avec la normalité. L'abstinence – que seules la nicotine et quelques bières venaient troubler, il ne fallait quand même pas pousser – s'inscrivait dans ce programme raisonnable. Ses tentatives de thérapie aussi. Elle entendait sincèrement remonter la pente. Renouer avec la jeune fille brillante qui s'était efforcée de suivre sa voie : rendre justice, en collant les pires tarés derrière les barreaux. Bien sûr, la disparition tragique de ses parents, dont elle se sentait responsable, avait durablement douché son enthousiasme et l'avait conduite bien jeune à se soulager à l'aide de produits délictueux.

Depuis son retour dans la capitale, l'absence de pression professionnelle lui permettait de se reconstruire. Lentement, mais sûrement.

Les soirées s'éternisaient, entre livres qu'elle ne cessait d'abandonner, faute d'une concentration suffisante, et séries insipides qui fleurissaient sur les plateformes du monde entier.

Quant aux nuits… Elles demeuraient son pire ennemi. L'enquêtrice pouvait faire bonne figure, de jour. Penser à tout autre chose. Ou faire mine de ne songer à rien.

Mais la nuit, elle se trouvait en tête à tête avec son cerveau. Ses neurones ne lui laissaient aucun répit et ne lui épargnaient aucune détresse. Elle eût aimé pouvoir se débrancher. Pourquoi personne n'avait inventé d'implant capable de mettre son esprit sur *off* ? Bien sûr, il restait les somnifères, les bons vieux benzos qui font sombrer dans un lourd sommeil artificiel. Mais ils ne valaient guère mieux que les autres stupéfiants, et Louise s'en méfiait comme de la peste. Passer d'une dépendance à l'autre, non merci.

Ce matin-là, elle évoluait donc en mode zombie. Elle tenait bon, grâce à un demi-litre de caféine. Il fallait bien trouver une parade, quelque chose pour tenir. Ça, et un paquet de clopes.

Un régime d'autant plus nécessaire qu'elle s'apprêtait à endurer ce qu'elle honnissait le plus : le découpage de charogne.

La nausée aux lèvres, l'enquêtrice franchit le perron de l'institut médico-légal, flanqué de ses éternelles colonnes blanches et de son drapeau tricolore. Rien n'avait changé. Toujours cette bâtisse de briques rouges désuète, enclavée entre la Seine et les rails du métro, à deux pas de la gare de Lyon. La morgue détonnait dans ce quartier érigé de tours vitrées et lardé d'avenues larges et bruyantes. Le temple de la mort, immobile et silencieux, tapi au cœur du tumulte des vivants.

À peine eut-elle mis les pieds dans le hall déprimant que les effluves de formol vinrent assaillir ses narines. Le supplice commençait. Mille images de dissections jaillirent en sa mémoire, comme autant de flashs dégueulasses. Elle aurait pu laisser ses collègues se farcir cette corvée, mais elle voulait voir. Comprendre. Poser toutes les questions nécessaires au légiste. Ne rien négliger. Le jeu de piste commençait, ce n'était pas le moment de passer à côté d'un élément essentiel.

Louise s'équipa de l'uniforme de circonstance : blouse, charlotte, masque et gants nitriles. Tandis qu'elle se harnachait, elle s'étonna de ne voir aucun membre de l'équipe. Ni le procédurier du groupe Ceylac, ni l'ingénieur de l'identité judiciaire qui, l'un comme l'autre, ne pouvaient se soustraire à l'épreuve. Et elle n'était pas particulièrement en avance… L'autopsie avait-elle été repoussée ? Au même instant, un grondement strident s'éleva de la salle réservée à la nécropsie du directeur adjoint du Commissariat à l'énergie atomique.

Vernay entra sans frapper – comme d'habitude – et se figea net.

Six hurluberlus engoncés dans des blouses azurées rivèrent leur regard sur l'enquêtrice. L'un d'eux, ample visière rabattue devant le visage, tablier de protection maculé de sang, de bribes de chair et d'éclats d'os, empoignait une scie oscillante semblable à un mixeur plongeant dont on aurait remplacé le hachoir par un disque aux dents acérées. L'hémoglobine goûtait par le manche. Invisible derrière son garde-vue sanguinolent, le légiste demeura stupidement le bras en l'air.

– Alors, Vernay, panne d'oreiller ? Mieux vaut tard que jamais…

La voix de Ceylac avait chuinté dans les relents de bidoche faisandée et de javel. Des pouffements s'échappèrent des autres masques chirurgicaux.

– Je ne comprends pas… On n'avait pas dit 9 h 30 ?

– Non, 8 h 30. Mais c'est sans doute à cause du passage à l'heure d'été, il y a quelques jours…

– Enfoiré de mes deux, murmura Louise suffisamment fort pour qu'on l'entende. Je suis certaine que tu m'as dit 9 h 30.

L'enquêtrice reconnut les silhouettes du procédurier et de l'ingénieur de l'IJ, appareil photo en bandoulière. Leur boss n'avait nul besoin d'être ici, sauf à vouloir griller Louise.

– Qu'est-ce que tu fous là ? Tu vas me coller au cul partout ? C'est pas Ceylac qu'on devrait t'appeler, mais Droopy.

– Ce n'est pas *ton* enquête, Vernay. Ni *ton* groupe. Je dirige les deux. Je n'ai aucun compte à te rendre, tout commissaire que tu es. Et d'ailleurs, on se demande bien comment… Bref.

Ceylac s'était tu juste avant de franchir la ligne jaune. Louise bouillonnait. Sous le masque, son visage virait au cramoisi. La tension était à son paroxysme ; le mort se serait éveillé en râlant « Sans vouloir vous commander, vous pourriez me finir ? » que personne n'aurait réagi. Pour couper court, le toubib reprit son labeur et cisailla la boîte crânienne.

Dans le même temps, un assistant termina la suture des entailles XXL pratiquées dans le torse et l'abdomen, comme on zippe la fermeture Éclair d'un blouson, tandis que l'autre lavait consciencieusement le scalpel et le costotome, ce redoutable sécateur qui permet de briser les côtes une à une pour accéder aux organes vitaux. La victime avait été dépiautée comme un lapin avant d'être grossièrement refermée ; des prélèvements de poumon, de cœur ou de foie flottaient dans de petits bocaux de formol scellés à l'aide de cire toute fraîche. Tout le monde faisait comme si de rien n'était. Même l'ingénieur de la scientifique reprenait ses prises de vue.

– Ça vous arracherait la gueule de me débriefer sur ce que vous avez trouvé ?

L'enquêtrice avait crié pour couvrir les stridulations de la scie électrique.

De guerre lasse, le légiste posa son instrument de torture et releva sa visière, tout en poussant un profond soupir. Il détestait être interrompu en pleine besogne.

– En deux mots, RAS à l'examen externe. Aucune lésion, pas d'hématome, pas de fracture apparente, pas d'orifice d'entrée ou de sortie de balle d'arme à feu. Un détail : deux points de piqûre très frais, ici et là.

Le médecin désigna l'intérieur de l'avant-bras du trépassé. Cette remarque fit écho à celle de l'anesthésiste-réanimateur qui s'en était aussi ému, à l'hôpital européen Georges-Pompidou.

– Vous en déduisez quoi ?

– L'un des points correspond logiquement au cathéter posé aux urgences, pour placer la perfusion. L'autre pourrait avoir été causé par l'aiguille d'une seringue ou plus certainement d'un précédent cathéter, dans le but de diffuser un puissant anesthésique.

Louise haussa les sourcils.

– Il a été endormi ?

Aux urgences, l'hypothèse de l'administration d'un dérivé morphinique avait déjà été avancée.

– Absolument. J'ai reçu tôt ce matin les résultats de l'analyse toxicologique demandée par Georges-Pompidou. On a retrouvé des traces de sufentanil, mais aussi de curare et de Penthotal. Des produits utilisés au bloc opératoire aux fins d'anesthésie générale. Le sufentanil, en particulier, est le plus puissant des dérivés morphiniques – mille fois plus puissant que la morphine. On a clairement voulu maintenir la victime dans un état de sédation profonde, qui plus est prolongée, peut-être afin de pratiquer une lourde intervention chirurgicale.

Louise comprenait mieux pourquoi le nucléocrate se trouvait à l'état de légume.

– Et quelle opération a-t-il subie ?

– Eh bien… c'est le problème. Tous les organes sont intègres, et malgré une athérosclérose assez sévère avec un risque significatif de caillot et donc d'embolie, je n'ai trouvé aucun stent et encore moins de pontage aortocoronarien qui aurait pu nécessiter une lourde opération. Dans l'ensemble, on ne décèle aucune suture ni altération qui attesterait d'une quelconque intervention. C'est d'autant plus logique qu'on ne trouve aucune cicatrice postchirurgicale sur la victime.

Louise rêvait d'une cigarette, ou d'une tasse de café, ou les deux. Ses neurones s'échauffaient ; le toubib jouait avec ses nerfs.

– Alors quoi, il a été charcuté ou pas ?

– À ce stade, il semble que non.

– Et on l'aurait endormi pourquoi ?

– Aucune idée, pour l'instant.

– Et la cause de la mort, alors ?

– Vu l'état des artères, la victime était un candidat idéal à l'accident cardiovasculaire. Il a échappé à l'infarctus du myocarde, mais compte tenu de la sténose des carotides, il a pu faire un AVC ischémique. Les analyses de Pompidou sont éloquentes : on a retrouvé des traces de statines et de diurétiques. Il souffrait donc d'hypercholestérolémie et d'hypertension. Ses poumons attestent qu'il était fumeur – quoique modéré. À plus de cinquante ans, il collectionnait presque tous les facteurs de risque.

Louise se remémora les remarques de l'anesthésiste, la veille, qui évoquait déjà une « suspicion d'AVC ». Ce serait donc ça ? Une stupide mort naturelle ?

– Malheureusement, ça ne tient pas la route, souffla le légiste.

Louise reprit des couleurs. Elle sentait bien que le macchabée n'était pas net, qu'il abritait un secret.

– L'IRM pratiquée aux urgences ne montre aucun signe d'accident vasculaire cérébral. En revanche, quand j'ai reçu les clichés ce matin, j'ai tout de suite décelé une tache inhabituelle dans les noyaux du cerveau antérieur. Les dernières images sont floues, et je pense que nous allons enfin comprendre pourquoi. Et, dans le même mouvement, déterminer la cause de la mort. Si vous voulez bien me laisser poursuivre, évidemment…

Louise opina. Ce vieux gibbon à qui on n'apprenait plus à faire la grimace avait son idée depuis le début, bien avant l'autopsie. Il laissait planer le suspense, mais savait exactement ce qu'il faisait. Louise surgissait au moment le plus opportun, le clou du spectacle. Au fond, les simagrées de Ceylac lui avaient épargné une boucherie répugnante. C'est maintenant que les choses sérieuses commençaient. Tout se passait, une fois de plus, au niveau de l'organe le plus noble et mystérieux de l'espèce humaine : le cerveau.

Louise eut une régurgitation réflexe quand elle se focalisa sur le visage – ce qu'elle avait soigneusement évité jusqu'ici. La tête n'avait plus rien d'humain : le crâne avait été décalotté depuis l'occiput jusqu'aux sourcils, et la peau rabattue devant le visage, laissant tout l'os à vif. Ils avaient tout bonnement scalpé le directeur adjoint du CEA… Bien sûr, elle avait l'habitude. Bien sûr, elle n'avait jamais vraiment supporté ça. Dans un crissement insoutenable, le médecin incisa de nouveau le crâne jusqu'à la dure-mère. Vernay détourna le regard pour s'éviter de dégobiller son petit-déjeuner. Comment les légistes pouvaient-ils trépaner des cadavres à longueur de journée ? Il fallait être givré sur les bords.

Le cisaillage s'éternisait. On n'a pas idée de la solidité de ce casque qui nous sert de tête. Au bout de trois longues minutes, le doc acheva son tronçonnage. Il empoigna l'os frontal et le tira en arrière des deux mains, de manière à décapoter la tête de la victime. Une masse gluante apparut ; des filaments gélatineux s'étiraient encore entre le cerveau et l'os décapsulé. Sans perdre de temps, campé sur son tabouret, il s'empara d'un fin scalpel et commença d'inciser les premiers replis spongieux. Il s'y prenait avec délicatesse et doigté, dépliant lentement les boudins de cervelle fripée jusqu'à la région la plus profonde de l'encéphale.

D'évidence, il se refusait à prélever l'ensemble du cerveau pour l'étudier sur table, ce qui s'avérait pourtant la procédure habituelle. Même ses garçons de salle en semblaient étonnés. Craignait-il d'altérer ou de rompre quelque chose de fragile ? En attendant, il ramait, arc-bouté sur ce qui restait de la tête de la victime. De temps à autre, il dardait un œil aux images IRM, comme pour se guider.

Louise éprouva d'abord de l'écœurement devant ce corps flasque et massif, dont la tête scalpée et sciée avait de quoi rebuter. Et puis un petit rictus nerveux se dessina sur ses lèvres. À bien le regarder, avec ses immenses cicatrices et sa cervelle à l'air, il avait tout d'une créature formée d'un amas de membres issus de plusieurs cadavres, et le légiste d'un Victor Frankenstein qui s'apprêtait à lui donner vie en lui bidouillant le cervelas. Cette idée la détendit et lui rendit la scène plus supportable.

– Brucelles !

L'un des garçons de morgue tendit une fine pince coudée au médecin, qui la plongea lentement au fin fond du cerveau.

– Eh ben voilà, je t'ai eu…

Le praticien extirpa un petit rectangle de métal, tranchant comme une lame de cutter. Il se tourna vers le lavabo en inox soudé à la table de dissection et purifia sa trouvaille sous un mince filet d'eau. L'artiste du bistouri semblait satisfait. Très satisfait, même.

– Voilà ce qui a pu provoquer la mort. Notre ami n'était déjà pas au mieux de sa forme, mais ce minuscule intrus aura eu raison de lui.

– Qu'est-ce que c'est ? bredouilla Ceylac.

– Je ne sais pas exactement, mais d'emblée je peux vous donner mon avis sur les causes du décès : arrêt cardiorespiratoire à la suite de la dilacération des noyaux du cerveau antérieur jusqu'au rhombencéphale.

Les six blouses qui l'entouraient restèrent comme des vaches devant un train. Personne n'avait pigé le charabia. Le légiste poursuivit avec gourmandise.

– Les dernières images IRM sont floues, et pour cause : les tissus du cerveau se sont échauffés, et toute la tête avec, rendant impossible la production d'un cliché net. C'est qu'à l'intérieur, cette petite pièce métallique sans doute constituée d'un alliage ferromagnétique a fortement interagi avec le champ très puissant de l'aimant de l'IRM. Et comme on le voit à l'examen interne, les noyaux du striatum ventral ont été dilacérés, et la pièce s'est déplacée jusqu'au bulbe rachidien.

– Et comme le bulbe rachidien gère les fonctions automatiques telles que la respiration et le rythme cardiaque, le type est mort instantanément..., balbutia l'ingénieur de l'identité judiciaire, heureux de ce vague souvenir de ses cours d'anatomie.

– Exactement. C'est la première fois de ma carrière que je rencontre ce type d'assassinat, pour le moins ingénieux et spectaculaire. Un sacré pari, au passage, encore fallait-il que le malade passe la tête dans un IRM, et non dans un scanner.

Ceylac se massait le menton et peinait à suivre.

– Donc, vous êtes en train de nous dire que quelqu'un a volontairement placé cette pièce tranchante dans son cerveau en espérant qu'il subirait une IRM ? Mais... j'avoue que je n'ai pas bien saisi en quoi cet examen a pu provoquer de tels dégâts...

Le médecin reprit sur un ton professoral.

– L'IRM est constituée d'un aimant très puissant en forme d'anneau, qui agite les atomes d'hydrogène, dans le but de les aligner dans la même direction. Ensuite, ces atomes sont mis en résonance – d'où le nom de l'examen, imagerie par résonance magnétique. Introduire une pièce en fer, en cobalt ou en nickel – ou un alliage des trois – près de l'aimant ou dans le corps du patient, c'est la garantie de l'attirer très fortement vers les parois de l'anneau. C'est exactement ce qui s'est passé. La pièce a été attirée vers l'aimant et a tout déchiré sur son passage. Si l'examen avait duré suffisamment longtemps, elle aurait même pu perforer la peau en haut du cou et finir collée contre l'anneau. Comme un coup de poignard inversé si vous voulez, avec une lacération de l'intérieur vers l'extérieur.

Un silence de plomb accueillit les révélations du légiste. Il fallait digérer ces informations et les explications techniques. Ensuite, il fallait laisser divaguer son imagination pour embrasser toute la perversité et la complexité de cette mise en scène.

– Mais… vous êtes le premier à dire qu'il n'existe aucune cicatrice, aucune trace d'opération chirurgicale : comment le meurtrier a-t-il pu lui mettre ça dans le crâne ?

En guise de réponse, le légiste se pencha sur le visage de la victime, releva la peau du scalp qui le dissimulait et s'amusa à trifouiller dans les narines. Puis il s'empara d'une scie à os et cisailla tranquillement le nez de haut en bas. Il épousseta ensuite l'orbite et désigna le sommet des fosses nasales.

– Ils ont introduit l'objet par ici. Le nez communique directement avec le cerveau grâce au bulbe olfactif ; il aura suffi d'une incision dans l'os ethmoïde, extrêmement fin et lui-même criblé de perforations pour laisser passer les nerfs de l'olfaction. Rien de plus simple, et suffisamment discret pour qu'on ne s'en rende absolument pas compte. Mais une fois la fosse nasale mise au jour et en pleine lumière, on devine bien l'incision qui a été soigneusement cautérisée. Comme les noyaux du cerveau antérieur sont juste dans la continuité, il a simplement fallu pousser un peu.

– Et ça nécessite une lourde anesthésie générale ?

– *A priori* non, mais si je comprends bien leur logique, ils ont cherché à faire hospitaliser la victime et à lui faire passer une IRM. Il fallait donc qu'il présente une perte de connaissance et des signes cliniques inquiétants, compatibles avec un AVC ou une hémorragie cérébrale. La sédation profonde, sorte de coma artificiel, est un excellent leurre.

Louise ne respirait plus sous son masque. Depuis le Covid

et les confinements, elle ne supportait plus cette contrainte. Elle baissa la pièce de textile et prit une profonde inspiration. La découpe sauvage et imprévue du nez de la victime lui avait soulevé le cœur. Elle bouscula Ceylac qui s'était penché sur le cadavre, comme pour vérifier par lui-même les assertions du légiste – ce dont il était bien incapable –, puis elle s'approcha tout près du médecin.

– Si je vous suis, c'est donc un meurtre, sans l'ombre d'un doute ?

– Je suis formel. Si le patient n'avait pas subi d'IRM, il aurait peut-être pu en réchapper, mais il aurait certainement connu un lourd handicap.

Louise saisit l'arme du crime à l'aide de la pince que le légiste avait fini par déposer dans une sorte d'écuelle en inox. Elle observa la fine pièce métallique dont les bords tranchants brillaient sous les scialytiques. Elle se pétrifia.

– Il y a une inscription. Minuscule, mais je suis sûr qu'il y a une inscription.

Le légiste tendit une loupe d'examen à l'enquêtrice qui plissa les paupières afin de déchiffrer les infimes caractères.

– « Le pécheur… conduit par Charon à travers l'Achéron… ira de la ville rouge au neuvième cercle de glace… et périra ensuite par la colère du plus petit cercle. »

Elle retourna la lamelle effilée et découvrit une sphère qui virait vers l'ovale, avec un chiffre gravé en plein centre.

Le chiffre 6.

Comme sur la plaque découverte dans le crâne de Marie Curie.

Chapitre 6

Vendredi 5 avril 2024, Paris 12e, 14 h 17

Le groupe Ceylac s'était réuni au grand complet.

Le bureau 612, d'habitude froid et insipide comme tout le reste du building, s'était transformé en QG bordélique : murs et tables étaient jonchés de clichés des victimes – y compris ceux, rebutants, de l'autopsie de la matinée –, mais aussi d'agrandissements des fines lamelles métalliques extirpées du cerveau du haut fonctionnaire du CEA et du crâne de Marie Curie.

Aux côtés de Lorrain Ceylac et de Bachir Belaïd, son adjoint, s'agglutinaient le capitaine Noah Filhol, le procédurier qui avait œuvré d'arrache-pied sur la scène de crime et durant toute l'autopsie, ainsi que deux sous-officiers qui complétaient l'équipe : le major Emma Mascret – une femme dans la fleur de l'âge, affublée du charmant sobriquet de Mama – et le brigadier-chef Raphaël Beauché, dit la Débauche, en référence à sa précédente affectation à la brigade de répression du proxénétisme. Ils étaient tous penchés sur l'inscription.

– « Le pécheur conduit par Charon à travers l'Achéron »... Alors on est en pleine mythologie. Charon...

Belaïd faisait glisser son index sur l'écran de son portable.

Comme tous les flémards, il se contentait de survoler Wikipédia.

– … « Charon est le passeur des Enfers. Il a pour mission de faire traverser le fleuve Achéron aux âmes de tous ceux qui doivent entrer dans le royaume des morts. Exécuteur du destin qui régit la vie des humains, Charon n'épargne ni jeunesse, ni beauté, ni vaillance. »

Cela n'augurait rien de bon.

– En grec ancien, on le surnomme le « psychopompe ».

Des sourires se dessinèrent sur les lèvres. Beauché se représenta un type prêt à vendre sa mère pour une paire de Berluti. Quant à Emma, féministe jusqu'au bout des ongles, elle imaginait plutôt un vieux sadique avide de fellations.

Ceylac, visiblement accablé par l'incurie de ses collègues, prit une profonde inspiration et se mit à déclamer.

– « Un batelier effrayant surveille ces eaux et ces fleuves, couvert d'une saleté terrible à voir : c'est Charon. » C'est signé Virgile. Dans *L'Énéide*.

Virgile ? Inconnu au bataillon pour Belaïd et la Débauche. Quant à Mama et au procédurier, ils en avaient entendu parler, mais ne l'avaient évidemment jamais lu.

Ceylac les toisa de ses lèvres pincées, toujours heureux d'étaler ses connaissances comme de la marmelade. Il n'avait jamais su manager ses hommes, ni imposer d'autorité naturelle. Il tenait son groupe par sa supposée supériorité intellectuelle et, en réalité, par une forme de mépris.

Cette attitude irritait Vernay au plus haut point. L'enquêtrice restait assise dans son coin, près de la fenêtre au verre fumé et blindé, et matait le ballet des voitures sur le boulevard Berthier, six étages plus bas.

Belaïd poursuivit son analyse littéraire.

– Donc, le message dit ensuite que le pécheur ira de la ville rouge au neuvième cercle de glace.

L'adjoint hésita avant de se jeter sur Internet et se tourna vers son chef.

– Tu sais de quoi il s'agit, forcément…

– Le neuvième cercle de glace, c'est le dernier cercle de l'Enfer, selon Dante Alighieri.

L'officier, qui avait soigneusement préparé sa mise en scène, ouvrit son tiroir et en extirpa un livre de poche qu'il jeta sur le bureau, au milieu du fatras de photos plus glauques les unes que les autres. *La Divine Comédie*, signé Dante, et sous-titré : *Inferno*.

– Dans *L'Enfer*, la première partie de *La Divine Comédie*, on retrouve Dante lui-même, accompagné de Virgile, dont je parlais tout à l'heure. Vous vous souvenez ?

Silence. Pendant ce temps, Louise se marrait bien.

– Le poète latin… J'en ai parlé il y a vingt-sept secondes…

Un ange – déchu, forcément, vu le contexte – passa.

– OK, c'est pas grave. Donc Dante et Virgile franchissent les portes de l'Enfer et traversent le fleuve Achéron, grâce à Charon. Ensuite, ils visitent les cercles de l'Enfer, un à un. Ils rencontrent des dizaines d'âmes damnées, contraintes d'errer pour l'éternité dans des conditions plus ou moins cruelles afin d'expier leurs fautes.

Il saisit une feuille A4 et dessina une sorte d'entonnoir qu'il scinda en plusieurs compartiments, comme autant d'étages d'une fusée plantée la tête en bas. Puis il récita ce qu'il avait révisé quelques heures plus tôt.

– Tout en haut, les Limbes forment le premier cercle, qui est aussi le plus large. Ensuite, Dante et Virgile descendent et rencontrent successivement les âmes punies pour luxure, puis pour gourmandise. Dans le quatrième cercle, l'avarice. Le cinquième, la colère. Dans le suivant, l'hérésie. Dans le septième, la violence. Puis la ruse et la tromperie. En gros, les sept péchés capitaux. Enfin, ils atteignent le dernier cercle, où réside Lucifer. Dans cette neuvième fosse, la plus profonde, ils se retrouvent au bord d'un lac. Les corps des traîtres à leurs parents – ce que Dante considère comme le crime moral le plus grave – sont pris dans la glace. Seule leur tête peut bouger, et leurs yeux pleurent des larmes qui gèlent aussitôt.

Un frisson parcourut les flics de la Crim. Avec ce genre de références, ils ne voyaient guère où l'assassin voulait en venir – sinon qu'il faisait dans le sophistiqué.

– Et « la ville rouge », c'est quoi ? relança Belaïd.

– Là, j'avoue...

Ceylac avait bredouillé, contrarié. Il s'empara du livre de poche et le feuilleta rapidement, en quête éventuelle de cette mention. Filhol, qui continuait de surfer sur le Web, saisit la balle au bond.

– Apparemment, « ville rouge » est une référence architecturale qui désigne les villes de Bourges, Lyon, Le Mans, Limoges... Mais aussi Albi, Bologne, Timimoun et Marrakech.

– Ah ben super, ça va être facile pour enquêter... S'il faut planquer partout...

Beauché plantait déjà de fines épingles à tête colorée sur le planisphère punaisé à côté de la porte.

– La Débauche, Timimoun c'est en Algérie, pas au Maroc. Mama passait souvent ses vacances au Maghreb.

– Et c'est pas tout, renchérit le procédurier : si on part sur les villes aux tons ocre, alors on peut étendre à Collonges-la-Rouge, Pétra en Jordanie, Jaipur en Inde, Sedona en Arizona...

Le brigadier-chef, dégoûté, jeta la boîte d'aiguilles sur son bureau.

– La ville rouge, pour l'instant, on s'en cogne.

Les cinq enquêteurs du groupe Ceylac rivèrent de concert leur regard vers la fenêtre.

Louise, toujours ratatinée sur sa chaise, avait parlé de manière calme, mais cinglante.

Elle observait leur petit manège depuis le début et n'apprenait rien. Au contraire.

Depuis le premier message énoncé par le motard mystère près de l'hôpital européen Georges-Pompidou, recyclé ensuite sur la lamelle métallique de Marie Curie, Vernay avait très vite fait le rapprochement avec *L'Enfer* de Dante. Le début de la phrase, « Tous les couvercles seront levés, et d'au-dedans sortiront les cris des hérésiarques et des disciples de toute secte », était une citation puisée dans le dixième chant du célèbre cantique, comme Google lui avait permis de le découvrir. Elle s'en était ouverte à Ceylac qui pouvait maintenant se faire mousser, puisqu'il avait profité de cette information pour se replonger dans le poème de Dante.

La suite de la phrase, en revanche, tenait de l'improvisation autour du thème et ne figurait pas en toutes lettres dans le texte – du moins dans la traduction que Vernay avait pu consulter. « Celui-ci souffrira comme les autres, depuis son tombeau brûlant » désignait donc spécifiquement la victime. Pourquoi devait-il souffrir ? Quel crime, ou quel péché avait-il commis ? Telles étaient les véritables questions. Ce n'était pas tant le mot à mot que le sous-texte et les sous-entendus qui intéressaient l'enquêtrice.

– Et pourquoi on s'en cognerait, de la « ville rouge » ?

Le commandant avait péroré d'une voix aiguë qui traduisait son exaspération.

– Parce que les vraies questions sont ailleurs. Et d'ailleurs, le coup de *L'Enfer* de Dante... C'est assez lourdingue.

– Lourdingue ? s'étrangla Ceylac. Tu trouves que nous provoquer avec des références à Dante, c'est lourdingue ?

Louise soupira de lassitude. Elle leva mollement le bras, comme pour dire : « Laisse tomber. »

– Je… je dois reconnaître que je suis assez d'accord avec la commissaire.

Emma Mascret avait parlé d'une voix fluette, de peur d'en ramasser une. Elle prenait timidement la défense de sa supérieure. Solidarité féminine ? La mention du grade de Vernay agaça Ceylac qui darda un regard noir sur sa quatrième de groupe.

– Et qu'est-ce que tu en sais, toi, d'abord, de ce qui est lourdingue ou pas ?

Mama se rengorgea ; elle n'appréciait guère le ton hautain de son petit chef.

– Eh bien, je trouve aussi plutôt banale la référence à *L'Enfer*. C'est un peu bidon, non ? Un truc de polars à deux balles. Ou alors l'assassin est un auteur de thrillers en mal d'inspiration… Tout le monde ne peut pas être Franck Thilliez ou Olivier Norek.

– Tu lis des polars ? lança la Débauche, surpris de ces références.

– Pas seulement. J'en écris aussi.

Son collègue tomba de la lune. Tout le monde savait que Mama aimait pisser de la copie, et pas uniquement des actes de procédure. Tout le monde, sauf lui.

– D'ailleurs, je vais soumettre mon dernier manuscrit au prix du Quai des Orfèvres.

Beauché siffla d'admiration.

– SILENCE !

Ceylac était ulcéré. Il avait hurlé à en faire trembler les photos sur les murs.

– On a trois macchabées sur les bras, plus une icône nationale décérébrée en plein Panthéon ! Et un ou plusieurs tarés qui nous narguent avec des références en mode sociopathe. Je crois que ça mérite un minimum de respect et de concentration !

Il tourna ses pupilles dilatées vers Vernay.

– Quant à ton appréciation sur *L'Enfer*, on s'en passe. Tu nous interromps, tu détournes l'attention, mais tu ne proposes rien.

– Tu n'as qu'à me laisser en placer une.

Ceylac tournait en rond, à moitié hystérique, comme pour chercher un argument.

– Eh bien… vas-y ! Vas-y ! On est tout ouïe !

Louise se leva lentement, s'avança et se posta bien en face de ses collègues.

– Donc, dans le premier message, on nous parle d'hérétiques et de leurs disciples. Et ça tombe bien parce que, si on retourne la minuscule lame retrouvée dans le crâne de Curie et celle du cerveau d'Eyrolles, le type du CEA, on a un cercle un peu informe et, à l'intérieur, un seul et même chiffre. Et à quoi ce 6 renvoie-t-il d'après vous ?

– Eh bien… moi je pense que c'est le 6e arrondissement, lança Belaïd.

Vernay en resta sèche. Ce n'était pas du tout la réponse qu'elle attendait.

– Parce que le cercle bizarre, là, ça ressemble aux limites de Paname. Regardez.

Le capitaine se rapprocha du plan de la petite couronne qui s'étalait sur le grand mur, comme dans la plupart des bureaux. Il matérialisait la zone d'intervention traditionnelle de la BC, la brigade criminelle de la Direction régionale de la police judiciaire : Paris, Hauts-de-Seine, Seine-Saint-Denis et Val-de-Marne.

– Vous voyez, le 6e arrondissement fait la jonction entre le 5e, où se trouve le Panthéon, et le 15e, où le type du CEA a été jeté par terre avant de crever à l'hosto. Je pense que c'est un gros indice sur la prochaine livraison.

– Quelle livraison ? balbutia Mama.

– La prochaine victime.

Louise et Ceylac avaient répondu en même temps ; ils échangèrent un coup d'œil qui n'avait rien de complice. C'était bien leur seul point d'accord, jusqu'à maintenant. Tout comme Belaïd et Filhol, ils étaient convaincus que de telles mises en scène présageaient une suite morbide. Et que d'autres meurtres allaient sans doute advenir. Un compte à rebours macabre, scandé par une succession de nouveaux messages codés, en référence – lourdingue ou pas – à *L'Enfer* de Dante, était clairement lancé.

– Pas bête, Belaïd, reconnut Vernay. Ça pourrait se tenir. Il faut y réfléchir.

La Débauche, suivant un réflexe pavlovien, saisit une épingle rouge et la punaisa sur le plan mural en plein cœur du sixième.

– Mais je pense que le 6 est plus simplement une référence au sixième cercle de *L'Enfer*, reprit Louise. La première citation vient du dixième chant, qui décrit en détail le sixième cercle. Celui des hérétiques, « et des membres de leur secte ». Comme le chiffre était gravé sur les deux lames qu'on a retrouvées, c'est un peu comme si on désignait Marie Curie en tant qu'hérétique suprême, pour avoir découvert la radioactivité et manipulé les premiers matériaux qui émettent des radiations : radium, polonium. Et comme si Eyrolles, directeur adjoint des applications militaires du CEA, qui travaillait donc sur la bombe atomique et les armes nucléaires en général, était, un siècle plus tard, l'un de ses adeptes dégénérés. « Un membre de la secte » de Curie.

– La secte des nucléocrates ? supposa Filhol.

– C'est ça. La secte de ceux qui ont découvert le pouvoir de l'atome et l'ont progressivement transformé en arme monstrueuse. Ensuite, on nous parle de « tombeau brûlant ». Le cercueil de Marie Curie était, à l'origine, très radioactif, et donc très chaud. Quant à Eyrolles, on pourrait dire qu'il a aussi rendu son dernier soupir dans un tombeau brûlant. Couché dans un anneau dont le puissant champ électromagnétique a fini par lui faire de la gélatine dans le bocal.

Ceylac semblait dubitatif. Et pas seulement par principe.

– OK, mais c'est très banal, très premier degré, ton interprétation.

Un point partout, la balle au centre.

– On trouve un 6 gravé, c'est le sixième cercle. Ce sont des hérétiques. Des méchants pronucléaires. Mais je te rappelle que Curie n'avait aucune idée de ce qu'elle manipulait. Et qu'elle voulait au contraire tirer de ses découvertes des applications très positives. On ne peut pas lui reprocher d'avoir voulu inventer le feu nucléaire. Ce serait plutôt Einstein, à ce compte-là… $E = mc^2$ et le principe de la fission, à l'origine des premières bombes, c'est lui. Pas Curie.

– Tu as raison, concéda-t-elle. Curie n'est pas vraiment la bonne cible. Mais le ou les assassins n'avaient sans doute pas Einstein sous la main…

Louise songea aussitôt qu'elle devrait enquêter sur le physicien allemand. Où était-il enterré ? Et s'ils tentaient de s'emparer de son cerveau, à lui aussi ? Ce n'était pas si bête que ça.

– En attendant, il faut se concentrer sur les faits. Et ils sont accablants : on a affaire à un ou plusieurs individus très organisés, capables de mobiliser de véritables commandos, de sillonner les galeries souterraines de Paris en ne laissant presque aucune trace – hormis quelques champignons piétinés. Sans parler de leurs assassinats de sang-froid. Ils sont extrêmement dangereux.

Les flics de la Crim acquiescèrent en silence, la mine grave. Ce ne serait pas une partie de plaisir.

– Et le plus dingue, c'est cette histoire d'IRM. Le coup

du poignard de l'intérieur. C'est simplement génial. Le type qui a imaginé ça est forcément un surdoué, un HPI ou que sais-je. Il est scientifique, ou bien il est entouré de toubibs et de scientifiques. C'est notre chance : une telle organisation, un tel profil ne courent pas les rues.

– Tu as des pistes ? questionna Noah Filhol.

– Non, pas vraiment. Mais on va pouvoir se concentrer sur le milieu médical et de la recherche. Celui de la physique nucléaire par exemple. À commencer par tous les collègues d'Eyrolles, au CEA.

– J'ai commencé ce matin, rebondit Emma Mascret. Ils sont dévastés. Le type avait bonne réputation. Pas le genre d'enfoiré qu'on a envie de buter au coin d'une rue. Bon vivant, jamais le dernier aux pots de départ. Pas l'image du chercheur ascétique qui vit dans un monde parallèle. Au contraire, il était empathique. Un peu trop, peut-être.

– Qu'est-ce que tu veux dire ?

– Je ne sais pas… J'ai l'impression que les gens le trouvaient un poil envahissant. Il se mêlait de tout, s'intéressait à tout. Faisait des heures sup. Traînait ses guêtres dans les labos jusqu'à point d'heure.

– Il était quand même le boss adjoint, non ? rétorqua la Débauche.

– C'est sûr. Mais ce sont des activités très sensibles. Tout le monde est un peu parano là-bas. Il ne faut pas oublier que la DAM est sous une double tutelle : celle de la recherche publique, et celle de l'armée.

– Et alors quoi ? insista Beauché, dont la curiosité était piquée.

– Rien, juste une intuition. Il était aimé mais certains se posaient des questions. Il en faisait un peu trop, si tu préfères. À ce stade, évidemment, ça n'a aucune valeur. Mais je pense qu'il faut creuser sa vie, son entourage.

– Excellent, Mama. Continue.

Tout le monde se tourna vers Ceylac. Un compliment ? Un encouragement ? Le caractère du type du CEA déteignait sur lui, ou quoi ? Pour une fois qu'il n'était pas satisfait que de lui-même… Louise doucha aussitôt l'enthousiasme de l'officier.

– Faut pas trop rêver quand même. La « grande muette » veille au grain, et je pense qu'on n'aura accès à que dalle. Dès qu'on va vouloir entrer dans le vif, les détails, on se mangera le bon vieux secret-défense. Il va falloir la jouer fine pour approcher les ingénieurs, les chercheurs qu'il côtoyait au quotidien, et les faire parler de ses activités. De leurs activités, à tous. C'est là que réside la clé. Une clé pour l'instant enfouie dans un joli coffre-fort revêtu d'un gros tampon « top secret ».

Un bref silence pesa.

– OK, allez, on s'y met, souffla Ceylac. Mama, tu continues de tirer le fil Eyrolles et de fouiller sa vie. Noah, tu suis les analyses, le retour des labos, et tu essayes d'en savoir plus sur cette histoire d'IRM. Parce qu'il reste une question de taille : comment les meurtriers pouvaient-ils être sûrs qu'Eyrolles passerait bien une IRM, plutôt qu'un scanner ? Le légiste, ce matin, nous a dit que le plus logique – et le plus rapide –, c'était de passer un scanner pour le cerveau.

– Je me souviens que le toubib aux urgences, hier, faisait la gueule parce que les trois scanners étaient en rade, confia Louise. Deux en maintenance, et le troisième HS depuis plusieurs heures. Il a dû se rabattre sur l'IRM.

– Ils ont été capables d'entrer au Panthéon par des galeries souterraines et en creusant dans la dalle. Ils ont très bien pu saboter les scanners, lâcha Belaïd.

– Tu as raison. Alors retourne à l'hosto et essaye de comprendre ce qui s'est passé. Qui s'est approché des scanners ?

Comment sont-ils tombés en rade ? Il nous faut des témoins. Reconstituer le fil des heures qui ont précédé les deux opérations.

Ceylac, très en verve – il était à deux doigts de susciter l'admiration de ses coéquipiers –, s'adressa ensuite à Raphaël Beauché.

– Toi, tu files dans les souterrains, tu reconstitues leur parcours. Par où ont-ils infiltré les galeries avant d'arriver sous le Panthéon ? A-t-on relevé des bouches d'accès aux catacombes forcées, descellées ? Un commando, ça laisse forcément des traces. Tu prends la scientifique avec toi, vous me passez tout au peigne fin.

Le commandant avait distribué les tâches à ses quatre collègues, et se tournait maintenant vers la dernière personne qui n'avait encore reçu aucune mission.

– Et toi, Louise…

L'enquêtrice fronça les sourcils. Allait-il oser lui donner un ordre ? À elle ? Elle se préparait déjà à lui démonter la face.

– … du coup tu fais comme d'hab. Solo, dans ton coin. Salut.

L'officier la planta, là, comme un étron fumant. Il referma la porte derrière lui ; tous avaient filé sur le terrain et n'avaient d'évidence aucune envie de se coltiner la pièce rapportée.

Vernay accusa le coup. Elle se laissa tomber sur une chaise, face au bureau farci de documents et de photos. Son regard buta sur le plan mural de Paris.

C'est vrai qu'il ressemblait au cercle irrégulier des deux lamelles métalliques.

Était-ce aussi simple ? Le prochain meurtre, ou la prochaine profanation auraient-ils lieu dans le 6e arrondissement ?

Et si elle se trompait sur toute la ligne ? Que c'était elle, au contraire, qui versait dans la facilité ? Que le groupe de Ceylac avait raison de creuser les messages inspirés de *L'Enfer* ?

Même son hypothèse sur Marie Curie, « hérétique en chef », n'avait guère convaincu.

Et il fallait reconnaître que Ceylac n'avait pas tort. Einstein était le véritable précurseur de la bombe A. Elle s'était d'ailleurs posé une bonne question : et s'ils s'apprêtaient à prélever le cerveau du génie allemand – ou ce qu'il en restait ? Si la prochaine cible, c'était tout simplement lui ?

Une lueur d'espoir illumina l'esprit de Louise. Elle allait peut-être arriver à temps et coiffer ces tarés au poteau.

Elle saisit son smartphone, lança Google et saisit aussitôt : « Où est enterré Einstein ? »

La réponse fut cinglante.

« Il n'existe pas de sépulture d'Albert Einstein. Ses cendres sont éparpillées dans un lieu tenu secret, conformément à ses dernières volontés. Mais auparavant, en dépit de son testament, son cerveau a été subtilisé. »

Louise déglutit.

Ils avaient *déjà* prélevé son encéphale.

Chapitre 7

Lundi 18 avril 1955, Princeton, New Jersey, États-Unis

Thomas Stolz Harvey avait été dérangé en pleine nuit par un coup de fil improbable.

– Le Dr Einstein vient de décéder. La famille souhaite une autopsie. Dès que possible.

Le réveil indiquait 1 h 30.

Harvey n'était au courant de rien, évidemment. Il avait passé le week-end sur la côte à bichonner son deux-mâts et n'était rentré que tard dans la soirée. Il dormait depuis deux heures seulement lorsque la sonnerie du téléphone l'avait éveillé en sursaut.

– Le Dr Einstein ? Albert Einstein ?

Un jet d'adrénaline avait fusé dans ses veines. Il avait renfilé les vêtements de la veille et s'était précipité dans son auto sans même se brosser les dents.

Harvey dirigeait le service d'anatomopathologie de l'hôpital de Princeton, à deux pas de la prestigieuse université américaine qui formait une bonne partie des élites du pays, parmi lesquelles l'ancien président Woodrow Wilson, ou le milliardaire Laurance S. Rockefeller. Ce dernier venait justement d'acquérir un modeste terrain de deux mille hectares sur l'île paradisiaque de Saint-John, dans les Caraïbes…

Évidemment, ça faisait rêver Harvey qui s'imaginait caboter près du rivage avec son pauvre voilier de douze mètres, avant d'être accueilli en grande pompe par l'héritier des Rockefeller.

Mais il n'avait rien accompli d'exceptionnel qui pût lui faire miroiter un tel traitement.

Rien, hormis peut-être ce fait d'armes minuscule : il avait survécu à la tuberculose, ce qui l'avait contraint à suspendre ses études de médecine et à moisir deux années dans un sanatorium du Connecticut.

D'autres n'avaient pas eu cette chance – ni son courage. Marie Curie, par exemple, était décédée au même moment dans un sanatorium de Haute-Savoie, de l'autre côté de l'Atlantique. Évidemment, ils n'avaient ni le même âge, ni la même pathologie, mais cette coïncidence lui avait donné du courage.

Hormis cette ridicule victoire sur la maladie, il n'avait aucune raison d'attirer l'attention de Rockefeller.

Harvey rongeait son frein, et malgré une carrière académique honorable, rien ne lui permettait de sortir du lot et de compter parmi les « grands ».

Jusqu'à cet instant.

À quarante-deux ans, il allait peut-être connaître la consécration.

À 1 h 44, il pénétra dans son service et gagna la plus grande salle de dissection. Le bâtiment sommeillait ; l'activité réduite de la nuit et les lumières tamisées rendaient l'instant plus extraordinaire encore, presque surnaturel.

Un garçon de morgue avait déjà transféré la dépouille du physicien sur la table en inox. Le cadavre était recouvert d'un drap immaculé.

Avant même de l'ôter, comme pour faire durer le plaisir, Harvey consulta le rapport de ses collègues. « Dimanche

17 avril, 16 h 45 : Le Dr Einstein arrive en ambulance. Il se plaint de fortes douleurs abdominales empêchant les palpations d'usage. » Le légiste connaissait le domicile du prix Nobel, fréquenté par de nombreuses personnalités. C'est là qu'il avait cosigné cette lettre dans laquelle il encourageait Roosevelt à se doter de l'arme nucléaire. Sa demeure n'était qu'à une encablure du centre hospitalier ; l'ambulance n'avait pas mis cinq minutes, certainement. « Diagnostic : cholécystite aiguë évoluant en péritonite. 17 h 45 : préparation du bloc opératoire en vue de l'ablation de la vésicule biliaire. 18 heures : le Dr Einstein refuse de se soumettre à l'opération. Il déclare : « "Je veux mourir quand je veux. Il est sans intérêt de prolonger la vie artificiellement. J'ai fait ma part, il est temps de partir. Je le ferai avec élégance." »

Le légiste esquissa une moue admirative. Le génie allemand ne manquait décidément pas de panache.

Sur la page suivante figurait la réquisition de la famille : « Autopsie en vue de l'établissement des causes certaines de la mort. » Puis les instructions : « Conformément aux dernières volontés du Dr Einstein, le corps sera incinéré et ses cendres disséminées en un lieu tenu secret. »

Cette fois, Harvey haussa les sourcils. Une incinération, quel blasphème ! Lui, le quaker pratiquant, n'eût jamais envisagé chose pareille. Il voulait être inhumé auprès de ses parents, après un hommage rendu par des proches de la « Société religieuse des amis », cette communauté chrétienne dont il était un membre fervent. En relisant le rapport et les dernières paroles d'Einstein, il comprit que le physicien entendait agir dans la mort comme durant son existence : en toute modestie et avec grande discrétion. Le génie ne souhaitait nullement devenir une icône, et encore moins susciter un culte, que d'aucuns pourraient lui vouer, par exemple en vénérant sa sépulture. Mais cela posait un sérieux problème… Ces dernières volontés n'étaient pas du goût de Harvey.

Aussi, avant d'opérer, il congédia le garçon de salle.

Il souhait agir seul. Ce serait *son* moment. Il allait disséquer le plus grand génie de tous les temps et sans doute entrer dans l'histoire.

Le légiste pria une courte minute, se signa, puis retira le drap blanc.

Quel choc !

Le corps blafard d'Einstein s'étalait comme un vulgaire quartier de viande. Ses chairs affadies – il avait soixante-dix-sept ans ; ses quelques bourrelets et la toison de poils blancs qui nimbait son torse le ramenaient à son état de simple mortel. Comment un dieu vivant pouvait-il paraître si semblable aux autres macchabées que le légiste avait débités pendant sa carrière ?

C'était bien la seule véritable égalité sur terre. À la fin des fins, nous finissons tous en un tas de chair et d'os trépassé.

La suite, en revanche, crée de nouveau une hiérarchie. Einstein rejoindrait le Paradis, c'était certain. Harvey se demanda combien de ses « clients » refroidis avaient mérité ce suprême couronnement ? Et combien n'avaient décroché qu'un simple accessit, celui du Purgatoire ? Et combien encore avaient échoué dans les ténèbres ardentes ? À cette question, il songea aussitôt au célèbre tableau de Botticelli, et à sa représentation de l'Enfer selon Dante. Il avait toujours été impressionné par ce chef-d'œuvre et s'était abîmé de longues nuits dans la lecture de *La Divine Comédie*, l'un de ses livres de chevet. Quand on charcute des cadavres à longueur de journée, que la mort nous fait face avec mille visages, on ne peut que s'interroger sur les mystères du ciel et les décisions « d'aiguillage » du Tout-Puissant.

Et lui, Harvey, quel sort l'attendait ?

Sa promiscuité avec la mort rendait l'enjeu plus prégnant que jamais.

Il devait se distinguer. Mériter l'Éden, sur terre comme dans les cieux.

Harvey détailla ensuite ce visage familier. La chevelure en pétard, les paupières tombantes, et bien sûr l'inénarrable moustache. Il s'attendait à ce que le physicien ouvre brutalement ses yeux débonnaires et lui tire la langue, comme sur la célèbre photo prise cinq ans plus tôt. Puis il saisit un scalpel, le planta juste sous le sternum et incisa jusqu'au pubis. Un geste sûr, parfaitement rectiligne, sans l'ombre d'une émotion. Aussitôt, l'odeur d'œuf pourri du sulfure d'hydrogène qui macérait dans les boyaux s'exhala dans toute la pièce. Harvey n'y prêtait plus attention depuis bien longtemps, d'autant que son masque de tissu le protégeait en partie de ces relents nauséabonds.

Il ne lui fallut que deux minutes pour constater une dilatation anormale de l'aorte, qui avait fini par éclater comme un ballon de baudruche dans l'abdomen, entraînant une grave hémorragie interne. Bien qu'il eût rapidement déterminé les causes de la mort, le légiste examina les organes – c'était le protocole – avant de recoudre le prix Nobel. Une immense cicatrice s'étirait du cou jusqu'au pubis.

Il allait maintenant s'occuper de l'essentiel.

Ce qui allait faire basculer le sens de son existence, il en était intimement convaincu.

En un tournemain, il scalpa l'Allemand et mit l'os à nu. La peau sanguinolente recouvrait le visage et masquait la moustache iconique. Puis il cisailla le crâne et tira l'os frontal en arrière.

Il demeura immobile deux longues minutes.

Ses yeux ne parvenaient pas à se détacher du cerveau le plus performant de l'histoire de l'humanité, comme s'il pouvait redémarrer en un éclair et révéler les secrets de son génie, à l'origine des intuitions fulgurantes qui avaient bouleversé notre perception de l'espace et du temps.

Les instructions étaient claires : incinération *complète* du corps du physicien.

Demande irrecevable.

Le légiste alla vérifier que la porte de la salle d'autopsie était bien fermée. Et, par prudence, donna un tour de clé. Personne ne pouvait entrer, ni l'observer.

Il prit une profonde inspiration puis plongea les mains dans la boîte crânienne.

Deux minutes plus tard, l'organe reposait sur la balance, fixée à la gauche du petit lavabo en inox.

Harvey écarquilla les paupières.

Comment était-ce possible ?

Le cerveau d'Einstein ne pesait que mille deux cent trente grammes ! Deux cents grammes de moins que le poids moyen d'une cervelle humaine.

Son cœur battait à tout rompre. Il n'aurait jamais le temps de l'analyser ; famille, collègues et journalistes du monde entier attendaient son verdict sur les causes du décès.

Finalement, il s'empara d'un ample bocal de formol et y plongea l'encéphale. Puis il dissimula son larcin au fond d'une grande sacoche.

Il remit l'os du crâne en place, releva le scalp et sutura grossièrement.

Il ne lui restait que peu de temps pour exfiltrer son larcin et l'étudier sereinement dans son laboratoire de l'université de Pennsylvanie, à quatre-vingts kilomètres de là.

Il recouvrit le cadavre de son linceul blanc et se dirigea vers la porte, sacoche en bandoulière. Il n'avait plus qu'à rédiger un rapport circonstancié, peut-être répondre à quelques journalistes – avec l'accord de la famille et de la hiérarchie de l'hôpital. Si tout allait bien, il serait à l'université au petit matin.

Lorsqu'il franchit le seuil, une silhouette se découpa dans la pénombre. Il songea aussitôt au garçon de morgue qui avait dû tenter de l'espionner ; il connaissait sa curiosité.

– Vous pouvez ramener le corps, souffla Harvey.

– Je peux savoir ce que vous trimbalez dans votre sacoche ?

Le légiste se pétrifia.

Cette voix, rauque et puissante, lui était inconnue.

En plissant les paupières, il réalisa que la silhouette était bien plus haute que celle de son assistant.

Instinctivement, il recula d'un pas et se cala dans l'encadrement de la porte.

– Qui êtes-vous ?

– On m'appelle Virgile.

Chapitre 8

Lundi 8 avril 2024, Rome, 11 h 26

Comme prévu, la nouvelle « livraison » n'avait pas tardé.

Belaïd s'était bien planté, avec sa théorie du 6e arrondissement de Paris.

Les tueurs voyaient décidément grand.

Le nouveau macchabée se trouvait à plus de mille kilomètres de là, en plein cœur de la capitale italienne. La connexion avec l'affaire instruite par la Crim avait été rapide : les médias européens avaient relayé la profanation du tombeau de Marie Curie, et la découverte d'une lamelle gravée avait rapidement fuité. Les enquêteurs italiens, confrontés au même type d'indice, avaient informé l'officier de liaison du service de sécurité intérieure de l'ambassade de France, avec lequel ils échangeaient au quotidien. La coopération entre les deux pays était ancienne, surtout en matière d'immigration, de lutte contre le terrorisme et les réseaux mafieux. Et puis Louise s'était illustrée à Rome lors de sa dernière enquête d'envergure, deux ans plus tôt. Ayant été témoin de la défenestration du directeur de l'observatoire du Vatican, elle avait été interrogée par ses collègues romains. Elle en avait conservé un lien direct avec l'un des enquêteurs et s'était adressée à lui, sitôt l'information transmise à la Crim.

Elle n'allait certainement pas attendre d'ordre de mission officiel, une perte de temps insupportable.

Louise avait donc filé à l'anglaise en Italie d'autant que Ceylac l'avait invitée à aller se faire voir chez les Grecs. Logique.

Ils voulaient qu'elle bosse en solo, tant mieux. Elle n'avait besoin de personne.

Dans le taxi qui la conduisait de l'aéroport Léonard-de-Vinci-Fiumicino vers les sublimes jardins de la villa Borghèse, elle éplucha de nouveau les quelques pages transmises par les services italiens, agrémentées de photos rebutantes. Le cadavre, menotté sur une espèce de trône – une chaise en bois coiffée d'un immense dossier –, se trouvait entièrement nu, ensanglanté, et le visage déchiré par la souffrance. Sur le torse, une série de lacérations dessinaient un nouveau message codé, mâtiné de français et de latin : « Bienvenue dans l'étage néolytique de l'anthropocène. *Gyrum Novem.* » Le mystère s'épaississait, d'autant que cet étrange adage ne figurait certainement pas dans *L'Enfer* de Dante. Mais le plus révulsant, sur ces clichés, se trouvait au niveau de la tête. Le crâne scié, de manière irrégulière et saccadée, laissait entrevoir le pire. La découpe n'avait rien à voir avec celle d'un légiste, telle que l'enquêtrice l'avait encore vérifié – avec dégoût – l'avant-veille en salle d'autopsie, sur la dépouille du directeur adjoint du CEA. D'évidence, l'os avait été cisaillé tandis que son propriétaire vivait encore, infligeant un martyre ignoble durant de longues minutes.

Il est évident que, même en pleine nuit, les assassins n'auraient jamais pris le risque de pratiquer cette torture au beau milieu d'un des hauts lieux touristiques de Rome. Le corps avait certainement été transporté. Les hurlements auraient ameuté les noctambules qui hantaient les allées verdoyantes du jardin, lequel, bien que bouclé à 19 h 30, restait fréquenté par les inconditionnels qu'aucune grille n'arrêtait.

L'un des clichés réalisés par les techniciens de la police scientifique romaine était particulièrement éloquent. On voyait la cervelle baignant dans le crâne évasé, à moitié en bouillie. Était-ce en raison du découpage à vif ? La scie avait-elle pénétré trop profondément, laminant une partie des lobes cérébraux ? Ou bien…

Un frisson parcourut la jeune femme.

Ou bien s'étaient-ils amusés à triturer le cerveau du vivant de la victime, pour lui faire subir un supplice indicible ?

Que pouvait donc ressentir quelqu'un dont on lacère la cervelle par touches successives, tandis qu'il est toujours conscient ?

Louise refusait d'y penser. Une nausée refluait de son estomac vers l'œsophage, d'autant que le chauffeur accélérait comme un dératé dans la rue Jules-César, pourtant parsemée de feux et de stops qu'il violait allègrement, quitte à piler à la dernière seconde.

Le suppôt de Fangio ralentit enfin sur le pont Pietro Nenni qui surplombait les eaux turbides du Tibre. Trois ou quatre virages plus tard, ils virèrent sur le cours Flaminio jusqu'à la porte monumentale de la célèbre place du Peuple, avant de stopper presque aussitôt devant l'entrée majestueuse des jardins de la villa Borghèse. Le parc de quatre-vingts hectares comptait neuf accès ; celui-ci était de loin le plus impressionnant. Deux temples aux immenses colonnes ioniques encadraient le début de la route qui s'enfonçait dans le domaine. La haute grille de fer forgé était ouverte, sans aucun filtrage. Les investigations, qui duraient depuis plus de quarante-huit heures, avaient sans doute suffisamment avancé pour laisser de nouveau pénétrer les touristes sur une partie du site.

Le taxi remonta la voie George-Washington bordée de

chênes verts. La ribambelle d'autocars qui stationnaient habituellement le long de la chaussée s'étaient volatilisés. Seuls quelques véhicules clairsemés marquaient le lent retour à la normale.

Le chauffeur s'immobilisa sur la « place du flocon », devant la coquette fontaine du même nom qui annonçait l'imminence de l'horreur.

Un peu plus haut, des policiers et des « astronautes » de la scientifique s'affairaient encore derrière un large ruban qui délimitait la scène de crime. Le légiste avait levé le corps deux jours plus tôt, direction l'institut médico-légal de la ville. Même si le cadavre ensanglanté n'était plus visible, Louise savait qu'elle en ressentirait la présence. Elle était imprégnée des photos issues du rapport, qui l'obsédaient.

Elle se figea devant l'étang.

C'était, pour elle, l'un des endroits les plus féeriques de Rome. Les rayons du soleil faisaient scintiller la surface de l'îlot de reflets magiques. Comment pouvaient-ils l'avoir souillé ? Les barques, qui sillonnaient d'ordinaire les eaux émeraude avec leur lot d'amoureux, se trouvaient sagement parquées sur les rives, rames rentrées.

Elle leva les yeux vers le temple de style néoclassique, paré de colonnes ioniques et coiffé d'un fronton triangulaire. Derrière le portique se dessinait l'imposante statue du dieu Esculape. Et c'est là, au pied de la sculpture, que le cadavre avait été placé, sur un trône de bois. La mise en scène avait été soignée, comme en attestaient les photos.

– Luisa !

La jeune femme se retourna, sur ses gardes.

– Massimo ?

Elle peinait à reconnaître l'officier qui l'avait interrogée deux ans plus tôt. Alors imberbe, il arborait désormais un look hipster. Ses cheveux de jais légèrement bouclés lui donnaient toujours une allure juvénile, mais les bouquets poivre et sel qui émaillaient sa barbe foisonnante brouillaient son âge. Il ne manquait cependant pas de charme, avec son sourire clinquant.

– *Si, come stai ?*

Louise répondit deux mots de politesse dans la langue de Molière, pour s'épargner de baragouiner un mélange d'espagnol et de mauvais italien. Massimo Bianchi était *commissario*, un grade équivalent à celui de commandant divisionnaire au sein de la police française, malgré sa ressemblance avec le terme de commissaire. Il appartenait à la Catturandi, la première section criminelle de la Squadra Mobile de Rome qui jouissait de la même aura que la Crim parisienne. Ce respect mutuel facilitait les échanges.

– Tu arrives à point nommé. On termine les derniers relevés. On a pu reconstituer le parcours du corps, des traces de sang ont été découvertes dans l'herbe et sur le ponton de bois qui conduit à la statue.

Bianchi s'exprimait dans un français remarquable, mais son accent tutoyait les sommets. Il roulait les *r* comme une vieille deux-chevaux, et ses phrases chantonnaient. Il pouvait débiter des horreurs, décrire les crimes les plus sordides avec des intonations joyeuses qui le faisaient passer pour un gros sadique – du moins pour une Française telle que Louise. Malgré tout, il se révélait bien plus sympathique et séduisant que Ceylac, à grade égal. En cet instant, elle eût nettement préféré disposer de la nationalité italienne et travailler avec un collègue pareil, plutôt qu'avec « l'autre puits de science à la mords-moi le nœud ».

Bianchi conduisit la Française jusqu'au ponton qui reliait la berge au temple, édifié sur une minuscule presqu'île. Elle se faufila sous le bandeau puis contourna les cavaliers qui balisaient traces et indices – dont deux belles empreintes de pas.

Au pied de la statue du dieu Esculape, qu'elle n'avait jamais vue d'aussi près, une tache brunâtre matérialisait l'emplacement du « trône de la torture ». Elle sonda le périmètre et tenta de se représenter le parcours de la victime. Les tarés qui l'avaient décapsulée à vif s'étaient sans doute faufilés au cœur de la nuit, sans se faire remarquer, ce qui n'était pas si simple, surtout nantis d'un immense fauteuil de bois. Comment avaient-ils opéré ? S'agissait-il, une fois de plus, de l'œuvre d'un commando très entraîné, comme au Panthéon ?

Et pour quelle raison s'en étaient-ils pris à lui ? Qui était-il ? Quel était son péché ?

Au même instant, Bianchi brandit un petit sachet de plastique dans lequel reposait une lamelle métallique.

– Le légiste l'a retrouvée hier, lors de l'autopsie, enfouie dans le cerveau.

Louise s'empara du scellé ; une partie de la réponse – et la suite du rébus macabre – se trouvait là.

Sur la face la plus lisible, un nouveau cercle irrégulier accueillait un chiffre. Cette fois, il s'agissait d'un 7.

L'enquêtrice se creusa aussitôt les méninges. À quoi renvoyait le septième cercle ?

Bianchi lisait ses pensées et s'était posé la même question la veille. Ils étaient connectés, partageaient la même vision des crimes.

– La violence. Le septième cercle de *L'Enfer* de Dante emprisonne l'âme des hommes qui se sont rendus coupables de violence envers les autres – les assassins ; envers eux-mêmes – les suicidés ; ou envers Dieu – les blasphémateurs. Ceux qui ont tué sont condamnés à passer l'éternité dans le Phlégéthon, un fleuve de sang en ébullition où ils sont ébouillantés nuit et jour.

Au même instant, Louise pivota vers l'étang.

Était-ce son imagination ou distinguait-elle des reflets

pourpres à la surface ? Comme hypnotisée, elle crut apercevoir une silhouette en haillons, ample capuche dissimulant le visage, debout sur une barque en train de traverser le bassin à l'aide d'une longue rame. Le spectre de Charon, le passeur des Enfers, la terrifia.

Louise battit plusieurs fois des paupières et reprit ses esprits.

– Donc, d'après toi, le type a été torturé à mort parce qu'il avait lui-même fait preuve de violence ? C'est quoi, l'idée : œil pour œil, Dante pour Dante ?

Bianchi sourit.

– Tu ne crois pas si bien dire. Si nous, la Catturandi, avons été saisis de l'affaire, c'est parce que la victime est bien connue de nos services.

La première section criminelle de la Squadra Mobile traitait du crime organisé, et non des atteintes à la personne de droit commun. On ne les dérangeait pas pour de vulgaires pécores.

– C'était un membre actif de la 'Ndrangheta, précisa Bianchi.

– La mafia calabraise ?

L'Italien acquiesça. Cette fois, Louise en perdait son latin. Ce qui, à Rome, s'avérait particulièrement handicapant.

– Attends, tu es certain que le mec n'a rien à voir avec le milieu du nucléaire ? La radioactivité ? La bombe atomique ?

– Rien du tout. Son casier est long comme le bras, et il est soupçonné d'avoir commis une série d'exécutions pour l'un des parrains les plus influents de la 'Ndrangheta.

Louise savait que cette organisation mafieuse était considérée comme l'une des plus puissantes au monde – et donc des plus dangereuses. Les auteurs du meurtre n'avaient pas froid aux yeux. Ils s'exposaient à des représailles massives. En attendant, le pedigree du refroidi atomisait – c'était le cas de le dire – les hypothèses de l'enquêtrice et donnait raison à Ceylac.

Il fallait repartir de zéro. Chercher d'autres liens.

Elle observa de nouveau la pièce à conviction.

– Tu m'as bien dit que le légiste l'a retrouvée enfouie dans le cerveau ?

– Absolument. Très profondément, même.

– Au niveau des noyaux antérieurs ?

Louise se souvenait que le légiste avait insisté sur l'emplacement, dans cette zone, de la lame métallique qui avait dilacéré les tissus cérébraux du directeur adjoint du CEA.

– Attends... Je crois qu'il a parlé de ça, en effet... Mais...

Bianchi compulsa ses notes.

– Oui, c'est ça : il en a parlé, mais pour dire qu'ils n'y étaient plus. Les noyaux.

Louise haussa les sourcils.

– Comment ça ?

– Eh bien, d'après le doc, après avoir découpé le crâne comme des porcs, ils ont non seulement inséré la lamelle, mais ils ont retiré des morceaux de la cervelle. Le légiste, dans son jargon, il a appelé ça...

L'Italien tourna une page, puis une autre.

– Voilà : « Exérèse d'une partie des ganglions de la base. »

– Et, d'après lui, ils les ont retirés exprès ? Je veux dire, nettement, volontairement, ou c'est parce qu'ils ont charcuté le mec n'importe comment ?

Bianchi haussa les épaules.

– Aucune idée. Mais le doc semblait trouver ça plutôt net. Enfin, c'est l'impression qu'il donnait.

Louise retourna la lame métallique qui gisait toujours à l'intérieur du sachet plastifié. Évidemment, elle se trouvait incapable de discerner les pattes de mouche qui livraient un nouveau message à l'attention des enquêteurs.

Bianchi consulta son calepin.

– C'est écrit en italien, mais j'ai noté la traduction précise en français. Ça dit : « Le pécheur retrouvera le dieu des Enfers dans le neuvième cercle de glace, et périra dans d'atroces souffrances. L'un après l'autre, tous les pécheurs seront annihilés par la puissance vengeresse du premier cercle. »

Louise haussa les sourcils et consulta aussitôt son smartphone.

– Ça ressemble beaucoup au message retrouvé sur la lamelle du directeur adjoint du CEA… Attends… Voilà : « Le pécheur, conduit par Charon à travers l'Achéron, ira de la ville rouge au neuvième cercle de glace, et périra ensuite par la colère du plus petit cercle. »

Elle tendit l'appareil à son confrère. Bianchi relut le message à plusieurs reprises.

– C'est vrai. Mais cette fois, ils vont un peu plus loin, non ? Ils parlent de vengeance. Et surtout, que « tous les pécheurs seront annihilés ». Et « dans d'atroces souffrances »…

Louise déglutit. L'officier avait raison. Il n'était plus question d'une cible, ici ou là, mais bien d'une menace « collective ».

– Et l'inscription sur le torse ? « Bienvenue dans l'étage néolytique de l'anthropocène ». Vous avez une interprétation, une piste ? Un lien avec le texte de la lamelle ?

– Rien de concret, concéda Bianchi. Ça ressemble à l'œuvre d'un gang de psychopathes… Ça part dans tous les sens. Le néolithique, c'est la préhistoire… L'anthropocène, au contraire, c'est aujourd'hui – enfin, d'après certains spécialistes. Ça désigne la période à partir de laquelle l'homme s'est mis à dominer le destin de la terre.

– Et la signature en latin ? *Gyrum Novem* ?

– Un truc comme la neuvième ronde.

– Quel bordel ! murmura Louise pour elle-même.

Les fondus du ciboulot s'en donnaient à cœur joie. Existait-il seulement une logique dans tout ça ? Était-ce vraiment pensé, structuré ? Ou s'amusaient-ils à balader les flics, pour le plaisir de les voir s'empêtrer dans une mélasse indicible ? Pendant qu'ils s'échinaient à tenter d'interpréter ces messages, les enquêteurs ne se concentraient pas sur l'essentiel : tout faire pour neutraliser ces tortionnaires. D'autant qu'ils semblaient bien partis pour décérébrer une bonne fraction de l'humanité. Les mafieux, passait encore. Mais des huiles du Commissariat à l'énergie atomique, cela faisait sévèrement monter la pression à la PJ...

Toute à ses pensées, Vernay riva son regard sur la statue, qu'elle avait quelque peu négligée. La métaphore du Phlégéthon, ce fleuve de sang dans lesquels s'ébouillantent les damnés pour l'éternité, pouvait expliquer le choix de ce modeste étang. Mais y avait-il autre chose ?

L'enquêtrice observa l'auguste idole gréco-romaine aux muscles saillants, drapé dans sa dignité – et dans une toge aux plis et ourlets superbement exécutés, plus vrais que nature. Le dieu empoignait un long bâton de bois, à la manière d'une crosse de cardinal, autour duquel s'enroulait une couleuvre.

Le fameux bâton d'Esculape, symbole des professionnels de santé.

Ils avaient donc ciblé le dieu de la médecine, Asclépios en grec, pour continuer leur rébus sanglant. Que voulaient-ils indiquer ? Une piste explicite – les commanditaires appartenaient au corps médical, ce qui expliquerait leur prouesse technique avec le directeur adjoint du CEA « poignardé de l'intérieur » ? Mais si tel était le cas, pourquoi avoir honteusement bâclé le cisaillage du crâne du mafieux calabrais ? C'était un travail de sagouin. Voulaient-ils au contraire dénoncer des praticiens, les pointer du doigt ? Mais qui, et pourquoi ?

En attendant, ces siphonnés qui jouaient les serial killers hollywoodiens usaient les nerfs de l'enquêtrice.

Louise détourna son regard et embrassa l'arrière-plan. Des grappes de curieux s'agglutinaient autour du périmètre interdit. Légèrement en retrait, une petite troupe regardait ailleurs, le nez en l'air. Que mataient-ils ?

L'enquêtrice plissa les paupières. Et s'ils avaient repéré un objet, une preuve, ou même une simple trace ? Quelque chose qui pût aider l'investigation ? Son intuition lui soufflait qu'un indice, un élément déterminant se trouvait à portée de main. Elle se courba, franchit la rubalise et remonta vers l'attroupement.

Une dizaine d'hommes mûrs palabraient au pied d'un arbre, sur un ton enjoué parfaitement décalé. Avaient-ils réalisé qu'un meurtre sordide avait été perpétré à quelques dizaines de mètres ?

– On peut savoir ce que vous faites ? lança Louise dans un anglais parfait.

Elle avait au moins ça pour elle.

Deux têtes chenues dévisagèrent l'inconnue, l'air déconcerté.

C'est alors que la Française aperçut une silhouette qui lui disait quelque chose. Un corps long et sec. Un léger déhanchement…

– Nous observons ce superbe centenaire, *Cedrus libani*. Je dirais qu'il a été planté entre 1852 et 1854.

L'homme, qui avait répondu en français, tourna son visage et esquissa un léger sourire.

– Bonjour, commissaire.

Louise écarquilla les yeux.

– Mais… Qu'est-ce que vous foutez là ?

Chapitre 9

Lundi 8 avril 2024, Rome, 12 h 34

Louise hallucinait.

Bien qu'elle ne l'eût croisé qu'une seule fois, le souvenir demeurait vivace, et pour cause : il ne remontait qu'à quelques jours, dans un contexte bien particulier. À trente mètres de profondeur, sous le Panthéon. Des images de leur rencontre, tels les essaims de champignons – y compris des psilocybes aux vertus psychédéliques –, lui traversèrent l'esprit en quelques fractions de seconde.

– Professeur… professeur comment, déjà ?

– Vogel. Alban Vogel, glissa le naturaliste de sa voix caverneuse.

– Je peux savoir ce que vous faites sur la scène de crime ?

– La scène de crime ? s'étonna l'universitaire. Première nouvelle. Mais je comprends mieux la présence de vos collègues.

Louise fit une moue qui en disait long. C'était quand même difficile à avaler. Autour de Vogel, ses collègues, qui ne captaient pas un mot de français, commençaient à s'impatienter.

– Je participe, tout comme mes confrères, à EuroGard X, le dixième congrès européen des jardins botaniques. Il a lieu cette année à Rome. Nous écumons les plus beaux parcs de la ville, à l'invitation de monsieur le directeur, le Pr Giovanni Sacchetti.

Vogel tendit le bras en direction d'un petit grassouillet à l'œil globuleux qui, d'évidence, goûtait le physique de la Française.

Louise pinça les lèvres de dégoût et enchaîna :

– C'est quand même une sacrée coïncidence, non ? Que vous vous trouviez sur deux scènes de crime au mode opératoire similaire, à quelques jours d'intervalle ?

– Sans vouloir vous contredire, ce n'était pas vraiment une scène de crime, à Paris. Marie Curie était déjà un peu morte quand ils ont ouvert son tombeau, non ?

Apparemment, il ignorait tout des deux gardiens dessoudés de sang-froid. L'information – pour une fois – ne s'était pas ébruitée.

– Oui, bien sûr, évidemment... Je voulais parler du point commun, la lamelle gravée, enfouie dans le crâne...

– Ah ? Vous avez aussi retrouvé une lamelle dans la tête de votre victime italienne ?

Vernay ramait. Voilà qu'elle divulguait un détail de l'enquête qui n'était pas non plus encore sorti dans la presse. Et dont la révélation pouvait compromettre les investigations.

– Je... Ce n'est pas ce que je voulais dire... Il n'y a pas à proprement parler de lamelle... Enfin, pas exactement...

Vogel la toisa d'un air moqueur et s'amusait de la voir s'empêtrer. Louise n'était vraiment pas d'humeur.

– Bon, écoutez, de toute manière, tout ça ne vous regarde pas. Mais dès que vous rentrerez à Paris, vous viendrez au Bastion me raconter en détail ce que vous faisiez la nuit dernière, et celle de la profanation du Panthéon, aussi. Et on vérifiera tout, comptez sur moi.

Sur ce, l'enquêtrice tourna les talons.

– Attendez !

L'universitaire délaissa ses confrères qui continuaient de s'extasier devant le tronc du cèdre, comme s'ils avisaient la huitième merveille du monde. Ils ne vivaient pas sur la même planète.

– Je suis désolé, je ne voulais pas vous froisser.

Louise boudait, mauvaise perdante. Pour qui se prenait ce mâle blanc de cinquante ans ? Enfin, quand elle disait cinquante, c'était une manière de parler. Vogel semblait déjà bien avancé dans la décennie. Le soleil avait fait prématurément vieillir son visage, lequel se trouvait traversé de rides profondes et de quelques crevasses – ce dont elle n'avait pu s'apercevoir dans la pénombre des galeries souterraines du Panthéon. Le revers d'une vie de naturaliste, passée pour l'essentiel en extérieur, et livrée aux caprices des éléments.

– C'est vrai ce qu'on raconte ? Que des messages empruntés à *L'Enfer* de Dante figurent sur ces fameuses lamelles ? Et qu'on a trouvé le chiffre 6 dans un cercle ?

Vernay se figea. Cette fois, il en savait trop pour être honnête. À croire qu'il le faisait exprès. Il rêvait de se faire passer les menottes, ou quoi ?

– D'où tenez-vous ces informations ?

L'universitaire brandit son portable et lui montra le site d'un torchon qui se prétendait journal. Louise songea aussitôt que ces scribouillards avaient la langue trop pendue et qu'on ferait d'ailleurs mieux de la leur couper. Qui avait craché le morceau ? Le procureur ? Le juge ? Ou bien l'un des canards boiteux de la bande de Ceylac ? Et pourquoi pas Ceylac en personne, pour se faire mousser ? Il rêvait de faire la une des journaux. Et cela expliquerait aussi son empressement à se débarrasser d'elle. Ne pas céder une once de lumière ; ne jamais rester dans l'ombre. Une devise qui lui collait à la peau.

– Il ne faut pas croire tout ce qui est écrit dans les journaux, cingla Louise.

Tout en reprenant sa route vers le lac, elle jeta un regard de biais sur l'universitaire. Malgré son visage en partie grêlé, il en imposait. Un bon mètre quatre-vingt-cinq ; un corps fin mais galbé qui dénotait soit une belle hygiène de vie, soit un penchant pour la gonflette. Mais elle l'imaginait mal en salle de musculation, suer au milieu d'une bande de lascars soulevant de la fonte ou courant sur un tapis comme un hamster dans une roue. En attendant, il se montrait pugnace, pour ne pas dire collant. Et nullement décidé à lâcher le morceau.

– Si ces infos sont exactes, les chiffres gravés dans des cercles sont en lien avec les différents cercles de *L'Enfer*, j'imagine ?

Cette fois, Louise sourit en coin. Le botaniste était parvenu aux mêmes conclusions que les siennes et que celles de Bianchi – n'en déplaise à Ceylac. Elle décida de lâcher du lest. Au fond, ce type pouvait peut-être lui permettre de trouver son chemin dans le brouillard.

– Eh bien… nous ne sommes pas tous d'accord là-dessus, mais c'est une hypothèse, en effet.

– Vous aviez un 6, n'est-ce pas, à Paris ? Et sur votre victime, ici ? Si ce n'est pas indiscret, bien sûr…

Vernay hésita.

– Un 7, concéda-t-elle finalement.

– Mmm. D'abord l'hérésie. Maintenant la violence. Une gradation inéluctable… Il ne reste que deux marches avant la ville rouge et le cercle de glace…

Vernay, estomaquée, tourna furibarde.

– Attendez, vous savez aussi ce que contiennent les messages codés ? Baveux de journalistes de mes deux, si je les tenais entre les mains…

– Non, non, ça n'a rien à voir. Je me référais simplement au texte de Dante. Vous savez, j'ai suivi une formation classique, d'abord littéraire, à la Sorbonne, puis scientifique, à l'École normale supérieure.

Louise était épatée. Ce type était un vrai puits de science. Pendant qu'il racontait sa vie, elle se remémora sa discussion enflammée, trois jours plus tôt, avec les membres du groupe de Ceylac. Les enquêteurs piétinaient sur l'un des messages mentionnant que le pécheur se rendrait « de la ville rouge au neuvième cercle de glace »...

– Vous avez parlé de la ville rouge : vous savez ce que ça désigne ?

– Bien sûr, c'est Dité. La ville de Lucifer en personne. Elle est située tout en bas de l'Enfer, flanquée par le Cocyte, un immense lac glacé.

Au même instant, Massimo Bianchi surgit du lac d'Esculape – enfin, du petit ponton, il n'était ni trempé, ni gelé – et s'approcha des deux Français.

Louise fit vaguement les présentations. Vogel, sur sa lancée, interpella l'Italien.

– La victime que vous avez trouvée ici, elle a un rapport avec celle de Paris ?

Bianchi jeta un regard stupéfait à sa consœur.

– Ça n'existe pas, le secret de l'enquête, en France ?

Vernay toussota.

– Laisse tomber, le Pr Vogel est un peu obsédé par l'affaire depuis que le commando du Panthéon a saccagé ses champignons.

Mais l'universitaire n'en démordait pas.

– Et, je me demandais, avez-vous aussi découvert un tombeau profané, en écho à ce meurtre ? Comme en France avec Marie Curie ? Avec une seconde lamelle « 7 » ?

Les deux policiers se figèrent, comme touchés par la grâce.

– Pas que nous sachions, articula Bianchi. Mais… il ne serait pas impossible que…

– Mais qui ? interjeta Vernay. Qui pourrait être associé à ce profil de victime ? En France, on avait un spécialiste du nucléaire, et la mère de la radioactivité. Il faudrait un assassin célèbre… Et même le père ou la mère de la violence !

Les deux flics se tournèrent vers l'érudit au front bombé. Son cerveau à lui devait occuper une place certaine dans sa boîte crânienne.

– Vous avez lu Victor Hugo, j'imagine.

Louise déglutit. Elle avait été une fort bonne élève, surtout en maths, mais s'était bien gardée d'ingurgiter d'énormes pavés comme ceux d'Hugo. Finalement, elle fit une moue évasive qui ne voulait rien dire.

– Avez-vous lu son *Lucrèce Borgia* ? insista Vogel. C'est une œuvre magistrale. Lucrèce a commis des meurtres, mais rien en comparaison de ceux du reste de sa famille, et en particulier son propre frère, César. S'il existe une dynastie italienne qui incarne la plus grande violence, c'est bien celle des Borgia.

Bianchi acquiesça. Tout Italien digne de ce nom connaissait le destin glaçant de cette famille dont les crimes hantaient la mémoire collective.

– Les Borgia ? J'en ai vaguement entendu parler…, murmura Louise.

Autour d'elle, les policiers commençaient à récupérer les chevalets qui nimbaient la pelouse verdoyante, jusqu'au minuscule pont qui soudait la berge au minitemple. Ils levaient le camp.

– Vous pensez que la tombe d'un Borgia a été profanée ? relança Bianchi.

– Peut-être. Le plus logique, ce serait celle de César Borgia, mais à ma connaissance, il est inhumé en Espagne. En revanche, un homme qui l'a bien connu me paraît bien mieux correspondre au calibre d'une Marie Curie. Il s'agit de l'ancien secrétaire de César Borgia : un certain Niccolò dei Machiavelli.

– Machiavel ! s'écria Louise. Évidemment... Qui d'autre...

– En effet, confirma Bianchi. Le poète a chanté les louanges de son maître, dans son œuvre majeure : *Il Principe. Le Prince.*

C'était l'un des fondements de la culture générale italienne, et même européenne.

– Pour Machiavel, la politique n'était que violence, renchérit Vogel. Il a fait l'apologie de César Borgia, lequel a assassiné ou fait assassiner un nombre incalculable d'opposants et d'importuns. Il a lui-même poignardé son propre frère, Giovanni, dans le seul but d'asseoir son pouvoir et de servir ses ambitions. L'expression « machiavélique » vient de là.

Le cerveau de Louise tournait à cent à l'heure, si bien qu'elle bouillait d'impatience. Et si ce type était en train de la sortir de la mélasse ?

– Où se trouve sa tombe ? Vous savez ?

– Je crois qu'elle est à Santa Croce, répondit aussitôt Bianchi, grillant la politesse à l'universitaire.

– Santa Croce ? C'est où ?

– C'est une basilique de Florence, très connue pour abriter les plus grands génies italiens. Outre Machiavel, il y a Rossini, Michel-Ange, Galilée...

– Attends... Tu veux dire que c'est votre Panthéon à vous ?

– En quelque sorte. Même si nous avons un Panthéon à Rome, il recèle beaucoup moins de célébrités. Santa Croce, c'est unique. Je crois d'ailleurs que Dante y est aussi enterré.

– Dante aussi ? Mais... il n'y a plus aucun doute !

Louise était surexcitée. Vogel, à l'origine de cette nouvelle piste grâce à ses questions pertinentes, pourrait être appointé comme consultant à la PJ ! Grâce à lui, elle tenait enfin quelque chose de concret. La similitude des modes opératoires de Paris et de Rome ne devait pas s'arrêter aux meurtres : ils s'en étaient pris au temple des grands hommes en France, ils allaient probablement faire de même en Italie. Et, avec un peu de chance, l'enquêtrice allait peut-être devancer les meurtriers. Bianchi, qui nourrissait le même espoir, s'empara aussitôt de son mobile.

Une minute et une litanie de verbes italiens plus tard, le visage de l'enquêteur s'illumina.

– Mes collègues de Florence viennent de m'annoncer que la basilique est en cours d'évacuation… Ils ont reçu une alerte à la bombe.

L'adrénaline jaillit comme une torpille dans les veines des deux flics. L'alerte à la bombe, le meilleur moyen de faire diversion et d'accéder au tombeau !

– On y va ! s'écria Louise, tout en dévalant la pelouse jusqu'aux véhicules de police.

– Florence est à trois heures de route ! Ça ne rime à rien, tout sera terminé ! tempéra Bianchi.

– Vous n'avez rien qui vole, à Rome ? C'est pas Léonard de Vinci qui a inventé l'ancêtre de l'hélico ?

Louise, qui avait vécu une course-poursuite épique en F-16 au-dessus des États-Unis, ne reculait devant rien.

– OK, j'appelle les carabiniers. Leurs hélicos stationnent à l'aéroport de Rome-Urbe, qui n'est qu'à dix minutes d'ici.

*

La police finit de boucler tout le périmètre. Impossible d'accéder à la bâtisse édifiée à la fin du XIIIe siècle.

L'évacuation avait été rapide, en cette journée de semaine distante du rush touristique estival.

Les Franciscains abandonnèrent leur sainte église la mort dans l'âme. Ils veillaient sur elle comme une louve sur ses petits. Et pour cause… La basilique recélait des joyaux exceptionnels, au point que les moines s'étaient mis en danger à plusieurs reprises ces derniers siècles, afin de protéger le plus précieux d'entre eux.

L'édifice avait été bâti en hommage à saint François d'Assise, et sa décoration, humble et dépouillée, ne pouvait susciter ni haine, ni convoitise – du moins le croyaient-ils. Sa destruction, en revanche, provoquerait une immense catastrophe, la perte irrémédiable d'un temple multiséculaire, un pont entre le temporel et le spirituel, entre l'humain et le divin.

La police guettait les artificiers, qui tardaient. Au bout d'une vingtaine de minutes, un véhicule blindé s'approcha enfin du cordon de sécurité.

Il franchit rapidement les barrières et s'immobilisa devant l'entrée de l'immense église. Six hommes lourdement équipés s'extirpèrent du camion. Ils ressemblaient à des chimères mi-astronautes, mi-scaphandriers ; leur tenue avait de quoi impressionner. Essentiellement constituée de Kevlar pour amortir les chocs en cas de déflagration, elle pesait plus de trente kilos. Cet équipement s'imposait lorsqu'il fallait intervenir sur des « engins explosifs improvisés » – comprendre : des bombes artisanales et des colis piégés.

Dans cet accoutrement conçu pour supporter chaleur, fragmentation et surpression, impossible de discerner les traits du visage. Le casque balistique mangeait toute la tête, et la visière étroite laissait à peine entrevoir les pupilles.

Ils s'engagèrent dans l'édifice, en transportant plusieurs *flight cases* de matériel ainsi qu'un robot démineur.

*

Louise et Massimo Bianchi décollèrent de la base de Rome-Urbe à bord d'un Agusta A.109 des carabiniers. Le bimoteur s'éleva dans un tourbillon de poussière, avant de filer plein nord à près de trois cents kilomètres-heure. Il lui faudrait une cinquantaine de minutes pour atteindre Florence. Le temps que les artificiers se mettent au travail, ils auraient déjà accompli près de la moitié du vol. Ils pourraient sans doute débarquer pour le début des opérations. Les flics de Florence allaient-ils former un cordon suffisamment étanche ? Comment être certain que la basilique s'était vidée de tous ses visiteurs ? Et si un commando s'était discrètement camouflé derrière les tombeaux, dans la crypte, ou dans une penderie de la sacristie ?

Louise imaginait tous les scénarios. Elle voulait voir de ses propres yeux ; pénétrer dans l'église quitte à prendre des risques insensés – en cas de présence d'une vraie bombe – et affronter l'ennemi qui la menait en bateau depuis plusieurs jours.

Il fallait surtout faire cesser l'hécatombe. Déjà quatre morts, sans compter la profanation du tombeau de Marie Curie.

Bianchi s'était installé à l'arrière, tandis que Vernay avait tenu à s'asseoir au côté du pilote pour voir défiler le paysage – sans quoi elle dégobillerait son petit-déjeuner. L'Italien observait discrètement la Française. Cette fille avait du chien. Elle en imposait, et son physique svelte – qu'elle s'efforçait de dissimuler soigneusement dans des tenues larges – ne manquait pas de la rendre attirante, pour qui savait lire entre les lignes.

Depuis quelques minutes, elle se montrait anormalement

nerveuse. Elle ne cessait de jeter des regards en tous sens. L'Italien se douta que cette frénésie s'expliquait par une forte pression de sa hiérarchie. L'une des victimes françaises travaillait pour un centre de recherche très sensible, qui manipulait la bombe atomique.

Ce qu'il ignorait, c'est qu'au moment de grimper dans l'appareil, Louise avait reçu un texto.

Un message qu'elle redoutait depuis des mois, des années même.

« Il faut prendre une décision. La situation se dégrade rapidement. Je t'attends pour en parler. Dès que possible. »

Son cœur avait manqué deux battements.

Ce n'était ni le moment, ni l'endroit.

Comment pouvait-elle lui faire ça ?

– Il y en a encore pour longtemps ? s'agaça Louise dans son micro.

– Trente minutes, répondit le pilote.

– On ne peut pas speeder un peu ?

– Je suis déjà au max, c'est limite pour les moteurs. Vous ne voulez pas qu'on se crashe, si ?

Louise maugréa et n'eut d'autre choix que de prendre son mal en patience. Elle devait s'élancer au plus vite sur le terrain, dans l'action ; cela lui permettrait de repousser l'inéluctable échéance de quelques heures encore…

*

Les artificiers s'étaient positionnés dans l'immense nef de la basilique. Comme prévu, personne n'était resté sur place. Et surtout, personne ne pouvait les observer. Tous se tenaient à carreau, à bonne distance de sécurité.

Celui qui semblait être le chef ôta son casque balistique et expira bruyamment.

– Qu'est-ce que c'est lourd, ce truc ! On suffoque là-dedans !

Il s'approcha de la porte, l'entrouvrit et vérifia qu'aucun flic n'était dans les parages. Puis il referma l'épais vantail.

– C'est bon, vous pouvez vous libérer.

Tous les hommes déposèrent leur casque, et trois d'entre eux se dévêtirent même de leur équipement complet. Ils n'étaient plus qu'en jean et baskets. Ils empoignèrent trois mallettes et se dirigèrent vers leur cible, pendant que les autres faisaient le guet. Ils s'apprêtaient à donner le change aux policiers qui ne tarderaient pas à prendre des nouvelles par radio.

Après avoir intercepté le convoi des démineurs, ils avaient vérifié le fonctionnement des communications. C'était le nerf de la guerre. L'un d'entre eux avait autrefois travaillé pour les « EOD », les experts du déminage. Comme il connaissait leur jargon et leurs codes, il pouvait échanger avec l'état-major sans éveiller de soupçon.

Pourquoi ces hommes avaient-ils voulu jouer les héros ? Le commando ne souhaitait abattre personne. Juste dépouiller les démineurs de leur équipement, les bâillonner et accomplir leur mission. Il avait fallu que l'un d'eux tente de s'interposer. Il s'était pris un pruneau en pleine tête. Les autres s'étaient heureusement calmés direct, sans demander leur reste.

À l'aide de leur puissante meuleuse, les techniciens commencèrent à desceller le tombeau. Au-dessus d'eux, une inscription latine prévenait : « HIC CLAUDOR DANTES PATRIIS EXTORRIS AB ORIS QUEM GENUIT PARVI FLORENTIA MATER AMORIS » – « Ici est enfermé, (moi) Dante, exilé de la terre patrie, qu'engendra Florence, mère peu aimante ».

*

L'hélicoptère arrivait enfin au-dessus de Florence. Les monuments mythiques de la ville s'érigeaient de part et d'autre de l'Arno, le fleuve qui abreuvait la cité depuis sa fondation au Ier siècle avant Jésus-Christ. On devinait déjà le *duomo* de la cathédrale Santa Maria del Fiore, la longue galerie des Offices et le sublime Palazzo Vecchio.

C'était l'une des plus belles villes au monde, chacun en convenait, et la découvrir depuis le ciel procurait une sensation féerique. Le Paradis avant de fondre sur l'Enfer… Qu'allait-il se produire ? Comment le gang des « décapsuleurs de ciboulot » allait-il opérer ? Les forces de l'ordre, et en particulier les démineurs, couraient-ils un grave danger ?

L'angoisse montait en Louise à mesure que l'appareil descendait sur la cité.

– La basilique est droit devant, annonça le pilote.

Immanquable, en effet, avec son ample façade de style néogothique nappée de marbre blanc et de marbre vert de Prato. Elle constituait d'ailleurs la plus grande église franciscaine au monde.

– Où va-t-on atterrir ? interrogea Bianchi.

– La police a complètement dégagé la Piazza Santa Croce, au pied de la basilique.

L'immense place occupait l'équivalent d'un stade de foot. Ils avaient reçu l'autorisation de se poser tout au bout, le plus loin possible de l'entrée, pour d'évidentes raisons de sécurité. Si l'édifice devait exploser, mieux valait éviter de succomber sous une pluie de caillasses.

Dès que l'hélico toucha le sol, Louise balança son casque-micro et sauta sur les dalles irrégulières et piquetées, comme nappées d'un revêtement antidérapant. La police avait formé un cordon aux mailles étroites ; plus personne ne pouvait évoluer dans les rues qui ceignaient la Piazza. Ils étaient seuls, les flics, Louise, Bianchi, les artificiers – leur véhicule blindé était garé tout près des portes – et sans doute les salopards qui voulaient s'en prendre au tombeau de Machiavel, ou peut-être même à celui de Dante.

*

Dans la basilique, trois des six faux démineurs faisaient les cent pas.

– Vous avez bientôt terminé ? interrogea le chef dans son micro.

La réponse retentit aussitôt dans son oreillette.

– On y est presque !

Une minute plus tard, les trois « techniciens » en tenue décontractée – mieux valait ne pas être entravé pour un tel travail de force – firent vaciller la lourde dalle qui reposait sur le tombeau de marbre.

Sous leurs yeux, deux cassettes renfermaient les restes du poète italien, considéré comme l'un des plus grands génies de tous les temps.

Le squelette de Dante se présentait pêle-mêle. Les commandos n'en avaient cure, ils n'étaient pas là pour reconstituer le puzzle. Ils s'emparèrent du crâne et jetèrent le reste sans ménagement au fond du tombeau. Plusieurs os se brisèrent, comme des verres de cristal. Ils y ajoutèrent un petit présent à l'attention des flics, leur marque de fabrique.

– C'est bon, on peut y aller.

Les six hommes se rassemblèrent dans la nef de la basilique. Les opérateurs, nantis de leur butin, renfilèrent la combinaison de protection et s'apprêtaient à sortir le plus simplement du monde pour regagner leur véhicule. Mais tandis qu'il ouvrait le lourd vantail de bois, le premier de colonne se figea net. Quelqu'un approchait à grands pas, visiblement décidé à les interpeller.

*

– Qu'est-ce que tu fous ? cria Bianchi. Tu es complètement folle, reviens !

Depuis un moment déjà, Louise gigotait comme si un ténia lui dévorait l'intestin grêle. C'était plus fort qu'elle. Il n'y comprenait rien, le rital. Ni lui, ni tous ces cons de carabiniers et de flics qui restaient sagement planqués pendant que les artificiers s'exposaient au pire. Son pressentiment ne cessait d'enfler. Elle en était sûre. Quelque chose de grave se déroulait, en ce moment même, au cœur de la basilique. Si personne n'était assez couillu pour s'en occuper, elle seule parviendrait peut-être à les sauver.

Elle s'était alors élancée en direction de l'immense église.

*

– Putain, mais qu'est-ce que…

Le faux démineur s'étrangla. Il n'avait que quelques secondes pour réagir.

Pourquoi cette silhouette fondait-elle sur eux ? Que leur voulait-elle ?

Les vrais artificiers avaient sans doute été retrouvés, bâillonnés et menottés, auprès du cadavre ensanglanté de leur collègue.

Finalement, le chef laissa l'intrépide pénétrer jusque dans l'église. Inutile de provoquer une fusillade. Surtout pas en cet instant. Avec un peu de chance, ils pourraient le neutraliser et repartir comme ils étaient arrivés. La probabilité s'avérait aussi faible que celle de convaincre le pape d'autoriser le mariage des prêtres. Mais qui ne tente rien n'a rien.

*

Louise entra dans la basilique.

Derrière elle, au loin, une ribambelle d'uniformes vociféraient et lui intimaient l'ordre de rentrer dans le rang. Elle était à deux doigts de leur en faire un, de doigt. Il n'était pas né celui qui dicterait sa conduite à Louise Vernay, lorsqu'elle se sentait investie d'une mission et que son intuition lui imposait d'intervenir pour éviter une catastrophe. D'autant plus qu'elle n'avait plus rien à perdre. Le texto l'obsédait et altérait son jugement. Elle courait sans doute un risque insensé, mais peu importait : elle pouvait crever, ici et maintenant ; cela lui éviterait de prendre la décision la plus grave de son existence. Au fond, c'était elle ou lui.

*

À l'extérieur, les forces de l'ordre restèrent médusées. Mais quelle mouche l'avait piqué ? Les artificiers n'étaient pas encore sortis ; le périmètre demeurait interdit à tous, sans exception aucune.

C'est alors que deux détonations discrètes retentirent derrière les lourdes portes.

À l'intérieur, le corps transpercé de deux balles de neuf millimètres, dont une en pleine tête, s'effondra de tout son long. Le regard écarquillé traduisait une expression de stupéfaction saisissante. Tout s'était déroulé en une fraction de seconde. Une mort nette et rapide, avant même d'avoir pu tenter quoi que ce soit. Avant même de réaliser que c'était la fin… Une flaque de sang noir commença de souiller les immenses dalles de marbre blanc.

Le chef du commando dévissa le silencieux de son Glock et le logea dans l'une de ses poches.

Puis, comme si de rien n'était, il sortit de la basilique, talonné par ses complices. Ils grimpèrent dans le blindé et s'évanouirent dans les rues de la ville, avant de rejoindre un parking et de changer de véhicule.

Tout était chronométré. En cinq minutes à peine, ils s'enfuirent sans être vus de quiconque.

*

Tandis que les démineurs s'éloignaient, Bianchi se précipita dans l'église, saisi par un mauvais pressentiment.

Autour de lui régnait un silence de mort.

Les œuvres de Giotto, Vasari ou encore Donatello restaient comme suspendues dans une faille de l'espace-temps. La charpente de bois, qui participait du caractère dépouillé de la basilique, donnait le sentiment de débarquer dans un bateau fantôme renversé. Les murmures qui s'élevaient habituellement de ce chef-d'œuvre de la Renaissance, en hommage aux génies disparus, s'étaient évaporés.

Puis ses pupilles butèrent contre une masse.

Le superflic se pétrifia.

Louise gisait au pied d'un des dix tombeaux qui flanquaient les murs de l'imposante nef.

Chapitre 10

Mercredi 20 avril 1955, Philadelphie, 9 h 51

– Vous avez commis une terrible erreur, Harvey.

L'homme avait parlé sur un ton glacial. Le légiste sut qu'il n'aurait pas de seconde chance. Il avait péroré dans le *New York Times* et devait maintenant faire profil bas.

Il faut dire qu'il n'y était pas allé de main morte. Cela avait été plus fort que lui. Il rêvait depuis des années de sortir du lot ; or, l'occasion était bien trop belle, si bien que le prix Nobel l'attendait peut-être au bout du chemin.

Le journal était paru le matin même – deux jours seulement après l'autopsie. Le titre annonçait la couleur : « Un indice clé recherché dans le cerveau d'Einstein[3] ». La suite résumait toute l'affaire, et son ambition profonde : « Le cerveau du Dr Albert Einstein, qui sera étudié avec les méthodes les plus modernes, pourrait faire la lumière sur l'un des plus grands mystères de la nature : le secret du génie. »

En découvrant l'article, il sut aussitôt que la famille, l'université, et même le monde entier lui tomberaient dessus. Les dernières volontés du physicien étaient pourtant claires : « Je veux être incinéré, afin que personne ne puisse idolâtrer mes restes. » Mais Harvey n'avait pu s'empêcher de subtiliser l'encéphale d'Einstein. Et, dès cet instant précis, sa vie avait basculé.

Au moment de quitter discrètement la salle d'autopsie muni de son butin, un homme s'était interposé. Il s'était présenté avec un nom singulier : Virgile. Harvey s'était cru perdu ; il allait devoir replacer l'organe et répondre de son acte inique. Au lieu de quoi, l'étrange personnage l'avait félicité. Il avait prétendu « montrer la voie », lui servir de guide, et l'avait invité à se placer sous sa protection. Grâce à lui, le légiste ne risquerait jamais rien, ni ne craindrait personne. Comment pouvait-il être si affirmatif ? « Faites votre boulot, et je ferai le mien », avait-il tonné de sa voix de stentor. Ainsi Harvey pouvait-il normalement poursuivre son ambition : passer de l'hôpital, où il pratiquait ses autopsies – dont celle d'Einstein – à son laboratoire de biologie, en Pennsylvanie. Comme beaucoup de médecins, il poursuivait aussi des recherches et se consacrait plus particulièrement à l'étude des organes qu'il prélevait parfois lors de ses dissections. Il était donc normal pour lui de rapatrier l'encéphale du génie allemand jusqu'à la paillasse de son laboratoire, afin d'entamer une série d'études très poussées.

Avec son interview au *New York Times* et ses redoutables conséquences, Harvey allait pouvoir éprouver l'efficacité de son *protecteur*.

Ce matin-là, donc, après la parution de l'article qui mettait le feu aux poudres, il s'attendait à une avalanche de reproches de toutes parts, mais lorsqu'il pénétra entre les murs de l'université de Pennsylvanie, à sa grande surprise, personne ne l'apostropha : ni ses collègues, ni la direction.

Parvenu devant la porte de son bureau, il devina la haute silhouette de Virgile dans l'embrasure. C'était donc ça… L'étrange personnage était passé par là et était parvenu à éteindre l'incendie que le chercheur avait déclenché.

L'homme sermonna Harvey, lui reprochant son arrogance et son inconscience. Ce type était très impressionnant ; nul doute qu'il obtenait toujours ce qu'il désirait. Qui pourrait lui résister ? Le médecin fit acte de contrition et le remercia d'avoir œuvré pour persuader ses collègues de le laisser travailler. Comment les avait-il convaincus ?

– Ce n'est pas votre problème. Je ne me mêle pas de vos recherches, ne vous mêlez pas de mes méthodes.

Tandis que le légiste s'apprêtait à retourner au labo, quelqu'un fit irruption dans le bureau sans y être invité. Il avait l'air furieux.

– Vous êtes Thomas Harvey ? aboya-t-il.

– Qui le demande ? répondit Virgile d'une voix calme.

– Je suis Hans Albert Einstein !

L'homme jeta un exemplaire du *New York Times* sur le bureau du légiste. Harvey se pétrifia. Il en oublia même de respirer. Son chaperon, nullement impressionné, assura le service après-vente.

– Vous venez à cause du cerveau, j'imagine ?

Le fils d'Albert Einstein déversa toute sa bile.

– Une honte ! Vous m'entendez ? C'est une honte ! Je veux que vous me remettiez immédiatement ce que vous avez volé ! Tout doit être incinéré ! Tout !

– Calmez-vous, rétorqua Virgile. Je vais vous expliquer.

Puis il se tourna vers Harvey, dont le visage bleui montrait qu'il était au bord de l'apoplexie.

– Et vous, faites ce que vous avez à faire. Allez !

Le légiste reprit son souffle et fila sans demander son reste. Cet étrange personnage allait-il vraiment réussir à convaincre le fils du génie allemand de le laisser œuvrer ? C'était hautement improbable. En attendant, il se concentra sur sa tâche, le peu de temps qui lui restait imparti.

Son laboratoire jouissait d'une instrumentation moderne.

Il disposa ses accessoires sur la paillasse immaculée : scalpels, pinces, et plaques de verre. Puis il nettoya les lentilles de son microscope. Enfin, il épousseta son microtome avec soin, pour ne pas dire avec amour. Car c'était la pièce maîtresse : il était l'un des rares pathologistes à en posséder un.

Le microtome permettait de trancher de très fines lamelles de cervelle – de l'ordre du millième de millimètre – de manière à observer les cellules qui les constituent. Son ambition était simple : connaître la « cytoarchitecture » du cerveau d'Einstein, c'est-à-dire mettre en évidence la nature, l'arrangement et la distribution des cellules qui le composent.

Avant d'entamer cette délicate opération, qui prendrait des mois, il s'empara de son imposant bocal de formol, puis en retira délicatement l'organe gélatineux.

Il l'avait déjà pesé et s'était étonné qu'il fût plus léger que la moyenne. Le secret du génie d'Einstein ne résidait donc en rien dans la masse de sa matière grise. L'explication était bien plus subtile…

Lorsqu'il avait observé l'encéphale en détail, la veille, il avait relevé deux phénomènes extraordinaires. D'abord, son lobe pariétal inférieur était plus large que la moyenne. Or, il savait que cette région traitait principalement la pensée mathématique, la vision et la décomposition du mouvement. Un indice fort troublant quant à ses extraordinaires capacités d'abstraction en physique fondamentale et spatiale…

Ensuite, le pathologiste avait découvert que la scissure de Sylvius était absente ! Ce profond sillon parcourt normalement la surface latérale du cerveau. Il démarre du dessous, puis se dirige vers le haut et l'arrière de chaque hémisphère.

Harvey avait réalisé des centaines d'autopsies. Il avait toujours relevé l'existence de cette fosse, profonde et large, visible au premier coup d'œil. Comment était-ce possible ? Il en déduisit que les neurones d'Einstein avaient eu la capacité de se projeter fort loin, sans être interrompus par cet imposant fossé, pour ne pas dire cette « douve » dans laquelle maintes pensées devaient s'abîmer chez le commun des mortels…

Harvey manipula le cerveau, une nouvelle fois. Il ressentit une excitation démesurée, qui confinait à l'orgasme. Il sut, en cet instant, qu'il pourrait consacrer le reste de son existence à en percer les mystères.

Il effleura la surface des plis et des replis. Il constata qu'ils étaient exempts de dépôts brun jaunâtre, typiques du vieillissement. Ces fins granules de pigment, une fois de plus, étaient toujours visibles à l'autopsie chez les personnes âgées. Sur le cœur, la peau, et même le cerveau. Ils se forment avec l'âge, comme une résine de débris cellulaires qui s'étale avec le temps. Elle est à l'origine des plaques noirâtres inesthétiques qui maculent la peau de nombreux vieillards.

Or, Einstein n'en avait aucune ! À soixante-seize ans, son encéphale était lisse et pur comme celui d'un jeune homme.

Harvey dégaina son carnet et nota frénétiquement : « Absence de lipofuscine à la surface des lobes cérébraux. »

Puis il saisit le cerveau et en écarta les deux hémisphères. Il plongea l'index, frotta et l'examina sous la lumière. Rien.

« Même constat dans les dimensions profondes. »

Ses yeux brillaient.

Le système nerveux central d'Einstein n'avait-il donc pas vieilli ? Comment ce prodige était-il possible ?

Dans l'heure qui suivit, il entama son labeur le plus technique, mais aussi le plus prometteur. Son excitation lui servant de carburant, il s'exécutait avec doigté et célérité.

Il découpa des cubes de cervelle, puis les passa par le fil de son microtome – sorte de trancheuse à charcuterie pour travaux miniatures. Il étala soigneusement chaque lamelle entre deux plaques de verre. Compte tenu du volume de matière à traiter, ce travail minutieux lui prendrait des mois ! Mais il devait « fixer » les couches cellulaires du cerveau d'Einstein. Il était convaincu que leur étude révélerait d'autres secrets et expliquerait enfin l'origine de son génie absolu.

Au bout d'une heure, il s'empara d'une des plaques et ne put s'empêcher de la placer sous la lentille de son microscope. Il commença d'en étudier les contours, les formes. Il devinait les amas de neurones et de cellules gliales. C'était, à n'en point douter, la seule méthode qui prévalût. Lorsqu'il aurait terminé, il distribuerait les dizaines de lamelles à ses collègues pathologistes, afin qu'ils fassent la recension des spécificités de chaque tranche cérébrale.

Tandis que Harvey s'extasiait, il sentit une présence derrière lui. Il se retourna et sursauta.

– Vous m'avez fait peur !

Virgile se tenait tout près de lui, le dépassant d'une bonne tête.

– Vous... vous avez parlé à Hans Einstein ? Va-t-il me poursuivre en justice ? Quand dois-je rendre le cerveau ?

– Jamais. Vous pouvez le garder. Et l'étudier à votre guise.

La mâchoire du praticien s'affaissa. L'homme à la haute stature était donc parvenu, après ses collègues et la direction de l'université, à convaincre le propre fils du physicien.

– C'est vrai ? Je veux dire... vraiment vrai ?

– À la seule condition que vous ne fassiez plus rien sans me consulter. Cela ne fait que deux jours, et vous avez déjà déclenché un séisme. Vous devez m'obéir et suivre la voie que je trace pour vous.

– Mais quelle voie ? Qui êtes-vous à la fin ? Pourquoi tant de secrets ? Qu'attendez-vous de moi ?

– Vous n'êtes pas le seul à vouloir découvrir les mystères du cerveau humain. Depuis de longs siècles, *nous* tentons de comprendre. Avant vous, Rudolf Wagner, Duncan MacDougall et bien d'autres ont voulu cheminer dans les méandres de l'esprit. Découvrir l'origine de l'âme, et du génie de quelques-uns, qui ont fait progresser l'humanité par bonds de géants. Mais toute médaille a son revers. Derrière la lumière règne l'obscurité. Sous le ciel, rampe la terre profonde. Ce qui nous élève lutte contre ce qui nous attire au fond du gouffre.

Harvey ne mouftait pas. Il avait remisé ses lamelles au bout de la paillasse, en espérant que l'autre ne les détruirait pas dans un accès de folie. Il était contraint d'écouter cette logorrhée qui n'avait ni queue ni tête. Du moins le pensait-il, à cette époque.

Ce n'est que bien plus tard qu'il découvrirait tout du grand œuvre, ainsi que du rôle crucial qu'il allait jouer dans l'aboutissement de la quête, sous le nom de code de « Dante ».

Chapitre 11

Lundi 8 avril 2024, Florence, 15 h 13

Massimo Bianchi était tétanisé.

Sa collègue demeurait étendue sur le ventre, inerte. Il la devinait à peine dans l'obscurité, tandis qu'un silence de plomb rendait l'instant encore plus insoutenable. La mort rôdait partout.

Son pressentiment était malheureusement fondé.

Qu'était-il arrivé ?

Finalement, il s'approcha du corps et, par réflexe, voulut le retourner.

– Eh, mais calmos ! Tu m'as fait super peur !

Bianchi se redressa, stupéfait.

– Mais… qu'est-ce que tu fous par terre ?

Louise était collée au sol, les bras projetés en avant, visiblement en train de viser un point de la basilique avec son arme de service.

– Baisse-toi et parle doucement ! J'ai entendu du bruit du côté de la sacristie. Je suis sûre qu'ils sont encore là. On va les serrer quand ils sortent.

– Mais qui ? Qui est encore là ?

– Les mecs qui nous ridiculisent depuis plusieurs jours. Ils ont sûrement tenté d'ouvrir un des tombeaux. J'en suis certaine. Je le sens. Je le sais.

Au même instant, une flopée de policiers surgirent dans l'église, pour s'assurer que tout se trouvait en ordre avant de restituer l'édifice aux moines franciscains, ainsi qu'aux touristes.

Louise, quelque peu ridicule, finit par se relever. Elle s'avança prudemment vers la sacristie. À l'intérieur, hormis des scènes saisissantes de la crucifixion du Christ qui nimbaient les murs et de vraies reliques de la bure de saint François d'Assise, rien. Ni personne.

La Française retourna dans la nef et inspecta les monuments funéraires, l'un après l'autre. Lorsqu'elle atteignit celui de Machiavel, qui se situait à peu près au milieu, elle l'examina en détail. Là encore, aucune trace d'effraction.

Elle fila vers le fond, où les mausolées de Michel-Ange et de Galilée se faisaient face.

Toujours rien.

Elle revint sur ses pas et s'immobilisa au pied du sépulcre de Dante. Le sarcophage trônait dans une niche en demicercle, sur le côté droit de la nef, entre la deuxième et la troisième travée. Louise le trouva vraiment tape-à-l'œil, avec ses trois statues, dont une représentait la Poésie, effondrée de tristesse sur le bord du couvercle de marbre, une couronne à la main. Rien que ça. Au sommet trônait Dante, l'air pénétré, à la manière du penseur de Rodin. Coiffé de lauriers et enrubanné dans une toge, il avait tout d'un empereur romain.

Louise éprouva une sensation oppressante. Quelque chose s'était produit. C'est lui, Dante, que les enflures visaient. Elle en était certaine.

– Il faut l'ouvrir.

– Pardon ? s'étrangla Bianchi.

– Il faut l'ouvrir, je suis sûre que le crâne n'y est plus. On va retrouver des traces de l'effraction, peut-être même une lame. Ils l'ont refermé, mais je suis sûre qu'ils se sont emparés d'une partie des restes de Dante.

Tandis que l'Italien s'apprêtait à raisonner l'impétueuse, la sonnerie stridente de son portable emplit toute la basilique.

– *Pronto ?*

Le policier blêmit.

– Qu'est-ce qui se passe ? s'inquiéta Louise.

– Tu as raison sur toute la ligne… Le tombeau de Dante a été profané. On a volé le crâne et retrouvé une nouvelle lamelle. Et… on a deux nouveaux macchabées sur les bras, assassinés de sang-froid.

Cette fois, c'est Louise qui se préparait à raisonner son collègue. Il perdait la raison, le pauvre garçon. Il se trouvait le nez collé au sarcophage de Dante Alighieri, encore scellé. Ni lame, ni cadavre dans les parages… Mais Bianchi enchaîna.

– Viens, l'hélicoptère est encore là. On y va.

– Mais de quoi tu parles, à la fin ? On va où ?

– À Ravenne. On y sera dans une trentaine de minutes.

La suite vira au cauchemar.

Louise se décomposa durant le vol, au fur et à mesure que l'imbroglio, pour ne pas dire la terrible méprise, se révélait à elle.

Il existait deux tombeaux de Dante.

L'un, vide depuis toujours, n'avait été érigé qu'en hommage au grand homme. L'enquêtrice apprit même qu'on appelait cela un « cénotaphe ». Le monument de Florence n'avait donc jamais accueilli les restes du poète, au grand dam des autorités de la ville qui avaient pourtant tout tenté pour les récupérer, depuis des siècles.

Ce que peu de gens savaient, même parmi les contempteurs de Dante, c'est que l'autre tombeau, le vrai, se situait dans la ville de Ravenne, au bord de l'Adriatique. C'est là que l'auteur de *La Divine Comédie* avait terminé sa vie, après avoir été expulsé de Florence qui l'avait pourtant enfanté et qu'il avait passionnément aimée. Ce rejet, cette trahison même, l'avaient poussé à exiger de n'être jamais rapatrié dans la cité du Lys, cette capitale des arts et de la Renaissance à laquelle il avait tant donné...

La Française apprit que le vrai tombeau se situait dans une basilique, en tout point comparable à celle de Florence.

Qu'elle avait été érigée au même moment, vers la fin du XIIIe siècle.

Qu'elle était, depuis toujours, administrée par une communauté de Frères mineurs conventuels, en d'autres termes, des Franciscains. Comme à Santa Croce.

Le plus terrifiant, c'était la mise en scène redoutable à laquelle s'étaient livrés les criminels. Profitant de ces incroyables similitudes, ils avaient lancé deux alertes à la bombe simultanées. L'une à Florence, pour faire diversion ; l'autre à Ravenne, moins exposée, en pariant que la première éclipserait facilement la seconde.

Tandis que de vrais artificiers opéraient à Santa Croce, un commando de faux démineurs avait débarqué en toute impunité à Ravenne. Louise avait senti son cœur défaillir en apprenant qu'ils avaient abattu l'un des artificiers d'une balle en pleine tête, avant de s'emparer du convoi, de leurs tenues et de tout leur matériel.

Ils avaient ainsi pu pénétrer dans la basilique sans l'ombre d'un problème.

Plusieurs d'entre eux s'étaient ensuite glissés le long du cloître, où reposait le monument funéraire de Dante ; une sorte de petit temple de style néoclassique, couronné d'une coupole. Il n'était pas sans rappeler le temple d'Esculape, dans les jardins de la villa Borghèse... Comme tout le quartier de l'église se trouvait bouclé, le commando avait pu opérer sans être dérangé par quiconque.

Enfin presque.

Un homme les avait repérés depuis son bureau, légèrement en surplomb. Si le cordon policier privait tout curieux d'approcher depuis l'extérieur, personne ne s'était inquiété des bâtiments adjacents. Drapé dans sa bure aux reflets brun foncé, le père Pietro De Michelis dirigeait la communauté des Frères mineurs conventuels de Ravenne. Il était le curé de l'église, et comme ses frères durant des siècles, il était investi d'une mission : protéger coûte que coûte les saintes reliques. Non seulement parce qu'il s'agissait des dernières volontés du poète – ne jamais quitter la ville –, mais aussi parce que le prélat, tout comme ses prédécesseurs, appartenait à une autre confrérie, bien différente de celle des Franciscains : Gyrum Novem. Nul ne devait déranger l'âme ni s'emparer des restes du grand maître. Sous aucun prétexte, quitte à le payer de sa vie. À plusieurs reprises, les ossements faillirent être déplacés pour être inhumés à Santa Croce, dans un sanctuaire considéré comme plus digne du génie. Et, à chaque fois, les moines intrépides s'y étaient farouchement opposés. En 1519, tandis que le pape Léon X ordonnait le premier déménagement, les Frères mineurs avaient même creusé un trou à la hâte dans un mur attenant au tombeau, pour y cacher le squelette.

Trois siècles plus tard, faisant face à une nouvelle menace, ils avaient dissimulé les restes dans une porte murée de l'oratoire du cloître. Ils avaient ensuite gardé le secret toute leur vie, jusqu'à l'emporter dans la tombe. Il avait fallu attendre 1865 pour que des travaux dans le monastère permettent de retrouver fortuitement une caisse scellée dans un mur, comportant les ossements du poète. Après quoi, ces derniers avaient été définitivement disposés dans deux cassettes, au cœur du tombeau de marbre actuel.

Deux cassettes finalement exhumées par les « faux

artificiers ». Le père De Michelis, ayant assisté à tout le manège, avait décidé d'agir, comme ses illustres prédécesseurs du Gyrum Novem. Il s'était rendu dans la basilique, à la barbe des policiers de Ravenne qui n'avaient pu l'en empêcher à temps.

Sans nulle conscience du risque qu'il courait, il s'était jeté dans la gueule du loup. Et le loup l'avait mordu. Puissamment. Deux balles à bout portant, dont une en pleine tête. Aucune chance d'en réchapper, ni même de réaliser qu'il vivait ses derniers instants.

Louise ne s'en remettait pas. Elle s'était fait manipuler comme une bleue. En débarquant à Florence, elle était tombée dans le panneau et avait alimenté le petit manège de ces ordures, en attirant toute l'attention sur le *faux* tombeau.

Ils avaient essaimé deux nouveaux macchabées dans leur sillage, éliminés sauvagement, sans la moindre hésitation.

Elle leur ferait payer, jusqu'au dernier centime.

Chapitre 12

Mardi 9 avril 2024, Liège (Belgique), 16 h 45

Louise pénétra dans le building le regard vitreux.

Elle le connaissait mieux que son propre immeuble et pouvait y évoluer les yeux fermés.

Le bâtiment 34, aussi appelé « Giga Tower » – bien qu'il n'eût strictement rien à voir avec une tour –, était un édifice impersonnel de cinq étages, farci de verre et de béton.

Des flashs lacérèrent son esprit. Le tombeau de Marie Curie. Le boss du CEA, charcuté de l'intérieur. Le cénotaphe de Dante, à Florence. Le vrai mausolée du poète, à Ravenne. Le corps du prêtre gisant dans une mare de sang. Et l'impression d'être, une nouvelle fois, complètement larguée. Les autorités italiennes, après tout ce grabuge, l'avaient invitée à regagner ses pénates. Comme elle n'y était pas plus la bienvenue, elle avait décidé d'affronter sa pire angoisse. Le texto s'imprimait devant ses orbites terrifiées dès qu'elle baissait les paupières. Elle n'allait certainement pas laisser faire ça.

Au bout du couloir, l'inscription qu'elle avait mille fois contemplée la fit frissonner de la nuque au coccyx. Elle sentit ensuite un grand effroi l'envahir. La Mort rôdait tout près… La Faucheuse venait régulièrement prélever sa dîme dans ce service glaçant.

Elle détourna son regard des lettres qui s'étalaient sur la porte : « GIGA Consciousness – Coma Science Group ». Elle sonna, puis la porte bleutée coulissa.

Comme son nom le laissait supposer, le service abritait une palanquée de légumes végétant dans des lits surmédicalisés, sous l'œil attentif d'une trentaine de spécialistes fermement décidés à mettre au jour les secrets de la conscience humaine.

Les chambres vastes et confortables hébergeaient des traumatisés crâniens, des prisonniers du « locked-in syndrome », des victimes d'accidents vasculaires cérébraux et de bien d'autres maux encore. Tous en état végétatif, voire en coma profond.

La plupart ne s'en sortiraient jamais.

Mais les praticiens du Coma Science Group en étaient convaincus : une petite lumière chancelait encore, quelque part dans un méandre de leur cervelle estropiée. Il fallait simplement en capter l'éphémère manifestation. Parfois, elle se faisait si furtive qu'elle s'apparentait à la trace du boson de Higgs que les physiciens avaient mis tant d'années à piéger dans leur supercollisionneur du CERN, à Genève. Mais il suffisait d'un éclat, d'un reflet pour démontrer que tout n'était pas terminé.

La mort cérébrale n'était pas *la mort* tout court.

Quelque chose luttait, quelque part. Un infime souffle de vie.

La manifestation de l'esprit pur. Peut-être même la preuve de l'existence de l'âme.

Ces forcenés le croyaient dur comme fer, au point qu'ils étaient parvenus à en convaincre Louise. Elle gardait donc, depuis toutes ces années, un infime espoir. Une lueur fugace qui lui permettait de tenir – avec l'aide de quelques stupéfiants, évidemment, sans quoi c'eût été vraiment trop difficile.

Alors pourquoi ? Pourquoi l'avait-elle convoquée avec ces mots définitifs, dans ce message inique ?

Louise était maintenant furieuse. Une colère froide l'avait envahie au moment d'entrer dans la chambre.

Elle débarqua dans un fracas et se figea devant celui qui hantait ses jours et ses nuits depuis de trop longues années.

Il était intubé et constellé de capteurs reliés à une collection d'appareils superposés dans un rack. Des écrans reflétaient l'état de son activité cérébrale. Les sinusoïdes demeuraient désespérément plates. Pourquoi refusaient-elles de bondir, au moins par instants, comme cela avait toujours été le cas depuis toutes ces années ?

Désespérée, Louise secoua les appareils, si bien qu'une alarme stridente retentit dans les couloirs.

Aussitôt, une infirmière accourut.

– Mais qu'est-ce que vous faites ! Arrêtez !

Louise lâcha prise et se vautra dans le fauteuil qui jouxtait le lit médicalisé.

Une minute plus tard, une femme d'une cinquantaine d'années fit irruption dans la chambre, l'air contrarié.

– Bonjour, Louise. Je suis désolée, mais tu ne peux pas… comme ça… impunément…

– Impunément ?

La haine brillait dans les yeux de l'enquêtrice.

– Impunément ? C'est toi qui dis ça ? Mais tu te fous de qui ?

Elle hurlait, sans même s'en apercevoir.

– Parce que toi, tu peux, *impunément*, m'envoyer des textos dégueulasses ? Sans aucune considération pour ce que je vis, pour ce que je suis ?

– Je t'en prie, calme-toi ! Les patients ont besoin de calme, de silence…

Louise s'était dressée comme un coq sur ses ergots.

– Arrête tes conneries ! Tes petits protégés sont complètement décérébrés, décollés de la pulpe ! Il n'y a que toi pour ne pas le voir !

La praticienne s'approcha de la Française, lui saisit les mains et les serra fort entre les siennes.

Aussitôt, Louise éclata en sanglots.

Elle pleurait à chaudes larmes, comme une petite fille. Cette petite fille pétrifiée devant la voiture en feu de ses parents, incapable de courir vers la cabine téléphonique pour joindre les secours.

Son frère gisait là, juste à côté d'elle. Immobile. Les paupières closes. Il survivait depuis toutes ces années. Pour quoi faire ?

Lors de l'accident, Mathieu avait traversé le pare-brise à plus de soixante-dix kilomètres-heure, avant d'échouer sur le bas-côté. Victime d'une importante commotion cérébrale, il était voué à une mort certaine. Son état était pourtant passé de comateux à celui de « pauci-relationnel », ce qui, dans le jargon médical, suscitait un mince espoir. Ainsi se montrait-il capable, parfois, d'un éveil lointain. Il pouvait serrer mollement la main de Louise, ouvrir les yeux, rouler des orbites, et même amorcer de faibles mouvements qui semblaient dire « oui » ou « non ». Il fallait beaucoup d'imagination – et de foi en la vie – pour interpréter ces infimes signaux, qui revenaient à guetter une réponse des esprits (un coup pour oui, deux pour non) lors d'une séance de spiritisme.

En 2014, Louise avait obtenu son transfert d'une unité de soins de longue durée de Lyon vers le tout nouveau Coma Science Group du Dr Steven Laureys, situé au cœur du CHU de Liège, en Belgique.

Ici, nombre d'expérimentations devaient aider à raviver la flammèche de la conscience, même dans les cas les plus désespérés. C'était le programme. C'était la promesse.

Au début, ils avaient démontré que Mathieu entendait la musique. Les ondes cérébrales, captées par une batterie d'électrodes, variaient légèrement lorsque la mélodie changeait subitement de rythme. C'était très subtil. Il fallait vraiment vouloir y croire.

Louise, forcément, s'agrippait au moindre espoir. Elle faisait confiance à l'équipe, et plus particulièrement à Maria Calvino. La neurologue italo-suisse faisait office de bras droit du Dr Laureys qui avait accepté un poste au Canada et ne venait plus en Belgique que deux ou trois fois l'année. Elle veillait sur ses ouailles nuit et jour. Après plusieurs années, Louise et Maria étaient devenues amies, ou presque. L'enquêtrice trouvait en la praticienne une écoute, une compréhension et tout simplement une humanité bien rare chez les toubibs.

Mais ce jour-là, rien n'allait plus.

Maria avait sommé Louise de prendre une décision. En fait, *la* décision.

– On a tout tenté. Mathieu ne répond plus du tout. Plus le moindre signe. Nous avons pratiqué un scanner, et même une IRM. Tout est à l'arrêt. Et…

La neurologue hésita. Le coup de massue serait terrible ; elle devait tourner sept fois la langue dans sa bouche aux lèvres carmin – elle ne lésinait jamais sur le maquillage. Cette femme rayonnait, son charisme était palpable. Sa bonté, aussi. Voilà pourquoi elle hésitait encore plus que d'habitude.

– Il faut aussi que nous libérions ce lit. D'autres patients, très graves, attendent de nous rejoindre. Nous devons leur laisser une chance.

Louise faillit dégainer son Sig Sauer pour lui coller une balle entre les deux yeux et la faire taire une bonne fois pour toutes.

Ou bien dans sa bouche à elle. Qu'elle oublie tout, pour toujours.

La gorge nouée, elle riva ses pupilles sur Mathieu et pria fort pour qu'un signe, un geste, un battement de paupières démentît aussitôt les insinuations de la clinicienne. Mais rien ne vint.

– Et... si je suis... si je suis d'accord... comment...

Mais l'enquêtrice, incapable d'achever sa phrase, s'effondra dans les bras de Maria.

La neurologue n'eut pas le cœur de poursuivre cette insoutenable discussion. Louise Vernay n'était pas prête. Et, au fond, ils n'étaient plus à deux jours près.

Elle devait la convaincre en douceur. Parfois, Maria se demandait si elle était vraiment taillée pour ce boulot. Son travail la passionnait, mais l'âpreté des situations tragiques de ses patients la terrassait. Lorsque les proches craquaient, son cœur saignait et la douleur la mortifiait. Bien entendu, certains petits miracles lui redonnaient le courage d'affronter de nouvelles épreuves. Mais avec les années, cela s'avérait de plus en plus difficile.

Les deux femmes quittèrent la chambre en silence et gagnèrent la salle de repos.

Maria prépara un café serré, incapable de prodiguer les soins qui permettraient de panser l'âme meurtrie de l'enquêtrice.

Louise prit une profonde inspiration afin d'endiguer les larmes. D'énormes poches écarlates avaient enflé sous les yeux ; elle ressemblait à une vieille folle. Elle promena son regard embué sur les murs du petit réfectoire. Ils étaient couverts d'images médicales, scanners, IRM, généralement colorés de rouge et de vert. La vocation des soignants n'avait nulle limite et transpirait jusque dans leurs pauses. Ils devaient sans doute débattre de leurs observations autour d'une tasse de café. Dans l'esprit fracassé de Vernay, ces clichés se superposaient à ceux du type du CEA qu'elle avait observés aux urgences de l'hôpital européen Georges-Pompidou, juste avant son décès spectaculaire.

L'affaire du « coup de poignard de l'intérieur » demeurait l'un des procédés les plus machiavéliques de sa carrière. Qu'allaient-ils faire, la prochaine fois ? Louise avait justement reçu le compte rendu de l'autopsie du mafieux décérébré sous le regard impavide du dieu de la médecine, dans les jardins féeriques de la villa Borghèse. Plusieurs images médicales figuraient en annexe. Les Italiens avaient effectué une « virtopsie » – une dissection virtuelle à l'aide d'un scanner – avant d'ouvrir le cadavre et de prélever des échantillons d'organes et autres fluides.

Louise dégaina son iPhone et fit glisser son pouce à la surface de l'écran.

– J'aimerais te montrer des radios. Puisque je suis dans La Mecque du cerveau, autant que ça serve.

– La Mecque du cerveau ! Comme tu y vas…

– Ne joue pas les modestes. Tu penses bien que, toutes ces années, je n'ai pas manqué une miette de vos exploits. J'ai lu tous les articles sur le centre, et même vu plusieurs documentaires avec votre patron, Laureys. C'est une vraie star, maintenant. Surtout depuis qu'il a étudié le cerveau de Matthieu Ricard, le bras droit du dalaï-lama, pendant une méditation de pleine conscience.

Maria sourit.

– Et je sais qu'il a aussi étudié le fonctionnement de bien d'autres cervelles pendant le sommeil, sous anesthésie générale, sous hypnose et même sous l'emprise de stupéfiants. Et j'ai aussi lu ses deux bouquins, sur la méditation et sur les états limites de la conscience.

Maria siffla, sincèrement impressionnée.

– Tu vas me rendre jalouse… J'ai l'impression que tu en pinces pour Steven.

Louise esquissa un sourire, tout en reniflant.

– Tiens, ce sont les IRM d'une victime, juste avant sa mort. J'ai d'ailleurs assisté au meurtre, si je puis dire.

Maria Calvino s'empara du smartphone et fit défiler les clichés.

– Les deux dernières sont floues, dis donc.

– Tu ne remarques rien ?

La neurologue revint en arrière et agrandit les images à l'aide du pouce et de l'index.

Louise testait les capacités d'observation et les *réelles* compétences de l'Italo-Suisse. Si elle ne devait rien déceler, pourquoi faudrait-il la croire ? Et suivre sa sentence fatale au sujet de Mathieu ? Qui était-elle pour décider de la vie ou de la mort d'un être humain ?

– Il me semble… Je vois une tache inhabituelle… Dans les aires sous-corticales, au niveau des ganglions de la base…

Cette fille n'était pas un perdreau de l'année ; difficile de la prendre en défaut. Comme Louise n'y comprenait strictement rien et qu'elle était contrainte d'évoluer en solo, elle n'avait d'autre choix que de compter sur des consultants improvisés. Après Vogel et ses questions clairvoyantes, Maria et ses foutues certitudes pourraient être d'une grande aide.

– Ce dont je vais te parler est strictement confidentiel. Je peux compter sur ton sacro-saint serment d'hypocrite ?

Maria haussa deux sourcils amusés.

– Hippocrate, tu veux dire…

Louise concéda un maigre sourire.

– Hippocrate, oui. Bref, le secret médical. Je peux compter dessus ?

– Non…

L'enquêtrice recula dans sa chaise inconfortable et croisa les bras, le regard sombre.

– Non ?

– Tu peux compter sur beaucoup mieux : la confiance. L'amitié, même. Depuis toutes ces années…

– OK, OK, capitula Louise.

L'enquêtrice déballa une bonne partie de l'enquête. D'abord, la lamelle aussi tranchante qu'un cutter qui s'était déplacée sous la puissance de l'aimant de l'IRM, jusqu'à lacérer des noyaux vitaux, à l'origine d'un arrêt cardiorespiratoire sans retour. L'info n'avait pas encore fuité. La présence de lamelles gravées, oui ; mais pas la mise en scène démoniaque.

Le Dr Calvino écarquilla deux paupières sidérées.

– Mais, comment ont-ils pu… ? Et comment être sûrs que le patient allait passer une IRM ?

– Je pense qu'ils avaient tout prévu. Les scanners de Pompidou étaient tous HS, ce soir-là.

– Tu crois qu'ils les auraient sabotés ?

– Plus ou moins, oui.

– Donc, ils sont prêts à tout pour…

– Ils ont abattu de sang-froid deux gardiens ligotés à terre, au Panthéon. Tout ça pour récupérer le cerveau de Marie Curie. Et le vol du crâne de Dante s'est aussi soldé par deux assassinats.

La neurologue blêmit. Louise continuait de manipuler son iPhone.

– Et ça, c'est le cerveau d'une autre victime, retrouvée à Rome ce week-end, sous une statue du dieu Esculape.

Cette fois, la praticienne arbora une moue de dégoût. La découpe saccageuse du crâne et la surface de l'encéphale en bouillie avaient de quoi rebuter.

– C'est du n'importe quoi, on est d'accord ?

– Oui, c'est une boucherie.

– Ils ont scié avec quoi, à ton avis ?

Maria Calvino examina la photo de plus près.

– Je ne sais pas, une scie à métaux, ou un truc comme ça.

– Mais le type était vivant, non ? Pour que la découpe soit aussi irrégulière ?

– Peut-être… Mais il aura quand même fallu maintenir sa tête bien en place, parce qu'ils n'y seraient pas arrivés du tout, sinon.

– C'est bizarre, non ? Leur première cible, ils font un truc super sophistiqué et complètement inédit, mais le deuxième, c'est massacre à la tronçonneuse.

La neurologue haussa les épaules, bien incapable d'expliquer ce paradoxe.

– Mais il y a des points communs, renchérit Louise. Regarde ce scanner, réalisé au début de l'autopsie par les ritals.

Maria leva les yeux au ciel. Décidément, Vernay aimait la provoc. Puis elle se concentra sur l'image.

– Il y a une cavité anormale au niveau des noyaux profonds… Comme s'il manquait des structures.

– Ouais. Ils ont carrément retiré une partie de l'organe. La même zone que celle dans laquelle ils avaient placé la lame de cutter, dans le bulbe du boss du CEA. Et dans les deux cas, ils ont laissé un message qui dit à peu près la même chose et qui est inspiré de *L'Enfer* de Dante.

Louise reprit ses notes.

– « Le pécheur retrouvera le dieu des Enfers dans le neuvième cercle de glace, et périra dans d'atroces souffrances. L'un après l'autre, tous les pécheurs seront annihilés par la puissance vengeresse du premier cercle. » C'est une traduction. Tiens, ça, c'est la photo du message original.

Maria lut le texte en italien et se massa le menton. Quelque chose semblait émerger dans son esprit. Louise enchaîna, très en verve. Elle n'avait plus aucune retenue et considérait la spécialiste comme une collègue de la police scientifique.

– Et aussi, on a retrouvé une inscription identique sur le buste de la victime de Rome et sur une lamelle laissée au fond du tombeau de Dante, à Ravenne : « Bienvenue dans l'étage néolytique de l'anthropocène. *Gyrum Novem.* »

Maria Calvino s'enfonça dans son siège et se cala contre le dossier.

– Ils t'envoient un message codé.

– Sans déconner ? Merci…

– Je veux dire, un message codé directement en lien avec le cerveau *en tant que tel.*

Le sourire ironique de l'enquêtrice s'estompa.

– C'est-à-dire ?

– Eh bien, en italien, « cercle » se dit *cerchio*. Pas *giro*. Pourtant, ils écrivent « *nono giro* » pour « neuvième cercle », et « *primo giro* » pour désigner le premier cercle. *Giro* veut plutôt dire « rond », « tour », quelque chose en mouvement. Et je suis presque certaine que Dante a bien utilisé *cerchio* dans son œuvre originale. Je l'ai étudiée au lycée, comme tous les Italiens.

– Et alors ?

– En italien, dans ma discipline, *giro* est un terme très important. Il désigne une circonvolution cérébrale, c'est-à-dire un des nombreux replis qui donnent au cerveau sa forme ondulée et sinueuse. Et en français, on utilise le mot latin : *gyrus*. Exactement la même racine que dans la signature *Gyrum Novem*, sur l'autre inscription que tu as citée. *Giro*, *Gyrum* : tout pointe vers la structure du cerveau. C'est d'autant plus pertinent que nous possédons justement neuf principaux gyri – le pluriel de gyrus –, c'est-à-dire neuf circonvolutions majeures, dans chaque hémisphère.

Louise commençait à comprendre ce que voulait dire Maria Calvino.

– Tu sous-entends que les cercles dont il est question dans

les messages codés, ce sont des circonvolutions du cerveau ? Pas les cercles de *L'Enfer* ?

– Peut-être. La signature *Gyrum Novem* pourrait autant signifier « le cercle des neuf », ou « les neuf cercles », que « les neuf gyri du cerveau ». Ou alors « le neuvième gyrus cérébral ».

Louise eut une révélation soudaine. Elle afficha la photo d'une des lamelles semées par les commandos sur leurs scènes de crime. Elle observa la face gravée d'un chiffre, placé au cœur d'un cercle. Puis elle superposa mentalement le motif à la représentation du cerveau.

– Maria, je crois que tu as raison…

– Je pense qu'on peut aller encore plus loin, renchérit la neurologue, en pleine effervescence. Dans le cerveau, les circonvolutions, délimitées par des sillons assez profonds, sont ensuite regroupées en lobes cérébraux. Or, nous possédons quatre lobes – frontal, pariétal, temporal, occipital – dans chacun de nos deux hémisphères, soit un total de huit. Si tu les prends un par un, on dirait des boules, des cercles pleins si tu préfères. Ces huit lobes gèrent nos fonctions supérieures, comme la perception, la cognition ou le langage. On pourrait les considérer comme les huit premiers cercles.

– Et le neuvième ?

– Eh bien… Je pencherais pour les noyaux les plus profonds, tout près du bulbe rachidien. La structure cérébrale la plus enfouie, tout comme le neuvième cercle de *L'Enfer* de Dante, qui se situe tout en bas de l'entonnoir, ou tout au fond du gouffre, si on veut.

– Les noyaux profonds, ceux qui ont été déchiquetés par la lame de cutter et ceux prélevés chez le mafieux ?

– Exactement.

Louise marqua une pause, s'efforçant de digérer ces révélations qui bouleversaient sa perception de l'enquête.

– Mais à quoi servent ces foutus noyaux ? Pourquoi les lacérer, les détruire, les extraire ?

– Ils gèrent nos fonctions les plus instinctives, les plus primitives, comme le sommeil, le contrôle de l'appétit, la reproduction, ou encore le système de la récompense. Ce système qui nous pousse à prendre du plaisir, du plaisir sexuel par exemple. Il est aussi à l'origine de nos dépendances aux drogues ; il stimule notre motivation, et le passage à l'acte. Des actes parfois dangereux, extrêmes, pour assurer notre défense et notre propre survie.

– Alors quoi ? Tu en déduis quoi ?

– Je ne sais pas… mais… c'est comme s'ils avaient voulu priver les victimes de leur animalité profonde. De leurs instincts les plus primaires. Peut-être pour réfréner leurs pulsions les plus néfastes.

Tout en achevant sa phrase, la neurologue jeta un œil sur sa montre.

– Bon, je suis désolée, Louise, il est tard. J'ai tout le service à gérer. Et je dois commencer ma tournée. On se reparle bientôt ? Tu dois prendre une décision, d'accord ?

Louise acquiesça mollement puis remercia la neurologue qui s'évanouit dans les couloirs du CHU. Troublée, l'enquêtrice se dirigea mécaniquement vers la sortie. Cette nouvelle hypothèse rebattait entièrement les cartes.

Elle héla un taxi et gagna la gare de Liège-Guillemins pour attraper le dernier Thalys pour Paris. Il fallait bien. Même si rien, ni personne, ne l'attendait. Elle redoutait sa chambre, et sa solitude. Elle allait encore se trouver face à elle-même, affronter ses démons. Résisterait-elle à la tentation ? Son système de la récompense à elle ne cessait de réclamer pitance. Tout en grimpant dans le TGV, Louise se demanda si l'on pouvait vivre sans addiction, et donc sans plaisir ? Sans excitation, ni motivation ? Bref, si elle survivrait à « l'exérèse de ses noyaux profonds »… Certainement pas. Ou alors, c'était au risque de finir comme… L'image de son frère alité surgit violemment dans son esprit.

Elle n'était qu'une lâche.

S'il pouvait parler, ne l'implorerait-il pas ?

Et si Maria avait raison ? Qu'il fallait faire cesser son supplice ?

Louise ferma les paupières et sombra dans un sommeil mâtiné d'anges déchus et d'âmes perdues, tous plongés dans une marmite en flammes.

Tous piégés dans les affres de l'Enfer.

Chapitre 13

Mercredi 10 avril 2024, Rome, 10 h 27

Massimo Bianchi exhiba sa carte de la Squadra Mobile au guichet du *nuovo complesso* de l'immense cité carcérale de Rebibbia. Le pénitencier, situé dans les quartiers nord de Rome, tendait ses murailles de béton sur plus de trois kilomètres. Des parois nues, tristement grisâtres, surmontées de quelques miradors bleu évasion – la couleur avait été choisie avec un brin de cynisme. À l'intérieur de cet imposant carré de soixante hectares, des secteurs géométriques bien étanches démarquaient les quatre centrales : trois réservées aux hommes et une aux femmes. La plupart des pensionnaires n'étaient pas des enfants de chœur, impliqués dans de sordides affaires de droit commun, jusqu'au crime organisé et sa palette d'abjections : extorsion de fonds, enlèvement, séquestration, actes de torture et meurtres bien souvent barbares. Parmi les centaines de *mafiosi* qui squattaient les cellules, plusieurs dizaines de perpétuités réelles, sans l'once d'un espoir de sortie. Ils étaient tous issus – de manière équilibrée – des trois grandes organisations qui gangrenaient le pays : Cosa Nostra, la Camorra napolitaine et la 'Ndrangheta calabraise.

Quelques zones de détente complétaient l'ensemble, dont

un terrain de foot – que le policier avait longé avant de pénétrer dans le bâtiment d'accueil décati – et même un théâtre dans lequel une brochette de détenus longue durée s'adonnaient à l'art dramatique.

– J'ai un parloir avec Giuseppe Rizzo.

Le maton leva le menton, l'air suspicieux.

– Rizzo ? Il est à l'isolement complet. C'est un 41-bis.

Le « nouveau complexe » – qui datait tout de même des années 1960 – abritait à lui seul mille cinq cents prisonniers, soit les trois quarts des effectifs. Autant dire que le personnel ne pouvait connaître le nom de tous les détenus. Mais Rizzo était un cas illustre, tout comme une quarantaine d'autres captifs soumis au redoutable article 41 bis de la loi de juillet 1975, l'une des plus sévères de tous les pays démocratiques. Ils n'avaient droit qu'à un seul parloir par mois et durant une heure maximum. Au-delà de son régime drastique, ce *capo di mafia* suscitait une certaine admiration : profitant de son infini temps libre, il s'était plongé dans l'étude de la philosophie et avait même décroché une licence à distance. Malgré son pedigree à faire pâlir Attila et Pol Pot réunis, il passait désormais pour un sage, aussi zen et profond qu'un disciple du dalaï-lama. Ce n'était d'ailleurs pas le premier du genre. Giuseppe Grassonelli, un de ses collègues au tableau de chasse terrifiant, avait obtenu plusieurs diplômes en prison, avant d'écrire un livre et même de se voir gratifier d'un prix littéraire[4], dix ans plus tôt. Plusieurs mafieux s'étaient ensuite inscrits dans ses pas.

Bianchi extirpa de sa sacoche une lettre du procureur général et la colla sous le nez du gardien. Mais le fonctionnaire, zélé, empoigna son téléphone.

– Commandant ? J'ai une demande de parloir pour Giuseppe Rizzo. C'est bien vu avec vous ?

Une voix inaudible nasilla dans le combiné.

– OK, vous pouvez y aller, céda le planton, l'œil toujours aussi méfiant.

La paranoïa était une seconde nature à Rebibbia. La cité, l'une des plus vastes de toute l'Italie, avait connu plusieurs évasions spectaculaires.

Après avoir abandonné son arme et son mobile dans un casier de plastique, Massimo Bianchi s'engagea sous le portique de sécurité puis emboîta le pas d'un gardien. Il remonta l'allée qui flanquait les ateliers offrant aux prisonniers de travailler, puis se dirigea vers les impressionnantes unités carcérales qui s'étiraient en forme d'étoiles de mer à trois branches. Vues du ciel, elles ressemblaient à des hélices prêtes à faire décoller le vaisseau des condamnés vers le néant sidéral avec le message « bon débarras » collé aux fesses comme une banderole publicitaire.

Le flic de la Crim était coutumier des lieux ; il y menait régulièrement des interrogatoires auprès de *pentiti*, les repentis qui bénéficiaient d'un régime privilégié en échange de leur trahison envers leurs anciens complices. Giuseppe Rizzo n'était pas de ceux-là. Il détenait pourtant des informations capitales, et surtout, connaissait bien la victime des jardins de la villa Borghèse. C'était son meilleur porte-flingue, du moins lorsqu'il sévissait en toute impunité à la tête de la 'Ndrangheta.

Tout en pénétrant dans le bâtiment le plus surveillé, Bianchi songeait à la Française, boutée hors du pays sans autre forme de procès. Elle avait pourtant fait preuve d'un flair étonnant en suspectant une opération commando au sein de la basilique Santa Croce. Bien sûr, c'était sans compter l'ingéniosité des commanditaires. La manipulation et la double alerte à la bombe, à Florence et à Ravenne, relevaient du grand art, digne d'une imposante organisation criminelle. Celle de Giuseppe Rizzo, par exemple. Même s'il végétait dans le secteur le plus rude, coupé du monde, privé de toute interaction avec quiconque, emmuré vingt-trois heures sur vingt-quatre, Rizzo pouvait certainement agir. Chacun savait que les mafieux de Rebibbia possédaient de puissants relais au sein de l'antre carcéral, y compris parmi les gardiens qui, parfois, « corrigeaient » certains prisonniers sur ordre des *capi di mafia*. Ceux-ci régnaient en maîtres et disposaient même de minuscules téléphones portables qui tenaient dans la paume de la main. Comment allait-il réagir au massacre de son bras droit, trois jours plus tôt ? Une nouvelle guerre des mafias allait-elle éclater ?

Bianchi aurait préféré poursuivre son enquête avec Vernay, dont le sixième sens eût été bien utile... D'autant que l'enquêtrice ne le laissait pas indifférent. Sa beauté savamment escamotée sous des tenues masculines et une coupe au carré ne lui avait nullement échappé.

Le gardien déverrouilla une ample grille noire qui donnait accès aux geôles des « G8 », les peines de longue durée et les perpétuités réelles. Au bout du dernier couloir, ils s'immobilisèrent devant une lourde porte blindée. La zone était plongée dans une semi-obscurité. Plusieurs caméras mitraillaient le corridor glauque dans lequel régnait un silence inquiétant. Trois matons faisaient le pied de grue, visiblement nerveux.

Le commandant de la police pénitentiaire surgit de la pénombre et fit même sursauter Bianchi. Après une poignée de main ferme, la sentence tomba.

– Vous avez trente minutes, pas une de plus. Rizzo a déjà eu un parloir la semaine dernière.

Le flic de la Crim protesta pour la forme, mais le gradé, coresponsable de la prison avec la directrice administrative, avait tout pouvoir en son palais. Il ne fallait surtout pas le braquer, au risque de se voir raccompagner vers la sortie sans passer par la case interrogatoire.

L'enquêteur pénétra enfin dans le « quartier réservé – 41-bis » et longea les mitards. Ils étaient plus étriqués encore que les cellules ordinaires ; à peine de quoi faire tenir un lit. Le parloir se situait tout au bout, dans une pièce tout aussi exiguë. Bien qu'il eût laissé son arme de service à l'entrée, l'officier dut se prêter à une fouille sommaire. Puis il prit place sur une chaise à moitié rouillée. La nervosité le gagnait à son tour. De petits sifflements s'élevaient de ses bronches, et sa respiration se fit plus pénible. Discrètement, il saisit son tube de Ventoline et pressa deux fois sur l'inhalateur. Il bloqua sa respiration quelques secondes, le temps de laisser le produit pénétrer les bronchioles.

C'est alors que Giuseppe Rizzo se matérialisa de l'autre côté de la paroi de plexiglas. Tout en s'installant, le mafieux fixa le policier d'un regard pénétrant. Rizzo était râblé, le cheveu rare et grisonnant, visage rasé au cordeau. Il tenait un livre entre ses mains lourdement menottées, qu'il déposa sur la tablette qui lui faisait face.

– Vous êtes asthmatique ?

– Qu'est-ce que ça peut te foutre ?

Mauvais départ.

Bianchi regretta aussitôt son scud impulsif.

– C'est moi qui vous rends aussi nerveux ? Vous savez, vous ne risquez pas grand-chose.

Le détenu souleva les poignets et agita ses bracelets dans un cliquetis lugubre.

– Bon, on a trente minutes, je vais être direct : ton grand ami Luigi Lombardo s'est fait démonter façon œuf à la coque. On l'a retrouvé décapsulé comme une Peroni, la cervelle à l'air, à moitié en bouillie. Il a dû souffrir le martyre.

Rizzo demeura impassible, comme s'il participait à un tournoi de poker. Ne jamais rien montrer ; aucune expression qui permît d'entrevoir ses sentiments, ou d'anticiper son prochain coup. Une règle d'or qui l'avait sorti de bien des mauvais pas.

– Je suis au courant, oui. Et qu'il avait une lamelle dans le cerveau, ainsi qu'une inscription sur le torse.

– Je vois que les nouvelles vont vite, en quartier 41-bis coupé du monde, ironisa le policier.

– Il m'a parlé, cette nuit. Depuis l'au-delà. Je suis au courant de tout ce qui s'est passé.

Le sourire de Bianchi s'estompa. Il détestait qu'on se foute de sa gueule.

– Tu entends des voix, Rizzo ? Parce que, moi aussi, figure-toi. Et là, j'en ai une qui me susurre que tu vas rester moisir dans ton trou galeux jusqu'à ton dernier souffle. Tu es condamné à la perpet réelle, option 41-bis à vie.

– Votre voix, ce serait pas celle du procureur général ?

– Si… Et d'ailleurs, attends… Il me dit aussi que, si tu coopères, il pourra peut-être faire un geste pour toi.

– Ça tombe bien, je peux aussi faire un geste pour lui.

Rizzo déplia un doigt d'honneur magistral.

– N'hésitez pas à lui transmettre.

Bianchi recula dans sa chaise. Le dossier l'écorcha ; un clou, ou une pointe devait dépasser. Matériel de merde. Parloir de merde. Sa nervosité s'accrut, et bien que la Ventoline l'eût soulagé, sa poitrine l'oppressait. Il reprit son souffle et tenta d'apparaître le plus calme possible. Les dernières vingt-quatre heures avaient été très éprouvantes. Et, il n'y avait rien à faire, il tournait claustrophobe. Plus de doute.

– Bon, on est mal partis, toi et moi. Recommençons à zéro. Je suis très sérieux, Rizzo. Si tu sais quelque chose, c'est le moment. Tu es scotché vingt-trois heures sur vingt-quatre dans ta cellule, aucun contact direct avec les autres prisonniers, un parloir par mois, une seule promenade par jour dans une cour minuscule, aucune activité autorisée, ni boulot, ni sport collectif... Si tu m'aides, je te promets un allègement. Personne n'en saura rien. Tu resteras un 41-bis, mais avec un aménagement substantiel.

Le parrain demeura silencieux, le visage toujours aussi neutre. Mais son mutisme marquait un progrès.

– Qu'est-ce que tu aimerais, Rizzo ? Qu'est-ce qui pourrait améliorer ton ordinaire ?

– Que vous fassiez votre boulot. Que vous serriez l'enfoiré qui a massacré Lombardo.

– Eh bien voilà, on est d'accord : pour que je le serre, il faut m'aider.

– Je peux tout vous décrire. Comment ça s'est passé. Je n'ai pas les noms, mais j'ai les circonstances exactes de cette boucherie.

Le flic haussa les sourcils.

– Qui t'a rancardé ?

– Les forces de l'esprit, commandant. Je vous l'ai dit : il m'a parlé, cette nuit.

Bianchi bondit de sa chaise.

– Arrête de te foutre de moi ! Je te propose un marché, tu sais que c'est rarissime pour un enfoiré de 41-bis !

– Je ne plaisante pas. Vous pouvez éructer, vous taper la tête contre le mur, ça ne changera rien. Et méfiez-vous, vous allez refaire une crise d'asthme.

Le policier était excédé, au bord de l'implosion. Mais pourquoi était-il si nerveux ? Il étouffait. La minuscule pièce le rendait dingue.

– Comment tu peux supporter ça ? Rester terré dans ton cloaque de deux mètres carrés, jour et nuit ? Privé de lumière ? T'as la gueule d'un ectoplasme carencé en vitamine D ! Tu vois pas que je t'offre une issue ? Une bouffée de liberté ?

– Je crois que je suis plus libre que vous, commandant.

Bianchi éclata de rire. Il sentit des fourmis cavaler dans son cou et se gratta nerveusement.

– « Seul je n'ai jamais connu l'ennui, même dans le plus parfait désœuvrement : mon imagination, remplissant tous les vides, suffit seule pour m'occuper. » Ce n'est pas moi qui le dis, mais Jean-Jacques Rousseau. Vous savez, le philosophe inhumé dans le tombeau situé presque en face de celui de Marie Curie, au Panthéon, à Paris.

Le policier n'en croyait pas ses oreilles.

– Tu as des infos sur la profanation de la tombe de Curie ?

– Non, pourquoi ?

Bianchi était sûr d'avoir surpris un sourire furtif sur les lèvres du *capo di mafia*. Ce type le menait joliment en bateau ; le flic perdait son temps. La demi-heure était presque écoulée, et il allait repartir bredouille.

– Seul le vide intérieur peut susciter la détresse et la souffrance, entre quatre murs. Mais ce n'est pas du tout mon cas. J'ai échangé mon téléviseur – le seul luxe des 41-bis – contre l'emprunt de cinq livres par semaine qu'on m'apporte de la médiathèque. « Se suffire à soi-même, être tout en tout pour soi, voilà certainement pour notre bonheur la condition la plus favorable. » J'ai toujours eu un faible pour Schopenhauer.

– Tu vas me faire tout le dictionnaire des citations philosophiques ?

– Ce que j'essaye de vous dire, c'est que le bonheur, l'extase même, ne viennent pas du corps, mais de l'esprit. L'esprit pur. Avez-vous entendu parler de Rom Houben ?

– Allons bon, c'est qui encore celui-là ? Un de tes philosophes neurasthéniques ?

– Un ancien sportif belge. Victime d'un accident de voiture, il a été considéré en coma végétatif pendant vingt-trois ans. Et en 2006, au bout de vingt-trois ans donc, alors qu'on allait le débrancher, son nouveau médecin, un certain Steven Laureys de l'hôpital de Liège en Belgique, a réussi à démontrer qu'il était conscient. Enfermé dans sa tête, mais conscient. Le « locked-in syndrome », ils appellent ça. Ils ont même réussi à lui faire utiliser une interface, comme l'astrophysicien Stephen Hawking, vous voyez ? Paralysé, mais capable de s'exprimer avec un synthétiseur. Si ça se trouve, même enterré à l'abbaye de Westminster, Hawking parle encore. Enfin, son esprit. Ou son âme, si vous préférez. C'est pareil. Le corps est une prison, mais l'esprit, lui, jouit d'une infinie liberté, bien après la fin de la vie matérielle. Et ce n'est pas d'aujourd'hui. Relisez les stoïciens.

Bianchi devenait fou. Le mafieux le manipulait à sa guise, avec l'art de parler pour ne rien dire. Il jeta un œil agacé au cadran de sa montre. Ne restaient plus que deux minutes trente.

– Rizzo, dis-moi que je ne suis pas venu pour rien. Donne-moi quelque chose de concret, pas ton baratin de vieux mystique. Pour venger ton ami ! Qui a pu faire ça ? Que représentait Lombardo pour tes ennemis ? Ont-ils voulu t'atteindre à travers lui ?

Le mafieux riva les yeux au plafond et prit une profonde inspiration.

– Très bien. Vous connaissez l'animal qui symbolise la mafia, n'est-ce pas ?

– Tu veux parler de la *piovra*, la pieuvre ?

Rizzo acquiesça.

– Considérez que Lombardo était l'un des tentacules.

– Tu veux dire un des parrains de la 'Ndrangheta, comme toi ? Tu ne m'apprends rien. On connaît son pedigree…

– Songez à la pieuvre, commandant. Suivez la pieuvre. Et vous comprendrez.

– Comprendre quoi, à la fin ?

Au même instant, un déclic retentit dans le dos de Bianchi ; on ouvrait la porte du parloir.

– C'est terminé, lâcha le maton.

– Attendez, j'ai presque fini. Une minute.

– Je suis désolé, mais…

L'officier se dressa brutalement et se retourna.

– Une putain de minute ! Tu as entendu ?

Le flic avait hurlé à deux centimètres du visage du gardien, qui se décomposa. Puis l'officier fit face à Rizzo qui s'était levé, prêt à quitter les lieux.

– Qu'est-ce que je dois suivre ? C'est quoi, le lien avec la pieuvre ?

– Réfléchissez, et vous comprendrez.

Le 41-bis, licencié ès philosophie, se leva et s'empara du livre avec lequel il était entré. Le flic aperçut furtivement la couverture : *Traité de l'homme*, de René Descartes, le grand penseur français. Puis le *capo di mafia* disparut dans l'obscurité et regagna son taudis où l'attendait le faisceau faiblard de sa vieille ampoule à filament. Il était sans doute l'un des derniers à bénéficier d'une telle antiquité.

Bianchi resta pétrifié, oscillant entre colère et dépit. Il n'avait glané qu'un indice très allusif, une pseudo-information qui ne mènerait sans doute nulle part.

Finalement, il décida de commencer son enquête sur la pieuvre par un bon poulpe à la napolitaine chez Georgio, Piazza Navona.

Chapitre 14

Mercredi 6 février 1907,
Haverhill, Massachusetts, 16 h 34

Des flocons de neige tourbillonnaient devant la fenêtre.

L'hôpital de Haverhill, situé à cent quarante kilomètres de New York, était fort mal chauffé. Pour ne pas geler sur pied, les infirmières se frictionnaient énergiquement et couvraient leurs patients à l'aide de couettes garnies de plumes d'oie. Souvent, des lambeaux de duvet perçaient la gangue textile et voletaient de longues secondes avant d'atterrir sur un chevet, un tapis, ou le nez d'un malade.

Le Dr Duncan MacDougall observait ce petit manège avec attention. Il avait toujours été fasciné par ces éléments si vaporeux qu'ils défiaient la pesanteur. Ils semblaient ignorer l'influence de l'éther, ce fluide entraînant le mouvement des planètes – comme l'avait postulé Descartes – ou diffusant la force gravitationnelle qui poussait les astres les uns vers les autres, comme l'avait imaginé Newton.

Le consensus voulait que l'éther, qui remplit le vide, fût dépourvu de masse, constituant la forme primaire de toute substance. Flocons et plumes duveteuses n'étaient donc que d'humbles dérivés de ce fluide, de densité et de poids très proches. Quelqu'un avait-il songé à les peser ? À en connaître les caractéristiques ? La physique avait toujours passionné le médecin. Il se sentait l'âme d'un chercheur bien plus que celle d'un praticien. Dès qu'il avait du temps, il élaborait des systèmes de pesage d'une grande finesse, qu'il testait ensuite avec les organes de ses malades décédés.

Il n'était point légiste, mais il goûtait l'anatomie et ne rechignait jamais à pratiquer lui-même l'autopsie de certains de ses patients. Cette activité égayait ses journées.

Ce jour glacial de février 1907 n'échappait pas à la routine. MacDougall menait sa morne tournée ; ses malades se mouraient paisiblement. Comment pouvait-il en être autrement ? Les soignants ne disposaient d'aucun traitement curatif pour la plupart des affections. En ce début du XXe siècle, l'espérance de vie n'excédait pas quarante ans aux États-Unis, et les épidémies de typhus et de tuberculose fauchaient des régiments d'Américains dans la fleur de l'âge – surtout dans les milieux défavorisés. Comme le premier antibiotique ne serait découvert que vingt années plus tard, MacDougall en était réduit, peu ou prou, aux mêmes simagrées que les médecins du Moyen Âge : des saignées, et leur alternative atténuée, des cohortes de sangsues suçotant les corps alités. Des méthodes souvent inefficaces, si bien que les malades tombaient comme des mouches après avoir agonisé de longues semaines.

Le praticien éprouvait un douloureux sentiment d'impuissance.

Pour tromper l'ennui et se sentir utile, MacDougall pratiquait ses dissections, à la nuit tombée, et pesait avec une précision inédite chaque organe pour tenter d'embrasser la diversité fascinante de l'espèce humaine. Deux cœurs, deux foies, et surtout deux cerveaux n'affichaient jamais le même poids sur la balance. Avec une simple mine de plomb, il consignait chacune de ses observations, agrémentées de nombreux croquis, sur une ribambelle de carnets. Il respectait, de fait, une grande tradition. L'illustre Jean-Martin Charcot n'avait-il pas dessiné maints portraits des idiots et autres hystériques qu'il hypnotisait par dizaines à l'hôpital de la Salpêtrière, à Paris ? Le neurologue français avait noirci moult cahiers offrant un véritable bestiaire de ses malades déviants.

MacDougall s'était toujours demandé si le cerveau de ces derniers portait la marque physiologique de leurs déficiences mentales. Il avait étudié la phrénologie, cette science mise au point par Franz Joseph Gall, le grand anatomiste du système nerveux. Les phrénologues se montraient capables de déceler les dispositions intellectuelles et morales à partir de la forme du crâne et des bosses qui le structurent. Pouvait-il en être de même à l'intérieur ? À la surface de l'os interne, ou même d'après la forme du cerveau ? Cet organe le passionnait, et il conservait celui de ses patients dans des bocaux de formol, telles de pieuses reliques, dans l'attente de techniques qui permettraient d'en déceler les mystères.

Or, quelques semaines plus tôt, une opportunité exceptionnelle s'était présentée à lui, qui allait offrir de franchir un pas décisif dans ce domaine.

Tout avait basculé lorsqu'un dénommé Virgile lui avait rendu visite, une nuit de décembre, tandis qu'il regagnait son bureau après une énième autopsie.

– Vous êtes le docteur MacDougall ?

– Qui le demande ?

Le praticien s'était méfié d'emblée de cet étrange personnage, vêtu d'une redingote sombre et coiffé d'un de ces chapeaux légèrement de biais, comme c'était la mode.

– Disons que je représente un mécène très intéressé par vos recherches.

– Un mécène ? Quel mécène ?

– Vous connaissez Rudolf Wagner ? avait éludé l'inconnu.

– Le physiologiste bavarois ? Bien entendu. C'est une

référence, ses travaux sont enseignés dans les facultés de médecine. Il a découvert l'existence de l'ovocyte, la cellule sexuelle femelle.

Virgile avait souri.

– Je ne parle pas de ce type de travaux. Mais de ceux qu'il menait, disons, en solitaire. Sur ton temps libre. La nuit. Pour tromper l'ennui.

MacDougall avait dégluti. Il n'ignorait rien de ce « passe-temps », en effet. Et pour cause, il avait presque le même.

– Vous voulez parler de ses recherches sur le cerveau ? Je sais qu'il a prélevé, pesé et comparé des centaines d'encéphales.

– Neuf cent soixante-quatre, pour être précis.

Le médecin d'origine écossaise avait haussé les sourcils. Ce prétendu « Virgile » le décontenançait. Pourquoi lui parlait-il de ce scientifique disparu quarante ans plus tôt, et comment pouvait-il connaître ses travaux avec autant de précision ? En l'observant discrètement, l'homme lui avait soudain paru inquiétant. Il avait l'air d'un de ces criminels qui semaient le chaos dans les bidonvilles de New York, issus des Dead Rabbits ou du Gopher Gang qui contrôlait presque tout Manhattan. La mafia avait gangrené une grande partie de la ville et s'étendait désormais jusqu'à Chicago. Les Irlandais et les Italiens menaient la danse, et ce Virgile avait justement un léger accent italien. Les « parrains » arboraient des tenues de ville impeccables et, derrière de trompeuses apparences, exerçaient une violence sourde pour s'enrichir sans effort.

Le praticien s'étant senti menacé, le malaise pouvait se lire sur ses traits angoissés. L'autre, toujours aussi mystérieux et peu amène, avait enchaîné sans se préoccuper des états d'âme du spécialiste.

– Vous savez pourquoi, j'imagine, Rudolf Wagner a étudié et comparé près d'un millier de cerveaux durant sa carrière ?

– Eh bien... Je crois qu'il cherchait la preuve du génie humain. En tout cas, il voulait découvrir les différences flagrantes entre le cerveau des grands hommes et celui des simples, pour ne pas dire des idiots.

Virgile avait acquiescé.

– Mais, si je ne m'abuse, il n'a rien démontré, n'est-ce pas ? Il disposait pourtant de l'encéphale de deux géants : le mathématicien allemand Carl Friedrich Gauss et l'anatomiste français Georges Cuvier. Il a disséqué et longuement observé leur cervelle, sans relever de points saillants qui les rendent tellement différentes de celle de n'importe qui.

– C'est vrai, il a échoué. Ce n'est pas faute de l'avoir soutenu et encouragé pendant des années.

Que voulait-il dire ? Qui l'avait soutenu ? Qui l'avait encouragé ? Et pourquoi ?

– Mais la quête n'est pas terminée, avait renchéri Virgile. Des outils plus modernes pourront sans doute permettre des progrès dans l'étude de l'organe suprême. En attendant, malgré son échec, Rudolf Wagner a ouvert un débat existentiel. Lors du congrès des physiologistes de Göttingen de 1854, il proposa de considérer l'existence d'une « substance spéciale de l'âme ». Mais parmi les cinq cents experts présents, personne ne réagit. C'est une grave erreur ! Il faut la réparer.

MacDougall avait instinctivement reculé dans son fauteuil. Virgile, campé dans le siège de bois qui faisait face au bureau du praticien, devenait de plus en plus inquiétant et ne semblait guère disposé à ce qu'on lui résiste. Il avança le buste et enchaîna.

– Sommes-nous d'accord que l'homme se distingue de l'animal parce qu'il jouit d'une âme ?

– Cela va de soi, souffla MacDougall.

– Partant de là, se pose une question fondamentale : l'âme est-elle matérielle, logée quelque part dans le cerveau, ou bien immatérielle ? Évanescente, séparée du corps, comme le pensait le Français Descartes ?

– Je… C'est un grand débat… Personnellement, je n'en sais strictement rien.

– Rudolf Wagner, lui, a toujours pensé que l'âme était une entité physique, qu'on pouvait mesurer ; une « substance spéciale » dotée d'une densité et d'une masse. Mais il n'a jamais pu le démontrer.

Virgile avait posé les mains sur le bureau du médecin.

– Imaginez ça, MacDougall. Si l'âme existait physiquement quelque part en nous, nous pourrions la dénicher et l'étudier ! Comprendre ce qui fait que l'homme est homme, mais aussi et surtout, exposer ce qui fait l'étoffe des grands, et probablement leur génie. C'est exactement le défi que je vous propose de relever.

Le praticien était resté bouche bée. L'autre enchaîna, très en verve.

– Je sais que vous êtes passionné par la physique et que vous mettez au point des balances d'une grande précision.

Comment pouvait-il savoir cela ? Avait-il été espionné ?

La suite de la conversation s'était révélée plus étrange encore, pour ne pas dire surréaliste.

Mais MacDougall avait finalement accepté. Il allait pouvoir disposer du matériel nécessaire, gratuitement, et la curiosité scientifique l'avait emporté. Wagner avait-il raison ?

En ce 6 février 1907, le médecin s'apprêtait à mener l'une des dernières expériences suggérées par Virgile.

Il acheva sa tournée dans la salle des tuberculeux. Dehors, la neige tombait à gros flocons, et la lumière commençait à décliner. Il longea lentement les lits. Qui allait-il choisir ?

Les malades atteints de tuberculose s'avéraient les meilleurs. Ils mouraient suivant un processus invariable. Il lui était donc aisé de détecter ceux qui s'apprêtaient à rendre l'âme. Ils étaient si malingres qu'ils se montraient dociles, immobiles en toutes circonstances. Exactement ce qu'il lui fallait.

Deux assistants le talonnaient. Lorsque la nuit tombait et que la salle d'expérimentation était allumée, les infirmiers savaient que MacDougall s'apprêtait à procéder à un nouveau test.

– Celui-ci, lâcha le médecin.

Il venait de désigner un homme souffreteux et inconscient. Son pouls était presque impalpable. Le phtisique était sur le point de passer l'arme à gauche ; un fruit parfaitement mûr.

Les deux assistants s'emparèrent du pauvre hère, léger comme un fagot de brindilles, et le basculèrent sur un brancard. Puis les trois soignants descendirent en silence vers le laboratoire.

Ils arrivèrent dans une pièce d'une quarantaine de mètres carrés. En plein centre trônait une impressionnante balance à fléau, dont les immenses plateaux mesuraient au moins deux mètres sur deux. Sur celui de gauche gisait un lit ; tandis que celui de droite supportait des poids de toutes tailles. Ils étaient suspendus aux deux extrémités d'une longue poutre de bois, laquelle reposait en son centre sur un solide pivot en métal. Le système, malgré sa taille spectaculaire, permettait d'effectuer des pesées d'une précision inédite, au dixième d'once près[5].

Les premières expériences s'étaient révélées fort prometteuses.

Les infirmiers firent riper le mourant sur le lit, aussi délicatement que possible, craignant qu'il se brise en mille morceaux. Aussitôt, la poutre pivota. Le lit s'affaissa et buta contre le sol, tandis que le plateau opposé s'élevait jusqu'au plafond. Du haut de son échelle, MacDougall rééquilibra la balance en ajoutant des poids de fonte et de plomb, correspondant à la masse du mourant. Au bout d'une dizaine de minutes, la poutre était de nouveau parfaitement horizontale.

Tout était prêt.

Plus rien ne cillait. Pas même une mouche ne voletait – il faisait bien trop froid, surtout dans les sous-sols.

Durant quatre heures et trente-sept minutes, le médecin enregistra la moindre fluctuation de la balance et en cherchait les motifs : le malade avait-il uriné ? Déféqué ? Transpirait-il ? Ces variations étaient si faibles que la poutre bronchait à peine. Mais il ne devait rien laisser au hasard, afin que sa démonstration ne suscite nulle contestation.

Patience et rigueur constituaient ses deux atouts. Il ne relâcha son attention à aucun moment.

À 22 h 24, le malade émit un faible râle, puis ses muscles faciaux se relâchèrent d'un coup. Au même instant, la poutre pivota. Quelque chose venait de se produire.

MacDougall se précipita vers le lit, puis vérifia le pouls, le cœur et même la respiration du tuberculeux. Tout était figé.

C'était terminé.

Il nota l'heure du décès, puis s'approcha du plateau de droite, qui s'était abaissé.

Le corps du défunt s'était donc allégé, clairement et nettement, à l'instant même du passage de vie à trépas. Aucun facteur ne pouvait l'expliquer. Tout était parfaitement en ordre ; le malade n'avait ni sué anormalement, ni uriné, ce qui eût entraîné l'évaporation d'une infime partie des liquides corporels par les canaux physiologiques habituels.

C'était donc une nouvelle preuve. La cinquième en un mois.

MacDougall ôta une, puis deux pièces d'un dollar qui comptaient parmi les poids les plus légers du plateau. La poutre retrouva sa position horizontale. Au total, le médecin avait retiré l'équivalent d'une demi-once, soit quatorze grammes.

Les précédents décès avaient entraîné la même chute du plateau de droite. Dans un cas, une once un quart (trente-cinq grammes), dans un autre, trois huitièmes d'once seulement (dix grammes) s'étaient volatilisés, sans que rien l'expliquât.

Duncan MacDougall allait entrer dans les annales de la médecine, de la science et même de la philosophie. Il serait sans doute couronné d'un prix Nobel, tout comme cette Franco-Polonaise, Marie Curie, qui l'avait obtenu trois ans auparavant à la surprise générale – qui pouvait croire qu'une femme pût être ainsi récompensée ? Lui, le simple médecin de Haverhill, grâce à ses expériences d'une précision inédite, venait de trancher entre le dualisme cartésien – qui voulait que l'âme fût étrangère au corps physique et donc au cerveau, d'essence immatérielle et impalpable, purement spirituelle – et le matérialisme hobbesien, qui prônait au contraire que l'âme était d'origine physique et qu'elle pouvait quitter l'enveloppe corporelle au moment du décès pour rejoindre le ciel, afin d'être aiguillée vers le Paradis, le Purgatoire ou l'Enfer.

Le lendemain, Virgile, informé de la dernière expérience du médecin, se rendit à l'hôpital.

Duncan MacDougall observa l'étrange personnage depuis la fenêtre de son bureau. Toujours coiffé du même chapeau penché, Virgile descendit de sa Ford R flambante, avec ses phares à huile, ses ailes recouvrant les pneus de trente pouces, son coffre arrondi et son marchepied rutilant. Il avait les moyens et l'affichait ostensiblement. Ce modèle spécial n'avait été construit qu'à deux mille cinq cents exemplaires, pour quelques privilégiés. Qui était-il vraiment ? D'où tirait-il ses revenus ? Et pourquoi s'intéresser à des questions biologiques et philosophiques aussi fondamentales ? Pour qui travaillait-il ? Dans quel but ?

Trois minutes plus tard, Virgile parut dans son bureau. Comme à l'accoutumée, il n'ôta pas son couvre-chef et s'assit sans y être invité.

– Alors, MacDougall ? Avez-vous la réponse ? Avez-vous relevé le défi ?

Le médecin se lança avec une immense satisfaction.

– Je suis formel. Il existe une perte de substance au moment de la mort, qui n'est pas prise en compte par les canaux de perte connus, et qui n'a donc rien à voir avec l'urine, les fèces ou la transpiration. Je pense qu'il s'agit de la substance de l'âme. Et je pense que l'hypothèse d'une personnalité continue, persistant après la mort corporelle, est désormais démontrée.

Virgile se cala contre le dossier du petit fauteuil de bois qui faisait face à MacDougall. Il semblait mitigé.

– Vous êtes sûr de vous ?

– Absolument sûr. Une substance capable d'être pesée quitte effectivement le corps humain au moment de la mort. Je vais tout publier prochainement, je suis en train de rédiger un article scientifique détaillé sur chacune de mes expériences, pour le compte d'une des plus grandes revues scientifiques américaines[6].

Le commanditaire desdites recherches, mais aussi mécène de MacDougall, pour avoir financé l'édification d'une balance à fléau aussi imposante que précise, se massa le menton.

– Bien, bien… Alors, quelle est la masse de l'âme ?

– Eh bien… si je prends la moyenne du poids des substances perdues à l'instant même du décès des cinq tuberculeux, je dirais trois quarts d'once.

– Trois quarts d'once ? Cela fait combien, en grammes ?

– Vingt et un grammes, précisément.

– Vingt et un grammes ? Ce serait donc le poids de l'âme ?

– J'en suis convaincu, oui.

– Bravo, MacDougall. Vous avez résolu l'une des plus grandes énigmes de l'humanité. Il faut maintenant découvrir où loge l'âme humaine, de notre vivant, avant qu'elle ne s'évapore.

– Dans notre cerveau, évidemment. S'agissant de l'emplacement exact, je pencherais pour la glande pinéale.

Virgile haussa deux sourcils stupéfaits.

– La glande pinéale ? Le troisième œil ? Mais c'est exactement la localisation désignée par Descartes dans son *Traité de l'homme* ! Il était convaincu que l'âme entrait en contact avec le corps par l'intermédiaire de ce minuscule noyau en forme de pomme de pin.

Tout en évoquant cette référence, le schéma marquant des « trois yeux » publiés dans l'ouvrage du philosophe français surgit dans sa mémoire.

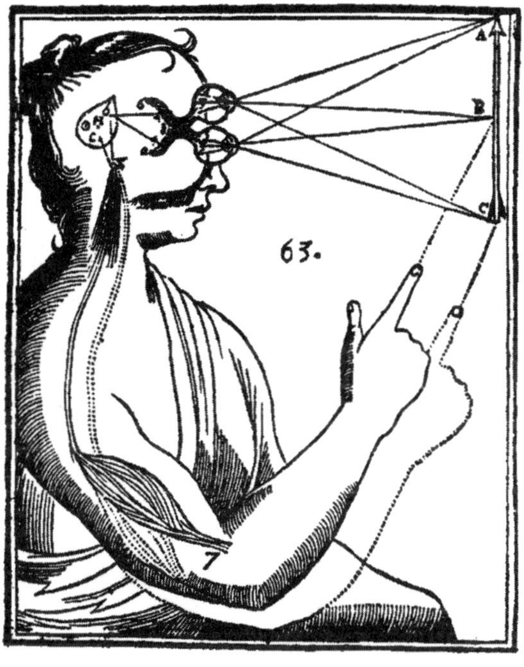

– Mais Descartes a toujours pensé que l'âme était immatérielle, nettement séparée du corps, et qu'elle n'était pas une substance physique… Est-il la bonne référence pour postuler la localisation précise de notre âme ?

– Il s'est fourvoyé quant à la nature de l'âme, certes. J'en ai apporté la preuve. En revanche, je pense qu'il a parfaitement identifié son emplacement. Descartes reste l'un des penseurs les plus visionnaires et rationalistes de tous les temps.

MacDougall, en cet instant, se sentit investi d'une mission. Il se hissait sur les épaules du géant français et se voyait un destin comparable. Bien sûr, il ne raisonnait nullement aussi bien que lui, mais ses expérimentations pouvaient apporter des réponses attendues depuis la nuit des temps.

Virgile se leva, d'évidence satisfait.

– Parfait. Je vous laisse poursuivre vos recherches. Examinez la glande pinéale de tous les patients que vous pourrez.

– Ce sera délicat. Elle est très peu accessible, logée tout au fond du cerveau, non loin du bulbe rachidien et de la naissance de la moelle épinière. Elle voisine avec d'autres noyaux profonds. Je ne pourrai l'étudier qu'après la mort, en disséquant le cerveau. Et si l'âme s'est envolée...

– Je comprends. Mais nous comptons sur vous, MacDougall. Ou plutôt, désormais, devrais-je dire « Dante ». Car comme lui, vous allez cheminer dans les méandres de l'esprit. Je ne communiquerai plus avec vous qu'avec ce nom de code. Cherchez, étudiez, tentez de retrouver une trace physique... Et ne parlez à personne de vos nouvelles investigations.

Virgile s'approcha tout près du visage du médecin, avec l'air menaçant.

– Vous entendez ? N'évoquez jamais vos travaux sur le troisième œil. Vous pouvez publier vos découvertes sur le poids de l'âme, mais rien sur la glande pinéale. Est-ce clair ? Sinon, vous vous exposerez à la colère du premier cercle. Et cette colère est la plus terrible, la plus redoutable qui soit.

Chapitre 15

Mercredi 10 avril 2024, Paris, 15 h 13

Lorrain Ceylac ruminait.

Le taulier lui avait confié l'enquête la plus sensible de l'année, et la plus médiatique aussi. Mais il piétinait.

Les investigations diligentées au CEA ne donnaient rien de probant. L'entourage de Loïc Eyrolles, le physicien assassiné, confirmait son investissement total dans son travail. Même s'il faisait du zèle, rien ne semblait entacher sa probité. Ses comptes en banque, exempts de recettes douteuses, ruisselaient d'argent propre. Aucune donnée sensible n'avait été détournée dans les entrailles numériques de ses ordinateurs. À première vue, Loïc Eyrolles n'avait rien d'un espion à la solde d'une puissance étrangère qu'un commando surentraîné aurait voulu éliminer.

Quant à sa vie privée – marié, père de deux enfants brillants (l'un, polytechnicien comme papa, l'autre, centralien) –, elle suscitait un ennui profond. Pas l'ombre d'une maîtresse ou d'un gigolo qui eût rehaussé l'existence terne de cet ingénieur-chercheur d'excellence.

En fait, il apparaissait *trop* parfait. C'était bien le seul sujet d'étonnement des enquêteurs qui finissaient par suspecter une couverture. « Trop poli – au sens de la pierre lisse – pour être honnête »...

Lorrain Ceylac avait donc décidé de redoubler d'efforts. Une intuition lui dictait de continuer de creuser. Dans quelle direction ? Auprès de qui ? Il l'ignorait, mais quelque chose clochait. Et puis il fallait bien admettre que le meurtre du mafieux de Rome, ainsi que l'invraisemblable rapt du crâne de Dante, au prix de deux nouveaux macchabées, laissaient forcément supposer un lien entre les affaires française et italienne. Mais lequel ? Quel secret pouvait rapprocher un éminent expert de l'atome et un criminel de bas étage, sans doute responsable de nombreuses exactions sordides ?

Les messages codés tournaient autour des mêmes motifs. Ceylac les avait lus et relus, et ne cessait de chercher leur sens caché : « Le pécheur retrouvera le dieu des Enfers dans le neuvième cercle de glace, et périra dans d'atroces souffrances. L'un après l'autre, tous les pécheurs seront annihilés par la puissance vengeresse du premier cercle. » Il devait exister un code, une grille de traduction occulte, tout comme les chasseurs de manuscrits de la Renaissance grattaient les palimpsestes pour en exhumer les sous-textes, ou comme certains espions révélaient l'encre invisible sous la flamme d'une bougie. Qui pouvait incarner le dieu des Enfers ? À quoi se rapportait le premier cercle ? Et le neuvième cercle de glace ? Louise Vernay avait raison sur un point : les références à *L'Enfer* de Dante ne pouvaient être lues littéralement. Un fou isolé, psychopathe, aurait pu exploiter le texte au premier degré. Mais une organisation aussi méthodique et glaçante, nantie d'un bras armé capable de tuer sans sourciller pour atteindre ses objectifs, n'avait rien d'irrationnel. Tout était pensé, et les indices semés tendaient forcément vers un point précis qu'il fallait découvrir, tout comme on cherche la sortie d'un labyrinthe. À quoi jouaient-ils ? Où voulaient-ils en venir ? Combien de cadavres faudrait-il déplorer ?

Et que dire de ce message encore plus incohérent : « Bienvenue dans l'étage néolytique de l'anthropocène » ? Ceylac, en fin lettré, avait d'abord relevé l'énorme faute d'orthographe. « Néolytique » au lieu de « néolithique ». Était-ce parce que l'inscription avait été réalisée par des Italiens qui maîtrisaient mal le français ? Ou bien fallait-il de nouveau chercher un sens caché ?

L'officier tournait en rond et n'était pas programmé pour ce type de rébus criminel. Ceylac avait tout appris auprès des vieux briscards du Quai des Orfèvres et n'était jamais aussi à l'aise que sur des affaires classiques : une scène de crime, des traces relevées par la police technique et scientifique, des comparaisons avec le fichier automatisé des empreintes digitales et celui des empreintes génétiques, l'analyse des vidéosurveillances et des téléphones portables, ainsi que les bonnes vieilles enquêtes de voisinage. S'ensuivait l'arrestation des suspects – sept fois sur dix issus de l'entourage des victimes ; les interrogatoires menés dans les salles du sous-sol, équipées de vitres sans tain toutes piquées ; et les comptes rendus de procédure qui succédaient aux aveux. Longtemps, les rapports et autres collectes de preuves, figées dans des scellés irréprochables, avaient constitué son quotidien. Il était resté le « procédurier » du groupe de Marc Brunier pendant une dizaine d'années. Brunier, ce commandant de police taciturne et instinctif, avait incarné l'un des emblèmes de la Crim. Il manquait à toutes les équipes. Ses faits d'armes, y compris pendant la période des attentats de 2015, où il avait secondé la sous-direction antiterroriste dans ses investigations, avaient marqué tous ses collègues « péjistes ». Méthodique, il tenait bon malgré la nausée quotidienne suscitée par les images des scènes de crime et les témoignages insupportables des victimes et de leurs proches. Comme tant d'autres, il avait fort mal vécu le déménagement du Quai des Orfèvres vers le building impersonnel des Batignolles. Il n'y avait d'ailleurs jamais vraiment mis les pieds, s'étant retrouvé muté à Ajaccio, en Corse, au moment même du transfert de la direction régionale de la police judiciaire. Puis il avait disparu des radars. Peut-être était-il décédé, sans que personne en sût rien.

Ceylac tenait de Brunier sa rigueur, son rationalisme aussi. Il avait bouclé maintes affaires à ses côtés, en rédigeant des rapports parfaits, inattaquables, toujours salués par les juges d'instruction et les magistrats du parquet. L'officier maîtrisait le code de procédure pénale sur le bout des doigts, mais dans le contexte actuel, cela ne lui était d'aucune aide. Il pataugeait…

Seule certitude depuis vingt-quatre heures : les scanners de l'hôpital européen Georges-Pompidou avaient été volontairement sabotés quelques heures avant l'admission de Loïc Eyrolles aux urgences. Cette découverte majeure avait donné du fil à retordre à son procédurier Noah Filhol : il avait dû réunir des experts spécialisés dans ces appareils d'imagerie, obtenir leur consensus sur une malveillance – une forme de piratage informatique qu'il avait été difficile de mettre au jour – et décortiquer les images de vidéosurveillance qui semblaient indiquer des allées et venues anormales dans l'enceinte des scanners.

Les investigations s'étaient alors orientées vers des groupes criminels capables d'une telle organisation et d'une telle logistique, en regard avec l'opération commando du Panthéon.

Ceylac mettait toute son énergie dans l'affaire, mais rien n'y faisait. Il patinait.

Bien sûr, Louise Vernay – de son vrai nom, Louise Labbé, que personne n'osait utiliser en sa présence au risque de se faire arracher les yeux – pouvait s'avérer un atout précieux. Mais son grade de commissaire gênait Ceylac aux entournures. Qu'avait-elle fait pour le mériter ? Elle s'était grillée auprès de l'armée et d'Interpol, pourtant elle avait pu terminer son cycle de formation à l'École supérieure de police de Saint-Cyr-au-Mont-d'Or, et même sortir parmi les majors de sa promotion. Le commandant restait convaincu que Vernay était faite pour être commissaire autant que lui pour devenir champion du monde de pelote basque. Sa jalousie l'aveuglait ; il en était conscient.

Louise venait encore de créer des remous en Italie, alors qu'elle n'avait fait que suivre son sixième sens. Elle avait clairement flairé la bonne piste, avant que l'opération ne tourne au fiasco. Elle en avait réchappé de justesse ; et Ceylac avait craint pour sa vie. Il avait beau la redouter et l'envier, il n'en respectait pas moins sa sagacité, son obstination et son courage. Des qualités qui lui faisaient parfois défaut… La véritable héritière de Brunier, c'était elle.

Et c'est bien cela qui exaspérait l'officier.

Aurait-il le cran d'aller au-devant de terroristes en pleine action, comme à Santa Croce – et même si ce n'était pas la bonne basilique ? Aurait-il les *cojones* de tenir tête aux plus hauts gradés de l'armée, voire à la terre tout entière s'il le fallait ?

Le patron de la Crim, lui, semblait goûter ce caractère. Il l'avait propulsée sur la double enquête française alors qu'elle végétait dans un obscur placard. Nicolas Grimaldi considérait que la jeune commissaire avait l'étoffe d'une tête brûlée capable d'obtenir des résultats, là où la plupart de ses ouailles tournoyaient comme des toupies sans rien décrocher.

Et c'était bien ce qui était en train de se produire.

Ceylac traversa les couloirs impersonnels du sixième étage dévolu à la Crim, le regard plongé sur les dalles glacées. Il leva machinalement un sourcil vers l'une des salles de réunion et se figea net.

L'enquêtrice, la mine défaite et les yeux bouffis, se tenait là. Seule. Elle chancelait d'un pied sur l'autre. Personne ne semblait lui prêter attention. Avaient-ils seulement remarqué sa présence ?

L'officier bifurqua et entra sans frapper.

– Louise ? Qu'est-ce que tu fais là ?

Il aurait dû dire : « Qu'est-ce qui ne va pas ? » Mais c'était plus fort que lui. La moindre commisération envers la jeune femme le défrisait.

Louise demeura silencieuse, et renifla. Son esprit était tout entier dévolu à son frère, et au dilemme insupportable qui la tiraillait.

– Louise ? insista Ceylac.

Toujours rien. Le regard de la jeune femme était vide.

– Tu as dû avoir chaud, rétrospectivement… Si tu t'étais retrouvée dans l'autre basilique…

L'officier ne savait plus comment enclencher la conversation. Il sentait la détresse de Vernay à plein nez ; quelque chose allait vraiment de travers. Il était à deux doigts de l'effleurer, voire de lui prendre les mains et de la consoler. Tandis qu'il approchait ses paumes, elle battit des paupières et planta enfin ses iris humides dans ceux du policier.

– Vous avez trouvé quelque chose ?

Elle avait parlé froidement, égale à elle-même. Pas de salamalec. Ceylac recula d'un pas.

– Oui, bien sûr. Évidemment.

L'officier ne voulait ni perdre la face, ni s'avouer incapable d'obtenir des résultats en l'absence de la gradée.

– Les scanners ont été volontairement mis hors service avant l'admission d'Eyrolles aux urgences de Georges-Pompidou. Ça n'a pas été simple de le découvrir, ils ont là encore été très habiles et sont entrés dans la programmation des machines en utilisant l'équivalent d'un virus informatique.

La révélation n'en était pas une. Louise était déjà convaincue du sabotage, c'était évident.

– Je reformule : avez-vous trouvé quelque chose que je ne sais pas déjà ?

Ceylac toussota pour masquer sa gêne.

– Nous… nous avons commencé à échanger nos informations avec la SDAT[7] et la DGSI[8]. Sans parler de l'état-major des armées et de sa direction du renseignement militaire, qui nous collent aux basques. Il est clair que nous avons affaire à une organisation de haut niveau, surtout depuis la mort de Lombardo, membre connu de la mafia calabraise.

– Et ça donne quoi ?

– Écoute, ça fait seulement trois jours qu'on bosse ensemble, on met en place les procédures…

– OK, vous avez que dalle.

Ceylac fut piqué à vif.

– Au moins, nous, on avance. Parce que, hormis ton petit numéro à Florence, qui aurait pu mettre les artificiers gravement en danger, tu as fait quoi de ton côté ?

Vernay esquissa un sourire amer. C'était reparti.

– Calmos, je ne te reproche rien. Je constate simplement que vous patinez. On patine tous, je te rassure.

– Oui, enfin non, on a commencé à cibler les organisations criminelles actives qui pourraient entretenir un lien avec la 'Ndrangheta.

– Genre quoi ?

– Les Corses. Je ne t'apprends rien en te disant qu'il y a un regain de la criminalité organisée sur l'île. Et historiquement…

– Historiquement, rien du tout. Ça n'a rien à voir avec les Corses. Et tu le sais très bien. Sinon, pourquoi pas les Basques ? Et les Bretons, tant qu'on y est ? J'ai vu que le Front de libération de la Bretagne-Armée révolutionnaire bretonne réclamait un référendum sur leur indépendance. Sans quoi, ils menacent de passer à l'action. C'est peut-être eux, non ?

Ceylac fit mine d'ignorer l'ironie mordante de sa consœur.

– On soupçonne aussi Eyrolles de ne pas être si clean que ça.

Louise haussa les sourcils et finit par s'asseoir derrière la table de réunion.

– Là, tu m'intéresses.

– Il est lisse comme un galet. Toujours douze points sur son permis. Aucun PV depuis des années. Et après avoir décortiqué ses bécanes avec les cadors de la PTS[9], pas de porno dans ses historiques de navigation.

– Ah oui, là, c'est très douteux. Il cachait forcément quelque chose. On n'a pas retrouvé d'autre ordi ? Ou une clé qui ouvrirait un coffre dans lequel il aurait planqué un PC ?

– On a passé sa baraque au peigne fin, mais je te rappelle que c'est une victime, et donc on se mange l'avocat de la famille qui commence à nous trouver trop intrusifs et soupçonneux. Et je ne parle pas de l'armée qui nous oppose le secret-défense dès qu'on fouine un peu trop. Le mec travaillait quand même sur la dissuasion nucléaire et la mise au point des armes atomiques.

Vernay acquiesça machinalement.

– Et côté Panthéon, du neuf ?

– Rien, concéda le commandant de police. Sur le cercueil, aucune trace exploitable, ils portaient sans doute des gants et des cagoules. Et dans la crypte, très fréquentée en journée, impossible de discerner celles qui pourraient être reliées aux commandos.

– Et les tunnels souterrains ?

– On a pu retracer tout le parcours. Ils sont entrés par une cave d'un immeuble de la rue d'Ulm, non loin de l'École normale supérieure. Ils ont carrément dégagé un ancien puits de sondage. C'est du gros boulot. Il y a forcément une première équipe qui s'est farcie l'excavation des gravats. Idem sous le Panthéon : il y a un ancien puits, comblé depuis longtemps, qui aboutit juste à la verticale de la crypte. Ils ont dû le déblayer entièrement. Ça a pris plusieurs nuits, forcément.

– Ah oui, quand même… Ils y tenaient absolument à leur cervelle au Curie. Ils n'ont pas lésiné sur les moyens. Cela a dû leur coûter une petite fortune… Et on sait comment ils ont dégagé les gravats sans être vus ?

– On les a retrouvés dans les sous-sols de l'immeuble de la rue d'Ulm. Les propriétaires nous ont ouvert leur cave, elles étaient gavées de déblais. Ensuite, sous le Panthéon, ils ont tout planqué dans des galeries annexes. C'était plus simple.

– Et le labo du Pr Vogel ? La champignonnière ? Vous avez trouvé quelque chose de particulier ?

– Rien… Hormis des dizaines de plants saccagés, comme Vogel nous l'avait signalé.

– Ils ont marché dedans en s'enfuyant, c'est ça ?

– Non, apparemment pas. On dirait plutôt qu'ils ont volontairement détruit les plantations.

– Volontairement ? Pourquoi auraient-ils fait ça ?

Ceylac haussa les épaules et pinça les lèvres comme pour dire : « Qu'est-ce que j'en sais, moi ? » Louise se cala contre le dossier de son fauteuil en similicuir. Elle décortiquait mentalement la succession d'informations lâchées par le chef de groupe. L'officier n'avait été ni avare, ni réticent. Un bon point prompt à réchauffer leurs relations. Il devait être sacrément aux abois pour tout balancer, songea Vernay.

– Et sur l'intervention chirurgicale dans le cerveau d'Eyrolles, pour lui loger la lamelle ? On a une idée de l'endroit où elle a pu avoir lieu ? D'après le légiste, c'est du grand art. Il fallait un neurochirurgien et un gros plateau technique.

– Pas sûr. Une fois le mec dans le coltard, en sédation profonde, il a suffi de percer l'os à l'intérieur du nez pour enfiler la lamelle tranchante. Ensuite, une petite cautérisation, et le tour est joué.

– Mais quand même, il a fallu viser juste, pour entraîner la lacération des tissus vitaux à cet endroit précis...

– C'est vrai, mais d'après la scientifique, il suffisait d'aller tout droit. Un médecin qui connaît bien son anatomie pouvait le faire. Peut-être même un légiste, rompu à la géographie précise du cerveau. À force de les découper...

Louise Vernay arbora une moue dubitative. Ça ne collait pas. Le dispositif, d'une précision redoutable, n'était certainement pas l'œuvre d'un second couteau.

– Je pense quand même que ça vaudrait la peine de faire la tournée des services de neurochirurgie pour voir si Eyrolles n'a pas été admis dans les heures qui ont précédé sa mort. Peut-être sous un autre nom. Il faudrait montrer sa photo et s'assurer que...

– Ça va, on ne t'a pas attendue. On a fait tous les hostos d'Île-de-France. Ce n'est pas tout à fait terminé, d'ailleurs. Mais je n'ai pas non plus tous les effectifs de Paname sous la main. J'ai des renforts du groupe Pinel, et de Belkacem. Mais ils ont du taf aussi. Ils ne peuvent pas aider à plein temps.

– Il faut aller voir Grimaldi. Il doit lâcher du lest. C'est super important, et...

– J'ai déjà fait le siège de son bureau. Il m'a donné ce qu'il pouvait.

Louise souffla. Elle était certaine d'obtenir plus du boss de la Crim. Tandis qu'elle se levait pour filer vers le bureau du taulier, son téléphone vibra. C'était Massimo Bianchi. L'Italien appelait en mode vidéo via l'application Signal, précaution minimale pour chiffrer la conversation de bout en bout.

La commissaire se rassit aussitôt et posa le portable devant elle.

– *Ciao*, Massimo. Attends une seconde.

Elle releva le menton et fusilla Ceylac du regard.

– Tu permets ?

– Attends, c'est le collègue de la Catturandi qui bosse sur les affaires de Rome et de Ravenne ?

– Voilà. Si tu veux bien nous laisser…

– Je viens de te lâcher tout ce que j'avais. J'ai besoin d'être affranchi en retour. Tu n'es pas la seule à bosser sur les deux affaires, à vouloir faire des liens. On forme une team…

– Ah, tiens, maintenant on forme une « team », Ceylac ? Je me trompe où tu m'as envoyé braire quand on a commencé à bosser sur l'affaire ? Genre : « Toi, tu restes en solo, comme d'habitude » ?

L'officier se racla la gorge.

– OK, je n'ai pas été très fair-play. Mais tu dois me comprendre : deux heures avant, tu n'existais pas. Enfin, ici, à la Crim… Et d'un coup, tu t'imposes.

– *Pronto ?* Si je dérange, vous me dites…

Bianchi s'impatientait derrière l'optique de son smartphone. Il avait l'impression d'assister à une scène de ménage.

– Pardon, je suis désolée.

De guerre lasse, Louise fit légèrement pivoter son iPhone.

– Je te présente le commandant Lorrain Ceylac, qui dirige le groupe de la Crim qui enquête sur la mort d'Eyrolles et sur le vol du cerveau de Marie Curie.

Puis elle redirigea l'appareil face à elle.

– Tu as du nouveau ?

– Je sors du centre pénitencier de Rebibbia, au nord de Rome. J'ai pu interroger Giuseppe Rizzo. C'est l'un des parrains de la 'Ndrangheta, un proche de Lombardo. Il est en détention très stricte, ce qu'on appelle un « 41-bis ».

Ceylac et Vernay acquiescèrent. Ils connaissaient ce régime digne d'un pouvoir totalitaire.

– Je n'ai pas eu beaucoup de temps, mais je suis certain qu'il sait des choses.

– Il a lâché une info ? Une piste ? Un lien avec la 'Ndrangheta ?

– Non, non. Rien de concret. Mais je suis sûr qu'il a volontairement semé des indices pour me mettre sur la voie. Je lui ai proposé un marché, comme ceux qu'on passe avec les *pentiti*, les repentis. Mais il n'a rien voulu savoir. J'ai dû me contenter de ses sous-entendus. Par exemple, il a fait une allusion marquée au Panthéon et à Curie. En parlant de Rousseau qui était enterré là-bas, non loin de la physicienne.

– Qu'est-ce qu'il a dit sur le Panthéon ?

– Rien de précis. Il m'a fait tout un laïus sur l'extase de la solitude en prison, en disant qu'il était en réalité plus libre que moi. C'est là qu'il a cité Rousseau, et Schopenhauer aussi.

– Il joue les intellos ?

– Il a passé une licence de philo en cabane. C'est presque devenu une mode, chez les longues durées. Ensuite, il m'a baratiné sur un certain Rom Houben, un ancien sportif victime d'un syndrome d'enfermement mental, mais qui a pu de nouveau communiquer après des années à l'état de légume.

Vernay se pétrifia. Son visage se vida lentement de ses pigments rosâtres.

– Rizzo m'a raconté que le type avait failli être débranché, mais qu'un médecin lui a sauvé la mise à la dernière minute. Il était sûr qu'il était conscient, à l'intérieur de son cerveau, malgré son état végétatif.

Louise ressentit une forme de nausée monter de son estomac. Des gouttes de transpiration perlèrent sur sa nuque, et son pouls devint irrégulier. Son cœur manqua deux battements.

– Un médecin ? Quel médecin ? articula-t-elle péniblement.

– Attends, j'ai noté ça… Voilà : Steven Laureys. Il bosse à Liège, en Belgique.

La jeune femme ressentit un immense vertige, et bien qu'assise, elle faillit s'évanouir. Elle se retint à la table et réprima une brutale envie de vomir.

– Ça va pas ? s'inquiéta Ceylac.

Vernay se décomposait à vue d'œil ; elle n'était plus dans son état normal. Quelque chose de grave la minait.

– Louise ? Qu'est-ce qui t'arrive ?

L'officier s'approcha et posa la main sur l'épaule de la jeune femme.

– Je… Massimo… Qu'est-ce qu'il a dit, exactement ? C'est très important…

– Il a précisé que le type, Rom Houben, avait un locked-in syndrome, mais qu'il a pu recommencer à communiquer grâce à une interface mise au point par le médecin. Il a dit que c'était un peu comme l'astrophysicien Stephen Hawking qui pouvait parler avec un synthétiseur vocal, alors qu'il était entièrement paralysé.

– Mais… Pourquoi il t'a parlé de ça ?

– Je n'en sais rien, Louise. Il m'a mené en bateau. Il a fait un bel écran de fumée sur la solitude, l'enfermement et la liberté, en disant n'importe quoi pour éviter d'aborder les questions de fond. Mais je peux te dire qu'il était très affecté par la mort de Lombardo.

Louise était perdue dans ses pensées, la mine défaite. Ceylac prit le relais.

– Et qu'est-ce qu'il a dit d'autre ?

– Il a fini par me lâcher un indice, *a priori* important. Mais j'ai eu du mal à comprendre. Il m'a dit de suivre la piste de la pieuvre, la *piovra*, comme on surnomme les grandes mafias.

– La pieuvre ? Pourquoi la pieuvre ?

– Eh bien, la seule chose que j'ai trouvée de pertinent, c'est que la pieuvre est un animal très intelligent. Et qu'elle possède neuf cerveaux.

– Neuf cerveaux ? ânonna Ceylac.

– Huit cerveaux périphériques, un dans chaque tentacule, et un cerveau central dans la tête. Ils sont tous interconnectés et travaillent de concert. Évidemment, ils sont bien plus primitifs que nos cervelles humaines, mais ce sont quand même des systèmes nerveux tapissés de neurones.

– Alors quoi ? Qu'est-ce que tu en conclus ?

– J'ai l'impression que Rizzo a voulu me dire qu'on était en train de couper les têtes d'un même organisme. Les unes après les autres. Déjà deux sur les neuf, Eyrolles, à Paris, et Lombardo, à Rome. Chacun avec un mode opératoire assez proche, une lamelle dans le crâne…

– Tu veux dire que, pour toi, Eyrolles était lié à la 'Ndrangheta ?

Ceylac jubilait. Son intuition était-elle la bonne ? Eyrolles cachait son jeu, et la clé se trouvait peut-être à portée de main… Un lien avec la mafia calabraise était-il réaliste ? Ou même possible ? Comment l'armée aurait-elle pu manquer ça ? Et quel rôle pouvait-il jouer ?

– Je ne sais pas, mais c'est très étrange. Rizzo a insisté sur cette métaphore. Il a semblé vouloir me dire que ce n'était qu'un début. Les chiffres, sur les lamelles, désignent peut-être les « cerveaux » d'une organisation qui tombent les uns après les autres… On a eu le numéro 6, puis le numéro 7. Qui sont les cinq premiers ? Sont-ils déjà morts ? Ou bien viendront-ils plus tard ? Et les numéros 8 et 9 ? Le numéro 1 pourrait être le « cerveau central », le plus important.

– Les cercles de *L'Enfer* désigneraient donc des parrains de la mafia calabraise ?

– Peut-être. Mais je doute que tout tourne autour de la 'Ndrangheta. On parle peut-être d'une autre organisation.

– Gyrum Novem, souffla Louise. La ronde, ou le cercle des neuf cerveaux.

La gradée reprenait quelques couleurs et s'efforçait de recoller au score. Elle ne devait pas céder aux émotions submersives suscitées par son frère. Pourtant, elle ne pouvait s'empêcher de comparer le destin de ce Rom Houben à celui de Mathieu. Et s'ils avaient définitivement tort de vouloir le débrancher ? Et s'il pouvait communiquer de nouveau, lui aussi ? Elle devait en parler, dès que possible, avec Maria Calvino. Pourquoi ne tentaient-ils pas le même protocole avec lui ? Pourquoi n'utilisaient-ils pas le synthétiseur ? Gardant ces questions pour elle, elle revenait timidement dans la bataille.

– Le cercle des neuf cerveaux ? relança Ceylac. C'est le sens de la signature latine *Gyrum Novem*, d'après toi ?

– Possible, murmura la jeune femme. En tout cas, le lien avec le cerveau est partout. Les messages codés, les vols de crâne…

Louise évoqua ensuite la similitude entre la forme des cercles dessinés au verso des lamelles métalliques et celle d'un cerveau. Les courbes épousaient exactement celles de l'encéphale en coupe sagittale. Elle souleva aussi l'hypothèse de cercles présents dans l'organe, les huit principaux lobes, ainsi que les noyaux profonds pouvant incarner le neuvième cercle, à l'origine de nos émotions, plaisirs et autres pulsions.

– Tu veux dire que, pour toi, les neuf cercles dont parlent les messages codés désignent des zones du cerveau ?

– Peut-être, oui. Les lamelles ont toujours été introduites

dans les noyaux profonds, comme le neuvième cercle de *L'Enfer* qui est enfoui au fond des entrailles de la terre.

– Et les tentacules de la pieuvre, alors ?

Louise ne sut répondre. Elle était complètement perdue. Tout se confondait dans son esprit. Un seul cerveau, mais plusieurs lobes ? Plusieurs cervelles, comme autant de tentacules ? L'un était-il compatible avec l'autre ?

– Je n'en sais rien… Je suis désolée, je suis très fatiguée. Il faut que je réfléchisse à tête reposée.

Tandis que Bianchi s'apprêtait à rebondir, son image fut brouillée par un appel entrant.

Ceylac écarquilla les paupières en lisant le nom qui s'affichait en travers de l'écran de l'iPhone de Vernay.

« Maria, adjointe Steven Laureys / Liège ».

– Mais… C'est pas le médecin dont parlait Bianchi il y a trois minutes ?

Louise en eut le souffle coupé, elle aussi. Cette coïncidence la stupéfiait. Son cœur faisait des bonds.

– Excuse-moi, il faut absolument que je réponde. Je rappellerai Massimo plus tard.

Louise s'évapora dans les couloirs de la Crim, en quête d'un lieu préservé des regards, et des oreilles indiscrètes. Elle finit par décrocher. La voix de Maria Calvino résonna aussitôt dans son tympan.

– Louise ? Il faut que tu reviennes de toute urgence. Il s'est produit quelque chose… Quelque chose d'incroyable.

Chapitre 16

Mercredi 10 avril 2024, Liège, 20 h 52

Louise avait sauté dans le Thalys de 17 h 55, rongée par l'angoisse. Devait-elle se réjouir ? Ou craindre le pire ? Maria Calvino avait refusé de s'expliquer par téléphone. Elle débarqua dans le bâtiment du Coma Science Group ventre à terre. Encore haletante, elle se précipita vers le bureau de Maria Calvino.

– Ah, Louise, je t'attendais.

La praticienne jeta un œil à sa montre.

– C'est un bon timing.

– Un bon timing pour quoi ?

– Je t'expliquerai. Mais d'abord, il faut que je te raconte ce qui est arrivé il y a quelques jours… Et de nouveau hier soir.

– Qu'est-ce qui s'est passé ?

Le timbre de Louise virait à l'aigu. L'angoisse était palpable. L'attente, et tous ces mystères, devenaient insoutenables. Elle articula la question qui lui brûlait les lèvres.

– C'est à propos de Mathieu ? Vous allez tenter l'expérience du synthétiseur vocal ?

Maria Calvino arrondit deux orbites stupéfaites.

– Un synthétiseur vocal ? Mais… Louise… Ton frère… Il

est… Je te l'ai expliqué, il ne peut pas… Enfin, il ne peut plus du tout… Je suis désolée. Cela n'a rien à voir avec Mathieu.

L'enquêtrice encaissa le choc. Elle s'affala dans la chaise qui faisait face au bureau de la neurologue.

– Mais alors… pourquoi tu m'as…

Louise fut incapable d'achever sa phrase.

– Tu vas comprendre. C'est en lien avec ton enquête.

– Mon enquête ?

– Tu sais qu'ici, nous menons toutes sortes d'expériences, et que nous étudions des phénomènes aux confins de la conscience.

– Oui, oui… Vous vous la pétez suffisamment dans les médias. Bientôt vous prétendrez ressusciter les morts. Comme ce Rom Houben. Et je me demande d'ailleurs bien pourquoi vous ne voulez pas tenter le même protocole avec Mathieu. Deux poids, deux mesures.

La neurologue haussa les sourcils. Elle connaissait bien Rom Houben, l'un des cas les plus emblématiques de l'équipe de Steven Laureys, depuis les années 2008-2009.

– Écoute, Louise, je ne sais pas ce qu'on t'a raconté au sujet de Rom. Mais contrairement à ce que nous avions cru, il n'a jamais communiqué. Son PET Scan avait révélé un état minimum de conscience, très différent de l'état végétatif terminal de Mathieu…

Louise fulminait intérieurement, mais se retenait d'exploser.

– … et malgré ces dispositions et un cerveau presque normal, nous n'avons pas pu le faire s'exprimer.

– Il n'a pas bénéficié d'un synthétiseur vocal, comme Stephen Hawking ?

– Pas du tout. On l'a simplement aidé à poser son doigt sur un clavier, pour composer des phrases.

– Le résultat est le même, non ? Il était soi-disant un légume et il a réussi à communiquer !

– Justement, non. C'est ce que nous pensions. Mais après plusieurs vérifications, il s'est avéré que c'était nous, les soignants, qui guidions inconsciemment sa main pour la faire saisir des phrases. Lui n'a jamais rien dit, ni écrit. Steven Laureys s'est d'ailleurs rétracté. Il a été un peu vite en besogne dans ses premières déclarations. L'enthousiasme, l'espoir, sans doute. Nous y croyions tous.

Louise hésita entre l'abattement total et l'incrédulité.

– Bon... Alors, qu'est-ce qui s'est passé ? Qu'est-ce que tu voulais me dire ?

Maria Calvino se dressa et fit le tour du bureau. Elle prit place sur le siège voisin de l'enquêtrice et se pencha comme pour lui susurrer à l'oreille, en mode confidence.

– Nous avons deux chercheurs – pour être précis, des postdoctorants, médecins de formation – qui travaillent sur des phénomènes très... étonnants.

La curiosité de Louise fut légèrement piquée.

– Quels phénomènes ?

– Eh bien, d'un côté les EMI, expériences de mort imminente, ou *near death experiences* en anglais.

– Ah oui, le moment où tu crois clamser, tu vois un long tunnel avec une lumière blanche au bout, et puis finalement tu es rappelée sur terre et tu fais demi-tour dare-dare.

– C'est un bon résumé, s'amusa la chercheuse. Et l'autre phénomène, qui est parfois lié aux EMI, c'est la décorporation. La sortie du corps, ou *out-of-body syndrome*.

Cette fois, Louise, dont la rationalité à toute épreuve n'était jamais prise en défaut, rit franchement.

– Ouais, là c'est carrément comique. Tous ces tarés qui disent sortir de leur enveloppe corporelle, planer au-dessus d'eux et faire des voyages cosmiques. J'en connais qui racontent même avoir rencontré des extraterrestres.

Maria, gênée aux entournures, se racla la gorge.

– Oui… Ça peut paraître délirant. Et d'ailleurs, on a une explication pour le tunnel, la lumière, l'impression de sortir de son corps. Tout est lié à l'imagerie kinesthésique. Une forte désactivation du cortex visuel et une activation inhabituelle sur l'hémisphère gauche du cerveau.

– Voilà. Merci. Des tissus de conneries pour midinette.

La neurologue semblait de plus en plus mal à l'aise. Finalement, elle extirpa un dictaphone de sa poche et le posa sur son bureau, bien en face de Louise.

– Je n'ai pas le droit de faire ce que je m'apprête à faire. Mais je te fais une confiance aveugle, et j'en appelle à ton secret professionnel.

– Je t'arrête tout de suite : je ne suis ni avocate, ni toubib comme toi, et chez nous, le secret n'est pas une vertu cardinale. Au contraire, dès qu'on apprend un truc qui peut servir une enquête ou prévenir un crime, j'aime autant te dire qu'on s'en sert immédiatement.

– Prévenir un crime… Eh bien, justement…

Maria pressa le bouton « play » de son enregistreur. Une voix nasillarde s'éleva aussitôt.

– *C'était… angoissant… des tunnels… biscornus…*

– *Des tunnels ? Avec la lumière blanche tout au bout ?*

Louise identifia la seconde voix sans difficulté : celle de Steven Laureys en personne, le grand chef du Coma Science Group.

– *Non, non… Pas de lumière… mais un trou. Comme un trou dans le plafond. Et… au-dessus… des tombes. Plusieurs tombes.*

Silence. On n'entendait plus que le souffle dû à la piètre qualité du dictaphone médical. Laureys laissait venir les souvenirs.

– *Et… ils étaient une bonne dizaine… comme des militaires… Ils voulaient absolument ouvrir une tombe.*

– *Une tombe ? Quelle tombe ?*

– *Il y avait une inscription... pas en français. Du russe, ou du polonais peut-être.*

– *Et ensuite ?*

– *Ils ouvrent le cercueil... Elle est encore belle... presque vivante... Et là... je ne comprends pas, mais... Là...*

Nouveau blanc, qui s'éternise.

– *Oui, Laurent ? Vous avez parlé du crâne, n'est-ce pas ? Qu'ont-ils fait avec le crâne ?*

– *Ils l'ont ouvert. Ils ont pris le cerveau.*

Maria stoppa l'enregistrement. Louise demeurait de marbre.

– Bon alors, c'est quoi le truc ? Un type qui a vu les infos à la télé, la profanation du tombeau de Marie Curie, et qui raconte qu'il est sorti de son corps, qu'il a plané jusqu'au Panthéon, et qu'il a vécu le truc en vrai, c'est ça ?

– Pas exactement. D'abord, le « type », comme tu dis, est bien incapable de regarder la télé, vu son état. Et ensuite, cet enregistrement remonte à un peu plus d'une semaine. Mardi dernier.

Louise se décomposa. L'opération Panthéon s'était déroulée la nuit suivante.

– C'est impossible, il n'a pas pu la voir la scène *avant* qu'elle ait lieu ! Vous allez encore vous ridiculiser, comme pour Rom Houben.

– J'étais là, Louise. C'est moi qui ai fait l'enregistrement. C'était mardi 3, donc la veille de la profanation. Je suis affirmative. Steven pourra te le confirmer.

L'enquêtrice refusait d'y croire. Elle détestait les récits paranormaux bons pour *Voici*, *Gala*, *Détective* et autres torchons. Si la neurologue disait vrai, alors pourquoi serait-elle incapable de relancer le cerveau de son frère ? Magie pour magie...

– Tu en fais des tonnes, Maria. Tout ça pour détourner mon attention de Mathieu. Ça part sans doute d'une bonne intention, mais c'est très maladroit.

– Non, Louise. Je te jure que tout est vrai. Et d'ailleurs… Laurent s'est de nouveau exprimé la nuit dernière. Vers la même heure que la dernière fois, autour de 22 heures. Je n'ai pas pu faire d'enregistrement, mais… Si tout va bien, il va peut-être reparler ce soir. Dans moins d'une heure. Si on le stimule bien, il peut se répéter. Comme la semaine dernière, quand Steven lui a fait redire ce qu'il avait vu pendant sa décorporation.

Trente minutes plus tard, Louise et Maria Calvino veillaient en silence le patient extralucide dans sa chambre surmédicalisée. Son teint diaphane était raccord avec ses dons supposés. Laurent Mallet flottait quelque part entre deux mondes. Comme chez la plupart des « clients » du Coma Science Group, il était impossible, de l'extérieur, de déceler le moindre souffle de vie. Pour Louise, ils étaient tous foutus et bons pour se retrouver entre quatre planches – ou dans un incinérateur. Il n'y avait aucune raison de débrancher Mathieu et de laisser survivre les autres. Deux poids, deux mesures, ne cessait-elle de se répéter.

L'enquêtrice s'impatientait, comme d'habitude.

– Qu'est-ce qu'il lui est arrivé ?

– Un AVC très invasif. Il a été sauvé *in extremis*. La plupart du temps, il végète, mais régulièrement, son cerveau redémarre, et il parle. En général, ses propos n'ont ni queue ni tête. Et d'ailleurs, si tu ne m'avais pas parlé de ton enquête, je n'aurais guère prêté attention à sa logorrhée de la semaine dernière, ni à celle d'hier soir. Mais là…

– Tu es vraiment sérieuse, Maria ? Tu sais que tu es en train de me vendre un truc délirant, comme ce film de Spielberg, avec des mutants qui prédisent des crimes juste avant qu'ils ne surviennent ! *Minority Report*, si je ne me trompe pas.

– Spielberg n'a rien inventé, il a adapté une nouvelle de Philip K. Dick vieille d'un demi-siècle.

– Et alors, qu'est-ce que ça change ? À moins que tu ne penses que K. Dick s'était inspiré de faits réels ?

– Je ne dis pas ça, non... Mais l'écrivain souffrait lui aussi de soucis mentaux et psychiques. Son cerveau n'était pas comme le nôtre.

Maria se reprit.

– Enfin, en tout cas pas comme le mien, c'est certain.

Louise fit mine d'ignorer cette pique qui se voulait être du deuxième degré.

– Et il était comment, son cerveau ?

– Il est parti en vrille et a même été diagnostiqué schizophrène. Ses troubles sont peut-être à l'origine de son génie. Ses textes ont aussi inspiré *Blade Runner* ou *Total Recall*. Ça ne vient pas de nulle part. Sans compter que K. Dick est décédé d'un accident vasculaire cérébral. Je te parie que je l'aurais sauvé, comme j'ai sauvé Laurent de son AVC. Mais à l'époque de sa mort, j'étais encore au lycée.

Louise se montrait perplexe. Maria Calvino s'octroyait des pouvoirs quasi divins. Ce boulot dans cette unité l'avait amochée, et contrairement à ce qu'elle affirmait, son cerveau n'était plus en si bon état que cela...

– Et... le fait d'avoir un AVC serait une prédisposition à la « précognition » selon toi ?

– Je l'ignore. Ce qui est sûr, c'est que le cerveau morfle sauvagement, et on ne sait pas encore grand-chose des remaniements cellulaires et des dérivations vasculaires qui s'opèrent. Enfin, quand on survit. Il n'est pas impossible que certaines aptitudes...

Laurent Mallet, étendu tel un gisant, les deux bras sous

perfusion, le crâne et le torse bardés d'électrodes, émit un faible râle. Louise vérifia l'heure : 22 h 07. Au même instant, l'écran de l'électroencéphalogramme se mit à s'agiter. Les sinusoïdes apathiques prirent de l'amplitude, comme des vagues qui grossissent à l'orée d'une tempête. Maria Calvino se leva aussitôt et s'approcha du malade. Elle lui caressa le front d'une main, tout en lui serrant la paume droite de l'autre.

– Laurent ? Tu m'entends ?

Elle massa les doigts faméliques.

– C'est Maria, je suis là. Je suis tout près de toi, c'est moi. Tu m'entends ?

Elle parlait fort, très fort même. Le type était-il sourd, en plus ? Ou bien son cerveau était-il si loin d'un état de conscience qu'il fallait le stimuler par tous les sens ?

– Laurent, je t'écoute. Peux-tu me répéter ce que tu as vu hier soir ? Je suis là, je t'écoute.

L'électroencéphalogramme bondit subitement sous forme de pics saccadés. La neurologue venait visiblement de trouver le bouton « on ».

– Je… je…

– Qu'est-ce que tu as vu, hier soir ? Laurent ? Qu'est-ce que tu as vu ? Raconte-moi encore une fois.

Maria massait la main du malade de plus en plus vigoureusement. Elle allait finir par lui briser les os !

– J'ai vu… j'ai vu des hommes… une dizaine d'hommes… tout en noir… pénétrer dans une immense église… et se diriger vers un recoin… Ils marchent d'un pas sûr… Ils ne font aucun bruit… C'est la nuit…

Louise était dubitative. La description ressemblait à celle du commando du Panthéon – le monument avait d'abord été une grande église, et en conservait le plan et l'apparence. Le type se répétait…

– Et qu'est-ce qui se passe ensuite, Laurent ? Tu m'entends ? Je suis là. Je t'écoute. Qu'est-ce qui se passe ensuite ?

– Ils arrivent… Ils s'arrêtent et regardent le sol. Il y a des inscriptions par terre. Je vois… Je vois des noms…

– Des noms ? Laurent, quels noms vois-tu ?

– Newton… Je crois… Mais les autres… C'est difficile… Darling, peut-être… Ils ont… une espèce… de marteau-piqueur… Et ils brisent la dalle… Ensuite… Ils retirent un cercueil… Ils l'ouvrent…

L'homme peinait à articuler ; la moitié de son visage était paralysé, tandis que l'autre tressaillait péniblement. Il fallait tendre l'oreille et consentir un bel effort pour discerner les mots.

– Ils l'ouvrent et en retirent le crâne. Ensuite, ils repartent, très vite…

– Et cette église ? Tu peux me la décrire ? Elle ressemble à quoi ?

– Elle est… elle est… immense. Une longue allée centrale, avec des carrelages en damier… noir et blanc… Et au-dessus, une gigantesque coque de bateau renversée…

Cette fois, Louise songea à la basilique de Florence. Mais le sol se révélait bien différent… Elle finit par tendre une oreille plus attentive. Le type parlait apparemment d'un édifice très particulier. Son ampleur impressionnante semblait désigner un lieu unique. Notre Dame ? Impossible, tout avait brûlé, et on était loin de la reconstruction. Alors quoi ?

– Ils s'enfuient, et ils vont où ? Laurent, ils vont où avec le crâne ?

– Je… Je ne sais pas… Je… Je…

Soudain, la courbe sinusoïdale de l'électroencéphalogramme s'assagit. Les pics s'estompèrent, remplacés par de fines vaguelettes sur l'écran vert.

– Laurent ? Laurent ?

Le malade était retombé en catatonie.

– C'est terminé, souffla Maria Calvino. Tu as entendu ?

– Ouais… C'est un peu léger, quand même… Et puis ça ressemble à ce qu'il a raconté sur le Panthéon. Il refait le coup du commando, du cercueil, du crâne…

– Mais, si j'ai bien compris, c'est aussi arrivé en Italie, non ? Alors pourquoi pas une troisième fois ailleurs ?

– Oui, c'est possible. Maintenant, il n'a pas donné d'adresse.

– T'es flic ou pas ? Il faut qu'on te livre tout sur un plateau ?

Louise eut un léger mouvement de recul. La toubib se lâchait…

– Non, je te remercie, je devrais me débrouiller. J'ai tout enregistré avec mon téléphone. On va réécouter et voir ce qu'on peut en tirer.

– Super, siffla Calvino entre les dents. Tu as l'air motivée, dis donc. Il n'est pas impossible qu'ils abattent encore des gens. J'ai l'impression qu'il faudrait y mettre un peu plus d'entrain. Te mettre une pile, même.

Louise fronça les sourcils tandis que son pouls s'accélérait. La neurologue commençait à l'excéder sérieusement.

– Dis donc, je ne te demande pas de te mettre une pile pour ramener Mathieu parmi nous, si ? Donc fais ton boulot, et je ferai le mien. Je ne vais pas non plus faire sauter la banque juste parce qu'un comateux fait des pseudo-prémonitions ! On nage en plein délire.

– Comme tu voudras. Mais tu auras été prévenue. J'ai fait ce que j'avais à faire, j'ai ma conscience pour moi.

Maria Calvino tourna les talons et partit s'enfermer dans son bureau. Elle claqua ostensiblement la porte.

La mâchoire de Louise s'affaissa. Mais quelle mouche la piquait ? La praticienne craquait. La pression s'avérait bien trop forte dans ce service sans cesse confronté aux traumas, la souffrance, la mort… Et désormais le paranormal.

L'enquêtrice renonça et disparut dans un coup de vent. À l'extérieur, les bâtiments futuristes du CHU brillaient comme mille lampions pendant la fête des Lumières, à Lyon. Elle inspira une profonde bouffée d'oxygène.

La neurologue qui veillait sur Mathieu depuis des années tournait foldingue. Comment croire en la pertinence de ses décisions, de ses diagnostics ? Il fallait qu'elle obtienne le transfert de son frère, et au plus vite.

Chapitre 17

Jeudi 11 avril 2024, Londres, 17 h 46

Dans la nuit, Vernay s'était recroquevillée dans ses draps, la tête enfouie entre les mains, comme une autruche dans son trou. Les images de son frère, celles du « précog » du Coma Science Group, et toutes celles des scènes de crime de Paris, Rome et Ravenne avaient tourbillonné comme des loques maculées de sang dans le tambour d'un lave-linge. Elle devenait folle, elle aussi. À qui pouvait-elle se fier ? À quoi pouvait-elle se raccrocher ? Tout s'effilochait en torsades avant de disparaître dans un trou noir. C'était l'obscurité profonde, et l'épuisement complet.

Vers 6 heures du matin, de guerre lasse, et bien qu'elle fût convaincue de l'inutilité de sa démarche, elle avait fini par réécouter l'enregistrement réalisé la veille au CHU. Elle n'en croyait pas un traître mot, et surtout, ne voulait pas y croire. Sa rationalité viscérale la protégeait d'elle-même. Sinon, pourquoi ne pas espérer la « résurrection » de Mathieu par des méthodes occultes ? Sa précédente enquête d'envergure, qui l'avait menée aux États-Unis, dans un contexte d'une prétendue présence extraterrestre, avait conforté sa nature cartésienne, logique et méthodique. Comment Maria Calvino pouvait-elle croire au bien-fondé des prédictions de

Laurent, cette pythie des temps modernes ? Vernay ne pouvait soupçonner la neurologue d'ésotérisme. En revanche, son compagnonnage permanent avec des cerveaux déglingués lui avait sans doute ouvert d'autres horizons, moins *obtus*, comme diraient certains.

Prisonnière de sa petite chambre d'hôtel de la rue de Guillemins, dans l'attente du premier Thalys, Louise avait donc fini par replonger dans le babillage du précog. Sans conviction, elle avait mollement réalisé quelques recherches sur Internet et s'était rapidement aperçue d'une évidence : « Newton + tombe + église » pointaient aussitôt sur Westminster Abbey, à Londres. La célèbre cathédrale, consacrée au début du XIe siècle, avait été le théâtre du couronnement de la quasi-totalité des monarques britanniques et abritait quelque trois mille trois cents sépultures de rois, reines, mais surtout d'illustres compatriotes qui incarnaient le génie du royaume : poètes, écrivains, explorateurs, grands officiers, et bien sûr, d'éminents scientifiques. Il ne s'agissait, ni plus, ni moins, que du Panthéon britannique. Louise se souvenait des funérailles spectaculaires d'Élisabeth II, en septembre 2022, ou encore du couronnement de Charles III un an plus tard. Ces cérémonies avaient offert des vues imprenables de l'imposante abbaye, qui collait en tout point avec la description du patient : des sols damés de dalles noires et blanches – du chœur à la chapelle érigée par Henri VII – et de sublimes plafonds gothiques dont les voûtes évoquaient, au choix, un berceau ou une coque de bateau renversée.

L'enquêtrice avait repassé plusieurs fois le même extrait, afin de tenter d'identifier le second patronyme balbutié par le malade, après celui de Newton. « Darling » pouvait s'apparenter à « Darwin ». Or, le grand naturaliste britannique, père de la théorie de l'évolution des espèces, était lui aussi enterré dans la célèbre église, à côté d'Isaac Newton. Si ce dernier jouissait d'un cénotaphe spectaculaire, son cercueil se trouvait niché sous le carrelage de la cathédrale, tout comme celui de Darwin, et bénéficiait d'une dalle funéraire fort simple incrustée dans le sol, que les visiteurs piétinaient allègrement. Encore un détail qui correspondait à la description de Laurent Mallet, le malade extralucide de Maria Calvino…

Louise avait ensuite égrainé le nom des autres personnalités gisant dans le « Scientists' Corner » de l'abbaye, situé en pleine nef – donc au cœur de l'édifice, dans la zone la plus fréquentée. Elle était d'abord tombée sur Michael Faraday et sur le physicien James Clerk Maxwell.

Puis tout avait basculé.

En 2018, les cendres de l'astrophysicien Stephen Hawking avaient été inhumées juste à côté des sépultures de Newton et de Darwin !

Elle avait aussitôt songé aux propos du mafieux rapportés par Massimo Bianchi. Après avoir fait allusion au Panthéon, il avait clairement évoqué Hawking et son synthétiseur vocal. À 6 h 30, Louise avait alors contacté son collègue italien, heureusement joignable à toute heure. Comme elle, il vivait en célibataire endurci, nuit et jour dédié à ses enquêtes. Avait-il le choix ? Ce métier n'était que tyrannie et obsession. Seul le travail acharné, tel le hamster en rotation frénétique dans sa roue, lui permettait de tenir. Sans quoi, il se retrouvait face à la vacuité de son existence, et à sa profonde solitude.

Le *commissario* avait non seulement confirmé l'allusion de Giuseppe Rizzo à Stephen Hawking, mais avait précisé le commentaire du mafieux : « Si ça se trouve, même enterré à Westminster Abbey, il parle encore »…

Le 41-bis avait donc bel et bien semé une foule d'indices dans son bref entretien avec l'enquêteur italien. Il ne pouvait s'agir de simples coïncidences. Le *capo di mafia* semblait au fait de toute l'affaire et entendait aider la police, sans doute dans le but de venger son ami Lombardo, torturé comme un chien. Comme ses propos énigmatiques prenaient un sens, Bianchi avait décidé de relire toutes ses notes en détail pour tenter d'en tirer d'autres informations capitales.

En attendant, Westminster Abbey était devenue leur nouvelle cible. Les enquêteurs allaient-ils, cette fois, débarquer avant le commando ? Voire pendant l'opération, comme en Italie ? La course contre la montre était lancée.

Encore fallait-il obtenir une coopération sans faille des Anglais. Les accords en matière de police restaient valides, malgré la sortie du Royaume-Uni de l'Europe. Mais les tensions aux frontières liées aux flux incessants de migrants avaient altéré les relations entre la France et l'Angleterre. Louise avait prévenu Ceylac, non pas tant pour l'associer à l'opération – elle le considérait comme un boulet – mais pour qu'il usât de son influence, et de celle du patron de la Crim, afin d'obtenir un ordre de mission officiel. Bianchi fit de même auprès du boss de la Catturandi, la première section de la Squadra Mobile de Rome.

Les victimes déplorées en France et en Italie, dans le sillage du dangereux commando, avaient rapidement convaincu les autorités britanniques du sérieux de la menace. Scotland Yard avait été aussitôt mobilisé, ainsi qu'un détachement du Special Air Service, les troupes d'élite. Les enquêteurs français et l'Italien avaient obtenu de les rejoindre et s'étaient précipités dans le Thalys de 14 h 36, avant d'être conduits sur zone toutes sirènes hurlantes.

La cathédrale avait été évacuée, par mesure de sécurité. Le problème, c'était la proximité immédiate du Parlement. Pour l'heure, les autorités s'étaient contentées d'en interdire l'accès à tout étranger au personnel. Des tireurs d'élite avaient pris place aux abords, tandis qu'un hélicoptère effectuait des rotations au-dessus du quartier.

En cette fin d'après-midi, Vernay, Ceylac et Bianchi patientaient sur Dean's Yard dans un van noir aux vitres fumées, à quelques dizaines de mètres du sanctuaire des grands défunts. Pour convaincre leurs collègues d'agir, ils avaient prétendu s'appuyer sur des sources « fiables ». Les britishs n'auraient jamais acheté une vague histoire de prémonition, émanant d'un mourant paralysé dans un lit, à Liège. Ils auraient considéré ces supputations comme une mauvaise blague. Les enquêteurs français et leur collègue italien s'étaient donc entendus sur un storytelling plus crédible, fondé sur des indics et des indices… Et sur la transformation manifeste des propos de Giuseppe Rizzo. C'était pour la bonne cause.

La cathédrale était déserte ; seules des caméras de surveillance épiaient les lieux. Un petit rover équipé d'une caméra trois cent soixante degrés, téléguidé par des opérateurs du SAS, arpentait les dalles du sol de Westminster, sous lesquelles reposaient les grands savants disparus. Comme le Scientists' Corner était essentiellement constitué de tombeaux invisibles, nichés sous le dallage de l'immense église, on ne distinguait que les noms et quelques inscriptions, latines ou anglaises, à même le sol, gravés sur des pierres noires – plus rarement blanches. Les visiteurs devaient faire preuve d'imagination pour se représenter les sépultures enfouies sous leurs pieds. Bien entendu, des tombeaux et des cénotaphes ostentatoires habillaient aussi les murs de l'abbaye, comme au Panthéon ou à la basilique Santa Croce. Mais la disposition des squelettes des scientifiques rendait une éventuelle opération commando difficile, voire impossible.

Les heures s'écoulèrent, sans que rien n'advînt. Pas le moindre signe d'une tentative d'effraction.

Louise, des picotements incessants dans les jambes, ne cessait de s'éjecter du fourgon pour faire les cent pas. Elle avait évidemment fumé, beaucoup, et s'était envoyé deux thermos de café, au grand dam de Ceylac qui n'en avait pratiquement pas vu la couleur. Bianchi, lui, riait sous cape face au numéro des deux Français. L'Italien ne fumait pas – son asthme le lui interdisait – ni ne touchait au liquide noirâtre offert par Scotland Yard.

À 4 heures du matin, il fallut se rendre à l'évidence. Soit les informations des Français étaient fausses – ou trop imprécises ; soit les commandos avaient renoncé. Cette seconde hypothèse pouvait être considérée comme une forme de victoire. Mais comment en être certain ? Le rêve prémonitoire de Laurent Mallet visait peut-être un autre lieu. Ou tout simplement anticipait-il un événement qui se produirait plus tard. Mais quand ? Les autorités britanniques ne pourraient proroger leur dispositif durant des jours.

À 4 h 13, tandis que la police s'apprêtait à lever le camp, Vernay, les yeux rivés sur les images des caméras de surveillance de la cathédrale, ainsi que sur celles du rover piloté à distance, aperçut quelque chose d'anormal.

– Eh ! Regardez, là, l'image du rover tremblote.

Ceylac jeta un œil paresseux à l'écran.

– Mouais. Il doit être à court de batteries. Ça fait dix plombes qu'il est là-dedans.

Bianchi, lui, observa l'image avec plus d'acuité. Il plissa les paupières et se concentra.

– Tu as raison, c'est bizarre. Ça s'arrête quelques secondes, et ça reprend. Comme des secousses.

L'officier britannique qui patientait dans le van à leur côté s'enquit à son tour de l'étrange phénomène. Puis il s'empara de sa radio, directement reliée au QG des opérations.

– Vous avez vu l'image du rover ? C'est normal qu'elle se trouble à intervalles réguliers ? Il fait quoi, là, le rover ?

Une voix étouffée retentit dans les oreillettes des policiers.

– *Il est positionné sur la tombe de Newton. Immobile. La batterie est faible, on a arrêté de le faire rouler depuis un moment.*

– C'est possible que le manque d'énergie, la fin de la batterie, expliquent ces tremblements ?

– *Je ne sais pas. Je demande au SAS.*

Quelques secondes s'écoulèrent, dans un silence pesant.

– *Alors apparemment, c'est pas normal. Quand il arrive au bout de ses réserves, il émet un signal d'alarme et, si on ne change pas les batteries, il s'éteint purement et simplement. Il a peut-être une défaillance.*

– Attendez ! s'exclama Louise. Et si c'était autre chose ? Si c'était le reflet de secousses provoquées par un engin, un marteau-piqueur par exemple ?

Court silence.

– *Écoutez, vous voyez bien que tout est clean. RAS à l'intérieur de la cathédrale, pas un mouvement. Encore moins de marteau-piqueur !*

Bianchi renchérit.

– Et si ça venait d'ailleurs ? De dessous, par exemple ? Au Panthéon, à Paris, ils sont intervenus en passant par des galeries souterraines.

Nouveau blanc. La tension montait en flèche à bord du van. Même l'officier britannique, les yeux rivés sur l'écran de contrôle, trouvait aussi les saccades fort louches.

– *On se renseigne.*

– Vous ne pouvez pas nous passer quelqu'un de l'église ? On ne va pas attendre chaque fois trois plombes que vous fassiez l'intermédiaire ! C'est super urgent, là !

Louise avait éructé, avec son charme habituel. Le silence

qui s'ensuivit hérissa Ceylac qui reprocha aussitôt son manque de diplomatie à Vernay. « Ils ne vont plus nous répondre, maintenant, c'est malin. » Dix secondes plus tard, les oreillettes grésillèrent de nouveau.

– *Ici Martin Edwards, je suis le Dean's Verger de l'abbaye.*

– Le quoi ? cracha l'enquêtrice en anglais.

– *Le Dean's Verger. Avec mon équipe, j'assiste le clergé dans les offices. Mais surtout, j'organise des visites guidées de l'église médiévale. Les plus anciennes parties de la cathédrale. Et… Et là, il existe des sous-sols. Dans les plus vieux bâtiments tout en longueur qui débouchent sur la façade sud, surmontée de sa superbe rosace. Ce sont les vestiges de l'abbaye du* XI*e* *siècle. Vous voyez ? Des bâtis tout simples, en style normand. Bien avant l'époque gothique. Je crois que vous êtes garés tout près, pour les voir, il vous suffirait…*

– On s'en fout, parlez-moi de ces *bloody* sous-sols !

Ceylac manqua s'étrangler, tandis que Bianchi regardait ses pieds. L'officier britannique, lui, arrondit deux orbites terrifiées.

Le Dean's Verger se rembrunit, plus très enclin à aider Vernay.

– Ils vont peut-être tout péter, là-dessous, insista Louise. Si vous voulez préserver vos vieilles pierres, parlez-moi des souterrains !

– *Eh bien… Par le cloître est, on accède à la fameuse chambre du Pyx, protégée par la plus vieille porte d'Angleterre. C'est là qu'autrefois la Couronne cachait son trésor. À côté, on trouve le vestibule et l'immense salle capitulaire. Et, en dessous, la crypte d'Édouard le Confesseur. Sans oublier l'ancien musée de l'Abbaye, en sous-sol également, situé sous les anciens dortoirs des moines. Mais maintenant, le nouveau musée est en hauteur, au niveau du triforium…*

– OK ! OK ! Ma question est simple : peut-on accéder à

l'intérieur de l'église par l'un des sous-sols ? Voire, peut-on riper sous le sol de la nef, où se trouvent les scientifiques, en passant sous les tombes ?

Le seul accès souterrain à la nef est celui de la crypte normande, située dans la partie ancienne, et qui débouche sur un petit escalier qui se trouve à côté du quartier des poètes, dans le transept sud.

– C'est le sous-sol auquel on peut accéder depuis l'extérieur, par l'un des cloîtres ?

– *Absolument, le cloître permet d'accéder à la chambre du Pyx d'où on peut rejoindre la crypte. Mais une fois dans la nef, tout le sol est plein, hormis des passages de gaines ou d'évacuation sanitaire. Il n'y a aucune galerie sous les dalles. Il y a bien trop de squelettes là-dessous…*

Louise se massa le menton.

Son intuition légendaire, comme à Florence, lui hurlait que quelque chose était en train de se produire. Pour elle, ces rosbifs n'y comprenaient rien. Derrière leur flegme légendaire manquaient l'instinct du chasseur et le flair du prédateur.

Une nouvelle voix crachota dans les écouteurs, celle d'un officier de police britannique.

– *Euh… Le SAS nous informe d'une situation anormale… Là, ça fait deux heures que le rover devrait être HS. Les batteries sont prévues pour un grand maximum de huit heures, surtout en diffusant non stop les images trois cent soixante degrés. Ils n'ont pas fait attention parce que le signal d'alarme de fin de batterie n'a jamais retenti.*

– Et alors ?

– *Alors… Alors il est probable que les images actuelles ne proviennent pas du rover.*

Bianchi haussa deux sourcils sidérés.

– Mais… Elles viennent d'où, alors ?

– *Eh bien… D'après l'ingénieur du SAS, qui a été appelé*

en urgence, des hackers ont peut-être piraté le Wi-Fi du rover, et ils diffusent en différé des images en boucle depuis qu'il est immobilisé. Les tremblements pourraient simplement s'expliquer par des interférences entre leur Wi-Fi et le nôtre, ou bien par le retour à zéro de la boucle d'images…

– Et les images des caméras de vidéosurveillance ?

– *Il n'est pas impossible qu'elles soient aussi piratées, et diffusées en boucle. C'est une hypothèse, bien sûr.*

Louise s'empourpra, et les palpitations frénétiques de ses artères carotides lui déformèrent le cou.

– Et vous attendez quoi ? Un ordre du roi ? Foncez, ils sont peut-être encore là !

– *Il est impossible qu'ils soient entrés dans l'édifice sans qu'on les voie ! On est là depuis 10 heures, toutes les entrées sont sous contrôle, et tout est bouclé à des centaines de yards à la ronde…*

– Demandez à votre Dean's machin. Il vient de nous expliquer qu'on pouvait accéder à une crypte souterraine depuis l'un des cloîtres. Et je vous rappelle que ces commandos sont experts en souterrains…

Un silence contrit plana quelques secondes encore.

– *OK, on lance l'assaut.*

Louise échangea un regard atterré avec Massimo Bianchi.

Quinze minutes plus tard, les forces spéciales, après avoir passé les lieux au peigne fin, reconnurent leur échec cuisant. Non seulement les mercenaires avaient accompli leur mission, mais ils avaient déserté les lieux au nez et à la barbe des autorités.

Louise pénétra enfin dans la cathédrale par l'immense porte occidentale. Les flics britanniques étaient massés un peu plus loin sur la gauche, tout près des dorures clinquantes du portail monumental ouvrant sur le chœur, et dont une niche abritait le cénotaphe tape-à-l'œil de Newton. Derrière, l'orgue et les travées dévolues aux choristes mangeaient une bonne partie de la nef et s'étiraient jusqu'à la croisée du transept et le fameux « sanctuaire » dans lequel tous les monarques britanniques s'étaient vu couronner depuis dix siècles. Cette nef tronquée par le chœur imposant donnait le sentiment d'entrer dans une église de taille assez modeste. Louise, qui l'avait visitée de jour, en gardait un souvenir plus saisissant. Les cierges étaient tous consumés – ou presque – et, en pleine nuit, les lieux s'avéraient lugubres. Seules les roses écarlates qui nimbaient la tombe du soldat inconnu conféraient une touche de couleur à cette inquiétante fresque en noir et blanc.

L'enquêtrice franchit les travées de chaises jusqu'à l'autel dressé au pied de l'entrée du chœur, puis buta contre la rubalise tendue par la police scientifique. Elle n'était pas habilitée ; impossible d'aller plus loin. Comme prévu, le Scientists' Corner avait bien été ciblé. La dalle abritant l'urne de Stephen Hawking paraissait intacte, ses cendres ne présentant aucun intérêt, comme l'avait supposé Vernay. De même que la sépulture d'Isaac Newton. En revanche, sous le collatéral de la galerie nord, légèrement à l'écart, la pierre tombale de Darwin avait été descellée. Des éclats blanchâtres gisaient tout autour et jonchaient la dalle mitoyenne de l'astronome John Herschel, ainsi que l'épitaphe en hommage au pharmacologue australien Howard Walter Florey.

Tout près, au pied d'un des immenses piliers qui soutenaient la voûte de la nef, le rover du SAS était désactivé, les batteries déchargées depuis plusieurs heures sans doute – comme l'avait postulé l'ingénieur du service d'élite.

Les experts britanniques commençaient leur labeur. Louise tenta sa chance.

– Eh ! Vous pouvez me dire s'il manque le crâne ?

L'un des techniciens échangea un regard avec son supérieur.

– On n'en est pas là. Il faut d'abord qu'on relève tout ce qu'il y a autour. On fonctionne par cercles concentriques. Quand on en arrivera à la tombe et à son contenu, on vous dira.

– Juste un coup d'œil ! Je ne vous demande pas la lune ! Et aussi, si jamais vous apercevez une lame métallique…

Les scientifiques, très concentrés, lui tournèrent le dos sans répondre. Ils venaient d'entamer leur ballet empreint de gestes précis, manipulant soigneusement écouvillons, pipettes, scellés en plastique et enveloppes de papier kraft. Ils s'apprêtaient à épandre leur poudre dactyloscopique sur tout le périmètre, dans l'espoir d'isoler des traces pertinentes. Vernay haussa les sourcils, songeant aux milliers de touristes qui arpentaient les tombes à même le sol. Ils allaient relever l'annuaire téléphonique de Londres. Aucun intérêt.

Deux photographes en combinaison lactée mitraillaient la scène. Une pauvre scène… Quelques pierres éparses, et ce cercueil éventré.

Bianchi furetait non loin de la tombe du soldat inconnu, avec Ceylac. Les deux enquêteurs s'interrogeaient sur l'itinéraire du commando. Comment avaient-ils procédé ? Comment avaient-ils réussi à s'introduire, puis à s'enfuir, sans être vus de quiconque ?

– Au moins, cette fois, ils n'ont dégommé personne. Ils font des progrès…, marmonna Ceylac.

– Donc Marie Curie, Dante, et maintenant Darwin… Ça fait déjà trois… Est-ce qu'ils vont subtiliser neuf cerveaux ou crânes de grands génies disparus ?

– Bonne question, accorda Vernay. L'autre interrogation, c'est : y aura-t-il une victime en miroir ? Comme à Paris avec Eyrolles, et à Rome avec Lombardo ?

– Voyons, murmura Bianchi… À Paris, le lien, c'était l'atome. À Rome, c'était la violence.

– Pas exactement, rectifia Ceylac. Vous pensiez qu'ils allaient s'en prendre à Machiavel, mais ils ont volé le crâne de Dante. Le lien est moins évident…

– C'est vrai. Mais avec Dante, il est quand même question d'enfer, de péchés capitaux et de pénitences éternelles, parfois d'une cruauté saisissante. Donc ici, si on cherche un lien… Darwin était biologiste, le père de la théorie de l'évolution des espèces. La sélection naturelle, la loi du plus fort…

– C'était avant tout un immense naturaliste et un fieffé géologue.

Les trois enquêteurs tournèrent leur visage de concert. Un septuagénaire chenu, costume élimé et barbe éparse, se tenait tranquillement derrière eux, les mains nouées dans le dos, un sourire satisfait accroché au visage.

– Pardonnez-moi, je ne me suis pas présenté. Je suis le Dr Livingstone.

Louise baissa aussitôt les yeux. Elle se trouvait en plein milieu de l'imposante dalle funéraire du Dr David Livingstone, explorateur et missionnaire britannique inhumé en 1874, resté célèbre pour avoir découvert les chutes Victoria ainsi qu'une partie des sources du Nil…

– Oui, vous piétinez bien mon aïeul. Mais je ne vous en veux pas ! Il est situé au cœur de la nef, devant la tombe du soldat inconnu. Difficile de ne pas lui marcher dessus.

Louise, confuse, fit un pas de côté.

– Et on peut savoir ce que vous faites ici ? C'est une opération de police, strictement interdite au public…

Louise avait parlé sèchement, mais dans un anglais parfait.

– Je suis consultant pour Scotland Yard. Je suis l'un des cinq officiers honoraires de la Royal Society, l'équivalent de votre Académie des sciences. Comme tous les éminents scientifiques inhumés ici ont été membres de la Royal Society, au fil des siècles, je suis susceptible de donner toute information utile au sujet des savants dont les tombes auraient été profanées.

Tandis que Bianchi s'apprêtait à questionner le vieux briscard de la Royal Society, l'officier britannique qui s'était morfondu à côté des deux Français et de l'Italien dans le van anthracite refit surface.

– Vous aviez raison, Louise : au moment de l'évacuation de la cathédrale, profitant de la confusion, six hommes équipés de grosses mallettes ont pénétré dans la chambre du Pyx depuis le cloître est. On les aperçoit sur les images de vidéosurveillance. Ils sont habillés en *bobbies*, si bien que personne ne leur a prêté attention. Mais on devine sur les images qu'ils vont dans le sens contraire de la foule. Et on ne les voit jamais ressortir. Ils se sont probablement enfermés une heure ou deux en attendant que tout soit calme.

– Et ensuite, ils ont dû riper dans la crypte, prendre l'escalier souterrain et surgir tranquillement dans le quartier des poètes…, enchaîna Vernay.

– Oui, et des complices ont sans doute brouillé toutes les fréquences Wi-Fi des caméras, renchérit Ceylac.

– Ou bien ils étaient équipés pour le faire directement dans la cathédrale, ajouta Bianchi.

– Mais… on ne les a jamais vus ressortir ? Vous êtes sûr ? insista Louise.

– En fait… En revisionnant les images des caméras de surveillance côté sud, au moment de l'assaut tout à l'heure, on devine un groupe de policiers s'engouffrant dans un van sérigraphié SAS. Or, vérification faite, ce véhicule n'est pas à nous.

– Ils ont fait le même coup qu'à Ravenne ! Ils ont volé un fourgon des forces de l'ordre pour passer inaperçus ! percuta Louise, la mine ahurie.

– Oui, enfin… Là, ils ne l'ont même pas volé. Ils l'ont imité. Ils sont très bien équipés et sont capables de nous leurrer complètement.

– Et j'imagine que le véhicule s'est gentiment évaporé ? relança Bianchi.

– Oui. Le temps d'analyser les images, de comprendre que ce van n'avait rien à faire ici et qu'il repartait alors que tous les autres donnaient l'assaut… il était trop tard. Il a passé sans encombre les barrages et s'est volatilisé.

Louise resta bouche bée.

– Attendez… Vous êtes en train de nous dire que tout a été prémédité ? Qu'ils avaient anticipé l'évacuation, l'assaut… Et qu'ils avaient donc prévu d'entrer et de sortir pendant les opérations ?

– Il faut croire…, concéda l'officier britannique.

– Alors, il y a forcément une taupe dans vos services. Elle a informé les commandos de l'imminence de l'opération et leur a sans doute fourni du matériel de brouillage, les fréquences Wi-Fi des caméras…

– Impossible, coupa net l'Anglais. Cette opération a été décidée à la dernière minute. Vous nous avez contactés dans la matinée, réfléchissez ! Personne n'a pu anticiper dans nos rangs. Vous pensez sérieusement qu'ils auraient trouvé les équipements, les uniformes, trafiquer le véhicule, programmer les brouilleurs, bref tout mettre au point en quelques heures ? Il est juste impossible d'improviser une telle opération.

– Admettons. Mais si ce n'est pas une taupe… Comment ont-ils pu savoir…

Louise songea au mafieux emprisonné à Rome. Il avait clairement fait référence à Hawking et à Westminster. Il n'était certainement pas un *capo di mafia* par hasard et devait être un grand maître ès manipulations… Bianchi s'était fait berner, tout comme Louise à Florence. Leur ennemi se révélait redoutable. Intelligent, puissant. Toujours un coup d'avance.

Ceylac ne déroulait pas tout à fait le même raisonnement.

– Dis-moi, Louise, tu ne serais pas surveillée ? Ou suivie ? Ou munie d'un micro, peut-être ? Après tout, ils t'ont approchée de très près à Paris, vers l'hôpital, quand ils ont balancé Eyrolles à tes pieds, depuis la moto. Tu penses même qu'ils t'ont « ciblée », pour reprendre tes propres termes. Apparemment, tu fais partie de leur plan. Ils jouent au chat et à la souris avec toi, et, par ricochet, avec nous tous.

Vernay piqua un fard. Tandis qu'elle ouvrait la bouche pour souffler une beuglante, un cri retentit.

– Il manque le crâne ! Vous aviez raison ! s'époumona le technicien de la police scientifique depuis sa scène de crime.

Vernay accourut aussitôt, talonnée par le reste du groupe.

L'expert suffoquait dans sa combinaison. Il ôta sa charlotte et son masque, dévoilant une constellation de taches de rousseur qui suintaient la transpiration.

– Et non seulement le crâne a disparu, mais on a bien retrouvé une petite lamelle métallique.

Le cœur de Louise fit des bonds. Ceylac et Bianchi étaient eux aussi suspendus aux lèvres du technicien, la tension en flèche.

– Vous avez lu le message ?

– Quel message ?

– Regardez bien. Vous devriez découvrir un texte très court.

Le jeune fonctionnaire s'épongea le front puis s'empara d'une loupe équipée d'une lampe miniature. Il observa la fine lamelle qu'il manipulait avec moult précautions.

– Il y a une espèce de cercle qui entoure le chiffre 8… Et le nombre 10, juste en dessous.

Louise haussa les sourcils.

– Mais… Pourquoi deux chiffres ? En plus, 10 ne veut rien dire… Il n'y a que neuf cercles…

Bianchi compulsa aussitôt ses notes. Il avait répertorié tous les détails possibles relatifs aux cercles de *L'Enfer*.

– Le huitième cercle, c'est celui des fraudeurs, voleurs, menteurs et autres hypocrites. Mais ce cercle est lui-même divisé en dix fosses, que Dante appelle des *bolges*. Et la dixième et dernière fosse emprisonne les alchimistes. Ils sont considérés comme des menteurs et des affabulateurs. Et leur pénitence est terrible : ils sont rongés d'ulcères et dévorés par la lèpre. Leur peau et leur corps subissent les conséquences d'un alliage impur de leur chair, à l'image de ce qu'ils trafiquaient dans leurs fours, les fameux athanors.

– Les alchimistes ? Mais on plane complètement…, se désola Louise.

– Apparemment, le message s'adresse à quelqu'un qui jouerait les apprentis sorciers, postula Ceylac. Ou alors, pour eux, Darwin affabulait. Il y a pas mal de gens qui remettent en cause la théorie de l'évolution.

– Ah, vous avez raison, reprit le technicien de la scientifique. Il y a un minuscule texte au verso. Difficile de le déchiffrer… Alors : « La tête d'or… de la sœur de Cerbère… vaincra les imposteurs… en les noyant dans le… Phlé… gé… thon. À commencer… par les adorateurs de l'église Saint-Pierre. »

Le texte, rédigé en anglais, laissa les enquêteurs perplexes. Les agents de Scotland Yard, alertés par les cris de l'expert, s'étaient rapprochés et semblaient encore plus largués. Leur priorité n'était pas le déchiffrage de ce nouveau rébus : il fallait gérer le « merdier », justifier leur incapacité à prévenir la profanation et présenter leurs plates excuses. Ils étaient en place, forts d'un dispositif spectaculaire largement relayé par les chaînes britanniques, et n'avaient rien pu empêcher. Le viol de la sépulture de Darwin allait soulever une profonde indignation, tandis que les hauts dignitaires ecclésiastiques demanderaient des comptes. Les médias deviendraient leur bête noire. Ils devaient donc se concentrer sur le fiasco et laisser, pour l'heure, le jeu de piste aux mains des étrangers qui les avaient alertés.

Louise tournait en rond, songeuse ; Ceylac murmurait dans sa barbe ; et Bianchi compulsait les pages de son carnet avec frénésie. Il avait déjà couché le nouveau message et tentait de trouver des occurrences dans ses précieuses notes.

– Alors, tête d'or… la sœur de Cerbère… le Phlégéthon… l'église Saint-Pierre…

– Si je peux me permettre, vous êtes dans l'église Saint-Pierre.

L'Italien sursauta.

C'était encore le Dr Livingstone qui lui collait aux basques.

– C'est le vrai nom de la cathédrale : église collégiale Saint-Pierre. Westminster est un surnom, ça veut dire littéralement : abbaye de l'ouest.

– Ah… Merci… Je l'ignorais.

Louise et Ceylac s'étaient approchés. Ils semblaient espérer d'autres révélations.

– Pour le reste, je suis désolé, ce n'est pas mon rayon. La mythologie n'a jamais été mon fort. Bien, je dois rentrer, je me lève dans quelques heures. Nous avons une session importante à la Royal Society, ce matin. Nous accueillons d'ailleurs l'un de vos compatriotes français, membre correspondant de notre académie, qui doit faire une communication importante. Et c'est drôle, les coïncidences : c'est un grand naturaliste, comme Darwin !

Les trois enquêteurs échangèrent un regard éberlué.

– Un naturaliste français ? répéta Ceylac. Comment s'appelle-t-il ?

Louise grilla la politesse au Britannique. En une fraction de seconde, elle venait de tout comprendre.

– Le Pr Alban Vogel…

Chapitre 18

Vendredi 2 juin 1978, Wichita, Kansas, 7 h 01

L'alarme stridente du réveil fit sursauter Steven. Comme il se trouvait au bord du lit, il glissa et s'étala sur la moquette. Il mit une bonne dizaine de secondes à réaliser ce qu'il foutait là, et même, comment il s'appelait. Il faut dire que, la veille, le reporter s'était envoyé une demi-bouteille de whisky. Une gageure dans un État « sec », qui avait interdit l'alcool – sauf à devenir membre du Penthouse Club, le seul habilité à servir des boissons alcoolisées. Steven s'était empressé de s'inscrire, dès son arrivée dans la ville.

Il se frotta les yeux, puis fonça sous la douche. Il logeait dans l'immense Wichita Plaza Holiday Inn, un horrible building de trente-six étages tout en béton qui dominait le centre-ville. Pour le charme, on repassera. L'heure tournait ; il ne s'agissait certainement pas d'être en retard. C'était sans doute le jour le plus important de sa vie, du moins jusqu'ici.

À vingt-sept ans, sa carrière de journaliste allait peut-être connaître un tournant décisif. Maints obstacles s'étaient dressés devant lui ; il avait bien failli échouer. Mais sa ténacité, et la bonne étoile qui irradiait son destin, lui offriraient sans doute de décrocher le Graal.

Son rédacteur en chef au *New Jersey Monthly* avait une lubie ; une véritable obsession, même. Il avait entendu parler du vol du cerveau d'Einstein, à la mort du grand physicien allemand, émigré aux États-Unis à l'orée de la Seconde Guerre mondiale. Celui qu'on avait, à tort, surnommé « le père de la bombe », avait expiré en avril 1955 à Princeton. Un dénommé Thomas Stolz Harvey, médecin légiste, s'était occupé de son autopsie. Il s'était surtout rendu célèbre pour avoir dérobé son cerveau, contre l'avis de la famille. La presse avait relaté l'événement, ainsi que la cause : le pathologiste s'était mis en tête de déterminer l'origine du génie du physicien. Mais, depuis vingt-trois années, aucune nouvelle. Plus personne n'avait entendu parler du cerveau d'Einstein.

– Steve, tu vas me retrouver sa trace.

– Mais… comment veux-tu que je fasse ? On n'a aucune info…

– Je sais, j'ai épluché des dizaines de revues scientifiques, plus personne ne parle de ce foutu ciboulot depuis plus de vingt piges. À toi de remettre la main dessus. Où se trouvent les méninges d'Einstein ? C'est quand même une putain de question, non ?

Tout avait commencé par cette injonction du rédacteur en chef. Y croyait-il vraiment ? Steven, lui, avait décidé de relever le défi. Pendant deux mois, il avait remonté la piste du fameux médecin, en commençant par son ancien hôpital, là même où il avait procédé à la dissection de l'Allemand. Mais son successeur à Princeton n'avait aucune nouvelle de lui. Il savait simplement que son collègue avait déménagé « très loin », sans laisser d'adresse.

Au bout de huit semaines, Steven Levy avait fini par trouver l'adresse du légiste. Il avait contacté l'American Medical Association, laquelle conservait une trace de tous les docteurs en médecine du pays. La secrétaire n'était pas autorisée à divulguer leurs coordonnées, mais Levy avait tellement insisté qu'elle avait cédé.

– J'ai un Thomas S. Harvey, né en 1912, qui vit à Wichita, au Kansas.

Ça peut coller, avait aussitôt songé le jeune reporter. Il dégota enfin un numéro de téléphone et tomba enfin sur Harvey. L'homme avait longuement hésité. Il disait ne plus jamais vouloir revenir sur l'affaire. Ensuite, qu'il ne pourrait divulguer aucune information médicale ou scientifique sur l'étude de l'encéphale ; qu'il avait même signé un accord le lui interdisant. Mais Levy avait tellement insisté, une fois de plus, tout en laissant entendre qu'il publierait une version « arrangeante » pour le médecin, que ce dernier avait accepté du bout des lèvres de le recevoir.

Pour la première fois de sa carrière, Steven Levy avait été autorisé à prendre l'avion, à destination de l'improbable ville de Wichita. Il n'avait jamais visité le Kansas. Et pour cause : cet État du Midwest, en plein cœur des États-Unis, ne revêtait strictement aucun intérêt. Du ciel, ce morne territoire ressemblait à une vieille crêpe cramoisie. Ce matin-là, pour couronner le tout, un véritable déluge s'abattait sur la ville, la plus vaste de tout le Kansas, et dont la seule originalité était d'accueillir le siège de six grands constructeurs d'avion américains.

À 8 h 04, Steven monta dans un taxi, une Ford Galaxy qui avait déjà son compte de kilomètres. Il contourna le centre de congrès Century II, semblable à une soucoupe volante plantée là depuis des années, et qui avait mal vieilli. Tout portait à la déprime dans cette foutue ville, comme le quadrillage hyper géométrique des rues et avenues, profondément monotone et ennuyeux. Avec, de surcroît, ces « chats et chiens » qui tombaient comme des cordes, il fallait une sacrée dose d'optimisme et de motivation pour réaliser du bon boulot. Levy devait assurer, il jouait gros.

Le chauffeur de taxi pestait, en roulant très lentement dans d'immenses flaques. Par endroits, les avenues se transformaient en véritables lacs.

– Manquait plus qu'ça ! Depuis qu'on a eu ce concert de yéyés dégénérés, au Pogo's, rien ne va plus. « Van Halen » qu'ils s'appellent, je crois. Ils font du « hard rock », ça veut tout dire. Je suis sûr que cette bande de drogués a attiré les foudres du Seigneur !

Steven déglutit. Il était bien au fin fond du Midwest, aucun doute.

– Heureusement, nous, on a des valeurs. Le mois prochain, on est très fiers d'accueillir la dixième conférence mondiale des mennonites. Ils vont ramener la lumière sur ce foutu pays qui part à vau-l'eau.

– Les mennonites ?

– Vous connaissez pas ? Mais vous débarquez d'où ?

Le chauffeur s'était tordu le cou pour dévisager Levy. Heureusement qu'il ignorait que le jeune reporter était juif...

– Les mennonites, ils rassemblent plein d'Églises anabaptistes. Ils sont les vrais représentants de Dieu.

Les anabaptistes, ça, Steven connaissait. Une collection de sectes protestantes radicales dont les valeurs collaient bien avec celles de l'Amérique profonde et de notre bon vieux chauffeur rougeaud...

Steven Levy se sentait très mal à l'aise parmi ces péquenauds réactionnaires, pour qui rodéos et country music étaient les seuls loisirs labellisés. Qu'est-ce que Harvey était venu faire ici ? Comme enterrement de première classe, on ne pouvait rêver mieux.

Ils quittèrent le centre-ville pour se diriger vers le quartier résidentiel, situé plus à l'est. Au bout d'une dizaine de minutes, les roues à moitié immergées dans un torrent d'eau, la Ford s'arrêta devant l'adresse du légiste.

En réalité, il s'agissait de son lieu de travail : un simple laboratoire d'analyses médicales. Le médecin avait subi une sacrée rétrogradation… Que s'était-il passé ? Était-ce en lien avec le cerveau d'Einstein ? Mais une seule question taraudait Steven : était-il conservé ici, derrière ces murs fades ? Après tout ce temps ?

Au moment de pénétrer dans le local, son pouls s'accéléra. Il touchait au but… mais tout pouvait échouer à la dernière seconde. Il allait falloir la jouer fine.

Harvey l'accueillit mollement, avec une poignée de main moite. Un peu gêné par la situation, il l'invita à le suivre dans son bureau. Steven sinua entre une collection d'ordinateurs bruyants et une rangée de techniciens affairés sur des échantillons de sang et d'urine. Le médecin avait un air plutôt doux, les cheveux grisonnants, et portait une chemise pastel auréolée d'une cravate à motifs. Un stylo quatre couleurs dépassait de sa poche.

Au fond du laboratoire, il pénétra dans son bureau et désigna une chaise au journaliste. Ils se trouvaient enfin face à face. Seuls. Après quelques lieux communs, Levy aborda le sujet qui l'avait mené si loin.

– Donc, c'est vous qui avez pratiqué l'autopsie d'Einstein.

– En fait, avant cela, je l'ai connu, vous savez. Je me suis rendu au moins trois fois chez lui, pour récupérer des prélèvements en vue d'analyses. Il était charmant, et sans prétention.

– Ah, très bien, très bien… Et… vous l'avez donc autopsié… Et c'est là que vous avez décidé de prélever son cerveau ?

Harvey se racla la gorge et s'agita sur sa chaise. Il jeta des coups d'œil au plafond, comme si quelqu'un y avait dissimulé des micros, ou que la foudre menaçait de s'abattre sur lui. Que redoutait-il ?

– Eh bien… oui, en effet… Einstein avait exprimé le souhait de léguer son cerveau à la science…

Steven écarquilla les paupières.

– Ah bon ? Mais… je n'ai jamais rien lu qui…

Le légiste fronça les sourcils.

– On a raconté n'importe quoi. La vérité, c'est que le Dr Otto Nathan, l'exécuteur testamentaire d'Einstein, en était parfaitement informé. C'est pour ça qu'il nous a laissé le cerveau. Sinon, vous pensez bien que je n'aurais jamais pu le conserver.

Malgré son ton péremptoire, son langage corporel laissait supposer qu'il mentait. Levy insista.

– Mais… pourquoi a-t-on dit que vous l'aviez dérobé, alors ? Pourquoi cet Otto Nathan n'a-t-il pas expliqué…

– Parce qu'il s'est presque aussitôt exilé en Europe. Il était communiste, et lorsque cela a été découvert, il a dû déguerpir. Nous étions en pleine chasse aux sorcières. Et il n'a jamais pu rétablir la vérité.

Steven était fort perplexe, mais n'en montra rien. Il ne voulait surtout pas indisposer le médecin, s'efforçant de l'amadouer pour atteindre son but.

– Eh bien, nous allons pouvoir rectifier les faits. Je vais le mentionner dans l'article. Vous avez donc suivi une volonté d'Einstein en personne. Ça change beaucoup de choses.

Levy ne croyait pas un traître mot de ce qu'il disait lui-même, mais l'effet fut instantané. Harvey s'apaisa, remua moins sur son siège, et parut bien mieux disposé à s'exprimer.

– J'ai eu beaucoup de chance d'être choisi pour étudier le cerveau du Dr Einstein. Cela a été l'une de mes plus importantes contributions professionnelles.

Steven songea au labo minable dans lequel il se trouvait, en plein Kansas, au milieu de nulle part… Le moins qu'on pût dire, c'était que cette « contribution » ne l'avait nullement propulsé vers les cimes…

– Je n'étais pas moi-même un spécialiste de l'encéphale. Ce que tout le monde ignore aussi, c'est que je me suis entouré de confrères compétents à qui j'ai confié des échantillons. Je les leur ai même apportés en mains propres, figurez-vous. Je ne voulais prendre aucun risque…

– Ah oui ? Et à qui avez-vous donné vos précieux prélèvements ?

– Il y a eu le Dr Harry Zimmerman, à New York… Ensuite Percival Bailey, à Chicago… Et aussi Hartwig Kuhlenbeck, à Philadelphie. J'avais placé les cartons de bocaux dans le coffre de ma vieille Buick et j'ai sillonné le pays pour faire du porte-à-porte.

Levy se figura la scène surréaliste : Harvey se baladant comme un représentant de commerce au volant de sa guimbarde, en train de distribuer des bocaux de cervelle d'Einstein comme d'autres organisent des ateliers Tupperware chez les particuliers.

– Et quels ont été les résultats de toutes ces recherches ?

Le pathologiste détourna le regard et renoua avec la nervosité. Une goutte de sueur perla même à la naissance de son cuir chevelu.

– Je vous l'ai dit au téléphone : je ne peux absolument rien dire sur les recherches qui ont été menées.

Steven sentit qu'il s'engageait sur une pente glissante. Mais pourquoi était-il si réticent ? Que craignait-il ? Ou plutôt, qui craignait-il ?

– Docteur Harvey… Il faut au moins que vous m'expliquiez pourquoi il vous est interdit d'évoquer…

– Parce que nous allons prochainement publier le résultat de ces recherches. C'est donc tout à fait confidentiel, sous embargo, et il est impossible de communiquer auprès du grand public avant une publication scientifique.

Nouvelle surprise. Décidément, l'entretien réservait d'improbables rebondissements.

– Vous êtes en train de me dire que, vingt-trois ans après, et alors que je viens de vous retrouver, vous allez justement rédiger un article qui…

– Oui, exactement. C'est pour l'année prochaine, au plus tard. Je peux juste vous dire que nos données sont… stupéfiantes. Vous comprendrez quand vous lirez.

– Mais… pourquoi attendre autant avant de publier ?

Levy ne comprenait pas pourquoi les résultats, au bout de vingt-trois ans, n'étaient toujours pas connus.

– Il n'y avait aucune urgence à publier. Il fallait être sûr de nous. Et les premières constatations ne montraient aucun signe d'exception. Einstein avait un cerveau très normal pour son âge, en apparence.

Évidemment, il mentait, du moins partiellement.

– Et puis… ma carrière a connu un coup d'arrêt, je ne peux pas le nier.

Il fit un ample geste du bras qui embrassait son bureau, et qui semblait dire : « Vous voyez bien dans quel trou à rats je me retrouve. »

– J'ai dû quitter l'hôpital de Princeton en 1960. J'ai d'abord déménagé à Freehold, dans le New Jersey. Puis ici, à Wichita. Et je n'ai plus beaucoup de moyens, donc les recherches se sont ralenties. Mais nous sommes tout près de publier, un an maximum.

Harvey se répétait. Qui voulait-il convaincre ? Steven Levy ou lui-même ?

– Dites-moi… Toutes ces études, pendant de longues années, avec différents spécialistes… et jusqu'à aujourd'hui, si je vous écoute… cela a dû coûter beaucoup d'argent, non ? Qui vous a financé ?

Harvey se pétrifia sur sa chaise. Il semblait incapable de

répondre. Il sentait l'ombre de Virgile planer juste au-dessus de lui. Il en avait trop dit, c'était évident.

– Écoutez, je suis désolé, mais je dois me rendre à un rendez-vous extrêmement important...

– Attendez ! supplia Steven.

Il n'était venu que pour une seule chose et n'avait même pas encore pu formuler sa requête.

– Vous savez quoi ? J'écrirai qu'une fondation vous a financé. Ou quelque chose comme ça. L'hôpital, ou l'université... Et je dirai que vous avez été dûment mandaté pour conduire toutes ces recherches... et que votre publication, qui promet d'être exceptionnelle, paraîtra l'année prochaine. Ça vous va ?

Harvey se détendit légèrement, bien qu'il restât aux aguets.

– Avant de partir, j'ai une dernière demande à vous faire. Auriez-vous des morceaux du cerveau d'Einstein à me montrer ?

– Non, je n'ai pas de matériel ici.

– Peut-être au moins une photo ? La plus récente possible ?

– Non, je ne crois pas.

Puis le pathologiste esquissa un sourire timide. C'était plus fort que lui.

– Bon... en fait, j'ai un peu de matière brute, ici même.

– Pardon ? s'étrangla Steven.

– Un peu de matériel grossier. Non sectionné. Mais c'est tout.

– Vous voulez dire... ici ? Dans cette pièce où nous sommes assis ?

Levy scruta le local. Face à lui, le bureau du légiste débordait d'un fatras de documents et de vieux magazines. À gauche, une étagère regorgeait de livres et de journaux. À droite, des cartons enchevêtrés et à moitié esquintés voisinaient avec une glacière, comme celles qu'on emporte à la pêche. Mais aucun frigo à température contrôlée qui pût abriter un tel trésor scientifique.

Harvey se leva, fit le tour du bureau et se rendit près des cartons. Il saisit la glacière de plastique rouge et la déposa sur le siège situé à côté de Levy.

Le cerveau d'Einstein dans une glacière à bières ? Sérieusement ?

Mais au lieu de l'ouvrir, le médecin retourna vers l'empilement désordonné de cartons. Il en dégagea un, puis saisit une boîte revêtue d'une étiquette « Cidre Costa ». L'emballage était bourré de papier journal complètement froissé. Harvey, arborant toujours un sourire penaud, plongea la main à l'intérieur et en extirpa un grand pot « Mason », un bocal de verre coiffé d'un couvercle en métal. Dans un liquide plutôt clair, flottaient des morceaux de matière spongieuse grisâtre et rayée, dont un avait la forme d'une coquille de conque – ces fameuses coquilles de mollusque qu'on porte à l'oreille pour entendre le bruit des vagues.

– Ça, c'est le cervelet d'Einstein. Et les autres cubes, des morceaux de son cortex.

Puis le légiste saisit une enveloppe transparente emplie d'une substance filandreuse blanchâtre.

– Et ça, c'est un groupe de vaisseaux cérébraux.

La mâchoire de Steven Levy se décrocha. Il observa le bocal dans lequel les morceaux de cervelle bougeaient, après que Harvey l'eut légèrement agité. Et dire qu'une partie du plus grand génie de l'humanité flottait ici…

Mais ce n'était pas terminé. Le médecin farfouilla de nouveau dans son emballage de cidre Costa et en retira un pot encore plus ample, à peine fermé par un vieux ruban adhésif. À l'intérieur reposaient des dizaines de blocs rectangulaires, tous de la taille d'une barre chocolatée. Sur chacun d'entre eux, une étiquette mentionnait « cortex cérébral » ainsi qu'un numéro d'identification. Et, dans chaque emballage se trouvait une masse de matière grise ratatinée.

Steven était abasourdi. Harvey lista toutes les parties du cortex d'où provenaient ces prélèvements, mais le journaliste fut incapable d'en mémoriser ne serait-ce qu'une seule. Il était sous le choc, éberlué par ce qui se trouvait sous ses yeux. Nous étions en 1978, et depuis 1955, plus personne n'avait entrevu ne serait-ce qu'un cliché de l'encéphale du physicien allemand.

La fin de la conversation fut superficielle, Levy s'efforçant de l'abréger pour regagner son journal au plus vite. Il avait décroché la timbale. Beaucoup de questions demeuraient sans réponse, comme la nature des données scientifiques issues des études du cerveau, ou encore l'origine du financement d'un tel projet étalé sur de si longues années. Mais il n'avait pas été chargé d'une investigation approfondie ; il devait simplement retrouver la trace du cerveau – ou du moins, d'une partie de celui-ci. C'était chose faite, et il allait rédiger l'article[10] qui ferait basculer sa carrière.

Après le départ du journaliste, Thomas Harvey savait qu'il passerait un sale quart d'heure, comme lorsqu'il avait osé parler au *New York Times*, vingt-trois ans plus tôt. Pourtant, il avait gardé le secret. Il n'avait rien révélé des résultats de l'étude scientifique, et des caractères uniques de l'encéphale de l'Allemand. En particulier, l'état de ses noyaux sous-corticaux, enfouis au fin fond de l'organe, tels que l'épiphyse, aussi connue comme la glande pinéale. Il n'avait rien dévoilé non plus de la quête ancestrale du Gyrum Novem, qui finançait ses recherches, ni éventé l'identité de ses huit homologues qui dirigeaient l'organisation. Lui, « Dante », régnait sur les études neuroscientifiques. Virgile et ses sbires avaient dégoté des dizaines de cerveaux « témoin » pour permettre d'effectuer des comparaisons crédibles avec celui d'Einstein. Harvey n'avait jamais su comment ils s'étaient procuré ces organes… Peut-être dans des salles d'autopsie. Mais la fraîcheur et l'état impeccable de chaque encéphale lui laissaient supposer une autre source d'approvisionnement… Lorsqu'il réclamait des explications sur l'origine de la marchandise, le regard menaçant de Virgile suffisait à calmer ses ardeurs. Moins il en savait, mieux il se portait. « Darwin », qui œuvrait dans l'autre domaine scientifique financé par le Gyrum Novem – et qui se trouvait plus ou moins en concurrence avec lui –, rencontrait aussi des difficultés. Sa tâche, colossale, l'obligeait à voyager sans cesse.

En cette fin des années 1970, les connaissances se révélaient bien trop succinctes et parcellaires pour permettre, dans un registre comme dans l'autre, d'obtenir des percées décisives. Ils allaient, tôt ou tard, passer le flambeau à un autre « Dante » et à un autre « Darwin », de même que Virgile se faisait âgé. Et leurs successeurs, peut-être, achèveraient la quête. Ils trouveraient la clé de l'âme et du génie humains et feraient basculer le destin de cette espèce de mammifères parvenue à dominer l'ensemble du vivant, et à s'arroger tous les droits sur les autres règnes.

Chapitre 19

Vendredi 12 avril 2024, Londres, 8 h 45

Massimo Bianchi n'avait pas fermé l'œil.

Il se sentait en plein jet lag, alors que le décalage horaire entre Rome et Londres n'était que d'une heure. Obsédé par l'affaire, il cherchait obstinément à comprendre les motivations des commandos. Qu'espéraient-ils trouver dans la cervelle moisie de Marie Curie ? Et au fond des crânes de Dante ou de Darwin ? L'officier était incapable de penser. Bien que vivant, son cerveau à lui refusait de pondre la moindre idée valable. Il se retourna pour la millième fois sur son lit, la bouche desséchée. Il n'avait que de l'eau sous la main et désirait quelque chose de plus fort. Caféine ou alcool – un produit capable de le réanimer.

Il voulut se redresser, mais au moment de bander les abdominaux pour projeter son torse, il ressentit une forte pression sur la poitrine, comme si une vache s'était brutalement assise sur son thorax. Il se mit à cracher ses tripes ; une toux rauque qui remontait des profondeurs des bronches, et qui ne cessa d'enfler. Il se tortilla sur ses draps comme un poisson hors de l'eau. Des sifflements suraigus jaillissaient de ses poumons ; un vrai concert de vieilles bouilloires. Il tâta sa table de nuit à la recherche de son tube de Ventoline.

Il l'effleura du bout des doigts, mais de nouveaux spasmes l'empêchèrent de le saisir. Ses bronches ne répondaient plus, si bien qu'il s'épuisait et suffoquait. Il moulina des bras, en quête désespérée d'une solution. La panique ne faisait qu'aggraver sa détresse respiratoire. Bianchi, quarante-cinq ans, malgré des années sans tabac, allait payer l'addition. Ou plutôt, *l'addiction*.

Cette bombe à retardement, cette épée de Damoclès qui attendait son heure. C'était juste une question de temps.

Or, c'était ici et maintenant, en cette matinée maussade, dans cette ville qu'il détestait – il avait toujours abhorré l'Angleterre, les rosbifs et la gelée. Belle ironie du sort…

Son visage tournait au cramoisi. Il se tenait le cou, comme pour desserrer l'étreinte de la Faucheuse qui l'étranglait.

Soudain, la porte de sa chambre vola en éclats. Le verrou traversa la pièce et s'explosa sur le mur d'en face.

Louise se précipita sur Bianchi, le redressa, saisit le précieux tube bleu et pulvérisa une dizaine de doses. Elle maintint l'Italien en position assise, le buste le plus droit possible, pour soulager l'oppression. Elle savait qu'il devait s'efforcer de retenir son souffle pour laisser le produit pénétrer en profondeur et dilater les bronchioles. L'enquêtrice lui susurra quelques mots à l'oreille pour le calmer.

– Arrête de paniquer, tout va bien. Respire.

Massimo s'apaisa difficilement, haletant comme au terme du plus grand sprint de son existence.

– Le tube… l'autre tube… dans la salle de bains…

Louise bondit vers le lavabo et fouilla la trousse de toilettes de l'Italien. En brassant, elle mit la main sur plusieurs préservatifs, ce qui lui soutira un sourire en coin. Il y avait aussi une « blindée de médocs », des pilules de toutes les couleurs. « Le mec ne pète pas la forme », songea-t-elle furtivement. Elle dénicha enfin un tube orangé, et l'apporta aussitôt à

Bianchi. L'enquêteur, qui reprenait vaguement son souffle, décapsula l'inhalateur et poussa plusieurs fois sur le piston.

Louise demeura près de lui de longues minutes. Elle le tenait dans ses bras et se surprit même à lui caresser les cheveux.

– *Grazie*..., finit par articuler Bianchi. *Mi hai salvato la vita*...

Nul besoin de traduction, le message était clair.

– Chut, tais-toi. Repose-toi.

Une heure plus tard, une alarme stridente éveilla les deux enquêteurs en sursaut. Ils étaient enlacés.

Louise, gênée, se dégagea en douceur, tandis que Massimo tentait de comprendre ce qu'il faisait là et comment la Française s'était retrouvée dans ses bras. Puis le souvenir traumatisant de sa crise surgit dans son esprit.

– Comment... comment se fait-il que tu es ici ?

L'Italien, qui parlait un excellent français, venait de commettre une petite entorse aux règles de conjugaison. Il n'avait pas totalement repris ses esprits.

– Je crèche dans la chambre d'à côté, et dans le genre murs fins comme du papier à cigarette, on ne fait pas pire. Je t'ai entendu tousser comme un crevard et siffler comme une cornemuse. J'ai cru que t'allais y passer, alors j'ai explosé la porte.

Bianchi n'avait pas tout compris, mais il avait saisi l'idée générale.

– Mais... La porte... Elle était verrouillée...

– T'inquiète, l'adrénaline fait des miracles.

Décidément, cette fille l'impressionnait. Il reprenait doucement conscience et sentait le parfum de Louise flotter tout autour de lui. Ils étaient sans doute restés blottis de longues heures. En réalité, une heure à peine, mais le phtisique préférait croire qu'il avait passé la nuit dans les bras de Vernay.

– T'as la tuberculose ou quoi ?

– Non, non, évidemment… Mais c'est sérieux quand même. J'ai un emphysème.

– Tu fumes encore ?

– Non, impossible. Mais… J'ai vraiment abusé jusqu'à ces dernières années.

– Et ton autre médoc, là ? Le tube orange qui t'a bien calmé, c'est quoi ?

– Un truc dix fois plus puissant que la Ventoline, à base de cortisone.

C'était affreux à dire, mais Louise était tellement épuisée, moralement et physiquement, qu'elle avait envie d'une clope.

Quinze minutes plus tard, le couple vaguement présentable s'attabla à côté de Ceylac, dans la salle du petit-déjeuner. La tête défaite de l'Italien et de sa collègue laissait supposer qu'ils avaient passé une nuit blanche. Ceylac avait un air suspicieux.

– Ça va, Louise ? J'ai frappé à ta porte tout à l'heure, elle était entrebâillée. Je t'ai appelée, et comme tu ne répondais pas, j'ai passé une tête…

L'enquêtrice se racla la gorge et tira inconsciemment sur son sweat-shirt, comme pour se rhabiller.

– Bon, il est super tard. On va se mettre à la bourre. Il faut décarrer direct.

Bianchi eut à peine le temps de porter sa tasse de café débectant aux lèvres qu'il dut se lever. Personne ne discutait les ordres de Louise Vernay. Son autorité naturelle s'imposait – du moins à lui. Il se laissait volontiers faire.

Ceylac jeta un œil entendu à l'Italien. Le commandant de police n'était pas jaloux, non. Ce n'était pas son genre – évidemment. Du moins en était-il convaincu. Mais quand même, tout ça le défrisait. Qu'est-ce qu'elle lui trouvait ? Qu'avait-il de plus que lui ?

Quinze minutes plus tard, les trois enquêteurs débarquèrent

au siège de la prestigieuse Royal Society, à deux pas du quartier de Westminster, de l'autre côté du parc Saint-James. Ils franchirent l'entrée majestueuse encadrée de colonnes doriques et pénétrèrent dans l'immense bâtisse néoclassique dont parquets et moulures avaient été témoin de trois cent soixante années d'histoire des sciences. Le trio fut accueilli par le Dr Livingstone, endimanché et fier comme Artaban de dévoiler les trésors architecturaux de l'éminente institution, située tout près de Piccadilly Circus.

Ils gagnèrent un premier salon entièrement paré de marbre et coiffé d'un plafond à caissons aux dorures scintillantes. Ceylac ne put réprimer un sifflement d'admiration. Louise et Massimo échangèrent un regard amusé ; ils étaient parfaitement hermétiques à cette débauche de matériaux clinquants. Des tables hautes regorgeant de viennoiseries et de pudding se trouvaient squattées par une flopée de vieux barbons encravatés, rivalisant d'amabilités assaisonnées du plus pompeux accent anglais.

– Souhaitez-vous une tasse de thé ? Ou peut-être, de café ?

Lorrain Ceylac s'apprêtait à accepter l'offre de Livingston, mais Louise lui coupa l'herbe sous le pied.

– Non, merci, on a déjà pris notre *breakfast*. On voudrait aller directement dans la salle de conférences.

Livingstone les invita à le suivre. Ils traversèrent les salons Wolfson tapissés de grandioses bibliothèques en bois débordant de livres anciens. Devant ce divin spectacle, conditionné par ses années besogneuses de classes préparatoires littéraires, Ceylac tomba en pâmoison. Louise le saisit vigoureusement par le bras – ce qui eut pour effet de le recadrer direct. Elle lui murmura qu'on n'était pas là « pour s'astiquer le chibre devant des vieilleries vermoulues » et le poussa énergiquement vers la sortie.

Ils abordèrent enfin la salle de conférence Wellcome

Trust, du nom d'une puissante fondation britannique, tête de proue du financement de la recherche médicale outre-Manche. L'enceinte était beaucoup plus moderne, avec ses dalles anthracite, son faux plafond traversé de bandes lumineuses bleutées et ses murs blanc optique. Seuls quelques tableaux d'anciens membres mémorables de la Royal Society égayaient l'ensemble, parmi lesquels l'incontournable Newton, et Darwin bien entendu.

Tout au fond, au bout d'une quarantaine de travées de chaises noires, s'érigeait la scène, simplement équipée d'un pupitre et d'un micro flexible. Une diapositive projetée en arrière-plan précisait l'intitulé de la conférence : « Wood Wide Web[11] 2.0 ». Au-dessous, la photo du Français, ainsi que son titre : *Professor Alban Vogel, Head of the Jardin des Plantes, French National Museum of Natural History*.

Vernay s'élança vers les coulisses, bien décidée à cuisiner le scientifique. Elle était convaincue de son implication dans les événements de la nuit écoulée, tout comme Vogel s'était trouvé sous le Panthéon, sur la même route que celle du commando qui s'en était pris à Marie Curie, ainsi qu'à Rome, tout près du mafieux décapsulé. Il était impossible que sa présence dans les trois capitales au moment de chaque opération relève d'une simple coïncidence. Pour autant, la profanation du cercueil de Darwin pouvait aussi laisser craindre le pire : et si Vogel, naturaliste tout comme le célèbre auteur de la théorie de l'évolution, était au contraire la prochaine cible ? Le message laissé sur la nouvelle lamelle métallique menaçait les « apprentis sorciers », alchimistes et autres imposteurs. Vogel était-il un de ceux-là ? Que tramait-il dans son laboratoire souterrain ? Quelles recherches menait-il vraiment ? Sa conférence allait sans doute lever une partie du voile.

– Vous n'aurez pas le temps de lui parler, je suis désolé, s'interposa Livingstone.

– Je n'en ai que pour une minute, c'est très important.

– Non, vraiment. Après la conférence, sans problème, mais là, on n'a plus le temps, on va commencer. Et puis… il a beaucoup insisté pour ne pas être dérangé. Il s'est enfermé dans un salon pour se concentrer. Et répéter.

– Répéter ? Louise s'immobilisa, interloquée. C'est quoi, son truc ? Une performance ? Un stand-up ?

Au même instant, une marée humaine se déversa sur les chaises vides. Les Britanniques étaient très ponctuels… Ils avaient délaissé le pudding pour passer aux nourritures intellectuelles. Livingstone saisit un micro HF et initia aussitôt la conférence.

– Merci à tous d'être venus. Nous accueillons ce matin l'un de nos éminents membres correspondants, le Pr Alban Vogel, dont les publications sur la communication végétale ont fait sa renommée internationale. Professeur Vogel, soyez le bienvenu.

Le Français monta lentement sur scène, la mine blême, presque méconnaissable. D'évidence stressé, il jeta des coups d'œil partout. Il croisa le regard de Vernay, mais n'esquissa aucun sourire, ni aucun geste de familiarité, comme s'il ne la reconnaissait pas. Au moment de se camper derrière le pupitre, il lui adressa finalement un signe de la tête et fronça les sourcils, comme pour dire : « Ne faites rien » ou « Ne restez pas là »…

– Mes chers amis…

Vogel, la bouche pâteuse, déglutit à deux reprises avant de poursuivre.

– Je vous remercie de l'honneur que vous me faites, et je serai très heureux de vous rendre la pareille au sein de l'Académie nationale des sciences française. Depuis 1997 et l'étude fondatrice de Suzanne Simard, de l'université de Colombie-Britannique, nous savons que différentes espèces d'arbres, en particulier les bouleaux et les pins Douglas, sont capables d'échanger du carbone à grande échelle. Ces échanges bénéficient aux arbustes alentour, dont les capacités de photosynthèse sont amoindries par leur faible taille et l'ombre portée par leurs grands aînés. S'enclenche alors un véritable processus d'entraide entre les arbres, les plus robustes venant au secours des plus faibles. Et depuis le début des années 2000, nous sommes un certain nombre de chercheurs à avoir largement développé ces recherches, bien au-delà des échanges de nutriments ou de molécules comme le carbone, l'oxygène ou l'azote. C'est un réseau bien plus spectaculaire qui semble relier différentes espèces, parfois à plusieurs dizaines de kilomètres de distance, grâce aux champignons souterrains, les mycorhizes. Nous sommes entrés dans l'ère du Wood Wide Web 2.0.

Des murmures montèrent dans l'assistance. Certains acquiesçaient avec enthousiasme tandis que d'autres semblaient perplexes. Les différentes chapelles scientifiques s'exprimaient à bas bruit. En science, le doute persiste jusqu'à la preuve ultime. Et, sur le terrain de Vogel, il semblait que rien n'était encore acquis.

Le Français déglutit de nouveau puis porta un gobelet à la bouche. Il s'humecta les lèvres et but deux gorgées. Il s'éclaircit la voix et reprit dans le silence :

– Nos travaux ont aussi montré des capacités étonnantes de défense de la part des arbres. Certaines espèces, comme les acacias dont les feuilles sont dévorées par les girafes en Afrique, se transmettent des messages par les racines. Un entrelacs de ramifications souterraines qui sont autant de points de contacts et d'échanges entre ces nobles végétaux. Et, encore une fois, ce sont les champignons qui mènent la danse. Ils constituent un véritable réseau interconnecté.

Vogel marqua une nouvelle pause. À l'évidence inquiet,

il dardait des regards dans plusieurs directions. Louise observait son manège et regardait elle aussi tout autour d'elle, à la recherche d'un indice, ou d'un spectateur louche. Que redoutait le savant français ?

– De ce fait, reprit Vogel, la voix légèrement éraillée, nous pouvons aujourd'hui parler de l'intelligence des arbres. Et d'ailleurs, un certain nombre de mes travaux ont démontré que les réseaux racinaires sont comparables à ceux tissés par les neurones dans notre cerveau. La nature réfléchit. Elle pense. Elle élabore des stratégies. Elle conçoit des plans. Et la plupart du temps, elle le fait dans un but pacifique au bénéfice de la communauté, pour prodiguer soins et entraide.

Vogel se tourna vers le portrait de Darwin et le pointa du doigt.

– Je suis désolé de le dire, mais notre illustre prédécesseur s'est en partie trompé. La loi de la nature n'est pas toujours celle du plus fort, c'est-à-dire celle de la sélection naturelle qui élimine les plus faibles. Les arbres ne sont pas toujours en compétition pour la lumière, l'eau et les nutriments. Si, aujourd'hui, j'étais Darwin, je penserais tout autrement les règles de la nature et de l'évolution.

Cette fois, un véritable brouhaha s'éleva dans les rangs. La plupart des vieux savants s'outraient d'une telle critique envers le « dieu » Darwin.

« *Si j'étais Darwin* »... « *Les racines comparables aux neurones de notre cerveau* »... Ces allusions n'avaient pas échappé à Louise. De telles expressions, quelques heures après la profanation de la tombe de l'éminent naturaliste et le rapt de son crâne, constituaient une forme d'aveu – et de provocation. Vogel délivrait un message. Mais à qui ? Et pour quoi faire ? Était-il à l'origine de l'opération de Westminster Abbey, et voulait-il consacrer sa victoire en décapitant deux fois Darwin ? Ou bien au contraire, voulait-il signifier aux commanditaires qu'il n'était pas comme Darwin et qu'il n'était pas une cible à abattre ? Vernay gigotait sur sa chaise inconfortable, se retenant de ne pas sauter directement sur scène pour embarquer le chercheur et l'interroger une bonne fois pour toutes.

Derrière elle, Ceylac et Bianchi semblaient partager son impatience. Tous sentaient confusément, intuitivement, que quelque chose était en train de se jouer.

– Chers collègues… Voyons… Calmez-vous.

Livingstone était intervenu pour faire régner le silence et invita son homologue français à poursuivre. Vogel semblait de plus en plus étrange ; il n'était plus tout à fait lui-même.

– La nature est pensante. Quand le grand René Descartes postule sa célèbre maxime *Cogito, ergo sum*, « je pense, donc je suis », il ne parle pas seulement du genre humain. Le *cogito* était, pour Descartes, un attribut divin, la marque de Dieu. Et pour lui, tout le vivant, et donc toute la nature, étaient d'essence divine. Mais avons-nous vraiment compris le message de Descartes ? Ne l'avons-nous pas dévoyé ? Car pour parvenir à nos fins, et accomplir nos révolutions scientifiques et médicales, n'avons-nous pas abusé de la nature ? Ne l'avons-nous pas violée, saccagée, détruite ? Et mis en péril notre propre survie ? Ne sommes-nous pas de grands criminels, nous, les scientifiques, les ingénieurs, qui sommes à l'origine de ces excès ? Il est bien pire crime que celui perpétré contre l'humanité : le crime contre la nature qui nous a engendrés !

Des protestations fusèrent en tous sens. Cette fois, Vogel avait déclenché un scandale ; les vénérables académiciens de la Royal Society se déchiraient. Les uns applaudissaient tandis que les autres s'étaient dressés comme des dards en houspillant le Français. Mais pour qui se prenait-il ? Comment osait-il les accuser ainsi, eux, et leurs héroïques prédécesseurs ?

Vogel, enflammé, métamorphosé, enfonça le clou et hurla dans son micro.

– Nous sommes tous des Prométhée, et nous finirons tous comme ce Titan ! Enchaînés en haut d'une montagne, la montagne de notre arrogance et de notre folie, le foie dévoré par un aigle, jusqu'à la fin des temps, ou plutôt la fin de l'humanité, pour avoir osé dérober le feu sacré non pas à Zeus, mais à Gaïa ! Nous avons joué avec le feu de Gaïa, et nous avons perdu ! Nous périrons ! Nous périssons déjà !

Cette fois, c'en était trop. Livingstone dut intervenir et pressa le Français de sortir de scène. Une émeute se préparait, il allait finir lynché.

Louise comprit pourquoi Vogel s'était isolé avant sa conférence et avait ressenti le besoin de « répéter ». Il avait tout prémédité et décidé de mettre le feu aux poudres. Mais pour quelle raison ? L'enquêtrice se demanda même si ces propos ne lui étaient pas destinés, à elle et aux autres enquêteurs. L'allusion désobligeante à Darwin, d'abord, et maintenant la référence aux scientifiques « criminels » qui avaient dévoyé leur mission : n'était-ce pas une parabole du message gravé sur la lamelle métallique retrouvée dans la tombe du naturaliste britannique ? Les « alchimistes » coupables de forfaiture, rabaissés au rang d'imposteurs et de charlatans ?

La Française fendit la foule des barbons en furie et s'efforça de se frayer un passage vers la scène. Cette fois, elle n'allait pas manquer Vogel. Ce type déclenchait des catastrophes partout où il passait, volontairement ou non, coïncidences ou non. Il fallait le stopper. Plusieurs rangs derrière elle, Ceylac et Bianchi tentaient de la rejoindre.

– Poussez-vous ! Mais dégagez, bordel !

Au loin, Vogel s'était volatilisé. Aucune trace de Livingstone non plus. Au bout de deux minutes, Vernay sauta enfin sur l'estrade et fondit sur la porte du fond. Derrière se profilait un couloir désert. Son instinct l'électrisa ; il se produisait quelque chose d'anormal. Elle saisit son Sig Sauer et progressa lentement le long du mur. Elle perçut un léger murmure sur la droite. Elle passa la tête dans un salon apparemment vide et devina une silhouette au sol, bâillonnée, qui étouffait des cris. Elle s'avança prudemment. Ceylac et Bianchi approchaient à leur tour. Tandis que Louise fléchissait les genoux pour délivrer la victime, une détonation puissante retentit. La balle perfora l'oreille de l'enquêtrice qui hurla de douleur tout en étant projetée à terre. D'autres coups de feu crépitèrent. Ceylac et Bianchi, planqués derrière l'encadrement de la porte, ripostèrent en direction des tirs. L'Italien tenta de ramper vers Louise et l'homme saucissonné, tout en vidant son chargeur contre les assaillants. Au-dehors, des cris de panique s'élevèrent ; tous les spectateurs de la conférence s'étaient pétrifiés aux premières détonations, avant de succomber à la peur.

Bianchi réussit à atteindre Louise, mais une balle lui effleura la joue. Il s'écrasa sur le plancher. Plusieurs munitions perforèrent la victime emmaillotée, qui tressauta sous chaque détonation.

Puis le feu nourri cessa, faisant place à un angoissant silence de mort. Quelques dixièmes de seconde qui semblaient durer une éternité. Étaient-ils en train de recharger leurs pistolets automatiques ? Ceylac en profita pour s'élancer à travers le salon en direction de la double porte du fond d'où provenaient les tirs. Mais lorsqu'il dégomma les deux battants d'un violent coup de pied, personne. Ils s'étaient évaporés.

L'homme garrotté au sol gisait dans une mare de sang, immobile. Louise restait prostrée, la main à l'oreille. Elle souffrait le martyre.

Bianchi se redressa, encore sonné par la violence de l'attaque et par les balles qui avaient fusé tout autour de lui.

Il s'essuya la joue ; ses doigts poissaient le sang frais. Il saisit la victime par l'épaule, et la retourna. Il redoutait de découvrir le corps ensanglanté de Vogel, mais c'était Livingstone.

Le vieux savant respirait encore, plus pour très longtemps. Ses lèvres tressaillaient ; il consentit un effort surhumain pour balbutier quelques syllabes. Massimo Bianchi se pencha tout contre sa bouche.

– Ils s'en prennent… à Darwin… Sauvez-le…

– Qui s'en est pris au crâne de Darwin ? Qui faut-il sauver ? Vogel ?

Le pauvre homme eut un violent spasme. Son thorax pissait le sang, mais il réussit à murmurer une dernière phrase.

– Sauvez… le cerveau de Descartes… La clé est dans… le cerveau de Descartes… C'est Darwin qui… me l'a… dit.

Il expira.

Bianchi se releva, abasourdi. Livingstone avait divagué, confondant les morts et les vivants, tandis que son esprit rejoignait celui de ses éminents aïeux au Panthéon des grands savants. Avait-il vu ce long tunnel de lumière blanche que décrivent les rares témoins revenus *in extremis* de l'au-delà ? Son âme avait-elle commencé à quitter son corps ? Bianchi avait entendu dire que l'âme pesait vingt et un grammes. Il s'accroupit ensuite auprès de Louise et l'enveloppa dans ses bras. Il se releva et l'accompagna jusqu'à l'extérieur, dans l'attente des secours. Au même moment, les forces de l'ordre bouclaient tout le périmètre et lançaient plusieurs brigades sur les traces des assaillants ainsi que sur celle de Vogel, volatilisé pendant l'attaque. Tandis que la Française se trouvait à terre, après le choc de sa blessure, Livingstone lui avait involontairement sauvé la vie en faisant écran de son corps. Un bain de sang qui portait la signature des commandos sans foi ni loi qui avaient déjà semé la terreur au Panthéon, à Rome et à Ravenne.

Où avaient-ils conduit Vogel ?

Quel sort allaient-ils lui réserver ?

À moins que ces tueurs ne fussent à sa solde, et que le Français eût tout organisé pour fuir avant d'être interpellé par les enquêteurs…

Chapitre 20

Dimanche 14 avril 2024, Sintra, Portugal, 20 h 12

Le soleil fondit derrière la ligne d'horizon, embrasant le ciel et l'océan d'un feu incandescent. Bientôt, la nuit plongerait Sintra dans les ténèbres.

Depuis la cime du château, l'obscurité naissante annonçait l'éclipse du monde des vivants et le sacre des défunts dont l'âme s'apprêtait à remonter des entrailles du parc.

Au fond de l'Enfer, Virgile faisait les cent pas en attendant que la voie fût libre. Darwin était supposé arriver à 21 heures, mais il n'avait donné aucun signe de vie depuis deux jours. Ou plutôt, il avait émis de faibles signaux inquiétants et hermétiques. Il allait falloir les décoder, et personne ne s'y était encore attaché. Lorsque Virgile avait soumis le problème à Dante, ce dernier avait éludé la question d'un geste vague. Il semblait fort préoccupé et avait sans doute d'autres chats à fouetter. Cerbère, de son côté, devait se connecter au dernier moment, comme chaque fois. À condition que personne ne l'eût dépouillé de son cellulaire, comme cela pouvait se produire lorsque les surveillants faisaient du zèle. Méduse et Minos venaient d'entrer par la porte sud, après avoir longé le souterrain depuis le puits de l'Imperfection. Comme à l'accoutumée, ils se faisaient passer pour de simples touristes lors de la dernière admission, vers 19 heures, puis s'évaporaient dans le puits isolé au cœur du domaine. Personne ne leur prêtait jamais attention ; ils descendaient les quelques marches qui permettaient d'accéder à la fosse et disparaissaient dans l'un des nombreux souterrains qui lardaient l'envers de l'immense parc. Quant à Pluton, il n'arriverait que bien plus tard, eu égard à ses responsabilités.

L'heure était grave, deux têtes avaient été décapitées. La première, Charon, à Paris ; la seconde, Phlégias, à Rome – un véritable massacre. Le passeur et l'exécuteur n'étaient plus ; il allait falloir les remplacer. Ces deux proches de Virgile contribuaient activement à la quête, et leur disparition brutale – tout comme celle du père De Michelis, à Ravenne – portait un coup violent aux ambitions du consortium. Plus que tout, il devenait urgent de découvrir qui s'en prenait à l'organisation. Qui, et pourquoi ? Ils étaient puissants et connaissaient tout du Gyrum Novem. Ils provoquaient ses membres et les poussaient sans doute à commettre des faux pas, afin de les exposer. Un à un. Chacun se sentait menacé, sur le fil du rasoir, et pouvait basculer dans le vrai gouffre de l'Enfer à tout moment.

Des membres du Cercle se trouvaient certainement associés à ces exactions, et des règlements de compte internes n'étaient pas rares. Ils avaient émaillé l'histoire de l'organisation depuis des siècles. Rivalités, jalousies, pouvoir : tout poussait aux actions les plus violentes.

Les membres allaient s'observer du coin de l'œil ; chacun sondant les autres tout en s'interrogeant : pour ou contre moi ?

En attendant, Virgile, Dante, Méduse et Minos étaient les seuls, en ce début de soirée, à pouvoir suivre le rituel, en l'absence de Darwin – sans nouvelles de lui ; de Pluton – toujours en retard ; de Cerbère – dans l'impossibilité de se déplacer ; et des deux membres éliminés avec sauvagerie. Quatre sur neuf : la jauge n'avait jamais été aussi basse.

Ils remontèrent les neuf cercles de l'Enfer en silence. Chacun réitérait le passage initiatique des ténèbres à la lumière, de l'éclosion primordiale dans le ventre de la Terre-Mère vers l'élévation de l'âme céleste, abandonnant ses plus sombres pulsions animales pour quérir l'excellence, le génie et la Perfection humaine. À quelques mètres de la sortie, Virgile plongea son regard au fond de l'Enfer, le dernier cercle auréolé d'une rose des vents à huit branches, elle-même disposée sur une croix des Templiers.

Depuis combien de siècles les neuf Têtes accomplissaient-elles ce cérémonial ?

Les quatre Cerveaux franchirent le portail des Gardiens, en route vers les murailles méridionales. Avant d'y parvenir, ils longèrent le lac, non loin du puits de l'Imperfection, puis virèrent en direction de la chapelle de la Sainte-Trinité. Ils approchèrent de l'édifice aux lignes gothiques tarabiscotées, pétries d'ornements d'inspiration romane, orientale et mauresque. Sa tour aux mille volutes visait les cieux comme une flèche dont la pointe effilée – le paratonnerre – avait autrefois servi d'antenne radio connectée aux centres névralgiques du Cercle, dans le monde entier. Même si son usage remontait au XXe siècle, elle pouvait être réactivée en cas de black-out des unités numériques et GSM.

Virgile entra le premier, aux aguets. Bien que l'espace fût modeste, il jeta des coups d'œil dans les coins pour s'assurer qu'aucun touriste n'était resté, ou que rien d'anormal ne traînait. Il s'avança lentement entre les trois travées de bois. Comme à l'extérieur, l'architecture alambiquée faisait la part belle aux dentelles gothiques et chargeaient inutilement ce lieu saint. À l'intérieur d'une niche, juste au-dessus du maître-autel, un tableau représentait Jésus ressuscité en train de couronner Marie-Madeleine.

Tout était en ordre. Virgile fit un signe de la main.

Dante, Méduse et Minos s'avancèrent à leur tour et foulèrent le sol de la chapelle constellé de minuscules carreaux de mosaïques. En plein centre, entre les bancs de bois, une immense croix de l'ordre du Christ – l'héritier des Templiers, au Portugal – surplombait un globe céleste. L'allégorie du macrocosme et du microcosme, des bribes d'infini dispersées dans l'âme de chaque croyant, prête à s'élever au ciel tandis que le corps inerte retourne à la terre.

Virgile murmura quelques phrases en latin. Il invita Dante au pied de l'autel. L'héritier du poète psalmodia à son tour.

Après quoi les quatre Cerveaux prononcèrent ensemble, à voix haute :

– *Ab umbra ad lucem, vincet gyrum novem !*

Puis ils se prosternèrent au-dessus de la croix de l'ordre du Christ et du globe céleste.

Ils regagnèrent ensuite l'immense parc jusqu'au porche des dieux, qui longeait le mur d'enceinte érigé à l'extrême sud du domaine. Neuf statues, tels les neuf cercles, et les neuf Cerveaux. Chacun s'inclina devant la sienne. Mais personne n'était là pour honorer Fortune, Orphée, Cérès, Vulcain et Hermès.

Enfin, au bout de l'allée, ils pénétrèrent dans l'impressionnante citadelle. Ils grimpèrent jusqu'à la salle des Rois aux superbes plafonds à caissons. Juste en dessous, telle une frise, trônaient les portraits de vingt-quatre monarques du Portugal, dont les visages rayonnaient sous l'effet d'un éclairage aux tons chauds. Ils semblaient veiller sur les lieux.

Cette ancienne salle de billard était parfaitement adaptée à l'assemblée du Cercle. Chacun prit place derrière la table de verre – en journée, elle servait de présentoir aux clichés retraçant l'histoire « officielle » du château. Virgile connecta l'écran de son iPad. L'image de Cerbère, comme toujours dans la pénombre, apparut. Le visage grave, il était semblable à un fantôme surgi du fond des âges parmi les vivants. Mais n'était-il pas *vraiment* mort ? Pour beaucoup, Cerbère n'était que pur esprit, protégeant le Cercle depuis l'au-delà et distillant ses ordres comme si sa tête seule demeurait vivace, et que le reste de son organisme, interdit de mouvement, s'était dissipé dans le ventre de la terre. Il vivait un vrai syndrome d'enfermement.

À peine les quatre membres furent-ils installés que Pluton surgit. Il était plus de 21 h 30 ; il arrivait enfin.

Son visage émacié, ses traits tirés et son regard fermé ne présageaient rien de bon.

– A-t-on des nouvelles de Darwin ? articula-t-il froidement.

– Nous n'avons pas pu rétablir le contact, confessa Virgile.

– Où se trouvait-il, la dernière fois ?

– À Londres. Il nous a adressé un message codé sur un réseau non sécurisé. Nous sommes en train de le traduire.

– Vous ne l'avez toujours pas décrypté ?

– Il utilise un protocole différent. Je crois qu'il se méfie.

– De qui ?

– De nous. Du moins, de certains d'entre nous..., asséna Virgile.

Un long silence plomba l'assistance. Personne n'ignorait qu'une épée de Damoclès se trouvait suspendue au-dessus de Darwin, depuis que la sépulture du vrai naturaliste avait été saccagée, à Westminster Abbey, au moment même où le membre du Cercle se trouvait dans la capitale britannique. Le symbole était éclatant, et le danger immense. Mais quel était le véritable rôle de Darwin ? Était-il lui aussi devenu une proie, ou bien plutôt un prédateur redoutablement intelligent ? Le doute rongeait les Cerveaux comme un cancer de l'esprit. Méduse ouvrit les hostilités.

– Il est tout de même bien étrange que Darwin se soit

trouvé à Rome, et ensuite à Londres, au moment même de l'élimination de Phlégias, puis du saccage outrageant de la sépulture de Westminster. Sans parler de l'assassinat sophistiqué de Charon, à Paris, où vit et travaille Darwin.

Virgile, très proche du grand absent, rétorqua aussitôt.

– Mais quel intérêt aurait-il à ces liquidations ? Ou même, si je te suis, à la profanation des tombeaux saints de Dante et du vrai Darwin ?

– Je l'ignore, reconnut Méduse, tout en cherchant un soutien du regard.

– Sa quête piétine, souffla Minos. Il n'obtient aucun résultat, ou du moins, il ne nous en tient pas informés. Il a peut-être décidé de saborder le Cercle.

– Ça n'a aucun sens, balaya Cerbère.

Sa voix métallique avait retenti depuis l'iPad. Quand il parlait, tous, Pluton compris, écoutaient religieusement.

– D'abord, contrairement à ce que tu affirmes, il progresse à grands pas. Il a pratiquement achevé la jonction. Il a reconstitué le réseau, déterminé chaque point de contact, démontré la continuité. Il est à deux doigts de réussir. Aussi, pourquoi éliminerait-il des membres, et surtout, dans quel intérêt se serait-il emparé des crânes de Dante et de Darwin ?

Nouveau silence.

– Ne peut-on pas étudier les crânes ? Tout comme on étudie les cerveaux ? Et de ce fait, contribuer à l'autre quête, la tienne, Dante ?

La question, insidieuse, avait été posée par Pluton en personne.

Dante, resté silencieux jusqu'ici, dut se défendre.

– Absolument pas. Une boîte crânienne n'a rien à nous dire. C'est l'encéphale, finement et longuement disséqué, qui nous montre la voie. L'opération Panthéon, de ce point de vue, a été un vrai succès. Disposer du cerveau si bien conservé de Marie Curie est une chance fantastique. Et d'ailleurs, j'ai une communication à vous faire à ce sujet. Nous devrions nous en réjouir, au lieu de quoi, l'escalade incompréhensible qui a suivi nous plonge dans la stupeur, le doute, et même la peur. Nous en venons à nous soupçonner les uns les autres. Mais que nous arrive-t-il ?

La question suscita un nouveau silence, plus long que les précédents. Il était vrai que chaque membre vivait dans l'appréhension, se méfiant de tout, et de tout le monde. Et pour cause. Personne ne voulait finir comme Charon et Phlégias.

– Et l'endocrâne ? souffla Cerbère.

Sa culture sidérait toujours l'assemblée. Il est vrai que depuis des années, il se consacrait presque uniquement à l'étude, et sa curiosité semblait sans limite.

– L'endocrâne ? Qu'est-ce que c'est ? interrogea Pluton, qui n'était pas plus informé que la plupart des autres membres.

Dante, au contraire, grand spécialiste du cerveau, avança le buste.

– C'est la surface interne du crâne. Si on moule l'intérieur de la boîte crânienne, alors on peut étudier toutes les bosses, circonvolutions, reliefs laissés par le cerveau au cours de la vie. L'os fonctionne un peu comme une éponge, de ce point de vue. Il est en quelque sorte « vivant » et se laisse imprimer par les proéminences du cerveau. Mais… on ne peut pas en tirer grand-chose. En tout cas, rien de suffisamment robuste pour m'aider dans mon travail.

– En es-tu bien sûr ? insista Cerbère. J'ai lu que, grâce aux endocrânes d'hominidés, on avait pu démontrer que le langage était sans doute déjà présent chez nos grands-parents les australopithèques.

La stupeur marqua les visages. Comment Cerbère

pouvait-il s'informer avec une telle précision, dans les conditions de survie dans lesquelles il végétait ? Possédait-il réellement trois têtes, ou du moins trois esprits, comme le monstre mythologique, expliquant une telle culture et une telle intelligence ? En attendant, il inspirait crainte et respect. Et son rôle – le gardien des Enfers, et donc du Cercle – s'en trouvait renforcé. Cependant, un Hercule pourrait bien un jour le réduire au silence… Définitivement.

– Je connais bien cette étude, souffla Dante, nullement déstabilisé. Tu dois savoir, Cerbère, qu'elle a été dirigée par une paléoanthropologue du Muséum national d'histoire naturelle de Paris. Une proche collègue de Darwin, puisqu'il est aussi professeur au Muséum, dont dépend le Jardin des Plantes qu'il dirige. Ils travaillent ensemble.

La plupart des membres du Cercle ne savaient plus que penser – ni qui croire. Darwin, le grand absent ? Dante, qui semblait l'accuser ? Ou bien étaient-ils de mèche, tous les deux ? Quel était le rôle de Cerbère ? Qui avait-il manipulé, à distance ? Quant à Virgile, sa posture n'était pas lisible. On se serait cru en pleine partie de poker. À la différence qu'ici, la vie des Cerveaux, et celle de l'organisation tout entière, se trouvaient menacées.

Dante, s'échignant à dissiper tout soupçon, insista.

– Il est impossible d'obtenir des informations fiables pour mes recherches, avec l'endocrâne seul. En revanche, nous avons déjà beaucoup appris du cerveau de Marie Curie, en une semaine. L'organe se trouvait dans un état de conservation exceptionnel, comme momifié, presque fossilisé. Et l'on retrouve des points communs saisissants avec le seul cerveau de génie que nous avons pu analyser dans les moindres détails, avec des moyens modernes.

Chacun savait que l'éminent membre du Cercle parlait d'Einstein. Le sujet était sensible, depuis que le prédécesseur de Dante avait enfreint l'une des règles d'or de l'organisation : ne jamais rien divulguer. Or, Steven Stolz Harvey s'était confié à la presse. Une première fois, au moment même du prélèvement de l'encéphale, avant d'être rabroué par le précédent Virgile. Puis en 1978, il n'avait pu s'empêcher de « bavasser », une seconde fois. L'article retentissant avait ravivé toutes les curiosités. Il avait fallu céder des prélèvements cérébraux à plusieurs scientifiques de renom, qui n'avaient rien à voir avec le Cercle. Ne rien donner eût éveillé les soupçons. Heureusement, ils n'avaient distillé que quelques échantillons et une quinzaine de photos. Personne n'avait pu analyser finement l'ensemble des prélèvements réalisés par Harvey. Personne, sauf Dante lui-même, à la suite de son prédécesseur.

– Livre-nous tes premières constatations, céda Pluton.

Les iris du troisième membre le plus éminent du Cercle brillèrent.

– Comme Einstein, Marie Curie possédait un cortex préfrontal extraordinaire, et les régions qui représentent le visage et la langue, dans le cortex sensoriel, sont aussi très élargies dans l'hémisphère gauche. Et nous avons pu faire cette observation malgré une réduction du volume global de l'encéphale, en raison de la momification et de l'attrition des tissus. Ses lobes pariétaux ont une forme inhabituelle, comme chez le physicien allemand, et nous sommes convaincus qu'ils ont contribué à conférer des compétences visuo-spatiales et mathématiques hors pair. De même, les asymétries d'un hémisphère à l'autre sont vraiment très inhabituelles. Mais le plus important ne se situe pas au niveau du cortex supérieur.

Dante ménagea son effet, et fit silence. Tous les membres présents ou connectés restaient suspendus à ses lèvres.

– Ses noyaux sous-corticaux, les ganglions de la base, sont plus petits que la moyenne. Comme chez Einstein. Et comme chez le mathématicien Carl Friedrich Gauss et le naturaliste Georges Cuvier, pour ce que nous avons pu déduire des observations beaucoup plus rustiques de Rudolf Wagner.

Les membres réunis autour de la table de verre échangèrent des regards stupéfaits.

– Et… qu'est-ce que tu en conclus ? souffla Virgile.

– Ce que j'ai toujours pensé. Le circuit de la récompense et le système limbique sont atrophiés. Ils existent, ils sont indispensables à la survie, l'alimentation, la reproduction, les émotions, mais leur influence est clairement réduite. Ce qui explique le caractère austère de ces immenses savants, leur manque d'interactions sociales. Leur tendance à se renfermer, éviter la confrontation, refuser le conflit, échapper à toute forme d'addiction destructrice… Bref, à favoriser leur cognition plutôt que laisser libre cours à leurs pulsions.

– Et la glande pinéale ? interrogea Pluton.

– Contrairement aux autres noyaux sous-corticaux, elle est solide et robuste.

Un frisson parcourut le Cercle. Dante triomphait intérieurement, convaincu que sa quête s'achevait. Qui pouvait mesurer les conséquences de ses découvertes ?

– C'est… considérable, reconnut le numéro 1. Mais nous avons des urgences à gérer. Je vous propose que nous rompions là. Virgile, reste auprès de moi. Nous devons absolument retrouver Darwin, coûte que coûte. Sans quoi, tes découvertes ne serviront à rien, Dante. Et le Cercle risque de sombrer une bonne fois pour toutes dans les véritables affres de l'Enfer.

Chapitre 21

Lundi 15 avril 2024, Paris, 11 h 23

Louise ressemblait à une mutilée de guerre. Son bandage lui mangeait une bonne partie du crâne, afin de maintenir le pansement bien en place. Elle avait pu quitter le Saint Mary's Hospital au bout de deux jours, après les soins d'urgence et une immobilisation forcée.

Les premières heures furent les plus difficiles. Ce n'était pas tant la douleur au niveau de la plaie – son oreille externe avait été déchiquetée – que les sifflements et acouphènes qui la minaient. Non seulement de rares sons transitaient par le conduit auditif – partiellement estropié – mais une cacophonie désaccordée de cuivres et de percussions se déchaînait dans la partie gauche de sa tête.

Ce matin-là, de retour à Paris, elle fut admise à l'hôpital européen Georges-Pompidou qu'elle connaissait bien. Cette fois, pas de détour par le service de psychiatrie pour gérer son stress post-traumatique, à la suite de la mort de ses parents et du coma dépassé de son frère, mais une consultation en chirurgie. Le médecin s'attarda sur la charpie qui, autrefois, tenait lieu d'oreille. Il se décida enfin à parler, tout en replaçant soigneusement compresses et pansage.

– Ce n'est pas banal, *mademoiselle.*

Louise entendait mal, mais ce « mademoiselle » quelque peu désuet la surprit. Était-elle encore suffisamment jeune pour mériter ce titre ? Son bandage masquait une bonne partie des rides qui s'étaient insidieusement creusées sur le front. Et son allure encore svelte pouvait créer l'illusion. Dans cette situation pathétique, elle accueillait avec plaisir ce léger baume au cœur.

– Nous pratiquons rarement la reconstruction de l'oreille. C'est une discipline très spécialisée, et les événements sont rares. Je dirais même, exceptionnels.

– Mais je suis exceptionnelle, balbutia l'enquêtrice.

Le médecin ne releva pas.

– Nous avons trois méthodes possibles. Soit on vous sculpte une nouvelle oreille à partir de cartilages prélevés au niveau des côtes ; soit on utilise un implant synthétique en polyéthylène poreux ; soit on recourt à une fausse oreille en silicone fixée à des implants ostéo-intégrés. Je déconseille cette dernière méthode, qui nécessite encore des validations.

Louise souffrait d'une violente migraine, en plus de ses acouphènes invasifs. Elle n'était pas en état de comprendre, ni de choisir entre ces techniques. À vrai dire, elle eût préféré ne rien subir du tout. Rester *naturelle*, sans reconstruction artificielle. Mais il était clairement inesthétique de paraître avec une oreille en moins aux yeux du reste du monde…

– Je vous conseille la méthode du cartilage costal, trancha le chirurgien. Elle est robuste, et les résultats à moyen et long terme sont très satisfaisants.

– Vous allez me charcuter les côtes pour récupérer du cartilage, c'est ça ?

– Eh bien… Oui, mais c'est un moindre mal. Ensuite, vous aurez une oreille flambant neuve et d'une durée de vie très importante. Peut-être même jusqu'à la fin.

– Et pour le bruit dans ma tête ?

– Ça, il faut voir avec l'ORL. Je crois que ça peut prendre du temps… Beaucoup de temps. Mais s'il faut régénérer une partie du conduit auditif, sachez que nous avons l'habitude de travailler ensemble, avec les chirurgiens ORL, durant une même intervention. Eux s'occupent des oreilles moyenne et interne ; et nous, de l'oreille externe. Mais… ce n'est pas tout.

L'enquêtrice fronça les sourcils. Elle piaffait de quitter l'hôpital, dont les relents de désinfectant l'indisposaient – ne parlons pas des plateaux-repas –, et voilà que le toubib en remettait une couche.

– J'ai vu vos scanners. Outre une atteinte du conduit auditif, on distingue une fêlure du crâne au niveau du lobe temporal gauche. Vous avez développé un hématome épidural, et je crains qu'une petite artère de la dure-mère ait été déchirée par un éclat d'os. Voire un fragment de balle.

Cette fois, Louise haussa deux sourcils paniqués.

– J'ai un morceau de balle dans la tête ?

– Peut-être, il faut refaire un CT-scan plus détaillé.

– Attendez, mais… il va falloir le retirer ?

– Pas forcément. Des centaines de personnes à travers le monde vivent avec des éclats d'obus ou de grenade dans le corps, vous savez. Je connais bien le sujet, j'ai été médecin-chef dans l'armée avant de revenir à la vie civile.

– Mais… je n'ai pas sauté sur une mine non plus, je ne comprends pas…

– Vous êtes bien placée, dans la police, pour savoir que certaines balles sont constituées de sous-munitions. Des balles à fragmentation. Il en existe de plusieurs calibres. Il est possible qu'au moment de l'impact, l'une de ces sous-munitions se soit logée dans l'os, juste assez pour percer la dure-mère qui enrobe le cerveau.

Vernay resta sans voix. C'était rare. Mille questions lui

traversèrent l'esprit, sur la bande-son d'une fanfare hystérique et désynchronisée. Sa tête bouillonnait, et la douleur enflait – sans doute par un mécanisme psychosomatique. Elle se voyait foutue, à moitié sourde comme un pot, sans cesse harcelée par les acouphènes et vivant sous la menace permanente de l'éclat de balle vadrouillant dans le ciboulot…

– En vérité, reprit le chirurgien, vous êtes une miraculée. À quelques millimètres près, je dis bien, quelques millimètres, vous étiez morte. Une balle de cette puissance, qui plus est à fragmentation, c'est imparable.

Vernay reçut le message cinq sur cinq. Son cerveau avait failli être réduit en une indicible bouillie, un peu comme le mafieux retrouvé à Rome. Son cœur accéléra brutalement, elle ressentit une violente nausée et vomit par terre.

Deux heures plus tard, malgré les récriminations du corps médical, elle était sur le pied de guerre. Rester au repos, sous surveillance, et programmer une intervention chirurgicale pour reconstruire son « esgourde » lui était insurmontable. L'affaire Gyrum Novem et ses neuf cercles de l'Enfer restaient sa priorité absolue. Elle devait retrouver la trace de Vogel, décrypter les messages et remonter la filière. Elle sentait que les pièces du puzzle se mettaient en place ; elle avait touché au but, à Londres. Le souci, c'est que sifflements, grondements et maux de tête n'aideraient certainement pas. Elle avait obtenu qu'on lui retire l'énorme bandage autour du crâne, et ne conservait plus qu'une imposante boursouflure en lieu et place de l'oreille : compresse, gaze et pansement, le tout scotché par de solides sparadraps. Elle se méfiait des antalgiques, ne voulant surtout pas se retrouver shootée en pleine journée ; elle préférait souffrir en silence. La nuit, en revanche, ce serait une autre histoire. S'endormir avec un ramdam de bastringue dans la tête paraissait impossible. Elle comptait sur le cannabis pour la soulager, bien plus que sur n'importe quel sédatif prescrit par les « docs ». Ses pouvoirs antidouleur étaient reconnus, par exemple pour lutter contre les effets de la sclérose en plaques. Cette idée lui offrait un formidable alibi pour renouer avec la weed. Ça ne sera que pour quelques jours, s'était-elle jurée. Promesse d'ivrogne.

Lorsqu'elle quitta l'hôpital, Ceylac et Bianchi l'attendaient dans une voiture banalisée, sur les places dévolues aux taxis.

– Alors, ça va mieux, Van Gogh ?

Ça commençait fort… Le chef de groupe de la Crim était fier de son bon mot.

Avant de s'engouffrer dans le véhicule, elle aperçut l'Italien, assis à l'arrière, qui la gratifia d'un sourire étincelant.

– Tu restes à Paris ? souffla Louise d'une voix doucereuse, tout en s'installant à ses côtés, ignorant superbement son collègue français.

– Eh, c'est pas écrit « Uber » sur mon front, si ?

– Je ne m'assois pas à la place du mort, Ceylac. J'ai déjà suffisamment donné dans le registre. Je suis une survivante, une rescapée. Une *miraculée*, s'il te plaît, dixit le toubib. Donc laisse-moi vivre.

L'officier sourit en coin.

– Ça va, Vernay, je te laisse roucouler.

L'enquêtrice piqua un fard.

– C'est quoi ces conneries ? Raconte pas n'importe quoi. Je veux juste remercier Massimo. Il m'a sauvé la vie.

– Retour d'ascenseur, rétorqua le bellâtre.

Si Bianchi n'avait pas rampé jusqu'à Vernay pendant la fusillade, tout en déchargeant son arme, la flic – complètement sonnée par sa blessure – aurait pu finir comme ce pauvre Livingstone. Louise avisa la balafre qui lardait la joue de l'Italien.

– Pour toi aussi, c'est pas passé loin.

– Ils ont bien failli nous crever tous les deux, murmura Bianchi d'une voix grave, aux deux sens du terme.

Les officiers prenaient conscience que leurs ennemis ne reculeraient devant aucun obstacle, même s'il leur fallait abattre des policiers. Rien ne semblait vouloir les arrêter. Mais pour quelle raison ? Quel était leur but ultime, la finalité de ces opérations spectaculaires et violentes ? Pourquoi ces vieilles reliques, crânes ou cerveaux, avaient-elles autant d'importance ? Et pourquoi sacrifier, au même moment, des vivants en s'en prenant, là encore, à leur cervelle ? Même s'ils se rapprochaient de leurs cibles, les limiers de la Crim française et italienne restaient dans le flou le plus complet s'agissant du mobile de ceux qui signaient leurs missives morbides *Gyrum Novem*. Les messages ne cessaient d'obscurcir leurs motivations, au lieu de les éclairer. Il fallait apprendre à lire entre les lignes et trouver des informations qui permettent de faire des liens.

– On a une CR[12] pour la perquise du domicile de Vogel, de son labo et de son bureau. J'ai mis Belaïd et Mama sur le dom, Filhol et la Débauche sur le labo. Il nous reste à faire son bureau. Il est… un peu spécial, à ce que j'ai compris.

Tout le groupe de Ceylac s'était mobilisé pour retrouver Vogel, ou du moins déceler des indices qui aident à le localiser. Il était une clé fondamentale, et tandis que l'enquête en France n'en finissait pas de piétiner et que celles de Rome, Ravenne et Londres commençaient à peine, il fallait coûte que coûte retrouver la trace du naturaliste.

Le bureau de Vogel se trouvait niché sous la serre tropicale du Jardin des Plantes. Décidément, le chercheur affectionnait les sous-sols tristes et aveugles. Pourquoi se planquait-il ainsi ? Louise songea aux alchimistes auxquels se référait le dernier message, à Londres. Des siècles auparavant, les apprentis sorciers se terraient dans des laboratoires souterrains – la plupart du temps – et tentaient de transformer le plomb en or à l'aide de leurs ustensiles et de leur fameux four, l'athanor. Au point qu'ils finissaient bien souvent par s'asphyxier avec les vapeurs qui s'exhalaient de leurs mélanges, ou avec les fumées qui s'échappaient de leur fourneau, en l'absence d'aération suffisante.

Lorsque les trois policiers foulèrent les pelouses du Jardin des Plantes, cet immense poumon vert de vingt-sept hectares campé sur la rive gauche de Paris, ils longèrent le pignon sud de la Grande Galerie de l'évolution, avec ses incroyables squelettes et son immense caravane africaine. Tout en marchant, Louise songea aux espèces disparues, exposées sous cloche au deuxième étage, dont le fameux Dodo et le tigre de Tasmanie. Puis elle eut cette étrange pensée : quand allions-nous, nous aussi, nous éteindre ? Nul doute que la Terre finirait par se débarrasser d'un hôte aussi encombrant. L'enquêtrice se remémora les propos saisissants de Vogel, lors de sa conférence : « Nous avons joué avec le feu de Gaïa, et nous avons perdu ! Nous périrons ! Nous périssons déjà ! » Ses recherches montraient-elles que le compte à rebours était non seulement lancé, mais peut-être en passe de s'achever ? Que savait-il ? Était-ce en rapport avec les crânes et cerveaux de génies disparus ?

Le trio traversa l'esplanade Milne-Edwards, qui ouvrait sur la grande perspective à la française, bordée de platanes et nimbée de parterres fleuris qui s'étendaient à perte de vue. L'ancien Jardin du Roy était d'autant plus éblouissant qu'il exhibait ses trésors aux portes de la poussiéreuse gare d'Austerlitz et du sinistre hôpital de la Pitié-Salpêtrière.

Louise avisa les grandes serres qui se dressaient devant elles. Elles abritaient des dizaines d'espèces issues du monde entier et racontaient l'histoire végétale de la planète bleue. Ils avaient rendez-vous dans la plus imposante, autrefois connue comme le jardin d'Hiver. Ils grimpèrent les marches, puis basculèrent dans les Tropiques, avec 90 % d'humidité et une température qui flirtait avec les vingt-cinq degrés. Au loin, plantée entre un cocotier et un figuier, une femme d'une soixantaine d'années semblait les attendre. Elle fixa Louise en plissant les paupières, sans considérer les deux officiers qui l'accompagnaient. Elle hésita – ce pansement qui lui mangeait la partie gauche du visage la décontenança un bref instant –, mais finit par s'élancer vers l'enquêtrice.

– Commissaire Vernay ?

L'enquêtrice leva les sourcils, tandis que Bianchi et Ceylac échangeaient un regard stupéfait. Le chef de groupe de la Crim avait informé le Muséum d'histoire naturelle de la perquisition, mais n'avait jamais précisé qu'il débarquerait avec Louise.

– Je… oui, mais comment…

– Je suis la collaboratrice du Pr Vogel. Je vous attendais. Il m'a prévenue que vous viendriez certainement, « tôt ou tard ».

– Quand avez-vous parlé à Vogel la dernière fois ? interrogea Vernay.

– Il y a plusieurs jours, déjà. Je n'ai plus de nouvelles depuis vendredi.

– Il avait l'air inquiet ? Qu'est-ce qu'il vous a dit ?

– Il m'a juste dit qu'il s'attendait à votre visite. Et il m'a autorisée à vous laisser entrer dans son bureau. Vous, et vous seule.

La chercheuse avait insisté sur ces derniers mots, tout en dardant un regard hostile aux enquêteurs mâles.

– On s'en contrefout de ce qu'il vous a autorisé ou pas, s'agaça Ceylac.

Il exhiba la commission rogatoire et l'afficha bien en face de la scientifique, lui effleurant le visage.

– C'est pas une sauterie sur carton d'invitation, vous voyez. Ça s'appelle une perquisition.

La quinquagénaire tordit le nez. Ce n'était pas tout à fait le scénario prévu, mais d'évidence, elle n'avait pas le choix. Ils empruntèrent une porte latérale et dévalèrent une bonne quinzaine de marches. Un couloir, deux nouvelles portes et, enfin, le bureau d'Alban Vogel.

Une forte humidité, de même que des relents de moisissure imprégnaient le vaste local ténébreux. La collaboratrice actionna un interrupteur, libérant une lumière tamisée, répartie dans toute la pièce. Cette douce atmosphère tranchait avec l'âpreté du lieu, engoncé sous les serres, à plusieurs mètres de profondeur. Cinq tables étaient recouvertes d'aquariums de différentes tailles, mais sans eau ni poisson.

– Qu'est-ce qu'il fabrique, avec ça ? interrogea Ceylac.

– Il cultive des blobs.

Ceylac avisa l'étrange organisme, sorte d'éponge gélatineuse qui tissait des filaments jaunes tout autour d'elle.

– On dirait un champignon atomique, avec ses radiations qui se propagent.

La chercheuse haussa les sourcils.

– Ah, pas mal vu.

Les trois policiers, terrifiés, reculèrent de plusieurs pas.

– Merde, c'est radioactif votre truc ?

– Non, non, je faisais allusion à l'autre partie de votre suggestion. Cet organisme a longtemps été confondu avec un champignon. Mais en réalité, il est plus complexe et dispose de plusieurs cerveaux : une tête centrale, qu'on voit bien ici, sorte de gélatine jaune, et ensuite, de nombreux tentacules, tous dotés d'une forme d'intelligence. Un peu comme les pieuvres et leurs neuf cerveaux : un central, huit périphériques.

Louise et Massimo croisèrent leur regard. Ils n'en revenaient pas. L'allusion du *capo di mafia* à la pieuvre, dans sa cellule de Rome, les percuta comme un boomerang.

– Ou alors, on pourrait aussi faire référence à Cerbère, vous savez, le chien de garde des Enfers. Il avait trois têtes, ou peut-être cinquante, ça dépend des légendes. Ou bien sa sœur, l'hydre de Lerne, avec ses neuf têtes, comme la pieuvre.

Ceylac réagit à son tour. Le message gravé sur la lamelle retrouvée dans le cercueil de Darwin s'imposa devant ses pupilles : « La tête d'or de la sœur de Cerbère vaincra les imposteurs. » Et si le chou-fleur jaune électrique, qui trônait au centre de chaque blob, n'était autre que cette fameuse « tête d'or » du message codé ? Et l'hydre de Lerne, une métaphore désignant l'ensemble de cet organisme inquiétant ?

Louise, sur la même longueur d'onde, interpella la biologiste.

– Si je vous dis *Gyrum Novem*, ça vous évoque quoi ?

– Du latin.

– Merci. Et quoi d'autre ?

– Si je traduis, mais j'ai toujours été une bille en langues mortes, ça ferait… « neuf tours » ?

– On pense plutôt à « neuf cercles », comme les neuf cercles de l'Enfer, rectifia Vernay.

– Ah oui, tient, c'est marrant. On en parlait, justement…

Bianchi, de plus en plus soupçonneux, observa attentivement la quinqua. Soit elle tombait vraiment de la lune et n'était au courant de rien, soit elle jouait divinement la comédie. Les trois flics étaient contaminés, obsédés, possédés même par leur enquête. Elle hantait leurs jours et leurs nuits, et mettait leur vie en danger. Physique, comme psychique. Bianchi sentit un frisson ramper dans sa colonne vertébrale.

– Bref ! enchaîna gaiement la chercheuse, le blob fait l'objet de toutes les attentions. Si on l'a surnommé « polycéphale », c'est parce qu'il a une capacité d'apprentissage assez exceptionnelle. Il s'adapte à son environnement, adopte des stratégies d'adaptation. Voyez, là, on les cultive sur un lit de flocons d'avoine, ils adorent. Et là…

La scientifique entraîna les trois flics vers un aquarium bien plus vaste, tout au fond du bureau.

– On a construit un véritable labyrinthe. Eh bien, le blob est capable de mémoriser le parcours et de retrouver chaque fois la sortie. Il tisse ses tentacules, apprend les tours et les détours, se souvient des culs-de-sac. Il *comprend*, en quelque sorte.

– Dans sa dernière conférence à Londres, Vogel a dit que la nature « pensait ». Il faisait allusion au blob, selon vous ?

– Probablement, oui. Mais pas seulement. Le Pr Vogel s'intéresse à toutes les formes d'expression de l'intelligence collective végétale. Il a été l'un des premiers à démontrer la capacité des blobs et des mycorhizes à pouvoir étendre leurs filaments sur des kilomètres, pour s'interconnecter, communiquer, échanger. Progresser. S'adapter.

– Un peu comme les réseaux de neurones du cerveau ?

– Exactement. Vous savez, la nature adopte des motifs et les réplique aisément. Vous connaissez les fractales ? Ces motifs qui se répètent de l'infiniment petit à l'infiniment grand ?

Ceylac ne supportait plus l'enfermement, ce sentiment d'oppression aggravé par l'obscurité et ces odeurs de moisissure qui s'épandaient dans une humidité détestable.

– Bon, on continuera le cours de science plus tard, si vous voulez bien. On a une perquise à faire, il faut s'y mettre.

Il se dirigea vers le bureau de Vogel et commença d'éplucher les tonnes de paperasses qui le recouvraient.

Bianchi, lui, se tourna vers les étagères débordant de dossiers et d'ouvrages scientifiques. Il en ouvrit un certain nombre et les agita, pages vers le bas, dans l'espoir de voir un message ou un objet en tomber.

Quant à Louise, elle fut aimantée par les murs.

Des pans entiers se trouvaient recouverts par des plans et autres cartes. Elle s'immobilisa devant l'un d'entre eux.

– Qu'est-ce que c'est ?

La biologiste s'approcha.

– Ce sont des cartes de l'Inspection générale des carrières. À droite, on voit les galeries qui se trouvent ici, sous le Jardin des Plantes, et notamment sous notre serre tropicale. Et, en haut à gauche, au bout de la ligne rouge, ce sont les galeries qui sinuent sous le Panthéon.

– Ça veut dire quoi ? Vogel se rendait régulièrement sous le Panthéon depuis son bureau, ici ?

– Pas de son bureau exactement, mais si on ressort, au bout du couloir, vous avez une porte métallique qui ouvre sur un escalier qui permet de descendre encore de quinze mètres, et là vous débouchez sur les carrières.

– Il s'y rendait souvent ?

– Bien sûr, il occupe d'anciennes champignonnières sur tout le parcours, pour ses recherches. Vous savez, on est à sept cents mètres du Panthéon à vol d'oiseau.

Louise comprit pourquoi le naturaliste se trouvait si près du lieu de la profanation du tombeau de Marie Curie : ses étranges laboratoires souterrains communiquaient avec sa base au Jardin des Plantes. En regardant de plus près, elle aperçut un détail.

– C'est pas la rue d'Ulm, là ? Il pouvait aussi accéder aux caves de la rue d'Ulm ?

– Aucune idée, marmonna la chercheuse. Peut-être.

– C'est bien par là que le commando s'est infiltré avant de rejoindre le Panthéon ? interrogea Louise, en se tournant vers Ceylac.

– Absolument, confirma l'officier.

À chaque instant, l'étau se resserrait sur Vogel.

– Je vais demander à la PTS de relever tout le parcours de galeries à partir d'ici. Ça va prendre des plombes, mais on tient une piste sérieuse, souffla le commandant de police.

L'enquêtrice poursuivit l'examen des cartes punaisées aux parois sombres. Elle se figea devant une immense mappemonde qui mangeait tout le mur du fond. L'éclairage était trop faible. Elle s'empara de son smartphone et dirigea la torche sur le plan. Une myriade de points verts recouvraient l'ensemble des continents.

– Et ça, c'est quoi ?

Le visage de la scientifique s'illumina.

– Ça, mais... c'est... juste un miracle.

– Un miracle ? Développez.

– Chaque point vert correspond à l'un des voyages du professeur.

Louise hallucina. Elle observa de nouveau la carte, entièrement tachetée de vert.

– Vous plaisantez ? Il est allé... partout ?

– Oui, je crois d'ailleurs qu'il figure dans le *Livre Guinness des records*.

Ceylac détailla à son tour le planisphère piqueté de vert.

– Il a vraiment visité *tous* les pays de la terre ? Mais ça en fait... au moins deux cents !

– Plus de trois cents, rectifia la biologiste, en comptant les colonies et les territoires « d'outre-mer ». Et je peux vous garantir qu'il est allé dans chacun d'entre eux.

Louise n'en revenait toujours pas.

– Mais... il a quoi... cinquante-cinq ans ?

– Presque soixante. Mais il ne les fait pas, je vous l'accorde.

– OK, et même s'il voyage depuis...

– Depuis l'âge de seize ans. Il raconte souvent ses premiers séjours, en Amérique latine. C'est un globe-trotter unique. Ne vous fatiguez pas à faire le calcul : il a vu en moyenne six pays par an. Mais il disparaît presque six mois dans l'année, vous savez. Donc ça va vite. Sans compter les congrès et les conférences, comme récemment, à Rome et à Londres.

Bianchi ne s'en remettait pas non plus.

– Mais pour quoi faire ? Qu'est-ce qu'il fabrique à écumer le monde entier ?

– Au début, c'était par passion des voyages. Il partait sans le sou, faisait du stop, dormait chez l'habitant. Et depuis de longues années, c'est pour ses recherches.

– Et que cherche-t-il dans chaque pays du monde ?

– Les fameux motifs, dont je vous parlais. Il cherche la preuve qu'ils existent partout.

– Les blobs ?

– Ça, et le reste. Tout ce qui relie les organismes les uns aux autres. Grâce aux comparaisons génétiques et à l'analyse moléculaire par spectrométrie de masse, il a pu démontrer que certains organismes souterrains, comme les mycorhizes, pouvaient traverser les frontières.

À l'aide d'une petite lampe-torche, la biologiste désigna une série de punaises rouges qui se détachaient des points verts et qui dessinaient un faisceau embrassant tous les continents.

– C'est comme une gigantesque toile d'araignée, si vous voulez. Pour être franche, je pense que le professeur va décrocher un prix Nobel. La rumeur enfle chaque année.

Les trois policiers restèrent bouche bée. Ils finirent par reprendre leur labeur en mode automatique, l'esprit groggy par ces révélations dont il leur était bien difficile d'évaluer la portée. Il était clair que Vogel détenait plusieurs clés et qu'il fallait, plus que jamais, le retrouver.

– Regardez ! Ce sont des livres de Descartes.

Ceylac, qui avait repris la fouille du bureau du naturaliste, exhiba deux ouvrages aux pages jaunies et au dos en piteux état. Le premier était intitulé *Discours de la méthode*. Vernay et Bianchi se souvinrent aussitôt de l'allusion de Vogel à cet opus, lors de sa conférence à Londres, dans lequel le grand philosophe français du XVIIe siècle avait formulé son célèbre *Cogito ergo sum*. L'autre ouvrage, lui, paraissait encore plus ancien ; sans doute une très précieuse édition originale.

À la vue de la couverture, Bianchi eut une illumination.

– Attendez... Je suis sûr que Giuseppe Rizzo, lorsque j'ai eu un parloir avec lui à Rebibbia, tenait ce livre dans la main. Ce n'était pas une si vieille édition, mais c'était le même titre. Je l'ai vu quand il s'est levé pour regagner sa cellule, à la fin...

Ceylac feuilleta le livre avec beaucoup de précaution. Il admira les nombreuses illustrations qui décrivaient le fonctionnement du corps humain. Il s'attarda sur la cinquième partie, qui traitait de la composition des structures du cerveau.

– C'est vraiment n'importe quoi, ce qu'on croyait à l'époque. Descartes pensait que l'âme logeait dans un noyau en forme de pomme de pin, qu'il appelait le « troisième œil ».

L'officier brandit le célèbre croquis du philosophe, avec les globes oculaires désorbités, placés l'un au-dessus de l'autre, et dont les nerfs optiques convergeaient vers la fameuse glande lovée à l'intérieur du crâne.

Louise observa l'étrange triangle qui reliait les trois yeux entre eux.

– Cette structure existe, commenta la scientifique. C'est l'épiphyse, mieux connue comme la glande pinéale. Elle joue un rôle majeur dans la régulation de notre horloge biologique. Et surtout, elle sécrète l'hormone du sommeil, la mélatonine. De là à dire que cette histoire de siège de l'âme est une histoire à dormir debout, il n'y a qu'un pas.

La chercheuse espérait un ou deux sourires qui n'illuminèrent aucun visage. Décidément, ces flics sont bien coincés, songea-t-elle.

Vernay apostropha Bianchi.

– Ce n'est pas un hasard, encore une fois. Il faut absolument retourner cuisiner Rizzo. Il a semé une foule d'indices, il se prend pour le Petit Poucet. Et il nous prend pour des perdreaux de l'année.

– Je sais, j'ai déjà fait une demande, mais pour l'instant, l'administration pénitentiaire refuse. Rizzo n'a normalement droit qu'à un seul parloir par mois. Je ne peux pas aller l'interroger à tout bout de champ. On doit respecter son régime carcéral très strict.

– Mais c'est pour une putain d'enquête criminelle ! C'est un témoin clé !

– Oui, c'est ce que j'ai dit au procureur. Mais le commandant de Rebibbia fait la sourde oreille.

Louise fit une moue réprobatrice.

– Oh, pardon, je ne voulais pas faire allusion à... Enfin...

Il désigna le pansement de l'enquêtrice.

– Bref, on n'a pas le choix. On doit encore patienter.

Soudain, un nouvel éclair traversa l'esprit de l'Italien. Un flash mémoriel enfoui depuis plusieurs jours, sans doute en raison du choc émotionnel : la fusillade, la balle qui avait failli lui pulvériser la mâchoire... Il se tourna vers la biologiste, qui s'étiolait et brûlait apparemment de retourner vaquer à ses recherches.

– Avant de mourir, un scientifique de la Royal Society m'a dit : « Sauvez le cerveau de Descartes », et aussi : « La clé se trouve dans le cerveau de Descartes. » Ça vous parle ?

– Eh bien... je ne sais pas... Le Pr Vogel voue une grande

admiration au philosophe, c'est certain… D'où ses ouvrages originaux, qu'il collectionnait… De même que ceux de Spinoza et de Darwin, d'ailleurs. Mais le cerveau de Descartes…

Les policiers s'apprêtaient à remonter à la surface pour entamer des recherches sur la cervelle du philosophe, lorsque la chercheuse s'écria :

– Attendez ! Le cerveau, je ne sais pas, mais le crâne, oui !

– Le crâne de Descartes ? souffla Louise. Vous savez où se trouve le crâne de Descartes ?

– Forcément. Il nous appartient.

Les trois policiers écarquillèrent les paupières.

– C'est qui, *nous* ?

– Le Muséum national d'histoire naturelle. Le Muséum compte quatre sites, à Paris, dont le Jardin des Plantes. Mais l'un des autres lieux majeurs se trouve sur la place du Trocadéro, dans le 16e arrondissement, juste en face de la tour Eiffel. C'est le musée de l'Homme. Il a été longuement restauré ; il a rouvert en 2015 après six ans de travaux. J'y ai été personnellement associée, à l'époque. Et là-bas, nous conservons pieusement le crâne de Descartes.

– Mais… le Pr Vogel le savait ? Enfin, je veux dire, il l'utilisait pour ses recherches ?

– Je ne pense pas, non. Je ne vois pas trop le lien entre ses thématiques et le crâne.

– Mais pouvait-il y accéder et le manipuler ? insista Louise. En tant que professeur au Muséum ?

– Eh bien… sans doute, oui. Mais encore une fois, je ne pense pas…

– Conduisez-nous au crâne de Descartes. Immédiatement.

Louise sut qu'une nouvelle course contre la montre était lancée. Mais cette fois, en plein Paris, et dans l'un des quartiers les plus fréquentés de la capitale.

Chapitre 22

Samedi 1er mai 1666, Stockholm, 6 h 40

La terre était rugueuse et glissante. Malgré le printemps, un froid glacial saisissait les chairs et faisait claquer les derniers chicots des soldats de la garde de Stockholm mobilisés pour la délicate mission. Certes, la Suède, campée au nord de l'Europe, n'avait jamais brûlé sous les rayons du soleil. Mais depuis des années, le « petit âge glaciaire » – tel qu'il serait baptisé des siècles plus tard – sévissait cruellement.

Difficile de labourer ; et impossible de se chauffer – ou presque. Même en plein été, les températures s'élevaient rarement au-dessus de dix degrés.

Hugues de Terlon, l'ambassadeur de France, en souffrait. Il savait surtout que c'était la raison de la disparition brutale du prestigieux personnage qu'il s'apprêtait à faire déterrer. Le philosophe français, qui se faisait appeler Renatus Cartesius ou Renati Des Cartes en latin, était décédé seize années plus tôt d'une violente pneumonie, après avoir grelotté des mois durant. Descartes abhorrait le froid et n'avait jamais été aussi heureux et productif que sis sur un poêle brûlant, comme en Allemagne, où il avait conçu ses théories capitales. Pourtant, le savant avait accepté l'invitation de la jeune reine Christine de Suède qui souhaitait s'instruire de ses idées novatrices, et s'était installé à Stockholm malgré le froid polaire. Il avait fini par succomber à une forte fièvre, avant d'être emporté en quelques jours à l'âge prématuré de cinquante-trois ans.

À l'évocation de cette inestimable perte pour l'humanité, des larmes perlèrent à la commissure des paupières de l'ambassadeur, qui se muèrent en cristaux de glace. Car seize années après le trépas du philosophe dans une indifférence certaine, les idées du Français dominaient désormais l'Europe, et Louis XIV réclamait le retour du fils prodigue – du moins, ce qu'il en restait. La régente avait accepté, et voici comment, en cette aube glaciale, de Terlon et les gardes s'apprêtaient à agir.

Parvenus devant la sépulture du philosophe, les quatre soldats, commandés par le capitaine Isaac Planström, procédèrent à l'excavation du cercueil. Ils s'appliquèrent, d'autant que le froid ralentissait leurs mouvements et les faisait souffrir en silence. Il fallut dégager la lourde pierre qui recouvrait la fosse, puis passer des cordages avant d'élever, lentement, la bière qui contenait les restes de Descartes.

Une heure plus tard, sous la surveillance des mêmes soldats, le cercueil reposait en l'ambassade de France, là même où le génie avait expiré des années plus tôt. Hugues de Terlon souhaita qu'on ouvrît le sarcophage, afin de transférer les restes dans un coffre en cuivre de deux pieds et demi de long que le diplomate avait commandé pour l'occasion. Mais une fois le cercueil de bois ouvert, quelle ne fut sa surprise ! Le corps du philosophe n'était pas entièrement décomposé. Des lambeaux de chair recouvraient les ossements, et la tête, en particulier, comptait encore bien des cheveux. Des béances remplaçaient le regard autrefois perçant de Descartes, ainsi que le nez. Mais de fines lamelles de peau jaunâtre lardaient le crâne, offrant un spectacle effrayant.

Les températures glaciales avaient sans doute congelé le cadavre, et en avaient ralenti la putréfaction. L'étonnement passé, Hugues de Terlon avisa les gardes de la ville de Stockholm et s'adressa à leur chef, le capitaine Planström. Il inspira difficilement, une mantille sur le nez, incommodé par les relents du cadavre.

– Procédez au transfert des restes, mais auparavant, détachez les chairs. Je ne puis ramener cette dépouille putrescente dans le coffre. N'hésitez pas à laver les os.

– Bien, monsieur.

Les quatre sans-grade esquissèrent une moue de dégoût et en voulurent à leur chef d'avoir accepté sans l'ombre d'une protestation.

Avant de se retirer, de Terlon s'approcha du corps et sembla se recueillir. En réalité, il se sentait irrémédiablement aimanté. Il s'efforça d'abord de résister à la tentation, mais finit par succomber. Sans rien dire, il saisit la main droite du génie et cassa l'index. Les militaires écarquillèrent les paupières, mais ne pipèrent mot. L'ambassadeur logea la phalange dans son mouchoir et l'enfouit dans sa poche, toujours en silence.

Puis il disparut comme un voleur – qu'il était.

Comment pouvait-il agir autrement ? Par ce geste, il perpétuait la tradition des saintes reliques et s'arrogeait une once du corps du défunt pour mieux l'honorer. D'autant que ce doigt avait tenu la plume du savant et avait donc participé à la rédaction du *Discours de la méthode* et du *Traité de l'homme*, entre autres chefs-d'œuvre.

Isaac Planström sourit en coin. Le diplomate lui facilitait la tâche et lui ôtait toute culpabilité. S'il était si facile – et si peu répréhensible – de détacher une partie du corps de Descartes, il n'aurait aucun mal à procéder de même.

– Rompez, souffla-t-il.

Les gardes qui l'accompagnaient s'étonnèrent, une fois de plus. Rien ne se déroulait comme ils l'avaient imaginé.

– Mais, capitaine... Nous devons...

– C'est un labeur détestable, il n'y a aucune raison que vous y consentiez. Je l'assumerai. Rompez, vous dis-je. C'est un ordre !

Les gardes s'esquivèrent sans quémander leur reste, bienheureux d'échapper à la rebutante besogne.

Une fois seul, Planström s'arma de courage et brava les effluves fétides. Il s'empara de la dépouille dont les os se détachaient aisément. Il les plongea un à un dans une bassine d'eau chaude et les épura du mieux qu'il put. Puis, il déposa les ossements les uns sur les autres dans le coffre de cuivre. Mais au moment de s'occuper de la pièce maîtresse, il ralentit la cadence et s'appliqua avec moult précautions. Il empoigna la tête dont la mandibule se détacha aussitôt. Les dents de Descartes, du moins celles qui restaient, se trouvaient en piteux état. L'officier n'en fut guère surpris ; sa propre denture n'était pas flambante. Il retourna la précieuse relique et tenta d'observer l'intérieur, à travers le *foramen magnum*, l'orifice situé sous le crâne. Croyant discerner quelques fragments blanchâtres, il s'étonna que de la cervelle pût encore habiter la boîte crânienne. Le froid avait décidément préservé bien des tissus du géant.

Il ôta les dernières rognures de peau qui pendouillaient de l'ossement, tandis que les cheveux tombaient d'eux-mêmes. Il épousseta le crâne du revers de la manche, puis tendit le bras. Il tourna la relique face à lui, comme si le fantôme de Descartes le regardait droit dans les yeux.

En cet instant, il se tenait comme le prince Hamlet face au crâne de Yorick, le bouffon du roi du Danemark, petit pays voisin de la puissante Suède. Planström avait entendu parler de la tragédie mettant en scène la couronne danoise de bien vilaine manière. L'œuvre avait été rédigée au début du siècle par un inconnu au bataillon, un certain William Shakespeare.

Il demeura en silence de longues secondes, tout en fixant intensément les orbites ténébreuses du crâne.

Que pouvait bien penser le philosophe, au moment de sa mort ? *Cogito, ergo sum*, « Je pense, donc je suis », pouvait-il se prolonger au-delà du trépas ? L'âme pouvait-elle continuer de penser après qu'elle eut quitté le corps physique ? Tel un autre écho à la tragédie de Shakespeare, « Être, ou ne pas être », après la mort, « telle était la question »... À cette évocation, Planström fut tenaillé par le doute : l'âme, une fois évaporée, pouvait-elle juger les mortels ? Le spectre du philosophe, tout comme celui du père de Hamlet qui se matérialisait dans l'œuvre de Shakespeare, pouvait-il revenir hanter celui qui s'apprêtait à étêter son squelette ?

L'officier trembla et finit par lancer des œillades tout autour de lui. Il était sur le point de commettre un sacrilège qui pouvait lui valoir l'excommunication. Mais Dieu savait qu'il était bien payé pour l'accomplir, de quoi remplacer les loques que l'armée lui avait destinées, malgré son grade. De quoi, aussi, acquérir du bois sec et mieux chauffer sa famille.

Il logea le crâne dans une vaste besace, referma le coffre de cuivre et le scella. Personne, ainsi, ne pourrait s'apercevoir de la soustraction du *caput*. Il prenait un risque insensé – pourvu que personne n'eût l'idée de le fouiller lorsqu'il quitterait l'ambassade. Après quoi, il allait recevoir son dû des mains de cet homme à la réputation sulfureuse, mais dont l'intelligence et le charisme l'avaient ensorcelé.

Ce dernier l'avait approché huit jours plus tôt, quand la nouvelle de la restitution du squelette de Descartes avait été connue. Il s'était assis à ses côtés, dans une taverne de la place Stortorget.

– Qui êtes-vous ? avait lancé Planström, fort méfiant.

– Je ne suis qu'un humble polisseur de lentilles, et d'ailleurs, si votre vue faiblit, je puis vous venir en aide.

L'accent des Pays-Bas avait révélé sa nationalité. Ce trentenaire avait dû voguer jusqu'à Stockholm deux ou trois jours auparavant.

– Mes yeux vont fort bien. Que me voulez-vous ?

– Eh bien, disons que je suis un « artisan-philosophe », et depuis des années, un admirateur de Renatus Cartesius. Je lui ai d'ailleurs rendu hommage dans ce modeste essai.

L'homme avait brandi un livre tout en latin, ce qui avait impressionné l'officier de basse extraction et dont la culture classique se limitait à quelques notions bibliques.

Le titre s'étalait en capitales : *Les Principes de la philosophie de René Descartes*. Planström avait pu lire le nom de l'auteur, et donc découvrir celui de l'étrange personnage qui venait de l'aborder : « Baruch Spinoza ».

Tout comme ce Shakespeare dont il n'avait jamais entendu parler avant de découvrir sa tragédie, le patronyme Spinoza lui était parfaitement inconnu. Il avait négligemment repoussé l'ouvrage et porté sa pinte aux lèvres. Une légère écume avait nimbé sa moustache.

– Bien, avait-il repris après trois belles gorgées, c'est sans doute une somme, mais je n'entends rien à la philosophie, et moins encore au latin. Je ne comprends toujours pas ce que vous attendez de moi.

L'homme au teint légèrement hâlé et à l'épaisse chevelure de jais qui retombait sur ses joues à la manière d'une perruque avait approché le buste et s'était mis à chuchoter.

– Vous êtes le capitaine de la garde de Stockholm, n'est-ce pas ? C'est bien vous qui allez organiser l'exhumation des restes de Descartes ?

– Qui vous l'a dit ?

– Peu importe : il est extrêmement important que vous récupériez l'une des pièces majeures et me la remettiez.

– Une « pièce majeure » ? Laquelle ?

– Le crâne, avait soufflé Spinoza.

L'officier avait failli s'étouffer avec sa nouvelle gorgée de bière. Il avait toussé fort et s'était éclairci la voix.

– Le crâne ? Rien que ça ? Je vous conseille de déguerpir avant que l'idée de vous jeter au cachot ne m'effleure.

Isaac Planström connaissait bien la mode de l'appropriation des os du squelette de grands défunts, que d'aucuns collectionnaient et présentaient parfois dans de superbes châsses. Louis IX, dit Saint Louis, n'avait-il point fait édifier une chapelle pour y exposer les saintes reliques du Christ, quatre siècles plus tôt ?

– Sans compter, avait ajouté le capitaine, que c'est là grand sacrilège. En vous arrogeant ce crâne, vous risquez l'excommunication.

– C'est déjà fait, je ne risque plus rien, avait sifflé le Hollandais sur un ton suffisant.

Le Suédois avait de nouveau haussé les sourcils – décidément, il allait d'étonnement en surprise avec ce drôle de personnage.

– Il y a tout juste dix années, alors que je n'avais que vingt-trois ans, j'ai été frappé par un *herem*, un bannissement de la communauté juive à laquelle j'appartenais. L'on m'accusa d'hérésie, l'on me maudit, et l'on m'exclut de manière définitive.

Planström était demeuré bouche bée. Cet importun était donc juif ? Ou du moins, il l'avait été…

– Mais que diable voulez-vous faire avec son crâne ?

– Descartes affirme que le siège de l'âme se trouve dans le cerveau, dans la glande pinéale. L'œil de la sagesse. Et je n'aimerais rien tant que d'observer son troisième œil, s'il a perduré, d'où l'âme de Descartes s'est sans doute envolée, afin d'y capter, peut-être, une once de son génie…

Quelle idée ! avait songé l'officier. Pour lui, cet organe gélatineux, froid et sans émotion qui dort dans la tête ne présentait aucun intérêt. À cette époque, nombreux étaient ceux qui pensaient encore comme Aristote : les émotions et l'activité mentale logeaient dans le cœur, et non dans ce viscère tout ramolli. Ils ignoraient tout des travaux balbutiants des premiers anatomistes du cerveau, qui tenaient l'organe pour « le plus beau chef-d'œuvre de la nature », comme l'avait qualifié le Danois Steensen, un an plus tôt, devant un parterre de savants. Mais tout était à écrire, s'agissant des mystères incommensurables de cet organe fascinant. Et Spinoza, lui, ne s'y trompait pas. Il avait d'ailleurs ajouté, face à la mine déconfite de Planström :

– Je pense que les têtes des Maîtres ont des points communs. J'eusse adoré posséder celles de Dante, Machiavel, de Leonardo da Vinci, de Michelangelo, et même de Socrate, Platon et de tant d'autres. Je crois en la continuité du génie. L'âme des Grands passe d'une cervelle à l'autre et doit bien laisser son empreinte quelque part… Chacun de ces polymathes[13] est une particule de Dieu, et leur réunion doit permettre d'embrasser le Divin.

– Je croyais que vous aviez été excommunié et que vous étiez devenu athée.

– Je ne suis point athée, même si l'Inquisition et mon ancienne communauté l'affirment. Je pense simplement que Dieu n'est pas un vieux personnage chenu et barbu, placé en dehors du monde, au-dessus de nous, afin de diriger nos actions.

– Qu'est-ce donc Dieu, alors ?

– Dieu est immanent, il est partout, il est *tout*. Il est en vous, et en moi ; il est la multitude de nos corps, et de nos âmes. Dieu est *nature*. Il n'est point au-delà, mais ici, et maintenant. Il est substance infinie disséminée dans toutes les matières, vivantes et inertes. Et chaque matière dérive de cette substance unique qu'est le Divin.

L'officier suédois n'avait cessé de lever des paupières stupéfaites. Les propos de ce Spinoza n'en finissaient pas de le crucifier.

– Je reprends en ceci l'héritage du grand Giordano Bruno qui l'avait déjà postulé.

Pour une fois, Planström avait entendu parler de ce religieux, lequel avait marqué l'histoire populaire en raison des circonstances terrifiantes de sa mort.

– Giordano Bruno ? N'est-ce point ce prédicateur jeté aux flammes par la sainte Inquisition, il y a quelques décennies de cela ?

– Si fait, il y a soixante-six ans, précisément. Jeté nu dans un bûcher et brûlé vif, la langue clouée sur un mors de bois, afin qu'il cesse de proférer ses « hérésies ».

L'officier suédois avait senti un frisson le fendre de la tête aux pieds. Il se voyait, lui aussi, en proie aux flammes pour sa complicité sacrilège. C'en était trop ; il s'était dressé comme un dard.

– Cessons là, je ne puis en entendre davantage !

Tandis que le capitaine s'apprêtait à partir, Spinoza avait tenté de le retenir.

– Attendez ! Ne souhaitez-vous point connaître la Vérité ? Participer à la connaissance du Tout ? Le long cortège des grands cerveaux à travers le temps, comme celui de tous les règnes du vivant à travers la Terre-Mère, constituent l'essence de la Substance divine, et tous ensemble, ils dirigent le monde sur une voie parfaitement déterminée. En étudiant les cervelles des génies, tout comme on pourrait étudier les relations intimes de chaque substance vivant sur terre, nous pourrions découvrir pour la première fois la nature profonde du Divin… Et même connaître son dessein, anticiper le Destin… Déchiffrer l'avenir…

Comme Planström n'en démordait pas, Spinoza s'était résolu à lui servir l'argument suprême. Il avait proposé une belle récompense – l'essentiel de ses maigres économies – afin de rallier l'officier à sa cause.

Ce dernier avait finalement accepté, l'appât du gain constituant une bien meilleure motivation que toute considération philosophique.

Huit jours plus tard, en ce 1er mai 1666, le capitaine de la garde de Stockholm allait se débarrasser de l'encombrant crâne de René Descartes et rompre enfin toute liaison avec ce Hollandais aux idées dégénérées. Mais il allait aussi, sans le savoir, participer à la fondation d'un cénacle exceptionnel, lequel allait traverser l'histoire dans le plus grand secret.

Chapitre 23

Lundi 15 avril 2024, Paris, musée de l'Homme, 14 h 39

Louise se trouvait face à face avec le crâne de Descartes.

Il n'était pas banal d'observer, à quelques centimètres de soi, la relique suprême d'un des plus grands génies de l'histoire de la pensée.

L'objet avait tant voyagé dans le temps et l'espace que sa teinte avait viré au beige taupe tirant sur l'anthracite, au lieu du blanc cassé d'un squelette bien frais. Il reposait, là, derrière une épaisse vitre, sur une tige d'acier, au beau milieu d'objets hétéroclites sans lien apparent. « Un joyeux bordel », avait murmuré Louise pour elle-même.

Il manquait toutes les dents ainsi que la mandibule, et les orbites paraissaient énormes rapportées au volume de la boîte crânienne.

– C'est moi ou il avait une tête de nain ?

– Détrompez-vous, les personnes de petite taille ont souvent une tête tout à fait normale. Avec un cerveau parfois plus gros que le vôtre.

La conservatrice des collections permanentes du musée de l'Homme avait répondu sur un ton aussi désagréable que méprisant. La conversation débutait sous les meilleurs auspices… Bianchi et Ceylac échangèrent un regard amusé, s'attendant à quelques tirs de barrage pas piqués des hannetons, comme aimait à le dire Vernay.

– Il est vrai que le crâne de Descartes est d'une taille inférieure à la moyenne, finit par reconnaître l'historienne. Mais on a démontré depuis longtemps que la taille du cerveau n'est pas en rapport avec l'intelligence. Savez-vous que le poids de la cervelle d'Einstein était inférieur à la moyenne, lui aussi ?

Louise s'approcha de la vitrine, au point de l'embrasser. Son nez touchait la muraille transparente.

– Mais… c'est quoi les trucs écrits sur son front ?

– Le crâne a connu des pérégrinations rocambolesques et a changé au moins une dizaine de fois de propriétaire. Et plusieurs ont laissé leur marque, comme des graffitis, dont l'auteur même du rapt. On peut déchiffrer d'ici : « Le crâne de Descartes, subtilisé par Planström en l'an 1666, tandis qu'on devait renvoyer le corps en France. » Je traduis, c'est écrit en suédois.

– Planström ? C'est qui ?

– C'était un militaire, chargé de l'exhumation du squelette dans un cimetière de Stockholm, ville où Descartes était décédé seize ans plus tôt. Les restes devaient être rapatriés en France. Planström avait à disposition une petite caisse, il a entassé les ossements, mais sans le crâne.

– Il l'a volé ?

– Sans doute. Ou bien il n'entrait pas dans le caisson. Mais il est plus probable qu'il l'ait subtilisé volontairement. À l'époque, on adorait collectionner les reliques des grands personnages, et pas seulement des saints canonisés.

– Et le reste du squelette, il ne se trouverait pas au Panthéon, par hasard ? interrogea Ceylac.

– Non, dans une chapelle de l'église Saint-Germain-des-Prés. Il ne reste qu'un fémur, un tibia et un péroné. Il est fort probable que tout le reste du squelette soit éparpillé dans diverses collections privées… ou ait tout simplement disparu. Le crâne lui-même a bien failli ne jamais arriver jusqu'ici. Il a par exemple été perdu pendant la grande crue de 1910, mais on a fini par remettre la main dessus. Ensuite, on l'a gardé sous bonne protection dans nos réserves, et on ne l'expose que depuis quelques années seulement.

– Vous savez si le Pr Alban Vogel l'a emprunté, ces derniers mois ?

– Vogel, dites-vous ? Je n'en ai aucune idée. Il faudrait vérifier sur nos registres. Mais à ma connaissance, le dernier à l'avoir manipulé, c'est le Dr Philippe Charlier, anthropologue légal. Il l'a modélisé en 3D et a même pu reconstituer le visage de Descartes avec l'aide de la police scientifique. C'était il y a quatre ou cinq ans, je pense.

Louise semblait perplexe. Elle se démontait le cou pour tenter de discerner toutes les inscriptions qui maculaient le crâne.

– Il y a tout un texte sur le dessus…

– Oui, c'est une espèce de poème écrit en latin, qui dit, en substance : « Ce petit crâne fut celui du grand Descartes, son esprit sacré se réjouit parmi les dieux… »

– Nous pensons, enfin, nous sommes presque certains que le Pr Vogel s'en est emparé au cours des derniers mois. Votre Charlier, là, qui l'a analysé sous toutes les coutures, il n'a rien remarqué de particulier, par rapport à ce qu'on savait ?

L'historienne leva les yeux au ciel et se tritura les méninges.

– Non, je ne crois pas… Il a moulé l'intérieur du crâne et imprimé l'enveloppe du cerveau en 3D. De mémoire, il a juste relevé l'empreinte d'une bosse anormale au niveau du lobe frontal droit.

– La bosse des maths ? lança Bianchi, avec un sourire goguenard.

– Vous ne croyez pas si bien dire. L'expression vient de l'époque de la phrénologie, au XIXe siècle, quand on analysait les bosses du crâne pour soi-disant évaluer le caractère et l'intelligence des gens. Tenez, là, un peu plus loin sur un présentoir, on a des moulages de tête avec la cartographie de ces bosses, établies par le père de la discipline, Franz Joseph Gall…

– On s'en fout, interrompit Vernay, fébrile. On a besoin du crâne. On doit absolument vérifier s'il n'y a pas de nouvelles inscriptions, ou tout indice pouvant aider notre enquête criminelle.

– Ah, mais ça ne se fait pas en un claquement de doigts ! Au cas où ça vous aurait échappé, on est en pleine journée. On ne va pas s'amuser à ouvrir une énorme vitrine pareille et à sortir la relique au beau milieu de la foule.

Louise jeta un œil circulaire autour d'elle.

– La « foule » ? Vous rigolez ? Y a pas un rat !

De fait, le public se comptait sur les doigts d'une main. Le musée de l'Homme ne semblait pas aussi attractif que la Grande Galerie de l'évolution, au Jardin de Plantes, ni même que le musée des arts premiers du quai Branly, lequel avait d'ailleurs vampirisé une bonne partie des pièces remarquables de cette annexe du Muséum d'histoire naturelle... Élisabeth Lavroff piqua de nouveau un fard, mais cette fois, c'est la moutarde qui lui escaladait le nez.

– Vous n'avez aucun droit, ici ! Faites une demande officielle, et même si on vous autorise, vous ne pourrez rien faire sans notre contrôle. Impossible de le manipuler vous-même, c'est une pièce inestimable, extrêmement fragile ! Et on ne fera rien avant demain, jour de fermeture hebdomadaire !

Sur ce, la conservatrice tourna les talons et planta les trois enquêteurs. Ceylac secoua la tête, dépité, tandis que Bianchi réprimait un fou rire.

– Je crois que tu nous l'as un peu énervée...

– Ah non mais t'as vu ? Elle se prend pour qui ? La duchesse de Montpensier ?

Louise, furieuse, commença de palper le vitrage parfaitement lisse, à la recherche d'un mécanisme d'ouverture. En vain.

– C'est quoi ce truc qu'on peut pas ouvrir ! C'est dingue, ça ! Le machin fait trois mètres de haut, super épais, on a l'impression que c'est inamovible !

Elle finit par donner plusieurs coups de poing sur le verre transparent.

– Louise, calme-toi, je t'en prie !

Ceylac, au désespoir, ressentait une véritable honte face au comportement outrancier de l'enquêtrice. Même Bianchi commençait à éprouver une gêne certaine.

– Allez, Louise, arrête, on reviendra demain avec une commission rogatoire. Allons voir le juge, il faut lui expliquer, le convaincre. Sans ça, on n'obtiendra rien.

Vernay finit par lâcher l'affaire, non sans proférer une série de noms d'oiseaux pas tous exotiques.

Les trois policiers rebroussèrent chemin sans visiter le reste du musée. Ils longèrent les grandes fenêtres qui offraient une vue imprenable sur la tour Eiffel, puis passèrent les box du vestiaire jusqu'au guichet d'accueil du premier étage. Le gardien-contrôleur des tickets d'entrée, qui se tournait les pouces face au faible afflux de visiteurs, lança un regard réprobateur à l'enquêtrice.

– Qu'est-ce t'as ? Tu veux ma photo ?

Louise avait éructé, crachant des postillons sur le fonctionnaire.

– Excusez-la, elle a beaucoup de pression. Et puis elle a subi un traumatisme. Elle n'a plus toutes ses facultés…

Ceylac avait parlé tout en mimant le pansement qui recouvrait l'oreille gauche de Vernay. Le geste pouvait aussi s'interpréter comme un « toc-toc » sur la tempe, du style « elle est un poil chtarbée ».

Ils dévalèrent le grand escalier qui menait à la sortie. Une canonnade incessante tonnait dans le crâne de Louise. L'agitation ne lui réussissait nullement.

Parvenus sur la place du Trocadéro, ils grimpèrent dans leur Scenic banalisé, garé le long du trottoir qui démarquait l'ample esplanade campée entre les deux ailes monumentales du palais de Chaillot. Louise, l'air renfrogné, s'engouffra à l'arrière sans un regard pour l'édifice, ni pour la tour Eiffel qui caracolait sur l'autre rive de la Seine. Ceylac saisit son portable.

– La Débauche ? On n'a pas pu examiner le crâne. En attendant le feu vert, il faut organiser une surveillance. Pas question qu'il nous échappe, celui-là. Je veux du monde vingt-quatre heures sur vingt-quatre… Oui, tout de suite ! S'il faut, tu rappliques toi en attendant.

Puis l'officier mit le contact, releva l'abat-jour « Police » et s'engagea prudemment sur le rond-point. Il n'avait jamais joué les cow-boys et détestait l'attitude hautaine et souvent vulgaire de ses collègues de la BRI, dont la testostérone flottait entre les étages du Quai des Orfèvres. Depuis que toute la PJ avait déménagé aux Batignolles, sauf la brigade de recherche et d'intervention, il ne s'en portait pas plus mal. Il était aussi délicat que Louise pouvait être volcanique. Ne prenant jamais aucun risque, il n'avait pratiquement jamais utilisé son arme – et encore moins tué, ni même blessé quiconque. Les intellectuels sont rares dans la police, surtout dans le corps de commandement.

Bianchi se retourna pour observer Vernay, dont l'attitude irascible l'inquiétait. Il commençait vraiment à croire que sa blessure, ainsi que l'éclat logé dans l'os de son crâne, pouvaient avoir altéré sa psyché. Alors qu'il s'apprêtait à parler, son regard fut détourné par un mouvement inhabituel, à travers la lunette arrière.

– Il y a un problème, là…

– Quoi ? lança Ceylac.

– Derrière nous, à la sortie du musée, il y a des gens qui courent… Comme un élan de panique…

L'officier fit aussitôt le tour du rond-point pour revenir à son point de départ. Le bâtiment se vidait ; les gens décampaient, visiblement affolés. On entendait des cris.

Les policiers s'éjectèrent du véhicule. Louise et Bianchi pénétrèrent dans l'immense bâtisse et furent séchés sur place. Les deux agents d'accueil chargés de la fouille des sacs gisaient dans une mare de sang. Tout s'était déroulé en quelques fractions de seconde ; les policiers avaient quitté les lieux trois ou quatre minutes auparavant. Les deux flics saisirent aussitôt leur arme de service et s'engagèrent dans le grand escalier. Ils longèrent le mur, pistolet pointé vers le palier du premier étage. Ils marchaient le plus silencieusement possible. L'adrénaline et le stress aggravèrent les douleurs de Louise ; elle n'était clairement pas d'attaque et n'aurait jamais dû se trouver là, en pleine intervention. Les médecins l'avaient exhortée à garder la chambre. « Tête de pioche », comme disait tendrement sa mère, lorsqu'elle était gamine.

Aucun bruit n'émanait de l'étage.

Tout était-il déjà terminé ?

Bianchi jeta un œil vers le rez-de-chaussée, en se demandant ce que faisait Ceylac. Pourquoi n'était-il pas monté avec eux ?

*

Ceylac, au moment d'entrer dans le musée de l'Homme, aperçut une silhouette suspecte. Tandis que les visiteurs, saisis de panique, couraient en tous sens en hurlant, un homme vêtu d'un survêtement noir, capuche sur le front et visage invisible, se dirigeait d'un pas ferme vers un scooter garé à dix mètres de l'entrée. Il l'enfourcha et tira sur la bride de son sac en bandoulière, comme pour vérifier qu'il était bien arrimé. Puis il mit le contact et commença à rouler.

L'instinct du flic ne fit qu'un tour ; le gradé sauta dans le Scenic, enclencha la sirène et jeta le gyrophare sur le tableau de bord. Alerté, le scooter accéléra, roulant à même le trottoir dans le sens contraire du giratoire. Ceylac démarra en trombe et s'élança sur le rond-point à contresens, manquant s'emplâtrer une camionnette. Il prit le deux-roues en chasse sur la rue Benjamin-Franklin qui dévalait la colline de Chaillot en direction de la Seine. Avec les travaux, la voie était en sens unique – et en sens interdit depuis le Trocadéro ; le policier allait devoir naviguer non seulement à vive allure sur l'étroite chaussée pour ne pas se laisser distancer, mais aussi à contre-courant. Tout ce qu'il détestait.

*

Bianchi aperçut la nuque trempée de Louise. Elle suait anormalement ; elle était à deux doigts du malaise.

– Louise, souffla-t-il à voix basse, arrête ! Redescends ! Tu n'es pas en état ! C'est n'importe quoi !

Mais la jeune femme n'entendait rien. Le tumulte dans sa tête et son oreille gauche hors service l'empêchaient de percevoir des sons aussi faibles. Ce handicap lui faisait clairement courir un risque énorme en pleine action : pourrait-elle entendre un assaillant surgir près d'elle ? Aurait-elle le réflexe de se mettre en sécurité, voire de riposter, en état de légitime défense ?

Les deux policiers atteignirent le palier. Louise glissa une tête sur la gauche. Elle se concentra pour tenter de percevoir ce qui se tramait. L'Italien finit par passer devant, sans lui laisser le choix. Il se plaçait en première ligne et s'efforçait de protéger Vernay du mieux qu'il pouvait. À l'intérieur de l'imposante salle, plus rien ne bougeait. Le gardien qui, quelques minutes auparavant, s'était permis un regard accusateur à l'endroit de Louise, se trouvait étendu sur le ventre, inconscient. Bianchi s'agenouilla et lui tâta le pouls. Il palpitait encore ; nulle blessure n'était visible. Au loin, des sirènes bruissaient ; des renforts et sans doute des secours, alertés par la foule – et peut-être Ceylac –, s'apprêtaient à prendre les victimes en charge. Les deux policiers, dont un aux aptitudes nettement amoindries, avancèrent à pas feutrés, puis franchirent prudemment l'arche rectangulaire qui démarquait l'entrée de la galerie de l'Homme. Ils longèrent un présentoir farci de moulages rebutants de pièces anatomiques du corps humain : une oreille, comme arrachée de la tête, avec son extension interne ; un écorché de la jambe, garni de nerfs et de veines sanguinolentes ; une mâchoire en mode dentier, mais prélevée sur un vrai cadavre ; une cage thoracique… Et un cerveau de cire colorée, dont la légende précisait qu'il avait évolué pendant trois millions d'années, multipliant plis et replis pour « rentrer dans le crâne », et qu'il se trouvait doté de cent milliards de neurones. La dernière ligne précisait qu'il fonctionnait « à 100 % de ses capacités » chez l'homme. « Pas chez tout le monde », s'était exclamée Louise en passant devant, la première fois.

En face, une ample vitrine sans queue ni tête exposait pêle-mêle des oiseaux – dont un immense paon exhibant une superbe roue bigarrée –, des squelettes humains – mâle altier et frêle femelle côte à côte, pour bien souligner le « dimorphisme sexuel », des fois qu'on douterait encore de l'infériorité des femmes –, des singes dont il était difficile de dire s'ils étaient empaillés ou factices, ainsi qu'une collection de vrais crânes anormaux, par exemple en forme de ballon de rugby, dignes d'aliens scalpés. Plus loin, des squelettes de siamois reliés par le tronc, ainsi que des fœtus sous cloches, debout comme s'ils marchaient, complétaient le tableau. Le musée de l'Homme hésitait entre histoire naturelle et galerie des monstres.

Louise et Massimo se faufilèrent jusqu'à la vitrine dans laquelle reposait le crâne de Descartes. Mais le paysage avait radicalement changé. Le verre feuilleté avait explosé en d'innombrables morceaux, sans doute pulvérisé par une ou deux balles tirées à bout portant. Comme Louise le redoutait, la pièce à conviction qu'on lui avait refusée quelques minutes auparavant avait été dérobée.

– Tout ça pour ça, souffla-t-elle, médusée et désespérée.

L'une de ses pistes les plus sérieuses s'évanouissait devant ses yeux impuissants.

*

Le scooter slalomait entre les poubelles, les poteaux et les rares badauds qui avaient eu la mauvaise idée d'emprunter le trottoir. Derrière lui, le Scenic de Ceylac, sirène hurlante, tentait une course d'obstacles impossible. Des véhicules le bloquaient sans cesse en sens inverse et mettaient des siècles à s'écarter, la rue s'avérant de plus en plus étroite avec les travaux. À plusieurs reprises, l'officier avait manqué percuter de plein fouet des voitures moins réactives que les autres. Il était écarlate et s'agitait au volant, pestant sans qu'on l'entende à travers le pare-brise.

L'adrénaline ne cessait de le pousser à prendre des risques insensés pour ne jamais perdre la trace du suspect, dont Ceylac savait intimement qu'il était responsable de la panique semée au musée de l'Homme. Il n'osait imaginer la situation sur place ; peut-être un nouveau bain de sang. Il se doutait aussi que le crâne de Descartes avait été volé. Restait-il des complices dans le bâtiment ? Vernay et Bianchi étaient-ils en danger ? Et comment les assaillants avaient-il pu débarquer immédiatement après le départ des trois policiers ? Leur ennemi semblait informé, minute par minute, de ce que les enquêteurs fomentaient, même lorsqu'ils suivaient une piste parfaitement improvisée, comme c'était le cas ici.

La Renault ripa sur le bord du trottoir et fut légèrement déportée sur la droite. Ceylac perdit brièvement le contrôle de son véhicule. Au même instant, un cycliste remontait la rue Benjamin-Franklin et n'avait pas saisi la teneur de la course-poursuite périlleuse qui s'était engagée. Le Scenic télescopa le deux-roues en tentant de reprendre sa trajectoire. Le cycliste fut catapulté contre une Volkswagen garée le long du trottoir. Ceylac refusa de jeter un œil dans son rétroviseur. Le mal était fait ; il était plongé dans un cercle infernal, la pire situation possible pour cet homme rétif à toute forme d'action incontrôlable – et incontrôlée. Tout, dans son existence, était rangé à sa juste place. Rien ne dépassait, chez lui comme au Bastion. Son bureau était, de loin, le plus propre de la PJ. Organisation, préparation, et jamais d'improvisation. Tous ces beaux principes volaient en éclats, et plus les secondes s'écoulaient, moins il maîtrisait la situation. Tout lui échappait. Une énorme boule au ventre le tenaillait. Il hésitait entre une violente envie de vomir et l'instinct de survie. Il devait tenir la route, aux deux sens du terme.

Et puis la situation bascula. « Ne pas avoir de chance est une faute professionnelle », lui avait rabâché Marc Brunier, son ancien boss à la Crim.

Et la chance, en cet instant, lui sourit.

Le scooter dérapa pour une raison inconnue – peut-être une déjection canine bénie des dieux – et le suspect s'affala avec son engin. Ceylac pila au beau milieu de la rue et s'éjecta comme un diable sort de sa boîte. Il harponna son Sig spécial police et se précipita vers l'assaillant. Mais l'homme, d'évidence jeune et alerte, se releva aussitôt et se mit à courir.

– Arrête-toi ! Police !

Il répéta plusieurs fois « police », comme si ce mot magique suffisait à pétrifier le fuyard. En cet instant de stress intense, l'officier, pourtant hâbleur m'as-tu-vu toujours prêt à déclamer une citation de Voltaire ou de Victor Hugo, était comme tétanisé. Il n'avait rien d'intelligent, ni d'efficace, à dire. Soudain, le fugitif fit volte-face et se trouva nez à nez avec Ceylac.

Le flic, désarçonné, s'immobilisa. Il continuait de pointer son arme sur l'inconnu, dont les traits restaient occultés par son ample capuche. L'officier demeura figé pendant quelques secondes, qui paraissaient une éternité.

Ceylac avait toujours trop pensé. Trop raisonné.

L'autre en profita pour s'emparer de son arme de poing,

dissimulée sous la veste de son jogging. Une puissante détonation déchira le silence.

*

Louise, furax, donnait des coups de pied dans ce qui restait du présentoir réduit en miettes.

– Bordel de merde ! J'en étais sûre ! J'aurais dû l'exploser moi, la vitrine. Au moins j'aurais ce putain de crâne entre les mains !

– Calme-toi, Louise… Si tu avais fait une chose pareille, tu aurais immédiatement été débarquée de l'enquête. Sans parler d'une probable procédure disciplinaire.

Disant cela, Bianchi s'empara de son tube de Ventoline et inspira profondément deux bouffées. Le stress avait ravivé son asthme, comme d'habitude.

Ils formaient un sacré duo d'impotents.

Les yeux de l'enquêtrice étaient injectés de sang. Elle devait se calmer. Plus elle montait dans les tours, plus les douleurs lui fracassaient l'intérieur du crâne. Elle se tourna vers les amples fenêtres qui donnaient sur la Seine et la tour Eiffel. Mais entre les deux, une autre vitrine se dressait.

Elle était, elle aussi, en partie détruite. À l'origine, une quinzaine de cerveaux flottaient dans des bocaux de formol : des cervelles de volatiles à celle de l'éléphant, en passant par divers primates et même un dauphin siffleur. L'idée était de prêter quelque conscience à ces animaux, afin de ne pas réserver l'intelligence aux seuls *Homo sapiens*. Sur l'écritoire de gauche, il était même fait référence au « Je pense, donc je suis » de Descartes…

Louise s'approcha, pestant contre ces « foutus ciboulots qui se dressaient partout sur sa route ». Elle se sentait cernée par les boyaux de matière grise, quand ce n'étaient pas des crânes. Sa propre cervelle n'était pas au sommet de sa forme et se rappelait sans cesse à son bon souvenir. Si elle avait pu, là, l'ôter de sa boîte crânienne pour la déposer sur le présentoir, afin de l'échanger contre une en meilleur état, elle n'aurait pas hésité un instant.

À la seconde même où cette réflexion se formait dans son esprit, son regard buta sur l'une des étagères transparentes qui s'était maintenue dans la vitrine en partie détruite. Un cerveau sanguinolent reposait à même le plexiglas.

Louise fit deux pas en avant.

L'organe encore frais venait d'être déposé, c'était certain. Une sorte de gélatine l'enrobait encore, et une odeur de viande poivrée s'en exhalait. Il figurait au-dessus d'une étiquette désignant un orang-outang. La cervelle du grand singe était à terre, au beau milieu des débris, avec les restes de son bocal de formol. Quelqu'un avait jeté le récipient et l'avait remplacé par une vraie cervelle, fraîchement prélevée.

Une violente nausée s'empara de Vernay qui, cette fois, ne put se retenir.

*

Au moment où Ceylac fut violemment projeté en arrière par la puissance du tir, il pressa la détente – un réflexe plus qu'un acte délibéré. Une fraction de seconde plus tard, la balle de son Sig Sauer traversa la sacoche de l'assaillant et finit sa course dans sa cuisse droite. L'homme émit un râle de douleur et manqua de s'effondrer. Il réussit à se maintenir en s'agrippant au capot d'une voiture. Il ôta son sac et l'ouvrit avec peine.

C'était trop tard.

Le crâne de Descartes était pulvérisé. Il balança la sacoche sur le trottoir et s'efforça d'avancer à cloche-pied, sur sa seule jambe valide. Il contourna le véhicule et braqua un automobiliste qui arrivait du bas de la rue. Il l'obligea à ouvrir la portière, grimpa péniblement dans l'habitacle et força son otage à faire marche arrière – le Scenic de Ceylac barrait toujours la rue un peu plus haut.

Puis il réussit à s'évaporer, en tenant le conducteur sous la menace de son arme.

Rue Benjamin-Franklin, un homme gisait à terre, les bras écartés, comme le Christ en croix. Ses pupilles figées fixaient le ciel grisâtre et pollué de la capitale, avant de sombrer dans l'obscurité sidérale de l'Enfer.

Chapitre 24

Mardi 16 avril 2024, Paris, 9 h 35

– Vous êtes une irresponsable, Vernay !

La jeune femme se sentait cotonneuse, et tellement légère… Avait-elle fumé un spliff ? Aucune idée. Mais de quoi se souvenait-elle, vraiment ? L'instant d'avant, elle se trouvait au musée de l'Homme, au beau milieu de vitrines explosées. Et puis plus rien, comme après les événements de la Royal Society, à Londres.

– Bianchi a dû vous évacuer, en vous portant vers la sortie sans pouvoir assurer ses arrières. Rien n'était sécurisé !

Le patron de la Crim fulminait. Il sautillait sur ses talonnettes – il n'était guère crédible du haut de son mètre soixante-dix, quand la grande majorité de ses collègues le toisaient allègrement de dix à vingt centimètres.

– Les médecins vous avaient pourtant demandé de rester au repos. Calme absolu ! Vous n'étiez pas en état ! En plus, vous avez ruiné la scène de crime.

– J'ai quoi ?

– Vous avez gerbé partout, glapit le gradé avec dégoût.

Louise, interloquée, s'efforçait d'allumer sa mémoire. Elle avait repris ses esprits à l'infirmerie du Bastion, et personne ne l'avait affranchie. Les autres flics ne lui adressaient que des regards réprobateurs sans oser lui parler frontalement.

Grimaldi était particulièrement remonté. Il perdait son calme, lui qui gérait habituellement avec distance et sans affect. Louise se demandait quelle mouche le piquait ; elle était là, et ce n'étaient pas quelques vomissures qui…

– Vous vous rendez compte que j'aurais pu avoir deux fonctionnaires sur le carreau ?

Puis il s'affaissa sur son fauteuil, le regard perdu dans le vide. Louise commençait à percuter. Ce n'était pas *elle*, le problème.

– Comment ça, deux fonctionnaires ? Qu'est-ce qui s'est passé ?

L'image de Bianchi tiré comme un lapin tandis qu'il tentait, une fois de plus, de lui sauver la vie, inonda son esprit.

– Ne me dites pas que…

– Si, murmura Grimaldi, les poings serrés.

Une lame d'émotion reflua dans la poitrine de la jeune femme, et son cœur se mit à battre comme s'il tentait de briser les côtes et de s'évader de sa cage thoracique.

– Où… Où est-il ?

– En soins intensifs, à Georges-Pompidou.

Louise suffoquait. Décidément, elle n'était plus bonne à rien.

– Sa famille est auprès de lui, ajouta le gradé.

– Sa famille ? Sa famille est déjà arrivée d'Italie ?

Le patron planta un regard atterré dans celui de sa subalterne.

– Comment ça, d'Italie ? Ceylac est breton.

Louise expira profondément et ne put réprimer un sourire de soulagement.

– Eh bien, je vois que ça vous touche, ça fait plaisir.

Quand je pense que vous avez bossé avec lui, il y a de longues années… au 36… bravo…

– Attendez, je n'ai rien dit ! Je suis… je suis… sincèrement… comment va-t-il ?

– Comme un type à moitié canné, avec sa famille réunie en urgence au cas où elle le verrait pour la dernière fois.

Louise encaissa. Elle contrôlait mal ses émotions. Et si l'éclat de balle avait cheminé dans le cerveau, jusqu'à lacérer une zone sensible ? L'aire des affects, du contrôle de soi ?

– Je vais aller le voir, balbutia-t-elle.

Elle s'en voulait de ses simagrées, au moment où l'un des piliers de la Crim, plutôt conciliant avec elle depuis quelques jours, se trouvait entre la vie et la mort.

– Fort heureusement, son pare-balles lui a évité le pire.

– Ceylac se trimbalait avec un gilet ? Alors qu'on n'était pas en intervention, juste en visite de « courtoisie » ?

Elle lui avait certes trouvé un léger embonpoint, lors de leurs retrouvailles, mais à la quarantaine dépassée, tout pouvait arriver.

– Il l'avait toujours sur lui depuis les attentats de 2015. Vous savez, Ceylac est un homme très prudent.

– Alors, je ne comprends pas très bien… Pourquoi est-il…

– Il a été atteint par du 5,7 x 28 millimètres, sans doute tiré avec un pistolet Ruger.

Louise connaissait le calibre et les effets ravageurs de ses noyaux d'acier. Les assaillants pensaient peut-être que les épaisses vitres des présentoirs du musée de l'Homme étaient constituées de verre laminé blindé, si bien qu'ils s'étaient munis d'armes capables de les pulvériser.

– Le gilet a quand même bloqué le projectile, mais la plaque a été fortement déformée par la puissance de l'impact et s'est enfoncée dans la poitrine, comme un violent coup de poing en plein cœur. Ceylac s'est retrouvé en arrêt cardiorespiratoire.

Il a pu être ranimé sur place ; les secours étaient à proximité – ils convergeaient déjà vers le musée de l'Homme. Il a aussi quatre côtes fêlées et apparemment des séquelles au poumon. À ce stade, c'est un miraculé.

Louise souffla. Elle ne portait pas Ceylac dans son cœur, mais elle ne lui aurait évidemment jamais souhaité le pire.

Grimaldi se leva et arpenta son bureau, les mains nouées dans le dos.

– Qu'est-ce que je vais faire de vous, Vernay ? Vous n'obéissez à rien, ni personne. En plus, partout où vous passez, c'est un tsunami : Rome, Londres, maintenant le musée de l'Homme… Comme si ces terroristes vous ciblaient, vous, et vous piégeaient pour commettre leurs atrocités.

– Mais c'est tout le contraire, se défendit l'enquêtrice. Je pense avoir découvert la logique de ces tarés qui nous narguent. Je suis dans leurs pas, je les piste. C'est moi qui les traque, pas l'inverse.

– C'est ce qu'on va voir, bredouilla Grimaldi sur un ton mystérieux.

Il saisit son poste fixe et pressa une touche.

– Faites-le entrer.

L'instant d'après, un trentenaire dégingandé pénétra dans le bureau du taulier.

– Vous vous connaissez, je crois.

Louise haussa les sourcils.

– Arthur ? Qu'est-ce que tu fous ici ?

Arthur Leclerc était l'un des geeks de Viginum, la cellule de lutte contre les attaques numériques initiées depuis l'étranger. Elle avait dû fréquenter le service pendant près de deux ans en guise de Purgatoire, de retour de Lyon. Grimaldi, le patron de la Crim, l'en avait justement sortie quelques jours plus tôt – nul doute qu'il regrettait amèrement sa décision.

– Vernay, veuillez remettre votre téléphone mobile à M. Leclerc.

Louise fit un pas en arrière, la main sur la crosse de son SP 2022. L'adolescent dévitalisé, proche du radis blanc, se mit à trembloter. Il connaissait la « furie ». Sa réputation l'avait précédée, lors de son intégration dans le service, lequel évoluait aux antipodes des enquêtes musclées de la PJ. Tandis que Vernay s'embrasait dans le monde réel, prenant mille risques jusqu'au bout du monde, Arthur Leclerc se planquait dans son cagibi, derrière ses écrans, et se contentait de projeter ses avatars dans le métavers des grandes puissances.

– Louise, ne faites pas l'enfant, donnez votre téléphone. C'est pour votre bien. Et puis c'est un ordre ! Sinon, je vous renvoie là-bas, avec Leclerc et les autres.

L'enquêtrice, furibonde, finit par balancer son smartphone vers le gamin, qui l'attrapa maladroitement.

– Et vous allez en faire quoi ?

– Contrairement à ce que vous affirmez, nous pensons que vous êtes traquée. Au sens numérique. On a déjà analysé votre ligne, mais on n'a rien trouvé. On vous a mise sur écoute…

Louise s'étrangla.

– … mais on n'a rien décelé. Maintenant, il faut décortiquer l'appareil. Il doit disposer d'un tracker très sophistiqué, presque indécelable. Peut-être développé par une puissance étrangère. On va rentrer dans les entrailles de la machine, analyser le moindre composant.

– Ils ont sans doute implanté un super *spyware*, un logiciel espion, siffla le geek.

– Et si vous ne trouvez rien ?

– Alors je suppose qu'on vous accusera de haute trahison ? Vous êtes impliquée dans cette affaire depuis le début. Dans ce bureau, ici même, je vous ai convoquée il y a une douzaine de jours parce que vous étiez témoin principale du premier meurtre – ou plus exactement, avant même qu'il ne décède. Et vous avez assisté à son calvaire, dans l'IRM. Et depuis…

– Oui, oui, je sais. Et si c'était simplement mon instinct ? J'ai toujours suivi les bonnes pistes.

– Votre instinct ? C'est votre instinct qui vous a guidée jusqu'à Londres, pile au moment de l'opération de Westminster Abbey ? Ne me prenez pas pour un con. Je suis au courant de tout. Je sais très bien qu'aucun tonton ne vous a rancardée.

Louise rougit. Pouvait-elle confier au commissaire général Grimaldi, assis en face d'elle, qu'elle avait été affranchie par un précog végétatif, au sein d'un service dédié aux comas de longue durée ? Pouvait-elle épaissir encore l'aura de folie déjantée qui la nimbait ? La jeune femme décida de changer de sujet.

– Et le crâne de Descartes ?

– En miettes.

Le cœur de Louise manqua un battement. Vogel était sans doute condamné.

– Par chance, les débris sont restés rassemblés dans une sacoche que l'IJ passe au peigne fin. Ils ont bon espoir de trouver des empreintes exploitables. Et on a aussi de belles traces de sang, l'assaillant a été blessé. Cette fois, on tient du concret.

– Le vrai problème, c'est le crâne : je suis certaine qu'il comporte un code, quelque chose que Vogel a laissé pour aider à le retrouver en cas de problème. C'est le sens de ses derniers mots, confiés au Dr Livingstone à Londres, avant qu'il ne disparaisse.

– Livingstone ? Celui qui s'est fait trouer comme une passoire, juste à côté de vous ?

Louise déglutit. Son oreille la lança brutalement et, par réflexe, elle posa sa main sur son pansement.

– Les débris sont entre les mains des paléoanthropologues du Muséum. Ils ont aussi fait appel au Dr Philippe Charlier, qui, si j'ai bien compris, avait récemment modélisé le crâne en 3D. Ensemble, ils devraient réussir à le reconstituer.

Louise reprit espoir ; son teint diaphane se pigmenta de rares couleurs.

– Mais ça va nécessiter pas mal de temps. Et nous n'aurons accès à rien. L'affaire prend une tournure politique. C'est l'une des reliques les plus précieuses de l'histoire de France. Au mieux, ils nous adresseront des clichés haute résolution du crâne quand il sera recollé.

Louise se rembrunit. Pendant ce temps, Alban Vogel se trouvait à la merci des commandos les plus féroces et déterminés qu'elle eût jamais connus.

– Et le cerveau tout frais déposé dans la vitrine ? Vous en pensez quoi ? relança Grimaldi.

– Un cerveau ? Quel cerveau ?

– Vous perdez salement la mémoire, Vernay. Si j'étais vous, je retournerais consulter. Sérieusement. Votre oreille arrachée et votre morceau de balle dans le crâne ont sans doute provoqué un traumatisme plus important qu'il n'y paraît.

Le boss semblait sincèrement préoccupé.

Louise, elle, s'efforçait de garder son calme mais fulminait intérieurement contre le toubib qui s'était permis de raconter sa vie à sa hiérarchie. Vive le serment d'Hippocrate, le sacro-saint secret médical et *tutti quanti*…

– Quel cerveau ? insista la jeune femme.

– On l'a retrouvé en face du présentoir du crâne de Descartes, dans une autre vitrine explosée, laquelle abritait toutes sortes de cervelles – animales et humaines. L'une d'elles a été jetée et on en a mis une toute fraîche à la place. Le légiste dit qu'elle avait été prélevée quelques heures auparavant.

– Il y avait une lamelle à l'intérieur, j'imagine ?

– Absolument. Logée au niveau de…

Grimaldi consulta ses notes, ce qui n'était pas fréquent.

– … l'épiphyse. Un noyau cérébral aussi connu comme…

– La glande pinéale, ou « le troisième œil », souffla l'enquêtrice.

Le gradé ne broncha même pas. Plus rien ne l'étonnait. Vernay semblait définitivement tout connaître de l'affaire avant tout le monde. Le moins qu'on pût dire, c'est que, traquée ou non, elle était entrée en résonance absolue avec son enquête.

– Et le message ? C'est le même qu'à Westminster Abbey ?

– Exact. « La tête d'or de la sœur de Cerbère vaincra les imposteurs en les noyant dans le Phlégéthon. À commencer par les adorateurs de l'église Saint-Pierre. » Vous aviez commencé à tenter de le décrypter, à Londres ?

– Un peu. Cerbère, c'est le gardien des Enfers. On reste dans l'univers du texte de Dante. Et sa sœur, c'est l'hydre de Lerne, une créature mythologique qui possédait neuf têtes.

– Comme les neuf cercles de l'Enfer…

– Oui, et en faisant allusion à neuf têtes, comme neuf cerveaux, ou neuf crânes, les auteurs de ces « rébus » macabres entretiennent un parallélisme, pour ne pas dire une confusion permanente entre cerveaux et cercles de *L'Enfer*. Les chiffres, qu'on retrouve au verso des lamelles, s'inscrivent par exemple dans un cercle qui épouse exactement les lignes de l'organe vu en coupe. Ensuite, à l'intérieur du cerveau, on peut retrouver neuf zones, neuf « cercles » si on veut.

Louise s'empara de son calepin et le feuilleta jusqu'aux notes rédigées lors de son avant-dernière visite à Liège, au Coma Science Group. Les hypothèses de Maria Calvino, la neurologue qui codirigeait le service et veillait sur son frère, l'avaient profondément marquée.

– Voilà. On compte huit lobes principaux, quatre dans chaque hémisphère cérébral : lobes pariétaux, frontaux, occipitaux, etc. Pour moi, ils s'apparentent aux huit premiers cercles.

– Et le neuvième, le plus profond ? Celui censé représenter l'antre du Diable en personne, la maison de Satan, d'après Dante ? C'est le plus important, n'est-ce pas ? Dans l'un des messages, il est d'ailleurs spécifiquement visé comme un véritable lieu de torture pour les victimes : « Le pécheur retrouvera le dieu des Enfers dans le neuvième cercle de glace, et périra dans d'atroces souffrances. »

– Eh bien… Il existe une zone enfouie dans le cerveau, un peu mystérieuse. L'une des plus anciennes formations, héritées d'une lointaine évolution, et qu'on partage avec les reptiles et les poissons. Cette zone est appelée « système limbique » par les neuroscientifiques.

Louise avait nettement approfondi la question, depuis son échange avec Maria Calvino. Elle tourna plusieurs pages, jusqu'à des notes plus récentes.

– Ce système englobe des noyaux situés à la base du cortex, voire sous le cortex, qui gèrent nos émotions, la mémoire, l'olfaction. Le système de la récompense aussi, ce qui peut nous donner du plaisir ou nous rendre très addicts. En gros, pendant que la matière grise, au-dessus, gère nos fonctions supérieures, comme la pensée, ce territoire souterrain, enfoui, gère nos pulsions, nos affects, certains de nos sens les plus anciens. Et on peut imaginer qu'il puisse y avoir une sorte de bras de fer entre le haut, la raison, et le bas, nos émotions, nos passions. Le dessus s'oppose au dessous. Comme chez Dante.

Grimaldi s'était penché en avant et semblait fasciné par l'interprétation de Louise.

– Vous voulez dire, comme entre le Paradis, dans le ciel, et l'Enfer, sous terre ? Dieu, au firmament, et le Diable, dans les profondeurs obscures ?

– Vous ne croyez pas si bien dire. J'ai appris que c'est un certain Paul Broca qui a défini cette zone sombre, ce cerveau du dessous. Et c'est lui qui l'a baptisé « limbique ». Or, j'ignore s'il l'a fait sciemment, mais les *limbes*, dans la religion catholique, ont un sens très précis : elles désignent un état de l'au-delà situé aux marges de l'Enfer.

Le patron de la Crim demeura bouche bée.

– Vous êtes en train de me dire qu'on a, depuis longtemps, caractérisé une zone de notre cerveau en lien avec l'Enfer ?

– Absolument. Et je pense que la bande de tarés qui nous nargue n'a rien inventé. Ils reprennent une vieille idée, qui circule sans doute dans certains milieux mystiques, selon laquelle nous possédons en nous le Bien – au-dessus – et le Mal – au-dessous –, en lutte étroite. Et ce n'est pas un hasard si la lamelle retrouvée chez Eyrolles du CEA a été introduite par le nez, avant de déchirer des noyaux du système limbique en droite ligne derrière nos narines. De même, l'autopsie a révélé que les ganglions sous-corticaux de Luigi Lombardo, le mafieux décérébré à Rome, avaient été retirés…

– Et… j'imagine que l'épiphyse, cette fameuse glande dans laquelle on vient de retrouver une nouvelle lamelle, fait aussi partie des limbes ?

– Affirmatif. Je pense que les commanditaires de tous ces meurtres, et des profanations, dénoncent les instincts les plus sombres qui régissent notre cerveau du dessous et nous poussent parfois à perpétrer les crimes les plus sordides. Ceux qui ont été visés avaient sans doute commis des péchés qui méritaient l'Enfer. Leur âme était destinée à moisir dans l'un des cercles en relation avec leurs crimes : Eyrolles, du CEA, au cercle numéro 6, celui des hérétiques, sans doute parce qu'il jouait avec le feu nucléaire. Or, s'arroger le « feu sacré » dévolu à Dieu, comme Prométhée qui l'a volé à Zeus, c'est un crime de lèse-majesté, une hérésie, au sens littéral. Logique aussi que Lombardo, parrain de la 'Ndrangheta, atterrisse au cercle numéro 7, celui de la violence, avec son pedigree sanglant. Et enfin, notre « Darwin » dont nous n'avons que le cerveau, est renvoyé au cercle numéro 8, dixième bolge, c'est-à-dire l'antre des alchimistes et des faussaires. Peut-être parce qu'il a falsifié ses résultats, ou commis une erreur scientifique grave.

– Et donc, leur âme, à tous, serait damnée…

– Oui, cette fameuse âme censée reposer dans le « troisième œil », l'épiphyse, la glande pinéale, n'a pas pu franchir les « limbes » du cerveau du bas ; elle reste bloquée aux portes de l'Enfer et va sans doute bientôt y brûler. C'est en tout cas ce qu'ils semblent vouloir nous dire.

– Mais quel est le lien entre tous ces hommes dont le cerveau est soit torturé, soit réduit en bouillie, soit tout simplement prélevé ?

– Pour moi, ils se connaissaient tous et jouaient un rôle précis, dans le cadre d'une opération, ou d'une organisation. Ils sont sans doute neuf, comme les neuf tentacules de la pieuvre, ou les neuf têtes de l'hydre de Lerne, la sœur de Cerbère, ou les cercles de l'Enfer, ou encore les neuf zones du cerveau – ce qui expliquerait la signature *Gyrum Novem*. Ils tombent les uns après les autres, et on nous livre leur cerveau plus ou moins martyrisé.

– Il en resterait donc encore six, si je vous suis…

– Je le crains.

Un silence de mort s'abattit dans le bureau froid et impersonnel du patron. À l'extérieur, derrière les vitrages blindés insonorisés, la vie continuait. Mais ici, à l'intérieur, le temps avait suspendu son vol, l'espace d'un instant glaçant.

L'enquête allait donc s'enliser, et durer des mois. Dans quels pays allaient-ils désormais frapper ? L'Espagne ? L'Allemagne ? Allaient-ils faire le tour de l'Europe ? Et quelles cibles allaient encore subir leurs foudres insensées ? Grimaldi s'était enfoncé dans le dossier rembourré de son siège ergonomique, le regard au plafond. Puis, après ces quelques secondes de recueillement, il reprit le fil de la discussion.

– Et pourquoi chaque crime est-il relié à une personnalité illustre dont on profane le tombeau ?

– Sans doute parce qu'ils entrent en résonance : Marie Curie et Eyrolles, du CEA, sont liés par l'atome. Lombardo, à Rome, et Dante sont liés par la Violence que dénonce le poète italien dans son texte. Le passé rejoint le présent, un peu comme le haut rejoint le bas. Tout est cyclique, tout n'est qu'un éternel recommencement.

– Et Vogel ? Comment avez-vous fait le lien avec la profanation du tombeau de Darwin à Westminster Abbey ?

– Vogel est un éminent naturaliste, comme Darwin, et il est très respecté par ses pairs. Il a même visité tous les pays du monde pour ses recherches. Il était justement à Londres pour une conférence à la Royal Society, et cela en faisait une cible idéale.

Grimaldi se massa le menton, perplexe.

– Ils auraient pu choisir n'importe quel grand chercheur britannique… En France, ils ont assassiné un Français. En Italie, un Italien… En plus, Vogel est lié à chaque scène de crime : un de ses labos se trouve sur la route des commandos qui se sont infiltrés sous le Panthéon ; à Rome, si j'ai bien lu votre rapport, il se trouvait tout près au moment du meurtre de Lombardo. Et maintenant, à Londres… N'est-il pas plutôt le commanditaire de toute l'affaire ? Lorsqu'il vous a vue à la Royal Society, il se sera enfui en n'hésitant pas à ouvrir le feu sur vous, Ceylac et Bianchi.

Louise comprenait les doutes légitimes de son supérieur. Elle nourrissait les mêmes. Pourtant, quelque chose lui susurrait que le scientifique n'était pas l'instigateur, mais bien la victime. Ou peut-être les deux en même temps... Et si l'organisation se délitait de l'intérieur ? Qu'une opération « mains propres » interne au Gyrum Novem éliminait les membres les uns après les autres ? Une guerre de succession ?

– Et vous avez décrypté autre chose dans le dernier message ? La tête d'or, dans « la tête d'or de la sœur de Cerbère vaincra les imposteurs en les noyant dans le Phlégéthon », ça désigne quoi, selon vous ?

– Difficile à dire. Peut-être le membre le plus éminent de cette officine à neuf têtes. Vous savez, beaucoup d'indices convergent vers cette idée de pieuvre, dotée d'une tête centrale, aux commandes, et de « cerveaux périphériques » qui équipent les tentacules, comme autant de bras armés, qui mèneraient les opérations commando partout en Europe par exemple. Et justement, dans le bureau de Vogel, on a retrouvé d'étranges créatures qui ressemblent à ces « pieuvres », mais végétatives.

– Quelles créatures ?

Louise jeta un regard rapide à son petit carnet de notes.

– Des « blobs ». Et leur nom savant, c'est... *Physarum polycephalum*. Or, ça veut dire « qui possède plusieurs têtes ». Et au centre de l'organisme gélatineux qui projette ses tentacules filandreux, il y a justement une tête d'un étonnant jaune fluo...

– Jaune fluo ? Alors ce serait ça, la tête d'or ?

– En tout cas, ça a sûrement un lien. Et ça prouve aussi la connexion de Vogel avec cette organisation. Les points communs sont énormes. Ce sont des indices placés sur notre route pour tisser des liens évidents. Maintenant, il reste à savoir qui veut nous mettre absolument sur la piste de Vogel, et pourquoi. Comme vous dites, est-il à la manœuvre, ou bien est-il montré du doigt pour détourner notre attention ?

Grimaldi se dressa et se posta devant sa fenêtre, le regard fixé vers la ligne d'horizon.

– Donc tout passe par lui. Il faut absolument le retrouver. À condition qu'il soit encore vivant.

Louise se mordilla les lèvres.

– Justement… Le cerveau retrouvé au musée de l'Homme, vous avez demandé une analyse ADN ?

– Elle est en cours. On attend le coup de fil du labo.

– Et… vous avez récupéré l'ADN de Vogel ?

– Ça, c'est plus compliqué. Belaïd et Mascret, qui ont mené la perquise de son domicile avec l'IJ, m'ont dit qu'ils n'avaient rien pu récupérer. Même pas un cheveu, que dalle. Apparemment, il ne met plus les pieds chez lui depuis des lustres ; il passe sa vie à l'étranger. Sa femme de ménage passe quand même toutes les semaines, et elle est efficace. Un peu trop, malheureusement. Il faudrait voir avec les Anglais s'ils peuvent trouver quelque chose dans la chambre qu'il a occupée à Londres avant d'être enlevé, mais s'il était à l'hôtel, il y a neuf chances sur dix qu'ils aient tout récuré puis reloué la piaule.

Le commissaire général pivota et fixa l'enquêtrice.

– On a tous la même inquiétude, Vernay. Qu'il soit trop tard. Et qu'on ne réussisse jamais à remonter la filière.

À cet instant, il était plus que probable qu'Alban Vogel avait été lui aussi victime des « décapsuleurs ». La mise en scène, les victimes collatérales, les messages codés : la folie des commanditaires paraissait sans limite. Mais où voulaient-ils en venir, à la fin ? L'affaire commençait à rendre Louise complètement dingue et, dans son sillage, une bonne partie de la Crim, jusqu'aux flics de la Catturandi à Rome – dont Bianchi – et ceux de Scotland Yard, à Londres.

– Une dernière chose. Je reviens sur ce message mystérieux retrouvé dans la tombe de Darwin et dans le cerveau du musée de l'Homme. La fin précise que les imposteurs seront noyés, à commencer par « les adorateurs de l'église Saint-Pierre ». On parle de la basilique Saint-Pierre à Rome ?

– Je ne crois pas, non. On a appris que Westminster Abbey s'appelait, en réalité, l'église collégiale Saint-Pierre. Elle a été érigée en hommage à l'apôtre Pierre.

– Comme la basilique de Rome, insista Grimaldi. Si jamais cette affaire déborde sur le Vatican, nous courons à la catastrophe.

Vernay balaya l'allusion d'un revers de main. Pour elle, rien ne pouvait attester une telle hypothèse. Le tombeau de Darwin avait été profané dans l'église Saint-Pierre de Londres – désormais Westminster Abbey – et il était logique, rationnel, que le message désignât cette même église.

Mais depuis quand, dans cette affaire, la raison s'imposait-elle ? Louise avait de l'instinct, du flair.

Mais elle n'était pas infaillible, surtout depuis sa blessure.

L'évidence, devant ses yeux, pouvait aussi lui échapper. Et lui faire commettre les pires erreurs.

Chapitre 25

Mercredi 17 avril 2024, Rome, 7 h 46

La veille au soir, tandis qu'il reprenait ses esprits après les événements du musée de l'Homme, Massimo Bianchi avait reçu un appel inespéré de Rome. Le chef de sa section d'élite lui apportait la nouvelle dont il rêvait depuis des jours.

– Rizzo veut te parler. Apparemment, il a dit au commandant de Rebibbia qu'il acceptait ton marché. Alors radine-toi dare-dare. Le tourisme, les petites Parisiennes, la tour Eiffel, tout ça, c'est fini.

Bianchi avait grommelé. Il venait de sortir sa collègue française – une fois de plus – d'une mauvaise passe. Son supérieur n'était au courant de rien, mais ce n'était certainement pas le moment de lui faire un rapport circonstancié.

À cette heure tardive, le dernier vol pour Rome était déjà parti. Bianchi s'était donc engouffré dans le premier avion, ce mercredi vers 6 heures du matin.

À son arrivée, une Alfa Romeo banalisée l'attendait sur le tarmac, moteur vrombissant. Il fonça aussitôt vers l'imposante cité carcérale.

Mateo Conti, le commandant de la police pénitentiaire, l'attendait en personne dans le bâtiment d'accueil, la mine blême.

– Je suis désolé, mais vous arrivez trop tard.

Bianchi manqua s'étrangler.

– Trop tard pour quoi ? Il a changé d'avis ?

Le gradé hésita un instant, la gorge nouée.

– Rizzo s'est donné la mort cette nuit. On l'a retrouvé inconscient il y a environ une heure.

L'Italien écarquilla les paupières.

– Vous plaisantez ? Un 41-bis qui se suicide ? Mais c'est du grand n'importe quoi ! C'est tout bonnement impossible, avec le régime que vous leur infligez !

Le commandant du pénitencier se rengorgea.

– Mesurez vos paroles, Bianchi. Vous n'avez aucune autorité, ici. Je n'ai pas annulé votre venue, alors qu'il n'y a plus aucune raison de vous recevoir. Si vous commencez à vociférer, vous sortez.

Il prit sur lui et articula le plus posément possible :

– Je vous en remercie. J'aimerais voir sa cellule.

– Suivez-moi.

Contrairement à sa précédente visite, le policier ne subit nulle fouille, ni contrôle. La situation exceptionnelle lui ouvrait les portes du pénitencier. Il traversa la cour et les bâtiments des « longues peines » à vive allure. Autour de lui, les prisonniers lourdement condamnés l'observaient comme une bête curieuse. La rumeur s'était rapidement répandue, et chacun guettait le moindre va-et-vient depuis sa cellule. Un suicide au fin fond des geôles les plus obscures et protégées de Rebibbia : une première.

Bianchi pénétra dans le quartier réservé, tout près du parloir dans lequel il avait pu mener son interrogatoire. Mais il dut s'enfoncer encore plus loin, dans un étroit couloir, détaché des cellules des 41-bis standard.

– On va où ?

– Dans la section réglementée.

– Et, c'est quoi, la « section réglementée » ?

– La zone la plus dure. Les conditions sont encore plus strictes.

Bianchi haussa les sourcils. Comment pouvait-on faire pire que le régime 41-bis à l'effroyable réputation ?

Conti s'immobilisa devant une porte entrouverte. La carrure imposante du commandant de la police pénitentiaire empêchait de voir quoi que ce soit à l'intérieur. Il semblait hésiter. Était-ce vraiment une bonne idée de laisser le loup entrer dans la bergerie ? Il fallait pourtant confirmer la thèse du suicide, afin d'éviter qu'un scandale n'entachât la probité du personnel du célèbre centre pénitentiaire. Bianchi tenta d'apercevoir l'intérieur du mitard. Conti finit par s'écarter.

La pièce, un mètre cinquante de large sur deux mètres cinquante de long, ne possédait qu'une minuscule table, une couchette rétractable, une étagère et un WC sans abattant. En l'absence de fenêtre, aucun rai de lumière naturelle ne pouvait atteindre l'antre sordide. Seul un soupirail laissait circuler un peu d'air. Bianchi ressentit aussitôt une impression d'étouffement et, par réflexe, il saisit son tube de Ventoline. Il hésita à l'utiliser ; cette faiblesse pouvait lui nuire. Il devait paraître solide comme un roc ; n'était-il pas l'un des officiers les plus en vue de la Catturandi ? Il s'efforça de masquer les faibles sifflements qui commençaient de s'évader de ses bronchioles.

– C'est vraiment un trou à rats. Comment pouvez-vous maintenir des êtres humains pendant des années dans des cachots pareils ? Aveugles, exigus… Et qui plus est, vingt-deux heures sur vingt-quatre !

– Je ne pense pas que ce soit le moment d'en débattre. Et ces « humains », comme vous dites, sont plus proches des rats, justement. Ils ont tous commis les crimes les plus sordides. Dont Giuseppe Rizzo. C'était l'un des parrains de la 'Ndrangheta, je vous rappelle.

– Ce n'est pas une raison pour leur infliger des traitements inhumains. Autant rétablir la peine de mort, à ce compte-là.

– Je suis bien d'accord. Voulez-vous solliciter une audience auprès de la présidente du Conseil ? Ou peut-être, de Sergio Mattarella, le président de la République ?

Bianchi ignora la remarque acerbe et examina la cellule. Des traces de sang frais maculaient les draps miteux et le sol poussiéreux, au pied de la couchette.

– Vous avez déjà évacué le corps ?

– Le médecin légiste[14] attaché à l'établissement s'est déplacé dès que l'alerte a été donnée. Il a conclu au suicide. Le corps a été transféré à l'institut médico-légal.

– Et comment se serait-il donné la mort ? Les 41-bis n'ont rien, et j'imagine que, dans cette zone « réglementée », ils ont moins que rien…

– On a retrouvé une petite lame de cutter. On ignore comment il a pu se la procurer. J'ai ordonné une enquête. Il s'est tailladé les veines, sans doute dans la soirée. Il s'est vidé de son sang toute la nuit, selon le doc. Quand on a réveillé tout le monde, à 6 heures, comme chaque matin, il était déjà trop tard. Il ne respirait plus.

– Qui l'a découvert ?

– Paolo Romero, l'un de mes sous-officiers, qui était chargé du réveil.

– Je pourrais lui parler ?

Conti hésita. Il était traversé par un dilemme : ne rien laisser filtrer attirerait forcément l'attention, et la Catturandi remuerait terre et ciel, en faisant le siège du procureur, afin d'obtenir une enquête approfondie. Les projecteurs allaient tous être braqués sur Rebibbia. Alors qu'en coopérant dès à présent, il était encore possible de désamorcer cet imbroglio désastreux.

Finalement, le commandant tourna les talons et disparut dans l'obscur couloir sordide.

Bianchi s'avança. On pouvait faire le tour de la cellule en trois secondes. Comment les condamnés pouvaient-ils rester ainsi terrés pendant des dizaines d'années ? L'âpreté de ces conditions, les pires de toutes les nations démocratiques, visait à soutirer des aveux, ou des repentirs. Bianchi en avait tiré profit à bien des reprises, dans ses enquêtes contre la mafia ; il était mal placé pour dénoncer le système, même si, intimement, cette situation violait ses convictions humanistes.

– Voici le chef adjoint Paolo Romero.

Bianchi, absorbé par l'étagère étrangement vide de la cellule, sursauta.

– Ah... *Buon giorno*. Pouvez-vous me dire précisément ce que vous avez fait ce matin, jusqu'au moment où vous avez retrouvé Rizzo inconscient ?

Romero jeta un coup d'œil à son supérieur, pour recueillir son assentiment. Conti acquiesça discrètement.

– Comme tout le reste de la semaine, j'étais chargé du réveil. Ici, dans la zone réglementée, on lève les prisonniers à 6 heures précises, l'un après l'autre. J'ai commencé par les deux premières cellules ; j'ai ouvert la porte extérieure, et puis j'ai passé la matraque le long des barreaux de la porte intérieure, pour vérifier qu'ils ne les avaient pas sciés pendant la nuit.

Bianchi leva les yeux au ciel. Comme si les prisonniers qui ne disposaient même pas d'un cure-dents pouvaient sectionner des tiges d'acier renforcé !

– Ensuite, je leur ai restitué les objets récupérés la veille.

– C'est-à-dire ? Je ne comprends pas...

– En 41-bis renforcé, les détenus n'ont pas le droit de conserver quoi que ce soit, pendant la nuit. Ils ont parfois un réchaud, un coupe-ongles, des livres, diverses babioles...

– Vous confisquez tout ?
– C'est le règlement.
L'officier de la Catturandi déglutit. C'était encore pire que ce qu'il imaginait.
– Et ensuite ?
– Ensuite, j'ai procédé à la fouille corporelle.
– Tous les matins ? Alors qu'ils n'ont rien dans leur cellule ? Qu'ils sont seuls, à l'isolement total ?
– C'est le règlement.
Bianchi sentit poindre une sourde colère. Bien sûr, les 41-bis n'étaient pas des enfants de chœur, mais le détail de leur traitement spécial le dégoûtait chaque instant davantage.
– Et après ?
– Après, quand tout est en ordre, ils ont le droit de sortir prendre l'air pendant une heure, deux par deux maximum. Chaque matin, dans la cour réservée.
– Une heure dehors, à 6 heures du matin ? Même l'hiver ?
– C'est le…
– Oui, je sais ! C'est le règlement ! J'ai compris ! Et si on vous disait de les sodomiser tous les matins, vous le feriez ?
Le gardien, stupéfait, se tourna vers le commandant du pénitencier qui n'avait manqué aucune miette de l'interrogatoire.
– Bianchi, encore un mot de travers, et je vous jette dehors. Et comptez sur moi pour vous griller à vie, vous ne remettrez plus jamais les pieds à Rebibbia.
L'officier s'efforça de retrouver son calme. Il respira profondément et ne put réprimer les sifflets qui s'exfiltraient de ses bronches. S'emparant de son vasodilatateur, il inspira deux bouffées salvatrices. Le flic reprit son souffle – et son interrogatoire.
– Donc, vous avez fait sortir les deux premiers prisonniers, et ensuite ?

– C'est mon collègue Romano qui a emmené les deux premiers détenus. Et moi, j'ai enchaîné avec la cellule de Rizzo. Mais quand j'ai ouvert la porte en acier, j'ai tout de suite aperçu une mare de sang à travers les barreaux. Sur les draps, et par terre. J'ai immédiatement donné l'alerte.

– Vous êtes entré ? Je veux dire, avant que le médecin se déplace ?

– Oui, j'ai voulu vérifier s'il vivait encore. Pour le réanimer, éventuellement… On est tous formés aux soins de premiers secours.

– Et alors ?

– Il ne respirait plus du tout. Il était livide. Quand le légiste est arrivé, il a confirmé le décès et nous a dit qu'il était mort depuis au moins deux ou trois heures. Il a dû se vider de son sang toute la nuit…

– Mais comment est-ce possible ? Vous me dites que vous confisquez tous les objets, chaque soir. Comment a-t-il pu se procurer une lame de cutter ?

– Je l'ignore. Le commandant diligente une enquête, et nous sommes chargés d'interroger les autres prisonniers, mais aussi tout personnel en interaction, même lointaine, avec la section réglementée, comme aux cuisines.

– Et la lame, où est-elle ?

– Je l'ai récupérée, intervint Conti. Elle est dans une enveloppe, dans mon bureau.

– Il faut relever les empreintes.

– Pour quoi faire ? C'est un suicide… Le médecin l'a dit, insista le gradé. Il est légiste, il sait de quoi il parle ! De toute manière, Romero l'a récupérée à mains nues et l'a essuyée, parce qu'elle était poisseuse et qu'elle lui glissait des doigts. N'est-ce pas, Romero ?

Le sous-fifre, l'air ahuri, finit par acquiescer, sans grande conviction.

Bianchi, fulminant, fit deux pas dans le mitard pour s'efforcer de garder son calme. Ces abrutis ont tout fait de travers, songea-t-il. L'avaient-ils fait exprès ? Car la seule question qui s'imposait, à ce stade, était celle de l'implication de la police de Rebibbia – du moins, de certains de ses agents : avaient-ils joué un rôle dans la mort de Rizzo ? Compte tenu des conditions de détention, le seul fait de posséder une lame acérée laissait supposer, *a minima*, une complicité interne.

– Comment expliquez-vous que Rizzo, alors qu'il était décidé à négocier de meilleures conditions de détention, ce qui constituait pour lui une énorme bouffée d'oxygène, se suicide, d'un coup d'un seul ? Vous ne trouvez pas ça étrange ? Vous ne pensez pas qu'on l'a un peu aidé ?

Conti feignit l'outrage.

– Qu'insinuez-vous, Bianchi ? Que quelqu'un l'aurait assassiné ? Ici, dans ce quartier surprotégé et sursécurisé ? C'est tout bonnement impossible. Les 41-bis ne voient absolument personne, à part, de temps en temps, un autre prisonnier avec lequel ils font la promenade du matin. Rizzo, lui, sortait tout seul.

– Pourquoi ? Il était encore plus puni que les autres ?

– Non, on alterne les cycles de solitude intégrale avec des périodes à deux. En zone 41-bis non réglementée, ils peuvent être jusqu'à trois. Mais ici, c'est seul ou deux maximum.

– Et le reste de la journée, Rizzo ne voyait personne d'autre non plus ?

– Non. Après sa sortie au grand air, il retournait dans sa cellule. Vers midi, on lui donnait son plateau-repas, puis il avait une nouvelle sortie d'une heure, mais cette fois en intérieur, dans un salon réservé. Et entièrement seul. Il passait son temps à lire. Ensuite, retour en cellule. Puis c'est le repas du soir, vers 17 heures, après quoi on lui reprenait tout ce qu'il avait, dont ses bouquins. Enfin, à 19 heures, extinction des feux, jusqu'au lendemain matin.

– 19 heures ? Il restait dans le noir complet pendant onze heures tous les jours ?

Conti arbora un sourire carnassier.

– Je ne vous répondrai pas une fois de plus que c'est le règlement, mais c'est pourtant le cas. Et ce n'est pas moi qui l'ai édicté. Ce sont les consignes depuis la réforme de 2009.

Bianchi hallucinait. Imaginer les condamnés plongés dans le noir dès 19 heures, été comme hiver, contraints de rester dans l'obscurité totale, sans livre, ni rien, jusqu'au lendemain 6 heures, s'apparentait aux conditions de détention des otages revenus du Liban, de Syrie ou des zones les plus dangereuses au monde.

– Et a-t-il eu un parloir dans les jours passés ?

– Le dernier, c'était vous. Et puis vous avez bien vu : les prisonniers sont lourdement menottés, et vous parlez à travers une épaisse vitre blindée, à l'aide d'un micro. Il est impossible d'échanger quelque objet que ce soit. Pensez-vous que vous auriez pu lui remettre discrètement une lame de cutter, quand vous êtes venu ?

Bianchi devait bien reconnaître que non. Ces hommes, rabaissés au rang de chiens galeux, n'avaient aucun contact physique avec le monde extérieur.

– Alors, commandant, je vous pose la question à vous : comment a-t-il pu se procurer cette lame ?

– Elle est vraiment fine, et je pense qu'elle a pu être glissée dans de la nourriture, ou plus certainement dans l'un des nombreux livres qu'il dévore chaque semaine.

Bianchi esquissa une moue dubitative. Il jeta de nouveau un œil sur l'étagère vide.

– Où sont les livres de la semaine ? Ce sont des pièces à conviction, si je vous écoute.

– Ils sont dans mon bureau. Je les ai fait porter, afin de chercher une trace, une pliure ou une déformation du papier qui attesterait de la présence d'une lame. J'ai déjà trouvé au moins deux endroits possibles. Or ces livres transitent par l'extérieur, ils proviennent de diverses bibliothèques de la ville. N'importe qui a pu les intercepter. Comme la lame était vraiment discrète, elle a naturellement pu échapper à l'attention de mes hommes.

Le policier de la Crim italienne enrageait. Le commandant de Rebibbia était en train de lui servir un joli scénario pour laver ses agents de tout soupçon.

– Vous pouvez me montrer la lame et les deux livres en question ?

Conti consulta sa montre.

– Je suis désolé, mais je ne peux pas vous consacrer plus de temps. C'est l'équivalent de l'état d'urgence, en interne, avec ce qui vient d'arriver. J'ai d'ailleurs demandé des renforts ; j'attends deux *ispettori superiori* et un *commissario* de la police pénitentiaire, pour nous aider à mener l'enquête et les interrogatoires. Ne vous inquiétez pas, nous sommes très compétents, nous allons faire toute la lumière sur cette affaire. Comptez sur nous.

Dix minutes plus tard, Bianchi était dehors, les bras ballants.

Il n'avait aucune autorité au sein de la « cité-État » de Rebibbia. Conti bénéficiait du grade interne de *dirigente*, au moins trois barrettes de plus que les siennes. Et les enceintes carcérales demeuraient le territoire exclusif de l'imposante police pénitentiaire. Seul un meurtre avéré pouvait autoriser la police judiciaire à enquêter à l'intérieur d'un centre de détention… Une hypothèse que Conti avait soigneusement écartée – pour l'instant.

Tandis que l'Italien, furibond, grimpait dans son Alfa

Romeo garée à cent mètres de l'entrée principale, un homme ouvrit la porte côté passager et s'engouffra dans l'habitacle. Par réflexe, Bianchi dégaina son Beretta et le pointa sur l'intrus.

– *Calma !* Je travaille à Rebibbia. Je suis gardien, affecté aux 41-bis.

– Qu'est-ce que vous voulez ?

– Vous parler. Je suis… enfin, j'étais proche de Rizzo.

Le flic baissa son arme.

– Proche ? Je ne comprends pas.

Le gardien, coupe rase militaire, nez robuste et glotte saillante, jetait des coups d'œil incessants à travers la vitre.

– Je l'ai aidé, à plusieurs reprises. Je lui fournissais un minuscule téléphone portable, environ une fois par mois.

Bianchi eut un mouvement recul.

– Un téléphone ? Il téléphonait à qui ?

– Ça, je l'ignore. C'était la règle : je ne devais jamais poser aucune question.

– Mais… Comment avez-vous pu… Avec le régime de taré des 41-bis, vous avez pris des risques insensés… Qu'obteniez-vous en échange ?

– Ce n'est pas le problème. Écoutez-moi, et cessez de poser des questions. Je n'ai qu'une minute. Là, je suis censé fumer une clope et regagner mon service. Je voulais vous dire que Rizzo avait vraiment besoin de vous parler. Il n'avait aucune intention de se donner la mort. Il ne voulait pas vraiment accepter votre marché, de ce que j'ai compris entre les lignes. Mais il avait des révélations importantes à vous faire. Lui qui ne disait presque jamais rien, il m'a parlé de haut et de bas qui allaient se rejoindre. De la fin du cycle, de la fin du cercle. Il devait vous prévenir.

– La fin de quel cycle ? De quel cercle ?

– Je n'en sais rien, je vous rapporte juste ses propos. Il a aussi parlé d'Ouroboros, du serpent qui se mord la queue. Du retour à l'état initial. De l'éternel recommencement… mais sans l'homme.

– Sans l'homme ? Ça veut dire quoi ?

– Aucune idée.

Le gardien, de plus en plus stressé, posa la main sur la poignée de la portière. Il brûlait de s'esquiver.

– Attendez ! Qu'est-ce qu'il a dit d'autre ?

– Rien, c'est tout. Il semblait inquiet. Et aussi… J'ai vu la lame de cutter et les livres, dans le bureau du commandant.

– Vous pouvez me décrire la lame ?

– Elle était très petite. Je me demande comment il a pu se trancher les veines avec. Et… j'ai de très bons yeux. J'ai vu une inscription.

Le cœur de Bianchi accéléra. Évidemment ! Comment n'y avait-il pas songé d'emblée ? Il s'agissait d'une nouvelle lamelle métallique laissée par les mêmes commanditaires que ceux qui avaient organisé les précédents crimes. La thèse de l'assassinat se confirmait.

– Qu'y avait-il d'écrit ?

– Quelque chose de bizarre comme : « Le cycle de l'anthropocène se termine. L'ère néolithique est en cours. »

La référence faisait écho aux lettres tailladées sur le torse de Lombardo.

– Et parmi les livres, y avait-il toujours le *Traité de l'homme*, de Descartes ?

– Je crois, oui… Un livre de Descartes, et un de Spinoza. Et aussi *Une brève histoire du temps*, de Stephen Hawking. Celui-là, je le connaissais. Mon père l'avait lu.

L'agent ouvrit la portière et bondit sur le trottoir.

– Désolé, je dois y aller. Je vous ai dit tout ce que je savais.

Puis il s'évapora à l'intérieur de l'immense cité.

Bianchi demeura immobile. Mille idées se bousculaient

dans son esprit. Il était venu pour obtenir des réponses ; il repartait avec une foule de nouvelles questions.

Et il se sentait plus perdu que jamais.

Chapitre 26

Mercredi 17 avril 2024, Liège, 11 h 56

Louise claudiquait en zigzaguant légèrement sur le trottoir. Son champ de vision rétréci l'obligeait à regarder droit devant elle, en espérant qu'aucun obstacle ne surgisse. Ses réflexes vaporeux ralentissaient sa démarche, et ses pensées.

La nuit écoulée s'était traduite par une longue descente dans les abysses, sans crise ni démence, presque en douceur. Évidemment, pour ne jamais trébucher ni sombrer tout à fait, elle s'était aidée d'une béquille, une « canne-abysses » aux vertus extatiques et anesthésiantes. Les douleurs physique et morale s'étaient amenuisées, ouvrant peu à peu la voie aux hallucinations. Un jardin artificiel empli de fleurs chatoyantes et aux pétales hypertrophiés s'était offert à son regard et l'avait enveloppée d'une chaleur réconfortante. Les effets analgésiques et anxiolytiques du CBD, cumulés à l'euphorie et au bien-être engendrés par le THC, lui avaient permis d'oublier, l'espace de quelques heures, ses maux, ses tares, ses angoisses, ses souffrances. De ne plus être la petite fille coupable dont le caractère volcanique s'était forgé au fil des épreuves et des fureurs contre une société malade. Pendant ces instants de calme et de soulagement, le fracas des canonnades se taisait dans son cerveau. Elle avait appris que l'oreille moyenne amplifiait les ondes sonores captées par le tympan grâce à l'action du « marteau » et de l'« enclume »... Jamais image n'avait été aussi juste. Son champ de bataille cérébral post-traumatique avait sans doute déréglé ces deux outils qui frappaient et tonnaient en boucle, sans aucun besoin de stimulus extérieur. Les acouphènes violents lui minaient l'esprit et l'empêchaient de raisonner, de suivre le fil de son enquête ubuesque, et de lutter contre l'ennemi tentaculaire et machiavélique.

Si les vertus thérapeutiques du cannabis avaient agi, elles avaient aussi ravivé un besoin. Louise savait que le circuit de la récompense, malgré l'abstinence, demeurait sur le qui-vive. Les récepteurs cannabinoïdes qui tapissent certains noyaux du « cerveau du bas » restent en embuscade. Ils sont l'écho des plaisirs passés, la mémoire des jouissances coupables, et patientent dans l'espoir constant d'être réveillés. La maladie addictive ne guérit jamais vraiment. Et Louise le savait mieux que quiconque. Mais qui peut se targuer de n'avoir aucune dépendance ? À la nicotine, à l'alcool, au sexe, à l'argent, au travail, aux jeux vidéo, et même au sport ? Tout plaisir, même banal, entraîne un besoin toujours plus fort, plus puissant, plus grisant. Et quand une substance disparaît, une autre la remplace. Il fallait vivre avec. Elle devait vivre avec.

La jeune femme avait alors songé à Bianchi, dont la présence rassérénante et le charme latin lui offraient quelques grammes de bien-être. Elle n'était pas amoureuse, non. Ethan Miller continuait d'occuper une grande place dans son cœur, malgré l'absence qu'elle comblait avec les artifices dont elle pouvait disposer. Qui pourrait jamais le remplacer ?

À l'instant même où ces pensées la traversaient, un texto du bel Italien s'était affiché sur son téléphone. « Rizzo DCD. » Laconique, direct. Tranchant. De quoi retomber sur terre en une seconde. Elle avait aussitôt pianoté : « Que s'est-il passé ? » « Thèse officielle du suicide, mais lame métallique retrouvée avec inscription. Je ne peux pas en dire plus. J'arrive bientôt. » Il redoutait lui aussi d'être épié.

Le grand flic de la Catturandi aimait décidément la France – ou bien était-ce Louise qui le motivait à franchir si facilement les Alpes ? Sans doute un peu des deux. L'enquête tournait autour de Vernay, pour de bonnes ou de mauvaises raisons. Et rester près d'elle semblait le meilleur moyen d'avancer, surtout avec l'élimination d'un des rares atouts des enquêteurs. Qui allait désormais les rancarder, leur distiller des indices ?

Sur ces mots, Louise s'apprêtait justement à solliciter sa propre source, indicible, improbable – pour ne pas dire impossible. Pourtant, elle se sentait aimantée par les mystères du cerveau, d'autant que le sien commençait à dérailler dans les grandes largeurs. Elle avait besoin d'aide tout autant que d'informations fraîches.

Elle pénétra dans le bâtiment 34, la « Giga Tower » du centre hospitalier de Liège, et franchit une nouvelle fois les portes automatiques du Coma Science Group. Elle avait contacté Maria Calvino, en promettant une décision au sujet de son frère.

La praticienne l'attendait et ne s'offusqua nullement de son retard.

– Je suis heureuse de te voir, souffla l'Italo-Suisse tout en lui prodiguant une accolade chaleureuse.

– Je ne veux pas qu'on le débranche.

Le visage de Maria Calvino se referma aussitôt.

– J'avais cru comprendre… Enfin, dans ton texto…

– J'ai dit que j'avais pris une décision. Je n'ai pas précisé laquelle.

Son état second tenait ses pulsions rageuses sous le joug, mais n'oblitérait rien de sa détermination.

– OK, je vois, marmonna Calvino. J'ai peur qu'à un moment donné, la décision du staff ne te laisse plus le choix. Ou alors il faudra organiser son transfert dans un autre établissement. Et vu son état, je doute que quiconque l'accepte.

Le retour de boomerang était sanglant. Louise encaissa sans broncher. Puis l'espace tourbillonna autour d'elle, et le sol se déroba.

Une heure plus tard, l'enquêtrice s'éveilla dans un lit médicalisé.

– Tu perds souvent conscience, comme ça ?

Louise plissa les paupières.

Maria Calvino se trouvait auprès d'elle.

– Qu'est-ce qui m'est arrivé ?

– Tu es tombée dans les pommes. Ça t'arrive souvent ? insista la neurologue.

– Depuis que j'ai l'oreille en carafe, oui. La dernière fois, c'était avant-hier à Paris, au musée de l'Homme. J'ai vomi aussi.

– Au musée de l'Homme ? C'était pour ton enquête ?

– Oui, à cause du crâne de Descartes. Ils l'ont volé…

– Le crâne de Descartes ? Mais qui l'a volé ?

– Si je le savais… De toute manière, ils l'ont abandonné. Il est en miettes, on tente de le reconstituer.

– Ah oui ? Et où ça ?

Louise, malgré son esprit pâteux, fronça les sourcils.

– Qu'est-ce que ça peut faire ? On s'en fout, non ?

Maria Calvino détourna le regard.

– Oui, bien sûr, c'était pour parler. Tu sais, moi, dès qu'il est question de crâne et de cerveau… Et d'ailleurs, il faut qu'on parle du tien.

– De quoi ? Mon cerveau ?

La neurologue s'empara d'une pochette rosâtre qu'elle

avait posée sur ses genoux. Elle en extirpa des clichés de cervelle en coupes multiples.

– Pendant que tu étais dans le cirage, je t'ai fait passer un CT-scan. Ton éclat de balle a traversé la dure-mère pour atteindre une zone du cortex, dans le lobe frontal. C'est grave.

Louise déglutit et se redressa dans son lit.

– Grave comment ? Le toubib à Pompidou avait l'air très confiant ; il m'a dit qu'on pouvait se balader toute la vie avec un éclat d'obus…

– Il était neurologue ?

– Je ne sais pas… Je ne crois pas… Il m'a vanté la reconstruction de l'oreille.

– Oui, il n'y connaissait rien. Il pensait à sa petite chirurgie plastique, mais n'avait aucune idée de ce qu'il disait. Encore un de ces connards prétentieux qui ont tout vu – tout compris. Un mâle blanc de cinquante ans, j'imagine ?

Louise sourit en coin ; elle ignorait les penchants féministo-crucificateurs de la praticienne. Elle avait certainement dû en baver, avant d'atteindre sa position.

– En attendant, il faut t'opérer pour retirer l'éclat. Sinon, tu risques de perdre connaissance régulièrement et de souffrir de céphalées tenaces. Sans compter les acouphènes.

– Le bruit dans ma tête, c'est aussi à cause de ça ?

– Bien sûr. Il y a l'oreille en charpie et l'atteinte du tympan, qui ont généré les premiers troubles. Mais si ça persiste, voire que ça empire au lieu de s'améliorer, c'est certainement dû à la balle : en bougeant, elle a touché le nerf auditif. On le voit très bien au scanner.

Maria Calvino brandit l'une des images cérébrales face aux pupilles troublées de l'enquêtrice. Elle n'y comprenait rien, évidemment, mais la seule vue de son encéphale en coupes réglées, comme s'il avait été disséqué dans son sommeil, suscita un profond malaise.

– Je ne me sens pas très bien, souffla-t-elle.

– Je sais, c'est pour ça que j'aimerais te garder au moins vingt-quatre heures, sous étroite surveillance.

– Je ne peux absolument pas rester, Maria. J'entends tes inquiétudes, elles me touchent. Mais là, je suis impliquée dans une enquête extrêmement importante, dont je t'ai parlé, et pour laquelle j'ai encore besoin de ton aide. Après, il faut que je retourne à Paris.

– Je ne peux pas te laisser repartir comme ça. Tu as une petite bombe à retardement dans le crâne. Tu ne veux pas finir comme ton frère ?

La neurologue avait parlé sans ménagement. Ses mots tranchaient comme des lames de rasoir.

– Tu exagères, ça n'a rien à voir…

– Bien sûr que si. Il y a même des variantes qui confinent à la torture à vie. On a déjà vu des LIS, locked-in syndromes, consécutifs à des AVC provoqués par des balles qui ont perforé une artère.

– Le locked-in syndrome, c'est bien ce dont souffrait l'astrophysicien anglais Stephen Hawking ?

– En quelque sorte ; la conséquence d'une sclérose latérale amyotrophique, la maladie de Charcot. Bien sûr, tu peux aussi mourir d'une hémorragie cérébrale, c'est moins cruel. C'est tout ce que je te souhaite.

Louise était envahie par une nausée menaçante.

– Tu souhaites… que je meure ?

Maria Calvino se dressa et fit les cent pas dans la chambre, aggravant le tournis de l'enquêtrice.

– C'est une façon de parler, Louise ! Réveille-toi ! Si je te laisse cet éclat de balle, tu risques toutes sortes de conséquences, et la mort serait peut-être l'une des plus douces ! Tu n'imagines pas ce que vivent les patients que je côtoie tous les jours ici ! Tu es complètement inconsciente !

Maria Calvino craquait, une fois de plus. Elle n'avait plus les nerfs de supporter son travail, et Louise s'attendait à ce qu'elle change de job, tôt ou tard.

– Je te rappelle que je ne vis plus depuis que mon frère est dans le coma. Tu me vois très régulièrement dans tous mes états depuis une dizaine d'années maintenant. Je pense que je suis bien placée pour imaginer, ressentir même, ce qu'endurent tes malades.

Silence. La tension était palpable.

– Qu'est-ce que tu voulais me demander ? finit par murmurer Maria.

Louise gigota ; elle n'était vraiment pas à l'aise dans la position du patient alité.

– Je voulais savoir si… si tes malades, justement… enfin surtout celui de la dernière fois…

– Laurent Mallet ?

– C'est ça… S'il avait de nouveau dit quelque chose. Une nouvelle prémonition.

– C'est possible.

– Possible ? Il a parlé ou pas ? C'est pas une question de « possibilité »…

– Eh bien, disons que je te le dirai si tu t'engages à subir une intervention au plus vite.

La neurologue ne lâchait rien. Jamais.

– Du chantage, maintenant…

– Puisque tu ne veux rien entendre, tu ne me laisses pas le choix.

Louise, terrassée de fatigue et plus seule que jamais, finit par acquiescer. Elle s'accrochait à cette piste comme à une bouée de sauvetage par gros temps, sans savoir nager. Les chances d'en réchapper étaient aussi minces que celles d'élucider les meurtres, de faire aboutir l'enquête et de mettre toute cette bande de tarés hors d'état de nuire.

– Laurent Mallet s'est de nouveau manifesté, finit par lâcher Maria. Mais il y a beaucoup plus surprenant encore.

– Plus surprenant qu'un type dans le coma qui voit l'avenir ? Ça m'étonnerait…

– Deux autres patients se sont mis à parler, à leur tour. Ils ont plus ou moins dit la même chose. C'est comme si quelque chose approchait, se précisait, et que cela avait mis leurs cerveaux en ébullition.

Louise resta coite, la bouche ouverte comme une carpe. Elle ne percevait ni douleur, ni aucun bruit dans sa tête – sans doute l'effet des traitements prescrits par la praticienne. Plus lucide que jamais, elle ne pouvait accepter rationnellement ce qu'elle venait d'entendre.

– Tu déconnes, là, rassure-moi ?

– Pas du tout. Il y a d'ailleurs d'autres témoins. Au moins deux infirmières du service, elles te confirmeront que c'est vrai.

L'enquêtrice resta prostrée, en état de sidération. Elle se répétait silencieusement les dernières phrases de la neurologue, sans parvenir à les digérer.

– Je suis désolée, Maria, mais c'est impossible. Déjà ton Laurent Mallet et ses précognitions, je ne te raconte pas le temps que j'ai mis à l'avaler. J'ai toutes sortes d'explications, tu sais. J'en ai imaginé des scénarios pour accepter d'y croire. Mais là, trois patients, impossible.

– Ils ont pourtant parlé, que ça te plaise ou non. Et si tu ne m'avais pas appelée pour venir, je t'aurais contactée. Je pense que c'est très important, ce qu'ils ont dit.

– Tout à l'heure, tu étais prête à garder le silence si je ne cédais pas à ton chantage…

Maria ignora la récrimination et poursuivit :

– Ils ont tous les trois proféré qu'une grande catastrophe se préparait. Un peu comme la fin du monde.

– Ah ben super, il ne manquait plus que ça.

– Ils ont parlé d'une boucle qui se bouclait, d'un cycle qui s'achevait. Qu'il fallait fuir. Et Laurent Mallet a ajouté qu'une nouvelle opération se préparait. Enfin, c'est ce que j'ai déduit de ses descriptions.

– Il a encore parlé de commandos dans une église ?

– Non, plutôt dans un château.

– Un château ? Quel château ?

– Il a d'abord précisé qu'il se trouvait au bord de l'océan, face au large. Et puis il y a cette phrase, qu'il a répétée en boucle : le château de Lucifer, le château des neuf cercles de l'Enfer.

Louise s'efforçait de mémoriser ces élucubrations, dont elle savait qu'elles pouvaient annoncer le pire.

– Et les deux autres malades, ils ont dit quoi exactement ?

– Ils étaient comme possédés, obsédés par cette histoire de cycle, de boucle, d'Enfer et de fin du monde.

– Ils ont aussi parlé de l'Enfer ?

– Oui, mais honnêtement, c'était peut-être un delirium de fin de vie. Juste avant de voir la lumière blanche et de disparaître dans le grand tunnel.

– Pourquoi tu dis ça ? Ils sont si mal en point ?

– Ils sont morts, Louise. Tous les deux, à quelques heures d'intervalle.

Vernay se décomposa.

– Mais… mais comment c'est possible…

– Je l'ignore. Ça n'était jamais arrivé dans le service, deux décès si rapprochés, après deux manifestations aussi troublantes et insolites… Je t'avoue que nous sommes tous très troublés… D'autant que ces malades n'avaient jamais parlé depuis leur arrivée.

L'enquêtrice perdait la tête. Ces informations étaient incompatibles avec son logiciel neuronal. Quelque chose clochait, c'était évident.

– Et Laurent… Laurent Mallet… Il est toujours vivant, lui ?

– Absolument. Enfin, à sa manière.

– Et… on peut faire comme la dernière fois, tenter de le refaire parler ? Il donnera peut-être plus de détails ?

– Je ne pense pas, Louise. Tout le monde est tendu, et je crois que personne n'a envie de revivre ces événements pour le moins déstabilisants. D'ailleurs, le chef de service, Steven Laureys, que tu connais bien, a mis le holà. On l'a prévenu, il est au Canada ; il nous a demandé de tout arrêter. On tente d'éviter une nouvelle hémorragie et que d'autres malades décèdent.

Louise se mordit la lèvre inférieure. Elle voulut se lever, mais les meubles commencèrent à danser autour d'elle.

– Reste étendue, tu dois te reposer. Je pense que ton oreille interne a sérieusement morflé et que tu perds facilement l'équilibre. Ça contribue sans doute aux évanouissements, en plus de l'éclat dans le cerveau.

– Il faut m'aider, Maria, tu comprends ? C'est un désastre, on n'a rien… On n'a plus rien… L'une de nos sources est morte elle aussi…

– Quelle source ?

– Un mafieux enfermé à Rome, il nous a lâché quelques informations, plus ou moins codées. Et la nuit dernière, il s'est soi-disant donné la mort en cellule. C'est certainement faux. Quelqu'un a dû l'éliminer parce qu'il en savait trop. Il est mort la nuit précédant une rencontre avec la PJ italienne, en vue de négocier une amélioration de ses conditions de détention. Il n'avait aucune raison de se supprimer.

Maria écoutait, l'air concentré – pour ne pas dire contrarié.

– Et… ce mafieux… il vous a lâché quel type d'informations ?

– Pourquoi ?

– Comme ça… Si jamais des éléments résonnent avec ce

que j'ai entendu dans les diatribes délirantes des malades, je pourrai peut-être faire des connexions… me souvenir d'un détail, quelque chose auquel je n'aurais pas spécialement pensé…

Louise parut perplexe.

– C'est mon collègue italien, Massimo Bianchi, qui l'a rencontré. Et depuis que j'ai été blessée, je perds aussi la mémoire. Tu as raison, il faut vraiment que je me repose. Mais plutôt à Paris, si ça ne t'ennuie pas. Je te promets que je resterai au calme.

Maria sourit, mais semblait soudain absente, absorbée par ses pensées.

– Tu pourras repartir d'ici une heure. Le temps que ta perfusion se termine, ça va te requinquer. Et normalement, tu ne devrais plus ressentir les effets des vertiges, ni perdre connaissance pendant un temps. Mais ensuite…

– Oui, j'ai compris, je passerai sur le billard. Je mettrai ma vie entre tes mains, Maria.

Chapitre 27

Jeudi 18 avril 2024, Paris, 9 h 34

Ceylac végétait, englué dans son lit, les paupières à moitié collées et les lèvres desséchées. Il voulait boire, mais ses bras rechignaient. C'était au-dessus de ses forces. Il respirait difficilement ; les douleurs thoraciques se manifestaient à chaque esquisse de mouvement, et le contraignaient à une inertie totale.

Qu'est-ce qui lui avait pris ?

L'adrénaline avait giclé dans ses veines, son cœur et ses poumons, lui donnant une violente stimulation et le poussant, en dépit de ses réticences, à l'action. Ces réflexes, qu'il le veuille ou non, étaient conditionnés au plus profond de lui, dans son cerveau limbique, celui des émotions, à l'origine de la peur, du stress, mais aussi des nombreux plaisirs que Sapiens pouvait éprouver. Il ne pouvait rien contre cet héritage de l'évolution, cette part d'animalité, malgré ses efforts pour tout contrôler, tout dominer. Pourtant, Dieu sait qu'il s'efforçait d'éviter les confrontations, les ennuis, les catastrophes. Il traînait cet état depuis le traumatisme du 13 novembre 2015. Régulièrement, il s'éveillait en pleine nuit, tiré de son sommeil par un concert de sonneries de téléphones portables qui déchiraient le silence.

Ces appels désespérés de proches en quête de nouvelles rassurantes de leur fils, leur fille, leur frère, qui gisaient au milieu d'une mer de sang dont les relents empuantissaient tout l'édifice. Il avait affronté l'horreur des cadavres enchevêtrés, et restait hanté par ces sonneries stridulantes, à en devenir dingue.

Depuis, il cédait à la paranoïa et ne sortait jamais plus sans son gilet pare-balles. Mais comment avait-il pu tomber dans ce traquenard ? S'y jeter, même, corps et âme, la fleur au fusil ? Tout ça pour se trouver incapable de tirer le premier. Peut-être voulait-il en finir une bonne fois pour toutes… Son gilet lui avait sauvé la vie – de justesse. Un signe du destin ? La main de Dieu ? Avait-il encore quelque chose à accomplir ici bas ?

– Comment tu te sens ?

Ceylac battit des cils et entrouvrit les paupières.

Louise Vernay se trouvait près de lui, dépitée. Derrière elle, Massimo Bianchi de retour de Rome et les membres de son groupe : Raphaël Beauché, Emma Mascret, ainsi que le capitaine Noah Filhol. Seul son fidèle adjoint, Bachir Belaïd, manquait à l'appel.

– Vous attendez la levée du corps ? Pour moi, c'est crémation. Pas question d'être bouffé par les asticots.

Bianchi sourit faiblement, tandis que les autres flics gardaient leur mine de croque-mort.

– Alors, Van Gogh, ça va mieux l'oreille ?

– Arrête de faire le malin, souffla Louise. Tu nous as fait très peur. Heureusement que tu portais ton gilet…

Mama songea que son boss était le seul « à l'endroit », dans cette affaire. La commissaire tombée de nulle part et son chevalier servant italien s'étaient jetés dans la dérouille sans protection. Ils auraient pu se faire plomber sans aucune chance d'en réchapper, contrairement au commandant.

– Qu'est-ce qui s'est passé, exactement ? interrogea la jeune femme.

– J'ai vu un type sortir du musée et filer sur un scooter, pas du tout paniqué, et très déterminé. Je n'ai pas réfléchi, je l'ai pris en chasse à contresens. Le mec a fini par se vautrer et j'ai pu le mettre en joue. Mais il avait une arme. Je ne l'ai pas vue, mentit Ceylac. On a plus ou moins tiré en même temps, enfin je crois.

– Tu l'as quand même blessé, et j'ai une excellente nouvelle, se réjouit Filhol, le procédurier du groupe. Je viens d'échanger avec la scientifique, on a analysé les traces de sang sur la sacoche, et l'ADN matche au FNAEG[15] !

Un murmure s'éleva ; Louise n'en croyait pas ses oreilles.

– Enfin du concret ! C'est un miracle…

– Et alors ? articula Bianchi, tout aussi incrédule.

– C'est une petite frappe, un caïd de Lochères.

– C'est quoi, Lochères ? embraya l'Italien.

– Un quartier chaud de Sarcelles, aux portes de Paris. On a tout le temps des embrouilles là-bas. Règlements de compte, rixes, deal. Le maire de la ville dit que les immeubles sont des « ghettos ethniques », ça te donne une idée. Tu as la tour des Maliens, celle des Turcs, les Pakistanais, les Juifs, les Marocains… Chacun dans son monde, sa religion, ses rites. Et ça pète régulièrement.

– Quel rapport avec nos affaires ? lança Mama.

– Apparemment aucun. C'est bien le problème. Mais au moins on a un nom, et tous les flics du 95 sont sur les dents, sans compter l'appui de la BRI.

Au même instant, Belaïd entra en trombe, l'œil rond et le sourire conquérant.

– On le tient ! Ce tocard s'est fait serrer à Sarcelles. Blessé, paniqué, il n'a pas cherché à se planquer ou fuir, il a voulu rentrer au bercail pour se faire soigner sans passer par l'hosto.

Il est en route pour le Bastion. Et il a même commencé à balancer.

Nouveaux murmures stupéfaits des autres flics.

– Il a dit quoi ?

– Il était terrorisé comme une fillette quand ils l'ont « tapé ». Il a raconté qu'il avait touché dix mille balles et un pétard tout neuf pour faire son coup. Il a salopé l'opération au musée de l'Homme en défouraillant à tout va, avant de prendre la tangente avec son scooter. Je pense que nos amis commencent à paniquer en engageant un minable pareil. L'histoire du crâne de Descartes n'était pas forcément prévue au programme.

– Mais qui lui a remis la tune et le flingue ?

– Il dit qu'il a tout récupéré dans une consigne à gare du Nord, dans un sac de sport, et qu'il n'a vu ni parlé à personne. Qu'il a été contacté sur son portable, par la messagerie Signal.

– C'est du grand n'importe quoi, bredouilla Ceylac. Ça ne ressemble à rien. Il va falloir me le cuisiner, celui-là ; il est déjà en train d'essayer de nous la mettre à l'envers.

– T'inquiète, l'IJ va exploiter son cellulaire et tenter de faire remonter les données. Et nous on va mater la vidéosurveillance de la gare pour vérifier s'il est bien venu à la consigne récupérer un sac, au jour et à l'heure dits. Compte sur nous, et repose-toi.

Les quatre membres du groupe franchirent la porte de la chambre d'un pas déterminé, laissant leur chef en rade pour quelques jours encore.

– Et le crâne ? On a du nouveau ? interrogea Bianchi, désormais seul avec Louise et Lorrain Ceylac.

– Non, toujours en atelier collage, rétorqua Vernay. On attend qu'ils nous contactent. Mais si ça traîne trop, j'irai leur rendre une petite visite. Et pour Rizzo, comment avance l'enquête sur sa mort ?

L'Italien évoqua l'autopsie, l'absence de traces de lutte ou de toxique dans le sang, accréditant la thèse incompréhensible du suicide… Mais pourquoi personne n'avait donné l'alerte plus tôt ? Les doutes persistaient, et la pénitentiaire devait rendre des comptes. La Catturandi faisait tout pour récupérer l'enquête. Il relata aussi les confidences de Rizzo à l'un de ses gardiens, faisant allusion à la fin d'un cycle, au serpent Ouroboros, au retour à la situation initiale… mais sans l'homme. « La fin de l'anthropocène. »

À cette évocation, un frisson parcourut Ceylac.

– Ces types sont complètement givrés… Mais qu'est-ce qu'ils nous préparent ? On va dans le mur, souffla l'officier du fond de son lit.

– Oui et non, rétorqua Louise. Ils commencent à commettre des erreurs. Ça pue l'impro, le musée de l'Homme. On va finir par les taper. Il faut faire parler la petite merde qui t'a collé une bastos dans le buffet.

Louise oscillait régulièrement entre la vulgarité et la langue de Michel Audiard. C'était plus fort qu'elle.

– Il y a autre chose, intervint Bianchi. J'ai demandé à consulter les livres qu'il lisait en ce moment. Ils avaient été rapportés dans le bureau du directeur de Rebibbia. Il y avait encore le *Traité de l'homme*, de Descartes, celui qu'il tenait en main quand je l'ai vu. Mais aussi un livre de Spinoza dont je vous lis le résumé, trouvé sur Internet.

L'Italien plongea dans ses pattes de mouche.

– « Toute la Nature est en Dieu, tout comme Dieu est dans toute la Nature. L'identité de Dieu et de la Nature, conclusion des réflexions spinozistes sur la substance, constitue la thèse du panthéisme spinoziste »…

– Ça ressemble très fortement à certaines idées formulées par Vogel… Dans sa conférence à la Royal Society. Il disait que la nature était divine, notre « déesse-mère ».

– Je me souviens très bien, rebondit Bianchi. Il a aussi dit qu'on jouait avec le feu de Gaïa et que nous allions tous périr.

– Et même qu'on périssait déjà, ajouta Ceylac.

Un silence inquiétant plomba l'atmosphère pendant de longues secondes qui parurent une éternité. Les trois flics faisaient face à leur propre *fatum*, à la question existentielle de leur passage éphémère sur terre et de la mort qui les guettait, tôt ou tard. Les allusions permanentes aux cercles de l'Enfer et aux affres éternels qui menaçaient les pécheurs renforçaient le sentiment morbide du moment. Les trois policiers partageaient le sentiment de vivre en sursis. Et les prédictions des malades de Liège n'arrangeaient rien.

– Je dois vous parler de quelque chose..., s'avança l'enquêtrice, qui sentit l'instant venu d'avouer l'impensable.

Elle détailla ses rendez-vous improbables au Coma Science Group, ainsi que la situation désespérée de son frère. Lorsqu'elle aborda les « visions » des comateux, tels les précogs de *Minority Report*, les deux hommes échangèrent un regard incrédule. Louise savait qu'elle courait le risque de passer définitivement pour une aliénée.

– Ces derniers jours, plusieurs d'entre eux ont eu des prémonitions, murmura-t-elle. Ils ont parlé de grande catastrophe qui se préparait, de fin du monde. Ils ont aussi parlé d'un cycle qui s'achevait, reconnut-elle enfin en fixant Bianchi.

– Comme Rizzo ?

Elle acquiesça.

– Et quoi d'autre ? s'enquit Ceylac.

– Une nouvelle opération serait en train de se préparer, quelque part. Dans un château au bord de l'océan.

– Quel château ?

– Je l'ignore. L'un des malades a dit que c'était le château de Lucifer en personne, celui des neuf cercles de l'Enfer. Ce n'est pas à prendre à la légère ; le même malade m'avait clairement mise sur la voie de Westminster Abbey.

Nouveau temps mort, à tous les sens du terme. Les trois policiers n'en finissaient pas de sombrer. Ils avaient peur. Simplement peur.

– Il faut retrouver ce lieu, trancha Ceylac. On doit bien pouvoir trouver des indices, des allusions. S'il faut, cuisinez ChatGPT.

– Et… cette histoire de cercle qui se termine, ça ne vous fait pas penser aux points rouges qui traçaient une ligne sur toute la mappemonde, dans le bureau de Vogel, au Muséum d'histoire naturelle ?

– C'est vrai, concéda Louise. L'alignement doit bien faire le tour du globe.

– Beauché a interrogé la collaboratrice de Vogel à ce sujet, pour comprendre ce qui se cache derrière chaque point, chaque lieu, et déterminer de quoi est constitué ce cercle planétaire qu'il a dessiné au fil de ses innombrables voyages autour du monde. Pour l'instant, rien de concret, Vogel n'a rien publié à ce sujet, aucun article, et la chercheuse n'est au courant que de certaines missions – une goutte d'eau par rapport à l'ensemble. Donc, on continue de creuser… Mais tu as raison, Bianchi. Je suis sûr, moi aussi, qu'on tient quelque chose. Mais s'il faut enquêter dans chaque lieu marqué d'un point rouge, on en a pour trois ans. Minimum…

– Une dernière chose à propos de Rizzo, relança l'Italien. Le troisième bouquin qu'il lisait en ce moment, c'est *Une brève histoire du temps* de Stephen Hawking.

Louise haussa aussitôt les sourcils. Elle songea à la menace de Maria Calvino qui lui prédisait une fin aussi atroce que celle du physicien britannique, si jamais son éclat de munition en venait à provoquer une hémorragie cérébrale. Le spectre de la terrible pathologie, le locked-in syndrome, l'emprisonnement à vie dans sa boîte crânienne, avait de quoi terrifier. Hawking, lui, ne parvenait à s'exprimer qu'à l'aide d'un synthétiseur vocal piloté par d'infimes mouvements de la joue.

– Rizzo avait déjà fait allusion à lui, quand je lui ai parlé, à Rebibbia. À lui, et à Westminster Abbey. Et on se souvient que la tombe de Darwin, qui a été saccagée, était juste à côté de celle de Hawking.

– On est certains que les commandos ne l'ont pas touchée ?

– Apparemment pas… mais je vais relancer Scotland Yard à ce sujet.

– À propos de Hawking… je me demandais…

Ceylac tenta de se redresser dans son lit. Il souffrait le martyre. Louise s'avança et l'aida du mieux qu'elle put.

– C'était un grand astrophysicien. C'est peut-être un lien avec notre première victime, le directeur adjoint du CEA. Le Commissariat à l'énergie atomique abrite de nombreux labos civils qui n'ont rien à voir avec le nucléaire. En particulier, ils mènent des recherches en astrophysique et en cosmologie, sur les origines de l'univers, la matière noire etc.

– Et alors ?

– Alors, il se trouve que notre ami Eyrolles, avant de clamser dans l'IRM, était proche d'une des stars du CEA. Un physicien lui aussi, doublé d'un philosophe : Étienne Klein.

– Ah, ça me dit quelque chose… Il n'a pas une émission de radio ? lança Louise.

– Exact, sur France Culture. Sans déconner, tu écoutes France Culture ? s'étonna Ceylac, hilare.

Vernay s'empourpra.

– Tu n'es pas le seul flic cultivé, Ceylac. Si tu veux pas que je te pète tes dernières côtes, je te conseille d'en rester là.

– OK, OK… En attendant, Klein a publié plusieurs posts

sur X après la mort d'Eyrolles, en insistant sur sa grandeur d'âme, son humanité et même sa spiritualité. On est allés l'interroger, il nous a reçus cinq minutes entre un train et un avion – il est demandé partout pour des conférences. Le temps de nous dire qu'Eyrolles vouait une admiration sans limite à Einstein, qu'il surnommait « le cerveau sans cervelle ».

Vernay tiqua.

– Comme Klein a écrit un bouquin sur lui, *Le pays qu'habitait Albert Einstein*, Eyrolles lui posait d'innombrables questions.

– On a volé le cerveau d'Einstein, souffla Louise.

– Quoi ? Pourquoi tu n'as rien dit ? C'est forcément lié à nos affaires !

– Peut-être, mais c'est très ancien, dans les années 1950, à sa mort. À l'époque, le médecin qui pratiquait son autopsie avait raflé le ciboulot. Mais c'est quand même étonnant qu'Eyrolles surnomme Einstein « le cerveau sans cervelle »... Ce n'est pas la première chose qu'on dirait de lui. Peu de personnes sont au courant de cette anecdote...

– Pendant que le reste du groupe focalise sur le petit caïd, balbutia Ceylac, épuisé, je pense que vous devriez rendre visite à ce M. Klein.

Chapitre 28

Jeudi 18 avril 2024, banlieue parisienne, 15 h 09

Louise et Massimo Bianchi avaient quitté le maillage concentrationnaire de la capitale en direction des premières alvéoles pulmonaires du sud de l'Île-de-France. Ils avaient emprunté les grandes artères qui irriguaient la banlieue jusqu'aux portes de la sublime vallée de Chevreuse. En ce début de printemps, les premiers feuillages nimbaient la frondaison des arbres et dévoilaient les immenses campus du plateau de Saclay. La zone rassemblait l'élite de l'enseignement et de la recherche scientifiques, dont les prestigieuses École polytechnique et CentraleSupélec, les différents centres de recherche du CEA, ainsi qu'une collection d'autres institutions qui consacraient le plateau comme le plus important pôle scientifique et technologique d'Europe, et le huitième « hub d'innovation » mondial. Si un bombardement venait à annihiler ce périmètre de sept mille hectares, le QI moyen des Français chuterait d'un coup de plusieurs points…

En débarquant au cœur de ce réacteur à matière grise, Louise songea un instant à la Silicon Valley qu'elle avait arpentée avec l'astronaute Ethan Miller, lors de sa dernière enquête retentissante aux États-Unis. Elle se sentait d'autant plus triste que son corps et ses sens lui échappaient. Elle qui n'avait jamais souffert, pas même d'une rage de dents, avait l'impression d'être quasi invalide. Ses acouphènes ne faiblissaient pas, ni ses maux de tête. Et les pertes d'équilibre, mêlées à des étourdissements, n'arrangeaient rien. Elle s'estimait responsable, aussi, de l'état de Ceylac, qui avait flirté avec la mort. C'est elle, une nouvelle fois, qui avait traîné ses équipiers dans ce guêpier, sans mobiliser d'unité d'intervention. C'était inconscient, au regard des précédentes opérations qui s'étaient toutes soldées par un fiasco, et la mise en danger, voire l'assassinat de membres des forces de l'ordre.

Tandis qu'il conduisait le regard rivé sur le GPS, Bianchi jeta un œil sur Louise.

– Ça va ? Tu as l'air tendue.

– Je suis juste la dernière des connes. Un gros boulet. Je t'ai exposé et j'ai traîné Ceylac dans le bourbier. Grimaldi a raison, je suis ingérable, je n'en fais qu'à ma tête. Et en plus, je l'ai à moitié perdue, la tête. Je ne suis plus bonne à rien.

– Tu préfères que je t'achète une corde ou une bonbonne de gaz ?

L'enquêtrice sourit, mais le cœur n'y était pas. Elle observa l'Italien, le teint hâlé, barbe foisonnante, cheveux de jais qui se raréfiaient sur le sommet du crâne… On ne pouvait pas faire plus différent que le Britannique Ethan Miller, mais il l'apaisait. Elle se sentait en sécurité auprès de lui – il lui avait d'ailleurs évité le pire à deux reprises.

Que ressentait le limier de la Catturandi ? Il restait discret, gentleman, bien loin de l'image d'Épinal surfaite du cavaleur latin en mal de conquêtes. Mais ses coups d'œil répétés à l'endroit de la Française traduisaient, *a minima*, une curiosité marquée pour l'enquêtrice. Ses sentiments évoluaient, hésitant entre une forme d'admiration, de désir larvé, et de crainte inconsciente. La destinée de Louise semblait s'incurver chaque jour un peu plus vers la mauvaise fortune. Quelqu'un tirait peut-être – sans doute – les ficelles, ne laissant aucune initiative au hasard ; mais en l'absence de toute preuve d'une telle manipulation, l'enquêtrice semblait traîner une aura délétère et vénéneuse pour ceux qui l'entouraient. L'Italien connaissait aussi l'attirance de la jeune femme pour les produits illicites ; elle jouait avec le feu, pour sa carrière et sa santé – mentale comme physique. Sa blessure spectaculaire à l'oreille finissait de la transformer en apprentie sorcière aux pouvoirs maléfiques.

Après une interminable ligne droite, l'Italien vira à droite, puis ralentit devant l'entrée du site du CEA « L'Orme des merisiers ». Le panneau mentionnait aussi « Synchrotron SOLEIL », inscription nantie d'un astre brillant de mille feux en guise de *o*, laissant supposer l'existence sur le site d'un instrument hors norme. Ils longèrent les conifères qui bordaient l'allée jusqu'à la barrière d'accès. Elle était levée, et personne ne semblait décidé à les contrôler. Le campus, civil, n'était pas aussi surveillé que les installations militaires du Commissariat à l'énergie atomique. Les deux enquêteurs passèrent à proximité du LSCE, le Laboratoire des sciences du climat et de l'environnement, dont plusieurs chercheurs, membres du médiatique GIEC, participaient aux rapports annuels catastrophistes et consternants sur le réchauffement climatique. Ils roulèrent vers le bâtiment 774, tout au bout du domaine. Tandis qu'ils abordaient le parking, un spectaculaire édifice surgit sur la droite : un gigantesque disque semblable à une soucoupe volante. L'enquêtrice se remémora aussitôt le siège mégalo de la firme Apple, à Cupertino, dans la Silicon Valley. Tout, décidément, la replongeait dans cette enquête terrifiante. Elle ressentit un douloureux pincement au cœur et réprima quelques larmes. Elle était au bout du rouleau, épuisée. Elle devait s'arrêter, se reposer. Sans compter cette bribe de ferraille dans le crâne, véritable grenade dégoupillée.

Le duo contourna l'amphithéâtre Claude-Bloch puis aborda le bâtiment hébergeant le Larsim, le Laboratoire de recherche sur les sciences de la matière. L'endroit ressemblait à une suite de préfabriqués bardés de briques rouge orangé, surmontés d'une étrange crête écarlate qui courait le long du toit. Des rambardes protégeaient le rooftop, laissant supposer l'existence d'amples terrasses aux beaux jours. Cet étrange Lego en forme de U reposait sur d'agréables pelouses verdoyantes, parsemées de résineux, de vieux cerisiers et de quelques saules. L'intérieur ne dénotait guère avec l'aspect extérieur de la bâtisse : triste, vieillot, couvert de dalles impersonnelles et de faux plafonds en polystyrène. Nulle chance que les cerveaux qui phosphoraient ici ne fussent divertis par l'âpreté des lieux ; sans doute étaient-ils si purs qu'ils n'éprouvaient aucun besoin de confort matériel. Le bâtiment abritait aussi l'Institut de physique théorique ; tableaux blancs et marqueurs effaçables suffisaient amplement au bonheur des chercheurs.

Le bureau d'Étienne Klein se situait au rez-de-chaussée. La porte était entrouverte.

Le philosicien (chimère mi-philosophe, mi-physicien) les attendait derrière son bureau en bois. Autour de lui, deux tapis orientaux égayaient le parquet stratifié, tandis qu'étagères et caissons débordaient d'ouvrages et de revues scientifiques. Une petite table ronde en mélaminé offrait un modeste espace de réunion. Quelques affiches et un tableau multicolore rehaussaient le cadre spartiate.

– Bonjour, commissaire, que puis-je pour vous ?

Le médiatique intellectuel s'était levé, main tendue et sourire charmeur. Il était vêtu d'un blazer cendré et d'une chemise blanche au col italien déboutonné. Ses yeux perçants étaient cerclés de fines lunettes qui dissimulaient ses sourcils en forme d'accent circonflexe.

– Merci de nous recevoir, professeur.

– Non, non, je ne suis pas professeur. Juste un modeste chercheur, minauda-t-il tout en invitant les deux policiers à s'asseoir.

Louise s'amusa d'entendre cette voix chaude et monocorde si familière. Elle l'écoutait sur France Culture, mais avait aussi visionné plusieurs conférences du savant. Il était l'un des fers de lance de la vulgarisation scientifique hexagonale, doublé d'un fieffé penseur capable de tisser des liens entre des domaines fort éloignés en apparence. Ses livres avaient marqué une génération, un peu comme ceux de Stephen Hawking, sur l'autre rive de la Manche.

– Nous sommes venus parler de Loïc Eyrolles, que vous avez bien connu, je crois.

Tandis que Louise prenait les commandes, Bianchi observait l'intellectuel. Le policier fonctionnait comme un polygraphe. Le moindre tic facial inhabituel pouvait trahir un mensonge, un malaise, que l'Italien détectait aussitôt.

Klein s'assombrit.

– Loïc était un homme puissant, brillant, comme on peut en voir beaucoup dans un centre tel que le nôtre. Mais il avait aussi une sensibilité et une curiosité qui dépassaient largement le champ de la science. En ceci nous nous sentions très proches.

– C'est-à-dire ?

– Il était fin et cultivé. Il avait lu tous les classiques et s'était attardé sur les grands mythes de l'humanité, les légendes fondatrices. Il tentait toujours de discerner la raison derrière la passion, de décrypter rationnellement ce qui pouvait sembler purement ésotérique et parfois insensé.

– Par exemple ? insista Vernay.

– Eh bien, il était fasciné par l'existence de l'âme, et la distinction entre le corps et l'esprit. La question de la vie après la mort le taraudait : que se passe-t-il après la fin physique et biologique ? Nous avions la même obsession morbide. J'ai cru mourir à trente ans d'une fausse tumeur à la gorge, et depuis, je nourris les mêmes interrogations que lui sur la vie après la mort. Sauf que lui connaît désormais la réponse…

– Il était croyant ?

– Non, agnostique, tout comme moi. Il est scientifiquement impossible d'affirmer que Dieu existe, ou qu'il n'existe pas. Et d'ailleurs, qu'est-ce que Dieu ? Nous restons donc dans l'expectative. Loïc laissait clairement une porte entrouverte vers un éventuel au-delà. À ce sujet, il se passionnait pour les sept péchés capitaux et le principe de la damnation de l'âme. Il trouvait que l'homme n'avait jamais su progresser ni s'améliorer, qu'il cédait sempiternellement aux mêmes vices. Il s'interrogeait sur la manière dont beaucoup d'entre nous finiraient en Enfer sans avoir jamais réussi à découvrir la véritable nature de ce concept, évidemment.

Les deux enquêteurs échangèrent un regard entendu.

– Est-ce qu'il a vous parlé des neuf cercles de *L'Enfer* de Dante ?

Étienne Klein haussa l'un de ses fameux sourcils en chevron.

– Non, pas que je me souvienne. Mais vous avez raison, Dante s'est inspiré des sept péchés capitaux. En réalité, il était un peu plus subtil : parmi ses neuf cercles, vous retrouvez bien la gourmandise, l'avarice ou la colère ; mais le poète a proposé de nouvelles catégories, comme la luxure, l'hérésie, la ruse ou la violence. C'est important, la violence, non ? Vous ne trouvez pas étrange que la violence, et donc le meurtre par exemple, ne figurent pas parmi les péchés capitaux ?

Les deux policiers demeurèrent incrédules. Ils ne s'étaient jamais posé la question et se trouvaient à mille années-lumière de telles considérations.

– Franchement, l'interprétation de la Bible, ce n'est pas trop notre truc…

– Les péchés capitaux ne figurent pas dans la Bible, coupa sèchement Klein. Ni dans l'Ancien, ni dans le Nouveau Testament. Ils ont été imaginés bien plus tard par deux anachorètes et fixés à la fin du VIe siècle par le pape Grégoire Ier dit le Grand.

– Très intéressant, sans doute, mais on s'éloigne de notre sujet. Vous êtes sûr qu'Eyrolles ne vous a jamais parlé de Dante ? Ni des cercles de *L'Enfer* ?

– Je suis presque certain que non.

Le visage du physisophe – autre manière de qualifier cet hybride de la pensée – n'avait pas cillé. Bianchi n'avait détecté aucune faille sur les traits mûrs du vulgarisateur.

– Pourquoi est-ce si important ?

– Vous ne lisez jamais les journaux ?

Cette fois, c'est le savant qui se trouva interdit. Son esprit vagabondait vers d'improbables cimes et restait détaché des méfaits sordides des bas-fonds de la société humaine.

– Je n'ai pas tellement suivi l'enquête sur la disparition de Loïc, concéda-t-il. J'ai cru comprendre qu'il était décédé pendant un examen médical… Mais pour le reste…

L'enquêtrice sentit que Klein s'efforçait d'échapper à cet interrogatoire vulgaire. Elle devait le mettre en de meilleures dispositions et changea de tactique.

– Le tableau au mur, derrière vous, c'est un Picasso ?

Klein s'esclaffa, mi-flatté, mi-penaud.

– Non, non, il est de moi. Je ne prétends certainement

pas lui arriver à l'orteil. J'aime la couleur, le surréalisme et le cubisme, mais c'est tout. D'ailleurs, je l'ai signé, pas de confusion possible.

Vernay distingua la signature, en bas à droite : $EK = mc^2$.

– Est-il exact qu'Eyrolles nourrissait la même passion que vous pour Einstein ?

– C'est un autre de nos points communs, en effet.

– Et pouvez-vous nous confirmer qu'il surnommait Einstein « le cerveau sans cervelle » ?

– Tout à fait. Il faisait référence au vol du cerveau de l'Allemand, lors de son autopsie. En avril 1955, alors qu'il venait de mourir…

– Oui, oui, on connaît, s'empressa de répondre Louise, qui voulait éviter une nouvelle dissertation scientifico-philosophique.

– Ce qu'on aimerait savoir, c'est la raison pour laquelle il s'intéressait à son cerveau. Savez-vous s'il a pu le voir, ou même en posséder un morceau ?

Klein arrondit deux orbites ahuries, poussant ses sourcils pointus au milieu du front.

– Non mais vous plaisantez, le cerveau d'Einstein n'existe plus ! Il doit juste rester quelques lamelles dans un musée américain, je crois.

– En êtes-vous si sûr ? Vous êtes scientifique, ou non ? Moi, je dirais que c'est comme pour Dieu : on ne peut pas prouver que sa cervelle existe, ni qu'elle n'existe plus.

Bianchi sourit en coin.

– Mais enfin, quelle idée ! Comment et pourquoi voudriez-vous que Loïc ait possédé un bout du cerveau d'Einstein ? Et puis, il me l'aurait dit…

– Bon, je vois que vous n'avez décidément rien suivi de l'affaire ; pourtant, la presse s'est déchaînée. Vous n'avez entendu parler ni du vol du cerveau de Curie, ni des lamelles gravées, ni des victimes décérébrées ou trépanées, en France comme en Italie ?

– Si, Curie, j'avais suivi. Mais de là à penser que le cerveau d'Einstein…

Louise se dressa. Elle exposa, en l'espace de quelques minutes, un résumé concis de la situation. Le contenu des lamelles gravées, le lien avec les neuf cercles de *L'Enfer*, le jeu du chat et de la souris. La disparition d'Alban Vogel. Leur quête d'indices et d'interprétation des messages codés dérivés de *L'Enfer* de Dante, et qui recélaient sans doute la clé de l'énigme.

– Si j'ai bien compris, finit par articuler Klein après avoir digéré le flot d'explications, vous reliez les neuf cercles à l'anatomie du cerveau. C'est une hypothèse. Mais, vu de ma chapelle, il y a beaucoup plus simple. Et cela ferait le lien avec Einstein, ce que je ne comprenais pas jusqu'à maintenant.

Les deux enquêteurs retinrent leur souffle.

– Allez-y, on est tout ouïe.

– Les premiers astronomes, tels Galilée ou Copernic, bien avant les théories d'Einstein qui en est, en quelque sorte, l'un des héritiers, ont d'abord observé le ciel. En premier lieu notre système solaire, puis le reste de l'univers – dont la fameuse Voie lactée, dans laquelle nous évoluons.

Étienne Klein, en pédagogue patenté, se leva et glissa vers le tableau blanc fixé contre le mur opposé au bureau, à l'aplomb de la porte. Il effaça plusieurs graffitis mathématiques et saisit un marqueur. Il s'appliqua à dessiner une série de cercles, circonscrits les uns dans les autres, comme s'ils formaient une onde. Sur chacun d'entre eux, il gribouilla une sphère.

– Pour ne considérer que notre système local, il existe neuf planètes tournant autour du Soleil. Elles forment des ellipses concentriques, allant de la plus petite révolution – Mercure – à la plus ample, celle de Pluton. Un peu comme les neuf cercles de *L'Enfer*.

– Je croyais que Pluton n'était officiellement plus une planète, glissa Bianchi, perplexe.

– Oui, c'est vrai qu'en 2006, l'Union astronomique internationale a exclu Pluton du système solaire. Trop petite, trop d'objets célestes sur sa route, trajectoire atypique... Bref, on l'a rétrogradée au rang de « planète naine » intégrée à la ceinture d'astéroïdes de Kuiper. Moi, j'ai toujours trouvé ça ridicule. Pluton existe, elle ne s'est pas volatilisée. En plus, c'est justement elle qui nous intéresse. La neuvième planète.

– Pourquoi ?

– Savez-vous qui est Pluton, dans la mythologie romaine ?

Silence. Ils n'avaient pas révisé leurs classiques.

– Le dieu de l'Enfer. Vous voyez ? Neuvième cercle – puisque neuvième ellipse autour du Soleil – et qui porte le nom du dieu de l'Enfer ! Et ce n'est pas tout. L'un de vos messages précise : « Le pécheur conduit par Charon à travers l'Achéron, etc. » Savez-vous que la plus grosse lune de Pluton, qu'on a mis des décennies à distinguer tant elle était proche de la planète, s'appelle justement Charon ? Du nom du « passeur des Enfers » ?

Louise et Massimo n'en croyaient pas leurs oreilles. Cette fois, ils tenaient quelque chose. À quoi ces révélations pouvaient-elles mener, cela, ils l'ignoraient.

– Enfin, j'ajoute que ces deux planètes jumelles, Pluton et Charon, qui forment le neuvième cercle « classique » autour du Soleil, sont glacées. Les plus glaciales de tout le système solaire, environ moins deux cent trente degrés à la surface, en raison de leur éloignement du Soleil. Comme dans le message, qui parle du « neuvième cercle de glace ». C'est aussi mentionné sur la lamelle découverte à Rome, si j'ai bien retenu : « Le pécheur retrouvera le dieu des Enfers dans le neuvième cercle de glace. » Tout est là. Le neuvième cercle de glace, c'est Pluton, le dieu des Enfers, accompagné de Charon.

Les policiers accusaient le coup. C'était convaincant et, en même temps, complètement abstrait, hors de portée de leur modeste intellect. Comment exploiter cette révélation ? Louise finit par balbutier :

– C'est vrai que c'est troublant... Mais comment cela peut-il nous aider à... à résoudre nos enquêtes ?

– Eh bien, dans le reste des messages, il est question du « plus petit cercle ». Par exemple : « Le pécheur [...] périra ensuite par la colère *du plus petit cercle.* » Ou, à Rome : « L'un après l'autre, tous les pécheurs seront annihilés par la puissance vengeresse du *premier cercle.* » La vraie question est : quel est ce premier cercle vengeur ? Que désignent-ils par « premier » et « plus petit cercle » ?

Les deux policiers restaient suspendus aux lèvres du « philosophysicien ». Klein planta la pointe de son marqueur en plein cœur du système solaire, sur l'astre autour duquel tournaient toutes les planètes.

– C'est lui, le plus petit cercle. Pour moi, les messages désignent le pivot autour duquel les neuf cercles tournent : le Soleil. Cet astre central qui émet de violents geysers thermonucléaires.

– Comme d'innombrables bombes atomiques..., articula Bianchi d'une voix blanche.

– Absolument, confirma Étienne Klein tout en regagnant son bureau. Le Soleil est un gigantesque réacteur nucléaire. La fusion des atomes d'hydrogène qui se transforment en hélium dégage une énergie titanesque, équivalente à celle de milliards de bombes H.

– Alors quoi, on en revient à une menace nucléaire ?

C'était notre première crainte, puisque Loïc Eyrolles était l'un des responsables de la bombe française…

– C'est juste, il était le directeur adjoint de la Direction des applications militaires. Je pense que le message est clair, confirma Klein.

Louise s'affala sur sa chaise. Retour à la case départ. Il fallait tout reprendre du début et revenir à l'intuition première, la plus logique, la plus simple, et la plus terrible aussi. Pourquoi s'étaient-ils perdus dans d'improbables conjectures ?

– Nous avons commencé à creuser cette piste, mais l'enquête patine. La DAM, étroitement liée à l'armée et donc au ministère de la Défense, est une véritable forteresse. Impossible d'enquêter librement là-bas.

– Évidemment. Vous touchez à l'un des domaines réservés les plus sensibles et stratégiques de l'État. Je n'ai jamais moi-même pu visiter quelque installation que ce soit, et ce malgré mes liens avec Loïc. Il faut être habilité secret défense.

– Si la menace est aussi concrète que vous le supposez, nous allons contacter le parquet antiterroriste et faire remonter jusqu'à Matignon, voire à l'Élysée. On va perdre l'enquête, mais on arrivera peut-être à éviter le pire.

L'enquêtrice imaginait déjà des commandos détournant une ogive atomique, ou s'apprêtant à faire sauter une centrale nucléaire… Un véritable cauchemar. Il allait falloir placer toutes les installations sous très haute surveillance et distribuer des centaines de milliers de comprimés d'iode aux populations pour les prémunir contre une partie des effets dévastateurs des rayons ionisants.

Au même instant, son téléphone vibra. Elle s'en empara et lut aussitôt le texto qui s'était affiché. Scotland Yard répondait au sujet de la sépulture de Stephen Hawking. Et le résultat se révélait saisissant.

– Monsieur Klein, encore une question… Je viens

d'apprendre que le commando qui a volé le crâne de Darwin à Westminster Abbey a aussi laissé une marque sur la pierre tombale de Stephen Hawking, qui se trouve juste à côté. Sur le moment, personne n'a fait attention, mais une phrase gravée a été ajoutée pendant leur opération. C'est en latin : « *Honor et gloria, usque ad extremum temporis, usque ad finem mundi.* » Et ça veut dire…

– « Honneur et gloire, jusqu'à la fin des temps, jusqu'à la fin du monde »…, souffla le physicien.

Un frisson parcourut Bianchi. La menace se précisait.

– Voilà encore des fous qui veulent alimenter la rumeur, ajouta Klein.

– La rumeur ? Quelle rumeur ?

– Le fait que Hawking ait été, dans sa vie, une sorte de réincarnation d'Einstein, mais aussi de Newton ou de Galilée, et qu'il prolonge en quelque sorte l'héritage des plus grands. Et qu'il ait emporté certains secrets dans la tombe, transmis entre génies successifs, à propos de la fin du monde et de l'humanité.

– Qui propage ce genre d'idées fumeuses ? rétorqua aussitôt Louise.

– Je l'ignore, c'est le genre de choses qui se murmurent dans les congrès scientifiques, dans les bizutages des grandes écoles d'ingénieurs, entre enseignants de physique théorique… Qui a lancé cette idée en premier ? Aucune idée. Disons que beaucoup s'étonnaient qu'il ait pu vivre durant des décennies enfermé dans son crâne et que, malgré son état, il ait été capable d'une telle production scientifique, sans compter ses cours à Cambridge et ses livres de vulgarisation. Savez-vous que l'espérance de vie d'un homme atteint de la maladie de Charcot, comme lui, n'excède pas trois à cinq ans ? Or, Hawking, diagnostiqué à l'âge de vingt et un ans, a survécu cinquante-cinq ans ! Cela n'a absolument rien de naturel.

Louise et Massimo échangèrent un regard dubitatif.

– Et ce n'est pas tout. Même sa mort serait une preuve de son statut exceptionnel, et de son lien surnaturel avec les génies de la physique.

– Sa mort ? Pourquoi ?

– En raison d'une succession de symboles et de coïncidences. Par exemple, Hawking est décédé le même jour que celui de la naissance d'Einstein : un 14 mars. Ensuite, ils sont tous les deux morts exactement au même âge, à soixante-seize ans – presque au jour près. Et puis aussi Hawking lui-même aimait rappeler qu'il était né trois cents ans, jour pour jour, après la mort de Galilée : 8 janvier 1642 – 8 janvier 1942. Pour beaucoup de scientifiques, amateurs d'équations et de constantes qui fondent les grandes lois de la physique, toutes ces coïncidences finissent par faire sens. Inexplicable, ésotérique, je vous l'accorde, mais un sens tout de même.

Le duo d'enquêteurs perdait ses repères. Voilà qu'il fallait désormais compter avec ces nouvelles élucubrations, mais qui pouvaient expliquer une partie des motivations des criminels. La nature du message gravé à Westminster Abbey semblait de fait témoigner d'un culte envers Hawking : « *Honor et Gloria* »…

– Et… au-delà de ces… disons… « synchronicités » entre Hawking et ses prédécesseurs, son implication dans toutes ces affaires peut-elle nous éclairer sur l'enquête ? La faire progresser ?

– Peut-être. Sans doute. Il était le grand spécialiste des trous noirs, comme celui qui se trouve au centre de notre galaxie. Et s'il faut vraiment trouver un lien entre lui, les neuf cercles de Dante et le cerveau, je pense qu'on peut aller au-delà de la métaphore du système solaire.

Vernay déglutit. Tout allait vite, et malgré son état, ses

bourdonnements et ses vertiges, elle s'efforça de se concentrer, corps et âme, sur ces propos vibrionnants.

– Notre galaxie, la Voie lactée, est composée de plusieurs bras en spirale : deux majeurs, Persée et Centaure, et sept mineurs dont celui d'Orion, dans lequel gravite notre système solaire – sans parler de la barre galactique centrale.

Plutôt que de griffonner sur son tableau blanc, Étienne Klein afficha cette fois une image éloquente sur l'écran de son micro-ordinateur.

– Ça fait donc neuf spirales, comme neuf cercles. Vous me suivez ?

Bianchi et Vernay ressentirent un vertige. La notion de « loi » qui donnait sens à un ensemble de coïncidences prenait corps devant eux, comme pour les liens supposés entre Hawking et ses prédécesseurs. Ils découvraient l'existence, dans l'infiniment grand, de motifs répétant à l'envi la métaphore des neuf cercles de Dante. Le génie italien avait-il eu la prescience de telles matrices ? Son intuition lui avait-elle permis de toucher du doigt une règle d'or, un principe divin ? Une logique universelle de la nature jusqu'aux confins du cosmos ?

– Et… quel serait le cercle de glace, cette fois ? Celui censé abriter le dieu de l'Enfer ?

– Je pense qu'il s'agit de celui qui symbolise la mort par excellence, de la manière la plus définitive et totalitaire qui soit. Le cercle dont on ne revient jamais, d'où la lumière ne peut s'échapper, et où même le temps cesse de s'écouler. En son sein, espace et temps sont abolis, annihilés, et pour la nuit des temps. « *Usque ad extremum temporis, usque ad finem mundi* », pour reprendre l'inscription gravée sur la pierre tombale de Hawking.

Louise sentit ses pulsations cardiaques s'envoler et ses acouphènes castagner à en vomir. La tension était bien trop vive. Qui était réellement Étienne Klein ? Quel message macabre d'un autre monde était-il venu porter ? En cet instant, le physicien aux traits émaciés semblait habité par le Diable en personne. La Française eut un mouvement de recul inconscient. Elle se rapprocha de la porte, prête à bondir pour échapper à la gueule du monstre. Comme si le savant s'apprêtait à l'engloutir dans un goître immense. Louise perdait la tête…

– Et… comment s'appelle ce cercle ? murmura Bianchi, qui tentait de suivre le raisonnement.

– Tout simplement celui qui a occupé une grande partie de l'existence et des recherches de Stephen Hawking : le trou noir qui règne au centre de notre galaxie. Il constitue l'axe auquel se raccrochent les neuf bras de la galaxie…

Le lien entre les enquêtes et le physicien britannique se renforçait. Mais comment connecter ces nouvelles révélations aux messages énigmatiques retrouvés chez les victimes ? Quelle signification pouvait revêtir un trou noir dans les rébus funèbres ?

– Le trou noir du centre de notre galaxie est quatre millions de fois plus massif que notre Soleil. Sur ses bords scintille une frontière, « l'horizon des événements » où tournent de nombreux objets célestes, juste avant qu'ils ne soient aspirés puis engloutis par cet ogre. Et au cœur du trou noir, d'où rien ne peut jamais sortir, règne une température proche du zéro absolu. Le zéro kelvin, l'équivalent de moins deux cent soixante-treize degrés Celsius. Plus froid, on ne peut pas. À cette température, toutes les particules se figent à jamais. Tout s'arrête, définitivement.

– L'antre idéal pour le Diable, articula Louise, interloquée.

– L'enfer de glace, ajouta Bianchi, tout aussi stupéfait.

– Et ce n'est pas tout, relança Étienne Klein, visiblement en verve.

Les policiers retinrent leur souffle.

– Si Hawking se passionnait pour les trous noirs, c'est parce qu'ils traduisaient l'enfermement total, c'est-à-dire exactement celui qu'il vivait dans sa boîte crânienne, à cause de sa terrible maladie qui l'a paralysé et cloué dans son fauteuil pendant cinq décennies. Si la technologie n'avait pas volé à son secours, il n'aurait probablement jamais pu communiquer avec le monde extérieur. Or, son cerveau justement, piégé aux limites du néant, sur le fil du rasoir, sur l'horizon des événements, trouvait aussi sa traduction métaphorique dans notre galaxie. C'est comme si tous les neurones de Hawking tournaient impitoyablement autour du trou noir supermassif du centre de la Voie lactée, en attente d'être absorbés pour toujours, l'un après l'autre.

– Je ne comprends pas, siffla Bianchi, qui commençait sérieusement à perdre pied.

– Notre galaxie est peuplée d'au moins cent milliards d'étoiles. Et savez-vous combien de neurones compte notre cerveau ?

– Cent milliards, j'imagine ? ânonna Louise.

– Exactement. Vous voyez le rapport ? C'est comme si notre cerveau, au fil de l'évolution, s'était rapproché de la structure même de la Voie lactée. Un peu comme si l'infiniment grand de la Galaxie rejoignait l'infiniment petit de notre encéphale.

Vernay perdait patience et sentait le tournis s'emparer de tout son être. Elle ne tiendrait plus très longtemps.

– Mais qu'est-ce qu'on doit comprendre, à la fin ? C'est totalement barré !

Étienne Klein jeta un œil au cadran de sa montre de marque et força un rictus.

– Bien, vous m'en voyez navré, mais je dois partir. Un cours sur les fondements de la physique quantique aux élèves de l'École centrale…

– Attendez, et si les auteurs de ces crimes épouvantables voulaient vraiment évoquer un trou noir ? Je veux dire, un vrai trou noir cosmique ? Que le rébus, c'était ça : nous mener jusqu'à la métaphore de la galaxie, et de son centre glacé et impitoyable ? À quoi pourrait bien ressembler un trou noir sur Terre ? Que pourrait-il désigner ?

Klein se figea dans son élan et réfléchit.

– Eh bien… Le seul trou noir qui pourrait théoriquement apparaître un jour sur Terre est celui que certains grands instruments scientifiques pourraient reproduire. Cela a d'ailleurs fait couler beaucoup d'encre, à l'époque. Le LHC, à Genève, est l'accélérateur de particules le plus grand et le plus puissant du monde : vingt-sept kilomètres de circonférence. Un collisionneur de hadrons capable, en théorie, de reproduire les conditions d'un trou noir expérimental. En réalité, des minitrous noirs quantiques, mais beaucoup ont cru à la fin du monde. Et on a bien failli ne jamais découvrir le boson de Higgs. Vous savez, la fameuse « particule de Dieu » ?

Dieu, le Diable, tout se mélangeait dans l'esprit de Louise qui fléchissait ostensiblement.

– Le LHC, c'est une sorte de réplique géante de notre accélérateur à nous, qui se trouve juste derrière le bâtiment. Vous avez dû l'apercevoir en arrivant, l'immense structure circulaire.

– L'espèce de soucoupe volante ?

– Exactement. Notre accélérateur s'appelle le synchrotron SOLEIL. C'est plus sexy que LHC, vous ne trouvez pas ?

Trou noir au centre de la galaxie, et à Genève ; soleil au centre du système solaire, et dans le bâtiment d'à côté ; deux accélérateurs, deux métaphores qui résonnaient avec les théories du philososicien, entre les neuf cercles des planètes du système solaire et les neuf autres formés par les bras de la Voie lactée… Sans compter les neurones de Stephen

Hawking qui tournoyaient dans notre galaxie et se connectaient avec l'âme de ses prédécesseurs, Newton, Galilée ou Einstein…

Louise se sentit absorbée par un grand trou noir, à son tour. Disjonction neuronale. Black-out cérébral.

Collapse dans les bras de Bianchi.

Chapitre 29

Vendredi 19 avril 2024, Paris, 10 h 12

– Décidément, tu ne peux pas te passer de moi.

Louise entrouvrit les paupières, légèrement aveuglée par la lumière du jour qui pénétrait par les fenêtres en PVC. Tandis qu'elle faisait le point, une image se forma sur sa rétine, de plus en plus nette.

Elle se redressa péniblement dans son lit.

– Mais qu'est-ce que je fous ici ?

– Je viens de te le dire : tu ne peux plus te passer de moi.

Elle aperçut Ceylac, étendu dans ses draps blancs, cerné de moniteurs sur lesquels dansaient des sinusoïdes. Elle baissa le regard et découvrit un cathéter introduit dans la veine céphalique. Au bout, un boyau transparent conduisait à une poche de soluté glucosé, tranquillement suspendue à un pied en inox.

Sans réfléchir, elle arracha l'embout du flexible et tenta de basculer sur le flanc, pour jeter ses jambes sur le côté et se lever. C'est alors qu'une migraine furieuse lui tabassa les méninges.

– Eh, calmos, Van Gogh. Tu vas pas t'enfuir comme ça. Je te signale que tu es encore plus mal en point que moi, à ce qui paraît.

– Qu'est-ce… qu'est-ce que tu racontes ? balbutia Louise tout en battant en retraite dans son lit.

– Ton éclat de balle, là, il se balade on dirait. Le médecin qui s'est pointé hier soir avec tes radios avait l'air très préoccupé. Dans le genre « Oh, le beau cas ! », tu vois ce que je veux dire ?

Louise se massa les tempes ; sa céphalée tonnait. Chaque pulsation cardiaque la mettait plus ou moins KO.

– Je ne peux pas… Ce n'est pas du tout le moment… On a du neuf… Klein nous a mis sur de nouvelles pistes… Les neuf cercles, le système solaire, la galaxie… Le Soleil… Le trou noir… C'est complètement dingue…

– Oui, je sais, Bianchi m'a tout expliqué hier soir, quand il t'a ramenée ici. J'avoue que c'est troublant.

– On tient quelque chose, j'en suis sûre… Et je ne peux pas rester ici à rien foutre, comme un poids mort…

– Sympa pour moi. Je te rappelle que je moisis ici depuis plusieurs jours déjà. Et moi aussi, je rêve d'aller gambader. Simplement, on n'a pas toujours le choix, Vernay.

– Parle pour toi.

Sur ce, Louise banda les abdominaux et, malgré la douleur qui irradiait son crâne, se redressa d'un bond. Elle réussit à marcher à tâtons en direction de l'armoire, dans le but de récupérer ses vêtements et de se rhabiller dare-dare dans les toilettes. Sa blouse étant trop courte, ses fesses affleuraient à chacun de ses pas. Au même instant, Bianchi fit irruption dans la chambre et se trouva nez à nez avec elle.

– Mais qu'est-ce que tu fous ? Va te recoucher !

Le bellâtre, d'habitude discret et élégant, se lâchait.

– Vous allez me foutre la paix, tous les deux ? Vous me prenez pour quoi ? Une connasse écervelée à vos ordres ? Je suis votre supérieure hiérarchique à tous les deux. Et toi, Bianchi, si tu tiens à tes roustons, dégage.

– Roustons ?

– Tes roubignoles, quoi !

L'excellent français de l'Italien avait ses limites. Il demeura interdit devant la furie en blouse de papier fort courte, qui laissait apparaître ses cuisses raffermies. Il perdit un peu les pédales et, sans vraiment réfléchir, l'enlaça.

– Mais... qu'est-ce que... Massimo... Enfin !

– Reste tranquille, Louise... Je t'en prie... J'en ai marre de te sauver la peau tous les deux jours... Mais bon sang, pourquoi tu ne peux pas faire comme tout le monde ?

Elle se dégagea.

– Parce que je ne suis pas tout le monde, crétino ! Et puis rassurez-vous, j'ai promis à Maria Calvino, au Coma Science Group de Liège, que je me ferais hospitaliser chez elle. J'ai confiance en elle. Ici, je ne connais personne. Mais je ne suis pas aux pièces. Mon grand-père a vécu trente ans avec un poumon en moins. Il avait contracté la tuberculose. Il ne s'est jamais plaint. C'est de famille.

– En attendant, vous voir tous les deux, côte à côte, j'avoue que c'est cocasse, lança Bianchi pour détendre l'atmosphère. Il manquerait plus que je fasse une crise d'asthme carabinée et qu'on me colle dans un troisième lit. Une belle brochette de poulets boiteux. Remarque, à nous trois, on arriverait peut-être à faire le boulot d'un seul flic valide, non ?

Les trois policiers rirent de bon cœur.

L'Italien accompagna Louise, qui ne tenait plus debout malgré ses grands discours, jusqu'à son lit, puis se campa sur une chaise.

– Après ce que nous a dit Étienne Klein sur le système solaire hier, j'ai repensé au message retrouvé dans la tombe de Darwin, qui commençait par « la tête d'or de la sœur de Cerbère vaincra les imposteurs... ». « La tête d'or », c'est quand même une allusion claire au Soleil, non ?

– Oui, et il serait très logique que les planètes du système solaire symbolisent les membres influents de l'organisation qui nous nargue, ajouta Ceylac. Les allusions à la pieuvre aux neuf systèmes nerveux – le central, et ceux des huit tentacules ; à l'hydre de Lerne (la sœur de Cerbère) aux neuf têtes, sont là pour le souligner. Des cerveaux dont toute l'action tourne autour d'un Soleil, leur « tête d'or », un gourou ou un guide suprême… Eyrolles, Lombardo, Rizzo, Vogel sont forcément liés et faisaient partie de ce système en rotation autour de l'axe central, la tête pensante, celle qui guide toutes les autres. Et il est fort probable que l'instigateur de ces massacres se trouve lui-même parmi les « cerveaux » encore vivants… Tout ceci n'est peut-être qu'une vulgaire lutte de pouvoir interne, au sein d'un groupuscule de tarés décérébrés – sans mauvais jeu de mots.

Ceylac était parvenu aux mêmes conclusions que celles de Vernay, qui les avait déjà postulées devant Nicolas Grimaldi, le boss de la Crim, trois jours auparavant. L'officier était lent, mais perspicace.

– D'accord sur l'essentiel, abonda Bianchi. Mais pour moi, « la tête d'or », la tête centrale placée au-dessus des autres, est déjà tombée, elle aussi. Ce Soleil qui brille, agité par des milliers de geysers radioactifs, désigne directement Eyrolles. Il était étroitement lié aux armes nucléaires, mais aussi au synchrotron SOLEIL, puisqu'il passait son temps juste à côté, chez Étienne Klein. Qu'est-ce qui nous dit qu'il n'était pas toujours fourré dans l'accélérateur de particules, en prétextant des visites au physicien-philosophe ? Il fomentait peut-être quelque chose…

– Un trou noir, tu veux dire ?

– Peut-être, oui. En tout cas, je pense que vous devriez lancer une enquête sur place. Au moins sur le terrain scientifique, comme une analyse des systèmes numériques. Vérifier qu'on n'a rien programmé d'inhabituel. Et vous devriez certainement mettre l'armée en alerte, leur demander de vérifier si une ogive ou une tête nucléaire n'a pas disparu… Idem pour le civil, en initiant une inspection des centrales.

Ceylac, craintif – comme à son habitude –, resta pétrifié dans son lit. Il savait que l'Italien avait certainement raison, mais il rechignait à endosser une telle responsabilité, qui nécessitait d'abord de convaincre la hiérarchie, à commencer par le patron de la PJ, jusqu'au directeur général de la police nationale. Ensuite, la Place Beauvau remonterait à Matignon et à l'Élysée, avant de donner ses ordres au chef d'état-major des armées et aux tutelles de l'industrie électronucléaire. L'officier allait devoir s'exposer, se mouiller, et peut-être se ridiculiser. Car pour l'heure, aucun indice matériel ne pouvait sérieusement attester une menace nucléaire – ou, plus loufoque encore, un anéantissement dans un puissant trou noir. Tout reposait sur des conjectures, des interprétations, des liens théoriques et quelque peu fumeux.

– Vous imaginez la réaction de la « grande muette » quand on leur demandera de checker leur stock ? On va se faire étriller, siffla Ceylac. Je veux bien en parler à Grimaldi, mais je vous préviens, je marcherai sur des œufs.

– Il faut aussi s'intéresser à Stephen Hawking, rebondit Louise. Il revient sans cesse. Rizzo possédait l'un de ses livres, et puis surtout, il y a le message gravé sur sa pierre tombale, située pile à côté de celles de Darwin et de Newton… Klein nous a exposé toute la rumeur qui circulait à son sujet. Il est décédé au même âge, exactement, qu'Einstein. Et le même jour que celui de la naissance du génie allemand. Comme des faits exprès. Comme si tout ça avait été soigneusement planifié…

– Quel rapport avec nos cerveaux qui clamsent les uns

après les autres ? rétorqua Ceylac. Hawking est mort il y a six ans !

– Et alors ? Qu'est-ce qui nous prouve que cette folie n'a pas commencé il y a des années ? Et que d'autres membres n'ont pas été éliminés sans qu'on le sache, ou plutôt, sans qu'on puisse associer leur disparition à la succession de crimes d'aujourd'hui ? C'est comme pour le cerveau d'Einstein, disparu il y a soixante-dix ans, mais dont des morceaux se sont baladés un peu partout pendant des décennies – et peut-être aujourd'hui encore. Le processus a pu s'enclencher il y a longtemps, et maintenant, tout s'accélère. Ils se sabordent et vont peut-être nous entraîner dans le chaos. Vous savez, il y a plein d'exemples de tarés qui se suppriment en prédisant la fin du monde : l'Ordre du Temple solaire ; les « Davidians », à Waco au Texas ; ou même les neuf cents membres du People's Temple, tous suicidés au poison en 1978 au Guyana, l'ancienne Guyane britannique.

Un frisson d'épouvante traversa Bianchi et Ceylac. Vernay avait creusé son sujet, sentant la catastrophe se profiler. Les mises en garde des malades du Coma Science Group de Liège avaient attisé une profonde angoisse.

– Il faut cerner cette organisation, insista l'enquêtrice. Trouver des indices, des concordances entre les victimes, chercher des liens, des points communs. Par exemple, est-ce qu'ils se sont tous trouvés au même endroit, au même moment ? La téléphonie et leurs ordinateurs doivent parler. Il faut mettre le paquet sur leur analyse.

– J'ai peut-être quelque chose, glapit Ceylac. Une piste… intéressante.

– La petite frappe qui t'a tiré dessus a parlé ? s'enquit Bianchi.

– Non, non, lui, il est aux fraises. Un vrai ravi de la crèche, tombé de la lune. D'évidence, il a été manipulé à distance ; il échangeait avec les commanditaires via la messagerie Signal. Impossible de retrouver une quelconque trace, et lui ne sait strictement rien. Là, je parle d'une découverte interne au service. Tu sais, Louise, on a pris relativement au sérieux cette histoire de rêve éveillé des précogs de Liège, où est soigné ton frère. Cette menace de fin du monde, et l'évocation du château de Lucifer, et des neuf cercles de l'Enfer au bord de l'océan.

– Et alors ? s'impatienta Vernay.

– Alors Beauché, mon cinquième de groupe, passionné de géographie et de petites punaises colorées qu'il adore planter sur des cartes, a fait un tas de recherches. Et à force de croiser les termes de « château », « cercles de l'Enfer », avec les pays qui possèdent une façade océanique, il a trouvé quelque chose. Au Portugal, dans la commune de Sintra, au bord de l'Atlantique. Le château abrite un immense puits qui conduit jusqu'au dernier cercle de l'Enfer…

Chapitre 30

Mardi 16 mai 2017, Sintra, Portugal, 20 h 42

Les derniers visiteurs s'étaient évaporés vers 19 heures, comme chaque soir en cette saison. Depuis la matinée, l'humidité des montagnes mêlée aux embruns de l'Atlantique exsudait un brouillard tenace, qui renforçait l'aura mystérieuse de la Quinta da Regaleira.

Le palais constituait l'un des sites exceptionnels de Sintra, laquelle comptait plus de somptueuses villas et de châteaux que la Bagdad des *Mille et Une Nuits*. La noblesse et la bourgeoisie portugaises du XIXe siècle, fort éprises de la région, y avaient édifié de nombreuses résidences plus monumentales et excentriques les unes que les autres. Regaleira s'était forgée sur des vestiges marqués du sceau de la franc-maçonnerie et de l'ordre du Christ – la variante portugaise des Templiers. Les souterrains et les fameux puits qui offraient de les rejoindre dataient tous du XVIIe siècle, forés en hommage à l'auteur de *La Divine Comédie*. Les fondateurs du Cercle, parmi lesquels le grand Baruch Spinoza, avaient initié ces travaux d'envergure, comprenant plusieurs kilomètres de galeries, afin d'accueillir leurs activités occultes. Des annexes et un palais aux ornements gothiques extravagants avaient été érigés par les propriétaires successifs. Il fallait désormais compter avec les visiteurs du monde entier, dont l'obole permettait d'entretenir les lieux. La Regaleira avait ainsi deux vies : l'une diurne, purement touristique ; l'autre nocturne, théâtre d'une quête ancestrale visant à unifier le monde du dessus et celui du dessous, l'infiniment grand et l'infiniment petit, à l'aide d'une liturgie des contraires inspirée du Yin et du Yang.

Ce soir-là, les Cerveaux arrivèrent au compte-gouttes, poursuivant inlassablement l'œuvre de leurs ancêtres avec la même abnégation. Ils passèrent par l'allée longeant l'ample muraille méridionale et rendirent hommage aux neuf dieux qui paradaient dans leur habit de marbre. Chaque statue symbolisait l'un des membres du Cercle, et tous avaient l'habitude de se prosterner.

Dante, *alias* Steven Laureys, était entré le premier. La mort dans l'âme, il s'apprêtait à quitter ses fonctions et à les transmettre à son héritier. Juste après lui, Virgile fit son apparition. En tant que guide, il aurait la charge de montrer la voie au nouveau Dante, même si Laureys entendait bien rester proche de son successeur – et pour cause.

Charon, *alias* Loïc Eyrolles, franchit à son tour l'immense portail. Le Français, tout comme son double mythologique, chargé de faire traverser l'Achéron aux âmes damnées avant qu'elles sombrent en Enfer, désignait celles et ceux qui allaient perdre la tête – ou du moins leur cervelle. Jusqu'ici, tous avaient été choisis en dehors du Cercle, avant d'être soigneusement étudiés par Dante. À cette époque, Charon n'aurait jamais imaginé qu'il finirait lui-même sur le billot, le cerveau à moitié lacéré par une lame de cutter…

Pendant que les premiers membres, libres de leurs faits et gestes, se succédaient, Cerbère patientait au fond de sa cellule, coupé du monde. Il s'était procuré un téléphone mobile, grâce à la bienveillance de Minos, l'un des autres

Cerveaux. Minos, dans la mythologie grecque, fils de Zeus et d'Europe, fut roi de Crète. Dans *La Divine Comédie*, il juge les âmes des damnés à l'entrée de l'Enfer. Qui de mieux qu'un grand procureur de la République pour endosser une telle responsabilité ? N'avait-il pas lui-même embastillé Cerbère, *alias* Giuseppe Rizzo, afin de le soustraire aux menaces qui pesaient lourdement sur sa vie ? Sa tête avait été mise à prix par l'organisation rivale, la Camorra, si bien que le parrain de la 'Ndrangheta n'était plus en sécurité nulle part, sinon au fond d'une geôle qui symbolisait à elle seule l'Enfer de Dante, au cœur du quartier pénitentiaire le plus redouté d'Italie, désigné par le terrifiant code 41-bis.

Cerbère était désormais un cerveau sans corps, ou presque. Il s'était réfugié dans les livres et veillait sur les autres membres depuis son antre. Le monstre mythologique, qui possédait trois têtes et une queue de serpent, gardait la marque des chaînes avec lesquelles Hercule l'avait maîtrisé. Rizzo, lui aussi enchaîné dans son mitard, semblait bien posséder trois cervelles tant son appétit de connaissances et son insondable culture, acquise pendant ses longues années de détention, au sortir d'une carrière de *capo di mafia* des plus sanguinaires, suscitait l'admiration. Il s'était laissé interpeller sur les ordres de Pluton. Les ennemis se rapprochaient, ils allaient l'atteindre ; il fallait l'exfiltrer dans l'abri le plus inaccessible au monde – et le plus terrible aussi. De sa cellule, il se tenait informé de tout et distribuait les ordres à ses sbires, dont le redoutable Phlégias.

Mafieux patenté comme lui, Phlégias, *alias* Luigi Lombardo, avait toujours été l'homme de main de Rizzo. Cerbère décidait ; Phlégias exécutait. Leur emprise sur la 'Ndrangheta, et ses tentacules qui rampaient dans le monde entier, leur offraient un terrain de jeu sans limite. Toutes les opérations pouvaient être imaginées et menées à bien par des commandos surentraînés, au service du Gyrum Novem. Au côté de Phlégias, Méduse, cousine de l'hydre de Lerne et sœur spirituelle de Cerbère, constituait l'autre bras armé de Rizzo. Comme le monstre mythique, son regard pouvait pétrifier quiconque la défiait. Elle savait se montrer aussi brutale que délicate, en fonction des circonstances.

Vers 21 heures, les deux derniers membres se présentèrent. Tout d'abord Darwin, *alias* Alban Vogel. Sa présence s'avérait rare, tant ses voyages dans le monde entier l'absorbaient. Il était en quête d'un Graal bien plus précieux que celui qui avait accaparé les douze chevaliers de la Table ronde ; un Graal tapi dans l'ombre, rampant bien souvent sous terre, et qu'il était presque impossible de déceler tant ses ramifications complexes le rendaient quasi indétectable. Mais c'était l'œuvre de sa vie, et Vogel touchait au but. Quelques années encore, et il l'emporterait. Sa compétition larvée avec Dante, depuis des siècles déjà – à travers leurs prédécesseurs –, touchait à sa fin. Dante/Laureys accomplissait d'importants progrès sur les encéphales, mais ce soir-là, Darwin/Vogel allait se débarrasser de lui et prendre une sérieuse avance.

Enfin, le grand maître, Pluton, arriva à bord de son traditionnel van anthracite. Le véhicule remonta l'allée arborée qui conduisait à la tour de la Regaleira et s'immobilisa. Les sept membres présents l'attendaient en silence. La porte latérale coulissa, puis un marchepied tout lisse s'étira jusqu'au sol. Quelques grincements annoncèrent son extraction imminente. Le fauteuil électronique suréquipé roula lentement. Les autres Cerveaux mirent un genou à terre, tandis que Cerbère, depuis sa cellule de Rebibbia, baissait ostensiblement la tête.

Cerbère/Rizzo n'était pas le seul cerveau emprisonné dans un organisme quasi statique. Pluton se trouvait plus confiné encore, piégé à l'intérieur d'un corps vrillé dans son imposant fauteuil, le visage de travers et la tempe droite campée sur un appuie-tête. Le Britannique esquissa d'infimes mouvements de la joue, aussitôt captés par sa minicaméra puis traduits par le logiciel de son ordinateur portatif. Après quoi, le synthétiseur vocal scanda d'une voix métallique :

– Bon-soir-à-tous. C'est-un-grand-jour.

Virgile s'empara de la manette de contrôle du fauteuil et dirigea Pluton, *alias* Stephen Hawking, sur le chemin qui menait au puits de l'Imperfection, seul moyen pour le grand maître d'accéder aisément aux galeries souterraines, jusqu'au neuvième cercle. Il lui était en effet impossible de gravir l'escalier de pierres enroulé dans la roche qui plongeait dans l'autre puits, celui de l'Initiation, afin de dévaler les huit premiers cercles jusqu'à l'aboutissement : le symbole de Dité, la « ville rouge », cité de Lucifer en personne, matérialisée par une rose des vents à huit branches pourpres, elle-même gravée sur une croix des Templiers.

L'ouvrage, unique au monde, s'enfonçait à près de trente mètres de profondeur et incarnait la représentation physique la plus stupéfiante de l'œuvre de Dante.

Le pèlerinage du Gyrum Novem, le Cercle des neuf cerveaux, se renouvelait depuis quatre siècles. Les sept membres valides descendirent les marches et frôlèrent les niches enclavées dans la roche, à chacun des neuf niveaux. D'illustres cerveaux étaient disposés dans les anfractuosités, tels ceux de Carl Friedrich Gauss et de Georges Cuvier, légués par Rudolph Wagner, l'un des plus remarquables « Dante » que l'organisation eût connus. La pièce maîtresse reposait plus bas, sous une cloche ventilée : l'encéphale d'Albert Einstein. Il n'en restait que les deux tiers, une bonne partie ayant été dispersée après que le prédécesseur de Laureys dans le rôle de Dante – Thomas Stoltz Harvey – eut tout dévoilé. Quelques crânes reposaient aussi dans des alvéoles, mais Darwin n'avait jamais accepté de transférer celui de l'immense Descartes, préférant le conserver sous bonne garde. Cependant, l'affaire faisait polémique au sein du Cercle : dix-huit mois plus tôt, en octobre 2015, le célèbre crâne avait été installé dans une vitrine du nouveau musée de l'Homme, lequel rouvrait ses portes après six années de travaux. Auparavant, le précieux fossile était resté à l'abri des regards, dans les réserves du Muséum d'histoire naturelle, non loin du bureau de Vogel/Darwin. Mais depuis que l'ossement était visible par le grand public, certains membres, dont Dante, exigeaient que le naturaliste le rapatriât – il n'était plus en sécurité – en lui substituant une copie. Vogel renâclait ; il ne voulait surtout pas faire ce plaisir à Dante/Laureys, qui s'en serait aussitôt emparé pour l'examiner sous toutes les coutures. Au contraire, le Muséum avait été saisi d'une demande d'analyse approfondie de la part d'un certain Philippe Charlier, légiste et anthropologue, en vue de réaliser un film documentaire sur son épopée. Vogel préférait confier le trophée à cet étranger au Cercle, au grand dam de Dante. La rancœur s'exacerbait entre les deux hommes ; l'éviction de Laureys allait peut-être apaiser les tensions, mais rien n'était moins sûr : le nouveau Dante était un proche du célèbre neurologue belge, dont les recherches spectaculaires sur de grands méditants tels que Matthieu Ricard, interprète du dalaï-lama, et sur les expériences de mort imminente ou de sortie du corps, faisaient couler beaucoup d'encre dans la presse.

C'était d'ailleurs l'un des arguments de Vogel pour écarter son rival. Le médecin, devenu fort médiatique, risquait le dérapage incontrôlé auprès d'un journaliste, tout comme Thomas Stoltz Harvey, en son temps. Laureys avait pris la suite de Harvey au sein du Cercle, juste après son décès en 2007, au moment même où le Belge inaugurait le Coma

Science Group à Liège. Année faste s'il en était ; l'étoile filante de la neurologie, alors âgée de trente-neuf ans, allait dominer le monde grâce à ses découvertes révolutionnaires sur la conscience humaine, et « l'âme » dont l'humanité cherchait la preuve de l'existence depuis deux millénaires. Le Gyrum Novem devait lui apporter ce que la recherche académique se trouvait bien incapable de lui offrir, corsetée dans la bioéthique d'une époque dégoulinante de bien-pensance, et où le sacro-saint individu, confit dans son égoïsme, passait avant le progrès de l'humanité tout entière et la résolution des plus grandes énigmes scientifiques et philosophiques – fût-ce au prix de certains sacrifices. Ces dernières années, l'image de Steven Laureys au sein du Cercle s'était écornée en raison de son goût de plus en plus prononcé pour les médias, entraînant certaines annonces précipitées, comme avec ce patient, Rom Houben, dont il avait prétendu qu'il réussissait à communiquer en guidant la main d'une soignante sur un clavier, alors qu'il se trouvait dans un état quasi végétatif. Si le grand maître, Stephen Hawking, en était capable, alors pourquoi pas Rom Houben, avec un peu d'aide ? Seulement, ils ne souffraient pas des mêmes maux, et leur cerveau ne répondait pas de la même manière. Laureys avait finalement dû se rétracter. Ses prises de parole répétées, parfois intempestives, avaient fini par lui nuire. Il n'avait d'autre choix que de passer la main, à son corps défendant, pour éviter d'exposer le Cercle. Il s'y était résolu, mais considérait cet affront comme l'œuvre destructrice de Vogel, qui l'avait méticuleusement sapé auprès des autres membres au fil des années.

Après le pèlerinage dans le puits de l'Enfer, puis dans la chapelle empreinte de nombreux symboles maçonniques, les huit membres du Cercle gagnèrent la citadelle et, comme à l'accoutumée, prirent place autour de l'ample table de verre de la salle des Rois. Les monarques du Portugal les toisaient, en rang d'oignons depuis leurs cadres qui formaient une frise sous les plafonds à caissons.

– Nous avons deux grands sujets, grésilla la voix robotique de Stephen Hawking.

Les membres du Cercle étaient toujours aussi impressionnés de voir et d'entendre ce grand génie, ratatiné dans son siège. Le spectacle ne variait jamais, sinon qu'il semblait se recroqueviller toujours plus dans son fauteuil et qu'il peinait à exprimer quelque sentiment que ce soit. Dans les premières années, il pouvait arborer de francs sourires ; mais depuis longtemps, il fallait se contenter de vagues grimaces. Comment pouvait-il supporter son enfermement ? Comment avait-il pu survivre aussi longtemps ? Le plus fasciné était Dante, forcément. Il avait d'ailleurs longuement étudié Pluton, grâce à l'imagerie cérébrale, lors d'une dizaine de séances nocturnes à l'hôpital universitaire de Cambridge, ville où résidait le physicien. Il avait découvert que son cerveau portait les mêmes stigmates que ceux de la plupart des génies auscultés au fil des siècles par ses prédécesseurs. En particulier, une excroissance au niveau du cortex préfrontal, mais aussi une atrophie de la plupart des noyaux sous-corticaux. Ces êtres d'exception remisaient leur cerveau limbique, digne de l'animal, et disposaient au contraire d'une cognition exceptionnelle. La résistance de Hawking, durant ces longues décennies, malgré la claustration et la paralysie, suscitait l'admiration. Qui d'autre pouvait, mieux que lui, connaître les forces de l'esprit et maîtriser l'une des quêtes centrales du Gyrum Novem ?

– Ce soir, nous devons entériner le départ officiel de Dante. La prochaine fois, nous accueillerons son successeur. Mais je veux rendre ici un vibrant hommage à Steven. Il a toujours exploré l'esprit humain, et il continuera de le faire après son départ, en dehors du Cercle. Nos pensées, nos émotions n'ont plus de secret pour lui. Il manie avec talent l'imagerie cérébrale pour percer les secrets du cerveau.

Laureys sentit son cœur battre la chamade. Il eût préféré que ce délicieux verbiage coulât d'une voix plus douce, mais Hawking n'avait jamais voulu se départir de ce synthétiseur vocal hérité du siècle passé. Il affectionnait ce phrasé syncopé, artificiel, et avait toujours refusé d'adopter une diction naturelle malgré les progrès prodigieux en la matière. C'était, en quelque sorte, sa marque de fabrique ; un trait incontournable de sa personnalité.

– Les expériences de mort imminente, le sommeil, le rêve, la méditation… Steven s'intéresse à tout, et même à la force mentale de grands athlètes, d'astronautes, de musiciens, de moines bouddhistes, ou de chamanes comme Corine Sombrun.

Tandis que Laureys exultait intérieurement, Darwin/Vogel se décomposait. Cet hommage lui était insupportable.

– Et, comme moi, Steven a signé des centaines d'articles scientifiques et publié plusieurs livres de vulgarisation. Il est évidemment célèbre pour avoir fondé le Coma Science Group et bien d'autres activités à l'université de Liège. Je te souhaite, mon cher Steven, de poursuivre ta brillante carrière. Et je regrette que tu quittes le Cercle, même si c'est le souhait de certains membres, ici.

Darwin accusa le coup. Il se trouvait publiquement désavoué par Pluton. Son ambition l'avait peut-être poussé à commettre un faux pas, au détriment de sa propre réputation. Il était sur la sellette, d'autant qu'il ne pouvait nullement revendiquer un pedigree aussi brillant que celui de Dante ; il préférait garder ses recherches secrètes avant d'en faire profiter le Cercle.

– Nous accueillerons ton successeur à bras ouverts, ajouta

Hawking. Enfin, pour ma part, ce sera plutôt à paupières ouvertes. Mais le cœur y sera.

À l'exception de Darwin, les Cerveaux sourirent ; Pluton cultivait l'autodérision malgré son état physique déplorable.

– Cependant, tu ne seras pas le seul à quitter prochainement le Cercle. Vous savez que l'heure approche.

Un silence pesant accueillit cette sentence que tous redoutaient.

– Je m'éteindrai, comme prévu, le jour anniversaire de la naissance d'Einstein, dont nous avons tant étudié le cerveau, et le génie. Et au même âge que lui.

– As-tu vraiment pris la bonne décision ? osa Virgile. Tu es notre étoile, celui qui a su prouver les pouvoirs de l'esprit, corroborés par les travaux de Dante. Tu as su pénétrer l'infiniment Grand Tout en étant enfermé dans ton corps. Tes milliards de neurones ont vibré à l'unisson des milliards d'étoiles de notre galaxie, et tu as su percer les mystères de l'univers. En particulier, les propriétés troublantes des trous noirs.

– Oui, Virgile, mais il est temps que je sombre à mon tour et définitivement dans un trou noir ; j'en rêve jour et nuit. Juste avant, je sais que je verrai ce grand tunnel lumineux, telle la Voie lactée, comme l'a si bien décrit Dante en étudiant les expériences de mort imminente. Il me tarde de connaître cet état extatique, le moment où les neurones de mes nerfs optiques vont s'embraser et créer l'illusion d'atteindre l'horizon des événements, comme à l'orée d'un trou noir. Ensuite, je disparaîtrai à l'intérieur, pour toujours. Le temps et l'espace seront abolis, et mes particules rejoindront celles de l'univers.

Hawking marqua une pause. S'exprimer si longtemps nécessitait un immense effort physique. L'oscillation de sa joue droite lui permettait de sélectionner des lettres sur un clavier virtuel, puis des mots logiques qui en découlaient.

Chaque phrase impliquait une gymnastique épuisante, qui l'obligeait à ménager des temps morts. En attendant, chacun méditait ses paroles. Certains, comme Méduse et Minos, peinaient à masquer leur désespoir, à l'annonce du souhait de Pluton d'en finir, à la date symbolique qu'il avait lui-même fixée. D'autres attendaient les paroles du sage, qui formulait ses dernières volontés, au crépuscule d'une survie exceptionnelle, compte tenu de son état physique.

– Je rêve que mon âme rejoigne notre premier maître, Spinoza, qui avait étudié avec passion le crâne de Descartes. Si les deux génies s'opposaient sur la question de la séparation du corps et de l'esprit, ils se rejoignaient sur un point fondamental : *Deus sive Natura*. « Dieu, c'est-à-dire la Nature », cette idée révolutionnaire formulée par Descartes et reprise par Spinoza, nous guide depuis des siècles. Et c'est toi, Darwin, qui en apporteras la démonstration ultime.

Vogel exulta. Pluton lui rendait enfin hommage.

– L'âme, l'esprit, le corps – notre cerveau – et la nature – notre Terre-Mère – ne forment qu'un. Cette unicité immanente nous permet aussi de nous connecter avec le reste du monde naturel, et donc le cosmos. Nous sommes tous des répliques infinitésimales du Grand Tout, de l'Univers tout entier, et nous vibrons avec lui. L'architecture de notre cerveau est identique à celle de notre galaxie, et l'un ne peut exister sans l'autre. Tout comme Spinoza l'avait déjà postulé : « La puissance de l'homme, en tant qu'on l'explique par son essence actuelle, est une partie de la puissance infinie, c'est-à-dire de l'essence de Dieu ou de la nature. »

Darwin acquiesça avec ferveur. Il connaissait bien cette citation de Spinoza, formulée dans son ouvrage posthume *Éthique*, rédigé en latin.

– Je vais recouvrer la liberté, je ne serai plus prisonnier de ce corps racorni qui m'entrave depuis tant d'années. Et comme je l'ai toujours souhaité, le nouveau Dante pourra étudier mon cerveau. Vous le prélèverez avant la crémation, comme pour Einstein.

Nouveau silence. Dante et Darwin, malgré leurs différends, semblaient tout aussi affectés par la perspective du départ du grand-maître. Darwin/Vogel espérait apporter la preuve ultime de la jonction avant la mort de Stephen Hawking, mais il lui manquait encore plusieurs voyages pour ce faire. Quant à Dante/Laureys, il se lamentait de ne pouvoir étudier lui-même l'encéphale du génie britannique. Évidemment, compte tenu de son statut, il pourrait tout de même participer, au côté de son successeur.

– Mes amis, je partirai le cœur léger, sans connaître l'apocalypse qui guette l'humanité. Car Dieu, c'est-à-dire la Nature, et donc notre planète, va bientôt nous retirer à tous le souffle de la vie. J'ai plusieurs fois déclaré dans mes conférences et mes ouvrages de vulgarisation que l'humanité n'en avait plus que pour mille années. Je pense que j'étais optimiste. Je crains que notre temps ne soit bien plus compté que cela. Nous avons trahi la nature depuis que nous avons décidé d'épuiser les ressources de notre Terre nourricière, mais aussi depuis que nous avons créé le feu nucléaire.

À ces mots, Charon, *alias* Loïc Eyrolles, haussa les sourcils. Le message s'adressait particulièrement à lui, en tant que directeur adjoint du département des applications militaires du Commissariat français à l'énergie atomique.

– Vous savez, poursuivit Hawking, j'ai eu la chance de rencontrer Julius Robert Oppenheimer, le père de la bombe A. C'était en 1964, trois ans avant sa mort. On venait juste de diagnostiquer ma sclérose latérale amyotrophique – et lui, il venait d'apprendre son cancer de la gorge. Comme j'étais encore valide, je suis allé l'écouter lors de l'une de ses dernières conférences aux États-Unis. Il a répété cette phrase qui m'a terrifié : « Maintenant je suis devenu la mort, le destructeur des mondes. » Depuis ce jour-là, j'ai compris que le feu nucléaire nous anéantirait tous. Et que si nous en réchappions, alors la Terre nous éliminerait pour notre arrogance. Elle est déjà en train de le faire. Je vous le dis : nous entrons de plain-pied dans l'étage *néolytique* de l'anthropocène. Car nous sommes tous des Prométhée modernes, nous avons volé le feu créateur et créé le feu destructeur.

Les dernières paroles métalliques et saccadées de Hawking résonnèrent longuement dans l'esprit des huit autres Cerveaux. Personne n'osait piper mot. Cerbère, depuis sa cellule, prenait des notes discrètes. Il se passionnait pour la philosophie et partageait évidemment les vues de Pluton. Tous, en cet instant, communiaient. Ils devaient accepter le destin du grand-maître et se préparer au cataclysme final.

Et peut-être même, le précipiter.

Car, au fond, pourquoi s'acharner et continuer de vivre, si la fin est si proche et que Pluton tire sa révérence ?

L'idée d'en finir une bonne fois pour toutes commença, en cet instant précis, de germer dans l'esprit de plusieurs membres.

Chapitre 31

Lundi 22 avril 2024, Paris, 11 h 08

Louise avait passé près de trois jours dans les bras de Morphée. Depuis sa tentative de fuite le vendredi précédent, et l'exhortation de Bianchi et de Ceylac à garder le lit, elle était restée cloîtrée dans sa chambre d'hôpital, sous l'œil de son collègue de la Crim, lui-même en lente rémission de son arrêt cardiaque à la suite du tir subi près du musée de l'Homme. Lequel des deux policiers était le plus mal en point ? Impossible à dire.

Mais ce lundi matin, un texto l'avait remise en selle. Le Dr Philippe Charlier, spécialiste de l'analyse des reliques de personnalités historiques, l'avait contactée. Lorsqu'elle avait appris que le musée de l'Homme avait chargé ce médecin chercheur de la reconstitution du crâne de Descartes, elle avait pris soin de lui glisser son numéro, en insistant sur l'urgence et la gravité de la situation. Il avait joué le jeu, sans respecter la hiérarchie. Comme anthropologue légal et médecin légiste, Charlier entretenait des relations directes avec les enquêteurs et n'avait aucun mal à les joindre – quitte à susciter l'ire du Muséum qui l'avait mandaté, en escomptant des conclusions avant la police.

« Reconstruction terminée. Venez immédiatement. Suis à mon bureau, au musée du quai Branly. »

Il ne manquait plus que « stop » pour que le SMS parût en tout point semblable à l'un de ces télégrammes qu'on s'envoyait, bien avant le téléphone mobile et l'Internet, dans un passé aussi lointain que révolu.

Après trois jours et trois nuits d'un sommeil agité, et grâce à l'effet des traitements inoculés par intraveineuse, Louise avait enfin récupéré. Elle se sentait en forme – mais pour combien de temps ? Son oreille continuait de bourdonner légèrement. Rien à voir avec la grosse caisse et les cymbales des jours précédents. Bien sûr, l'éclat de balle qui louvoyait dans son cortex s'apparentait à une épée de Damoclès, mais elle était fermement décidée à mettre la pédale douce pour s'éviter toute situation périlleuse. Hors de question de faire le coup de poing, ou de « dégringoler » les criminels – si tant est qu'elle les coince un jour. Elle laisserait cela aux pros, la BRI et le RAID en tête.

Elle avait exposé son état d'esprit le plus calmement possible à Ceylac, toujours captif de son lit médicalisé, même si lui aussi se sentait mieux. Il avait globalement récupéré, ses côtes le faisaient moins souffrir. Le commandant avait accueilli les promesses de Vernay avec circonspection, doutant de ses capacités à poursuivre l'enquête « dans le calme et sans éclat », pour reprendre ses termes. Bien qu'elle n'eût aucun besoin, en tant que supérieure hiérarchique, de lui rendre des comptes, elle s'efforçait de le brosser dans le sens du poil. Elle avait besoin de lui, car ses qualités d'enquêteur et sa capacité d'analyse importaient plus que jamais en ces moments d'errance psychique. Louise n'était plus aussi affûtée, son esprit lui jouant des tours. Ceylac était devenu un allié, tout comme Bianchi. Ils constituaient un trio efficace et robuste – du moins sur le fond ; s'agissant de la forme, on avait connu mieux.

Ceylac, de son côté, l'avait informée que la police

portugaise avait mené une perquisition à Sintra, au château de la Regaleira, censé abriter le puits de l'Enfer, avec ses huit paliers taillés dans la roche, jusqu'au neuvième et dernier cercle, matérialisé trente mètres plus bas par une rose des vents et une étrange croix des Templiers. Ils n'avaient visité que les espaces publics, y compris certains souterrains (entre le puits de l'Imperfection et celui de l'Initiation), qui couraient sur quelques centaines de mètres – une goutte d'eau en comparaison avec les galeries connues des seuls membres du Gyrum Novem. Comme la Quinta da Regaleira accueillait du public toute l'année, l'organisation avait l'habitude de ne laisser aucune trace de son passage entre deux rencontres. Les policiers avaient donc fait chou blanc. Louise et Ceylac supputaient que leurs collègues avaient bâclé le travail ; en particulier, ils n'avaient dépêché aucun technicien de police scientifique pour passer les lieux au peigne fin. Mais en l'absence de crime ou de délit caractérisé, rien ne permettait aux autorités portugaises d'imposer une vaste opération, d'autant plus dans une propriété privée dont la survie dépendait du tourisme. Toute fermeture des lieux au public impliquait un manque à gagner, et les propriétaires avaient tout fait pour écourter la visite de la police.

En attendant, Vernay avait fort à faire avec ce Dr Charlier et le crâne de Descartes, qui se trouvaient à quelques encâblures, en plein cœur de Paris, au musée du quai Branly.

En fin de matinée, l'enquêtrice, accompagnée de Massimo Bianchi, fit irruption dans l'imposante institution créée à l'initiative de l'ancien président Jacques Chirac. L'édifice, juché sur pilotis, tout en courbes et en transparence, était niché dans l'ombre de l'imposante tour Eiffel sa voisine. Il fallait pénétrer dans l'enceinte, franchir la végétation luxuriante plantée dans un jardin vallonné, pour découvrir le bâtiment conçu par Jean Nouvel comme une immense passerelle hérissée de renflements qui offraient autant d'espaces d'exposition intimes. À l'intérieur, des centaines d'œuvres issues des « arts premiers », venues d'Afrique, d'Asie, d'Amérique et d'Océanie. Les vitrines étaient remplacées par de hautes parois de verre qui rappelaient celles pulvérisées au musée de l'Homme – mais sur de bien plus amples surfaces.

Louise connaissait bien les lieux pour les avoir visités à plusieurs reprises.

Elle s'était aussi renseignée sur Philippe Charlier, avant de l'affronter. Après une carrière de légiste qui l'avait mis en contact avec d'innombrables cadavres plus sordides les uns que les autres, le médecin s'était tourné vers sa seconde passion : l'anthropologie. De nombreux articles scientifiques, parfois polémiques, ainsi qu'une activité médiatique intense qui n'avait rien à envier à celle d'un Étienne Klein, avaient fini par le mettre sur le devant de la scène. Il s'était notamment illustré en prétendant avoir authentifié la tête d'Henri IV, et reconstitué celle de Robespierre – ce que certains scientifiques avaient contesté. Il s'était aussi attaqué aux restes de Richard Cœur de Lion, de Diane de Poitiers, d'Agnès Sorel, des enfants de Toutankhamon, et avait même exfiltré une dent d'Adolf Hitler depuis la Russie. Son surnom résumait tout : « l'Indiana Jones des cimetières ». De plus en plus remarqué, il avait été coopté comme directeur de la recherche et de l'enseignement du prestigieux musée du quai Branly.

L'expert attendait les enquêteurs en faisant les cent pas dans son bureau au style colonial, avec sa table basse aux pieds crapaud, son plafond constellé de croisillons en bois exotique, et sa collection de masques africains. Partout, livres et revues s'entassaient.

– Vous êtes la commissaire Vernay ? Et vous, le commandant Bianchi ?

Les deux policiers n'avaient pas franchi le seuil de la porte que le scientifique avait déjà fondu sur eux. Louise dévisagea l'expert, un grand échalas au visage juvénile, dont seules des mèches de cheveux laiteuses et la barbe grisonnante indiquaient un amerrissage prochain vers la cinquantaine. Ses yeux bleus perçants vous sondaient comme un scanner, si bien que Charlier semblait pénétrer l'esprit de ses interlocuteurs à la manière d'un médium. Il fixa le pansement de Louise, tel un chien d'arrêt.

– Qu'est-ce qu'il vous est arrivé ?

– Je me suis pris une balle, moitié de l'oreille arrachée, et apparemment, j'ai un éclat qui se balade.

– Ah ! J'en ai retrouvé un paquet, d'éclats dans le cerveau de mes clients. Quand c'étaient pas des balles entières. Souvent, elles ne laissaient que la trace de leur passage d'ailleurs, et on n'avait plus que les orifices d'entrée et de sortie. Un beau massacre entre les deux.

Louise fronça les sourcils ; elle n'appréciait guère d'être comparée à l'un de ses refroidis sur la table d'autopsie.

– Ce que je veux dire, hum, c'est que vous avez eu beaucoup de chance. Félicitations, bredouilla Charlier pour se rattraper.

– En tout cas, je comprends mieux pourquoi votre pseudo est « Doctroptard » sur X. Vous êtes plus doué avec les morts qu'avec les vivants.

– C'est vrai, reconnut le légiste. D'ailleurs mes patients ne se sont jamais plaints de moi.

Bianchi esquissa un sourire. Il aimait bien ce Français pétillant à l'œil vif. Il avait à l'évidence la lumière à tous les étages, et parlait juste un peu trop vite.

– Alors, ce crâne ? Vous avez pu le reconstruire entièrement ?

– Quasiment.

Charlier releva l'écran de son ordinateur portable, puis afficha une série d'images.

– Je n'ai pas été autorisé à sortir la relique du laboratoire du Muséum, mais j'ai pu prendre des photos détaillées.

Le crâne de Descartes était lardé de fissures, qui délimitaient autant de pièces détachées qu'il avait fallu patiemment recoller, à l'image d'un puzzle en 3D.

– Il m'a manqué une ou deux pièces anatomiques, mais rien de fondamental. Et puis il y a l'orifice de la balle de neuf millimètres que votre collègue a tirée dans la sacoche et qui a traversé le crâne de Descartes. D'ailleurs, comment va-t-il ? Votre collègue, hein, pas Descartes. Parce que lui, avec sa balle dans la tête, vous me l'avez tué une deuxième fois !

Charlier ricana. Son caractère espiègle de légiste qui côtoyait sans cesse la mort lui conférait un esprit carabin empreint de cynisme bon enfant.

– Il va mieux, merci. Et donc, le crâne ?

– Eh bien, comme vous savez, il y a quelques années, j'ai eu la chance de l'étudier sous toutes les coutures, dans le cadre d'un film documentaire[16]. J'ai même reconstitué son visage, avec l'aide d'un expert de la police scientifique. Or, il y a des choses étonnantes, dans la relique reconstruite, par rapport à l'original.

Philippe Charlier zooma sur l'un des clichés.

– Regardez le texte en suédois rédigé en pattes de mouche sur l'os frontal, au-dessus des yeux. Ça dit : « Le crâne de Descartes, subtilisé par Planström en l'an 1666, tandis qu'on devait renvoyer le corps en France. »

– Oui, la conservatrice du musée de l'Homme nous l'avait déjà traduit. Et alors ?

– Alors, si je zoome encore, regardez bien. Le « 1 » de

l'année 1666, donc la date à laquelle le fameux capitaine de la garde royale suédoise a subtilisé le crâne, est devenu illisible à cause de la perforation de l'os due au tir de votre collègue. Et maintenant, on ne peut plus lire que « 666 ». Ça ne vous dit rien, 666 ?

Bianchi leva les sourcils.

– Le nombre du Diable !

– Absolument ! Ou, pour être plus précis, « le nombre de la bête », tel que décrit par saint Jean dans l'Apocalypse, le dernier livre du Nouveau Testament. Jean décrit une créature sortie des eaux, à qui Satan a conféré son pouvoir maléfique. Ce monstre à plusieurs têtes symbolise la Violence, et plus spécifiquement celle du pouvoir romain, considéré comme un oppresseur. Ce nombre est donc, dans l'eschatologie chrétienne, une marque laissée par la « bête », c'est-à-dire l'incarnation de Satan. C'est troublant, par rapport à votre enquête, non ? *L'Enfer* de Dante, le neuvième cercle, celui qui abrite Lucifer, mentionné sur plusieurs lamelles métalliques. Et aussi, la référence à la fin du monde. Exactement comme dans l'Apocalypse de Jean... Sans compter le cercle des crânes et des cerveaux, la pieuvre, l'hydre de Lerne, bref des êtres à plusieurs systèmes nerveux, ou même plusieurs têtes. Or, la « bête » qui incarne Satan possède justement sept têtes, d'après la Bible. C'est un signe incroyable, non ?

– Dites-moi, glapit Vernay, vous avez l'air de sacrément bien connaître l'affaire. Vous êtes au courant de beaucoup de faits, y compris certains dont nous n'avons jamais parlé dans la presse, comme le cercle des cerveaux, ou la référence à la fin du monde...

Le sourire de l'anthropologue s'estompa.

– Vous me soupçonnez ? C'est ça ? Vous pensez que je suis derrière tout ça ?

Charlier s'épongea le front, visiblement affecté et inquiet.

– Calmez-vous, reprit Louise. On ne vous accuse de rien du tout. Dites-nous juste comment vous avez eu connaissance de telles informations ?

– J'ai… J'ai simplement passé quelques coups de fil à certains de vos collègues de la Crim… J'ai travaillé avec plusieurs d'entre eux par le passé, grâce à mes autopsies… En fait, votre affaire me fascine. Elle est en lien direct avec mes spécialités et mes sujets d'étude. L'histoire, la science, l'ésotérisme, l'âme, les fantômes des grandes personnalités disparues, les rébus, les énigmes… C'est juste ma came, vous voyez.

Le Dr Charlier plongea la main dans un tiroir, en extirpa un cahier et l'ouvrit en son milieu.

– Voilà, j'ai pris beaucoup de notes. J'ai pu récupérer la plupart des messages que vous avez découverts dans les cerveaux, les crânes, ou parfois les tombeaux, comme pour Dante.

– Vous menez une enquête parallèle, ou quoi ?

– Je vous l'ai dit : c'est mon ADN. Et quand j'ai su que le crâne de Descartes avait été en partie détruit, je me suis tout de suite porté volontaire auprès de mes collègues du Muséum.

– Et… vous ne vous seriez pas aussi intéressé au cerveau d'Einstein, des fois ?

– Ah, ça, je n'étais pas au courant : il y a un lien ?

– Non, non, ce n'est pas certain, mais on s'interroge. Savez-vous qui pourrait encore en posséder des fragments ?

– Aujourd'hui ? Aucune idée. Un musée américain, je crois. Mais il a longtemps été la propriété d'un confrère légiste qui avait pratiqué l'autopsie.

– Oui, oui, on sait. Et sinon, connaissiez-vous Loïc Eyrolles ? Ou Alban Vogel ?

– Le Pr Vogel, oui, je l'ai croisé plusieurs fois, mais sans plus. Il a disparu après son intervention à la Royal Society, à Londres, c'est bien ça ?

Décidément, ce Charlier en savait énormément.

– Bon, et dans votre… galimatias, là, votre cahier rempli de mots et de flèches dans tous les sens, vous avez trouvé quelque chose qui puisse nous aider ?

– Eh bien… Je pense que vous avez fait toutes les connexions évidentes avec *L'Enfer* de Dante, et les différents cercles, notamment en fonction des chiffres gravés au verso des lamelles. J'ai aussi appris pour les noyaux du cerveau antérieur qui ont été mutilés ou excisés chez les victimes. J'y vois évidemment un lien avec la glande pinéale chère à Descartes, donc avec la question de l'âme. Et, en opposition, les autres noyaux ont trait à notre instinct, à notre système limbique hérité de l'évolution, en opposition au cortex préfrontal et à la cognition qui caractérisent la plupart des génies visés par les opérations menées à Ravenne, à Londres ou bien entendu à Paris, avec Marie Curie. Je vous avoue d'ailleurs que j'envie beaucoup les auteurs du rapt au Panthéon.

– Vous enviez ceux qui ont subtilisé la cervelle de Curie ? Vous savez qu'ils ont dessoudé deux gardiens avant de quitter les lieux ? Exécution à bout portant. Ils laissent trois enfants et deux mères éplorés.

Charlier pâlit.

– Je suis désolé, je l'ignorais. Moi, je rêvais juste de faire la virtopsie, c'est-à-dire l'autopsie virtuelle de la physicienne, parce qu'elle a été très bien conservée dans son cercueil de plomb. Bref ! J'ai été coiffé au poteau.

– Et cette histoire de génies d'un côté, et de noyaux cérébraux liés à nos instincts de l'autre, ça vous évoque quoi ?

– Une opposition entre le cerveau du haut et celui du bas, évidemment.

Louise sourit. Elle n'était donc pas la seule à le penser.

– Et tout ceci suit une logique alchimique, enchaîna le légiste. L'union des contraires, le soufre et le mercure, avec la notion de retour à l'état initial et d'éternel recommencement, comme le cercle formé par le serpent Ouroboros qui se mange la queue. Un cercle de plus… Peut-être le plus petit cercle dont parlent certains des messages ?

Louise jeta un œil à Bianchi, qui prenait frénétiquement des notes. Charlier était brillant, incisif, au point que son débit verbal ne laissait aucun temps mort. L'Italien sentait qu'il ne devait rien manquer. L'expert s'avérait un précieux atout, le genre de consultant dont raffolaient les enquêteurs. Dommage qu'ils ne l'eussent pas débusqué plus tôt…

– Mais le plus saisissant, toujours dans cette idée de retour à l'état initial avant le recommencement, ou l'avènement d'un nouveau cycle, propre à Ouroboros, c'est un autre message, qui m'a fortement interpellé.

– Lequel ? interrogea Vernay.

– Celui qui a été tailladé sur le torse du mafieux à Rome, et que vous avez aussi retrouvé, je crois, dans le tombeau de Dante, à Ravenne : « Bienvenue dans l'étage néolytique de l'anthropocène. *Gyrum Novem.* »

L'anthropologue ignorait que l'expression avait également été proférée par Giuseppe Rizzo avant de mettre étrangement fin à ses jours, dans sa cellule de Rebibbia. La maxime demeurait une véritable énigme pour les policiers. Charlier allait-il enfin la résoudre ?

– Ce qui est très troublant, c'est l'orthographe. Il est écrit, à deux reprises : « néolytique », avec un *y* et sans *h*, au lieu du terme « néolithique », qui fait référence à la dernière période préhistorique. Les deux mêmes fautes d'orthographe, répétées dans deux messages différents, ce n'est pas une simple erreur. Il n'est pas question, ici, de la préhistoire.

– Et alors ? Qu'est-ce qu'ils ont voulu dire ?

– L'adjectif « lytique » dérive du substantif « lyse », qui signifie dissolution d'éléments organiques, comme des tissus, des cellules ou des micro-organismes, à l'aide d'agents physiques ou chimiques. Bref, ils font clairement allusion à la destruction volontaire d'organismes vivants. Et comme le message parle de l'anthropocène, c'est-à-dire notre époque, où l'homme en est venu à non seulement dominer la nature, mais aussi à la détruire, je ne peux y voir qu'une menace claire contre l'homme. Comme un retour de boomerang, ou une vengeance. Un processus qui nous ferait revenir à l'état initial, Ouroboros, c'est-à-dire avant l'action néfaste de l'homme. Donc un monde privé de Sapiens, avec le retour à un équilibre naturel antéhumain.

Les deux enquêteurs échangèrent un regard inquiet. Tout ramenait inéluctablement à la notion de disparition de l'humanité, comme dans les songes éveillés des malades de Liège, ou dans les derniers propos énigmatiques de Rizzo, juste avant sa mort. Le spectre de la bombe atomique, l'un des rares moyens d'éradication massive, planait plus que jamais dans leur esprit.

– Docteur Charlier, nous avons des raisons de craindre l'imminence d'une attaque, ou d'attentats perpétrés à l'aide d'armes nucléaires. Ou, plus exotique et improbable, mais tout aussi grave, à l'aide d'un trou noir qui pourrait être généré sur terre, dans un accélérateur de particules. Bien entendu, tout ceci reste entre nous. C'est totalement confidentiel.

– Comptez sur moi. Entre le secret médical et le secret de l'instruction, j'ai l'habitude. Motus et bouche cousue.

Charlier accompagna le geste à la parole.

– Mais… comment êtes-vous parvenus à ces hypothèses ? C'est à cause de Loïc Eyrolles, qui travaillait au CEA ?

– En partie, oui.

Puis Louise dévoila, dans le détail, la conversation que les deux policiers avaient eue avec le physicien et philosophe Étienne Klein, en insistant sur les neuf bras de la galaxie, tournant autour de l'axe du trou noir central ; et des neuf planètes tournant autour du Soleil. Elle évoqua aussi la figure de Stephen Hawking, en mentionnant l'inscription retrouvée sur sa tombe, à Westminster Abbey.

Charlier, décontenancé, s'affala sur sa chaise. On pouvait deviner les milliards d'engrenages de son cortex en pleine effusion. Il recomposait, en temps réel, une nouvelle image de l'affaire. Au bout d'une longue minute – une éternité pour ce cerveau bouillonnant –, il se releva, la mine grave et concentrée.

– Les hypothèses d'Étienne Klein sont brillantes, au regard de l'inscription sur la pierre tombale de Stephen Hawking, ce grand astrophysicien. Il a raison d'imaginer un lien avec la cosmologie, notre système solaire ou notre galaxie. Seulement, je pense qu'il a omis un détail. Nous parlons d'une série de messages et d'énigmes inspirés de *L'Enfer* de Dante, dont la rédaction remonte au début du XIVᵉ siècle. Or, à ce moment-là, l'héliocentrisme – c'est-à-dire l'idée que le Soleil règne au centre du système – n'existait absolument pas. Copernic ne formulera cette hypothèse qu'un siècle et demi plus tard. À l'époque, le système géocentrique imaginé par Ptolémée au IIᵉ siècle constituait le dogme : la Terre au centre. Attendez, je vais vous montrer une illustration fameuse du système ptolémaïque…

Charlier fureta sur Internet.

– Voilà !

– On voit la Terre, énorme, bien au centre, et le Soleil n'est relégué qu'à la cinquième position, entre Vénus et Mars. Bien avant Ptolémée, d'autres Grecs célèbres avaient déjà postulé l'idée du géocentrisme. Si vous comptez bien, on a huit cercles – de la Lune à la Voie lactée, symbolisée par les étoiles. Et un neuvième, le plus petit cercle, au centre, formé par la circonférence de la Terre. Et donc, je pense que ce fameux « petit cercle » dont les messages évoquent la vengeance prochaine, c'est tout simplement notre propre planète.

– La vengeance de notre planète ? Mais ça ne veut rien dire…

– Il s'agit peut-être d'un processus naturel qui pourrait viser et détruire l'espèce humaine. Au fond, c'est déjà un peu ce qu'on vit avec le changement climatique, les incendies monstres, les ouragans, les pluies diluviennes, les sécheresses extrêmes, la guerre de l'eau… Et son lot de milliers, bientôt millions de réfugiés climatiques.

Louise songea une nouvelle fois aux propos alarmistes de Vogel à Londres, dénonçant d'abord notre emprise sur la terre et ses mises en garde terrifiantes : « *Nous périrons ! Nous périssons déjà !* »…

Ces admonestations effrayantes entraient en résonance avec les réflexions de Philippe Charlier. Mais une fois de plus, impossible d'en déduire le plan fatal qui s'était noué dans l'esprit ravagé des criminels, à moins que ces derniers ne tablent sur la seule action naturelle de la Terre – dont Vogel disait qu'elle était d'essence divine – dans un délire millénariste qui nous conduirait jusqu'au Jugement dernier, par la volonté du Saint-Esprit incarné par « Gaïa », et de son antagoniste Lucifer, emprisonné dans le neuvième et dernier cercle de l'Enfer, d'après Dante…

Malgré l'amélioration passagère de son état, Louise perdait pied. Fallait-il abandonner la piste de l'attentat nucléaire ? Celle du trou noir ? Qui avait raison ? La bataille des experts, tous prompts à livrer leur interprétation, rendait la situation plus embrouillée encore qu'elle ne l'avait jamais été. Les pistes s'accumulaient et saturaient l'esprit des policiers – car Bianchi n'en menait guère plus large. Et l'enquête piétinait plus que jamais.

– Il me manque un message, reprit Charlier. Peut-être

qu'il pourrait nous éclairer, si on trouve un lien avec la Terre ?

– Quel message ?

– Celui que vous avez découvert dans la tombe de Darwin, à Westminster. Personne n'a voulu me le dire…

Massimo Bianchi feuilleta son calepin, afin de citer avec exactitude.

– « La tête d'or de la sœur de Cerbère vaincra les imposteurs en les noyant dans le Phlégéthon. À commencer par les adorateurs de l'église Saint-Pierre. »

L'anthropologue se massa le menton et se remit à faire les cent pas ; sans doute sa manière de se concentrer et de stimuler son intellect.

– Alors, d'après moi, il faut s'attendre à un déluge de feu. Le Phlégéthon, c'est l'un des cinq fleuves de l'Enfer, selon Dante, dans lequel s'écoule un « feu liquide ». Comme de la lave en fusion, si vous voulez.

Retour de l'hypothèse cataclysmique et, par conséquent, du risque nucléaire. Louise encaissait les va-et-vient, véritables montagnes russes, et ne savait toujours pas à quel saint se vouer.

– Mais cette fois, on a une indication concrète du lieu dans lequel ce déluge pourrait être déversé. On ne peut pas être plus précis, dirais-je même.

Louise et Massimo se figèrent. Leur instinct leur hurlait qu'ils touchaient au but. Ils étaient prêts à « acheter » à peu près n'importe quoi. Ils fixaient les lèvres de l'anthropologue avec fébrilité.

– D'abord, le début du message : il est question d'une « tête d'or ». Pour moi, c'est une allusion directe à Jésus. Au XIe siècle, les croisés auraient en effet rapporté de Jérusalem une tête du Christ en or massif, qu'ils auraient enterrée à Lyon avec le reste de leur trésor. C'est d'ailleurs pour ça qu'on a baptisé le jardin botanique de la ville « le parc de la Tête-d'Or ».

Louise eut un spasme. Elle ignorait tout de cette légende ; en revanche, native de Lyon, elle avait tiqué en découvrant, au fil de son enquête, qu'Alban Vogel avait dirigé le jardin du parc de la Tête-d'Or pendant douze ans, avant d'être nommé au Jardin des Plantes… Encore un lien avec le savant disparu.

– Les croisés obéissaient directement au pape. Cela nous connecte donc avec le Vatican. Et la fin du message le confirme en toutes lettres : « À commencer par les adorateurs de l'église Saint-Pierre », c'est-à-dire la basilique Saint-Pierre, à Rome.

– Mais… À Londres, ils nous ont expliqué que Westminster Abbey s'appelait, à l'origine, l'église Saint-Pierre ! Et comme on a retrouvé le message là-bas, c'est bien plus logique…

– Disons que c'était une coïncidence volontaire, pour vous embarquer sur une fausse piste, ou créer une confusion qui vous fasse tourner en bourrique. Il existe des centaines d'églises Saint-Pierre dans le monde chrétien.

Louise était abattue. Les auteurs des meurtres abjects et des vols de crânes et de cerveaux la rendaient folle. Son état cotonneux n'arrangeait rien, bien au contraire.

– Attendez, s'opposa Bianchi, sceptique. S'il existe des centaines d'églises Saint-Pierre dans le monde, pourquoi le Vatican, et pas autre chose ? Ça paraît un peu gros, non ? Idem pour la tête de Jésus, les croisés… C'est vraiment tiré par les cheveux.

– Je vous comprends, mais il n'y a aucun doute, selon moi. En effet, depuis le début, *L'Enfer* de Dante sert de référence, nous sommes d'accord ? Or, le poète italien désigne lui-même Saint-Pierre à Rome dans son texte, et nullement Westminster. Attendez…

Philippe Charlier se rua sur l'une des bibliothèques adossées au mur, aux vitrines translucides. Il s'empara d'un ouvrage revêtu d'une couverture de cuir élimée, sans doute une édition très ancienne. Il feuilleta les frêles pages nimbées de caractères irréguliers.

– Voilà : nous sommes vers la fin, dans le chant trente et un, dans un passage qui parle du fond du huitième cercle. Dante et Virgile rencontrent l'immense Nimrod, l'un des gardiens du puits aux Géants. Ce puits matérialise le passage vers le neuvième et dernier cercle – celui qui abrite Lucifer, dans sa cité glacée de Dité – la ville rouge – et son fleuve de feu, le Phlégéthon. Or, que nous dit Dante, au moment de décrire ce géant Nimrod ? Je cite les vers 58 et 59 – désolé d'avance, commandant Bianchi, pour mon piètre accent italien : « *La faccia sua mi parea lunga e grossa / Come la pina di San Pietro a Roma* ».

– « Son visage m'a paru long et épais, comme la pigne, c'est-à-dire la pomme de pin, de Saint-Pierre à Rome »…, traduisit le limier de la Catturandi.

La mâchoire de Louise s'affaissa.

– Dante a parlé de Saint-Pierre à Rome, comme l'antichambre du neuvième cercle de l'Enfer ?

– En quelque sorte. Il y fait allusion au moment crucial de la descente de Dante et de Virgile dans le dernier cercle. Cela signifie aussi que le message que vous avez trouvé dans le tombeau de Darwin est certainement le dernier, juste avant que nous ne soyons contraints d'affronter la colère du neuvième et ultime cercle, ou le « plus petit cercle », tel que les précédents messages le mentionnent… Sans doute est-ce la dernière étape de leur rébus morbide. Et cette dernière étape va vraisemblablement se dérouler au Vatican.

Le Vatican, vraiment ? Louise n'arrivait pas à le croire, ou, du moins, à l'accepter. Elle s'en était approchée très près, lors de sa dernière enquête, et en gardait un souvenir tragique. La disparation brutale du directeur de l'observatoire du Vatican, aux confins du domaine papal, l'avait profondément marquée. Pourquoi fallait-il y revenir ? Elle se remémora alors les propos du boss de la Crim : « *Si jamais cette affaire déborde sur le Vatican, nous courons à la catastrophe* »... Grimaldi ne manquait pas de flair ; elle avait écarté cette hypothèse d'un revers de manche, à tort, visiblement. Puis une autre pensée l'effleura.

– Dites-moi... J'ai rêvé, ou il est question d'une pomme de pin, dans votre citation de Dante ?

– Absolument, pour décrire le visage du géant Nimrod : « long et épais comme la pomme de pin de Saint-Pierre à Rome ». Il s'agit d'une imposante sculpture de bronze en forme de pigne qui est toujours visible sur place, à ma connaissance, indiqua nonchalamment Charlier tout en refermant son livre, puis en le rangeant avec précaution dans sa bibliothèque.

– Mais... La pomme de pin, c'est aussi la forme de la glande pinéale, dont le nom dérive d'ailleurs de « pigne »...

– Affirmatif, confirma le légiste. Aussi connue comme l'épiphyse, et qui serait le support de l'âme, selon Descartes.

– Oui, je sais, le « troisième œil »... Selon vous, se peut-il que Dante, trois siècles avant Descartes, ait eu l'intuition que cette forme existe aussi dans le cerveau, et qu'elle nous connecte avec l'âme ? Donc, en quelque sorte, avec le Paradis et l'Enfer ? Que ce soit, justement, la porte qui nous entraîne vers l'au-delà, tout comme Dante chemine à travers les neuf cercles, guidé par Virgile, jusqu'à trouver la cité de Lucifer ?

Cette fois, c'est l'anthropologue qui siffla d'admiration.

– Excellent, commissaire, excellent... Vous avez peut-être trouvé le lien entre le cerveau et *La Divine Comédie* ! Dante a certainement décrit l'Enfer comme une métaphore de la condition humaine, mais aussi de nos tiraillements intérieurs et psychiques. Nous sommes soumis à nos pulsions et hésitons sans cesse entre le Bien et le Mal. Nos instincts les plus sombres, générés par notre cerveau limbique, rivalisent avec les Vertus portées par notre cognition, notre raison, ce qui fait de nous des Hommes. Entre les deux, la fameuse « pigne », la glande pinéale, enregistre peut-être nos choix. Cette empreinte, qui se forge tout au long de notre vie, serait alors ce qui nous donne notre identité profonde, notre « âme ». Et c'est elle qui va ensuite être jugée pour savoir si nous méritons le Paradis, l'Enfer, ou bien un accessit, le Purgatoire. La pomme de pin symboliserait donc la porte vers l'au-delà, dans notre cerveau comme au Vatican, où elle trône en majesté. D'ailleurs, je suis en train de réaliser quelque chose… Regardez…

Philippe Charlier surfa de nouveau sur le Web et afficha un dessin.

– Quand on compare la représentation de l'Enfer, ici d'après Massimo Tosi, et une pigne à l'envers, on retrouve vraiment le même motif… C'est troublant. Et vous ne trouvez pas que ça ressemble aussi à un champignon atomique ?

Louise posa la main contre le mur, comme pour reprendre son souffle. Cette succession de révélations, d'hypothèses et, dans l'ensemble, de supputations plus ou moins crédibles, s'avérait difficile à digérer. Il fallait cependant reconnaître que la piste du Vatican et de la « pigne » paraissait sérieuse.

– Bien…, balbutia Bianchi, tout aussi sonné. Avec tout ça, nous avons complètement négligé le crâne de Descartes. Et c'est quand même pour ça que nous sommes venus. À part ce « signe », le nombre de la bête, avez-vous remarqué quelque chose d'inhabituel ? On cherche un indice ou un message qu'aurait pu nous laisser Vogel, pour nous guider.

Philippe Charlier replongea dans les clichés de la relique qu'il avait reconstituée.

– Absolument. J'ai pu comparer, presque au millimètre près, l'original à la version reconstruite. J'ai bien retrouvé toutes les inscriptions – c'est fou le nombre de choses que les propriétaires successifs se sont amusés à écrire dessus ! Mais il y a un élément qui n'y figurait pas. Une série de chiffres a été ajoutée, presque imperceptible à l'œil nu. Regardez, on les voit mieux quand on zoome.

Les deux enquêteurs se tordirent le cou pour observer, le plus distinctement possible, la photo que l'anthropologue avait affichée sur son écran. Sur une partie de l'os pariétal gauche, de l'encre fraîche dessinait une étrange suite numérique.

– Si vous lisez bien, on discerne : 4593931676715125OO.

– J'imagine que vous avez bossé dessus ? questionna Vernay.

– Affirmatif. J'ai pris ces chiffres dans tous les sens, en m'appuyant d'abord sur les redondances : le 93 revient deux fois de suite, idem pour le 67. Mais ça n'a rien donné de particulier. Ensuite, j'ai confronté chaque chiffre à sa signification ésotérique, en numérologie notamment, et tenté d'en déduire une idée, un message, ou un avertissement. Rien. J'ai aussi bêtement fait correspondre les chiffres aux lettres de l'alphabet : 1 = A, 2 = B, etc. Ça démarrait bien : les trois premières lettres forment le mot DEI, qui veut dire « dieux » en latin.

– Comme « Opus Dei », cette organisation plus ou moins secrète de l'Église catholique ?

– Tout à fait. Mais ensuite, les lettres n'ont strictement aucun sens. Alors j'ai fini par scinder la suite en groupes de chiffres. Et là, j'ai compris. Il s'agit de coordonnées GPS.

– Vogel aurait laissé une adresse sur le crâne de Descartes ?

– Absolument. En coupant la suite en deux, on obtient : latitude 45.9393167, et longitude, 6.71512500.

– Ma main à couper que ça tombe au Vatican, souffla Bianchi.

Charlier ouvrit un tiroir et saisit un superbe poignard de l'ethnie Shi du Congo, une antiquité remarquable du XIXe siècle. Il fit glisser la lame de fer forgée de son fourreau de cuir.

– Un conseil : allez-y franco, un coup sec, pour souffrir le moins possible.

– Allons bon, geignit Louise, qui vivait l'instant comme une scène de vaudeville dans laquelle les portes claquent, les quiproquos fusent, et les coups de théâtre cinglent.

– Et alors ? Ça tombe où ?

– Dans les Alpes, un vieux sanatorium désaffecté sur le plateau d'Assy. Pour être précis, le sanatorium de Sancellemoz.

– Un sanatorium abandonné dans les Alpes ? Ça n'a aucun sens. On nage en plein délire.

– Je ne crois pas, non, rétorqua l'expert avec un sourire énigmatique. Le sanatorium de Sancellemoz, c'est l'endroit où, le 4 juillet 1934, est décédée Marie Curie. Juste avant d'être inhumée, à moitié momifiée, dans son cercueil de plomb.

La boucle était bouclée.

Le cycle s'achevait, retour au point de départ de toute l'affaire.

Ouroboros, et son cercle de l'éternel recommencement.

Chapitre 32

Mardi 23 avril 2024, Haute-Savoie, 12 h 37

Le ciel s'était assombri après Nantua ; d'épais cumulonimbus avaient bouché l'horizon comme une armée prête à fondre sur un ennemi invisible. Les premières gouttes avaient giflé le pare-brise au niveau de Genève, et depuis, une pluie battante fouettait l'asphalte et les carrosseries dans un raffut tonitruant.

Louise jurait comme un charretier, contrainte de rouler à trente kilomètres-heure sur l'autoroute, avec cette impression de nuit en plein jour, accentuée par les hallebardes qui s'abattaient de plus en plus férocement. Des flaques se muaient en torrents qui refluaient sur le bitume, engouffrant les roues des véhicules qui la devançaient. Effrayés, certains se garaient sur la bande d'arrêt d'urgence, avec pour seule signalisation deux feux de détresse faméliques, au risque insensé de se faire percuter, en l'absence de toute visibilité.

Louise tenta sirène et gyrophare, mais rien ne bougea. Elle se trouvait prise au piège au beau milieu d'un troupeau de vaches apathiques, en plein orage dans les alpages. Or, Dieu sait qu'elle détestait se sentir entravée, privée de la liberté de riper où elle l'entendait, comme elle l'entendait. Les toubibs l'avaient déjà cadenassée pendant trois jours, et la perspective de piétiner pendant la tempête la rendait hystérique. Elle avait beau taper sur le volant en gueulant comme une poissonnière, rien n'avançait. Mais combien de temps ce foutu déluge allait-il durer ? Elle saisit son smartphone pour surfer sur le site de Météo France, mais il se trouvait en rade, lui aussi. Plus rien ne passait, pas même les ondes GSM. Elle était exaspérée, si bien que maux de tête et acouphènes refirent surface. Elle finit par prendre sur elle, contrainte et forcée, en attendant que ça passe.

La veille, elle s'était entendue avec Bianchi : il rentrerait à Rome pour enquêter sur l'hypothèse du Vatican ; tandis qu'elle explorerait la piste du sanatorium désaffecté du plateau d'Assy, où Marie Curie s'était éteinte quatre-vingt-dix ans plus tôt. Avant de déclencher le plan Orsec et d'ameuter la cavalerie, l'un et l'autre entendaient démêler le vrai du faux. Les suppositions d'Étienne Klein tout comme celles de Philippe Charlier n'avaient aucune valeur de preuve, ni même d'élément confondant pouvant permettre de mobiliser les troupes, en France comme en Italie. Ils allaient passer pour deux baltringues, englués dans une enquête pathétique. La perquisition du château de la Regaleira à Sintra n'avait rien donné, et les Portugais ne s'étaient pas gênés pour reprocher aux Français leur « légèreté » en l'absence d'éléments tangibles.

Par ailleurs, Louise se savait épiée, et peut-être était-ce également le cas de Massimo Bianchi. Une raison de plus pour ne s'ouvrir à personne de leurs projets, afin d'opérer dans la plus grande discrétion. Louise avait même remisé son smartphone flambant neuf – le précédent ayant été confisqué par la scientifique – car il pouvait à son tour avoir été placé sur écoute, ou disposer d'un mouchard invisible. Elle l'avait donc troqué contre un vieux modèle qui moisissait au fond d'une armoire. Elle avait aussi « emprunté » une Peugeot 3008 à la PJ, sans en informer quiconque, ni le consigner. La paranoïa l'avait gagnée, et elle craignait même d'être traquée par un hélicoptère, voire un satellite. Pouvait-elle réellement agir incognito ?

Avant de s'embarquer le plus discrètement possible par la route – hors de question d'acheter un billet de train, et d'en laisser la marque numérique –, elle s'était longuement renseignée sur le sanatorium de Sancellemoz, via le Web. Là encore, elle avait usé d'un VPN pour ne laisser aucune trace de son adresse IP et avait même surfé sur le darknet via le navigateur Tor, qui rendait ses requêtes parfaitement indétectables, sauf, peut-être, par quelques geeks du Darpa, l'agence de recherche en projets avancés de la défense américaine.

Elle avait alors découvert un univers inconnu. Les sanatoriums, ces centres de traitement destinés aux dizaines de milliers de tuberculeux du début du siècle précédent, avaient fleuri en quelques années à peine sur ce petit périmètre du plateau d'Assy, en Haute-Savoie. La commune de Passy s'était transformée, à partir des années 1930, en l'une des plus grandes stations climatiques sanatoriales de France, et aussi la plus haute : les établissements de soins s'étageaient entre mille et mille trois cent mètres d'altitude. Tout avait commencé par le rêve de quelques Américains, des missionnaires de la Fondation Rockefeller, qui souhaitaient offrir à la classe moyenne frappée de plein fouet par la tuberculose – environ cent mille décès par an à l'époque, rien qu'en France, un fléau national – des centres de cure modernes afin de les soulager de ce qu'on nommait alors la « peste blanche ».

Les médecins chargés du projet avaient ciblé le plateau d'Assy parce qu'il rassemblait moult atouts : il dominait une vallée glaciaire, avec son air pur des alpages, et offrait un panorama féerique sur le massif du Mont-Blanc. Orienté plein sud, il bénéficiait surtout d'un puissant ensoleillement.

Or, « l'insolation » répétée apparaissait comme l'un des seuls moyens d'éradiquer le bacille de Koch, sensible à la lumière stellaire. Les coups de soleil devenaient des armes, certes bien dérisoires. En l'absence d'antibiotiques, et alors que le BCG, le fameux vaccin antituberculeux, faisait à peine son apparition, rien ne pouvait vraiment sauver les phtisiques. En attendant, ils devaient passer des journées entières allongés dans leurs chaises longues, sur leurs petits balcons ou les solariums qui nappaient les toitures-terrasses des centres de cure, afin de brûler au soleil.

Louise aborda enfin la ville de Passy, après avoir longé les eaux bilieuses de l'Arve. Tout était plongé dans le noir ; la pluie continuait de battre le pavé. Elle sinua encore plusieurs kilomètres vers les hauteurs, jusqu'aux confins des zones habitées. Elle ralentit dans la promenade Marie-Curie et aborda le parking désert de l'ancien sanatorium – l'un des quatorze que comptait autrefois la commune, tous abandonnés les uns après les autres. Face à elle, au milieu des cordes qui cinglaient le macadam et des éclairs qui déchiraient le ciel, s'érigeait un immense paquebot de béton armé.

*

Massimo Bianchi avait rallié Rome la veille au soir, hanté par les propos d'Étienne Klein au sujet des réactions thermonucléaires du soleil, auxquels s'ajoutait l'allusion au Phlégéthon, soulignée par Philippe Charlier. L'évocation du fleuve de lave cité dans les dernières lamelles retrouvées sur les scènes de crime avait renforcé la crainte d'un attentat majeur auquel les commandos semblaient préparer les enquêteurs au travers de leurs messages iniques.

Encore fallait-il en trouver une quelconque preuve, le début d'un fait concret. Il s'était mis d'accord avec Louise, la veille, pour enquêter discrètement au Vatican, avant de solliciter ses collègues, et bien entendu la gendarmerie du Saint-Siège, ainsi que les célèbres gardes suisses, qui veillaient à la sécurité du plus petit État du monde et de Sa Sainteté. Il avait obtempéré, comme toujours, mais ce matin-là, il éprouvait une inquiétude profonde pour la Française, qu'il avait laissé filer vers les Alpes, sans en avoir averti quiconque, à part lui. Il n'était même pas sûr de pouvoir la joindre, après qu'elle eut changé de portable. Qui allait se soucier d'elle ? Qui allait désormais pouvoir la protéger ? Quelles folies allait-elle encore commettre ?

La boule au ventre, il grimpa la volée de marches qui conduisait à la basilique Saint-Pierre. Une foule compacte gonflait déjà les files d'attente. Bianchi se dirigea vers l'un des agents postés aux portiques de sécurité et brandit sa carte de la Catturandi.

– Tu n'as rien remarqué d'anormal, ces derniers jours ? Des va-et-vient, une activité particulière ?

Le jeune flic faisait son boulot en mode sous-marin, véritable abattage quotidien pour filtrer des milliers de touristes, et n'avait certainement pas l'occasion d'espionner quiconque.

– Il faudrait plutôt voir avec les collègues qui surveillent la place. Vous pouvez demander au commandant, vous le trouverez au bureau, à sept cents mètres, Via del Mascherino.

– Oui mais là, je te parle à toi. Tu as des yeux, non ? Tu n'as pas choisi d'être flic pour finir vigile, si ? Tu as perdu ton sens de l'observation à force de faire l'esclave ?

L'agent resta bouche bée. Ces connards de la Squadra Mobile se prenaient pour des seigneurs et se croyaient tout permis. L'ayant en travers de la gorge, il ne put articuler un mot de plus.

L'officier tourna les talons et disparut comme il était arrivé. Son agressivité n'avait rien de naturel et dénotait sa grande fébrilité. Il songeait à Louise, aux commandos, à l'océan du Vatican dans lequel il n'était qu'une goutte d'eau – autant chercher une aiguille dans une meule de foin. Tout ceci n'avait aucun sens. Il avait besoin d'aide, n'en déplût à Louise qui évoluait de l'autre côté des Alpes. Il saisit son téléphone et fit défiler la liste de ses contacts. Il se figea sur le nom d'un officier de la gendarmerie du Vatican. Y était-il toujours affecté ? Ils avaient collaboré par le passé, lorsque des menaces proférées par un groupuscule de fanatiques romains pesaient sur la sécurité du pape Benoît XVI. Il posa son index sur le numéro de téléphone et patienta.

– Commandant De Luca, *pronto* ?

– *Ciao*, Andrea, c'est Bianchi, de la Catturandi. Tu as pris du galon, dis donc… J'en étais resté à inspecteur…

Ils avaient suivi la même progression de carrière, mais dans deux corps radicalement différents. La gendarmerie vaticane était une institution insolite – et minuscule, forte de cent cinquante hommes – qui régnait sur la sécurité du souverain pontife et du territoire du Vatican. Les gendarmes coexistaient avec les gardes suisses, mais de manière plus discrète. Leur mission de renseignement et de police judiciaire les rendait pourtant bien plus importants, dès qu'il s'agissait de mener des enquêtes sensibles et approfondies.

– Massimo ! Ça fait quoi… Dix ans qu'on ne s'est pas parlé ?

– Douze, je crois. Tu es toujours à la Vaticane ?

– Eh oui, je vais finir par entrer dans les ordres.

Bianchi sourit. Il imagina son collègue en robe de bure coiffé d'un képi de gendarme.

– Mais j'ai changé d'affectation. Je dirige la fanfare. Je t'avais dit que je m'étais mis à la trompette ?

Massimo s'esclaffa. Un curé, coiffé d'un képi et s'époumonant dans un clairon. L'image était parfaite. Andrea De Luca n'avait pas changé. Mais derrière ses airs bravaches, c'était un bon flic, digne de confiance.

Dix minutes plus tard, l'enquêteur de la Crim romaine débarquait dans les bureaux de la gendarmerie, qui jouxtaient le tribunal de l'État de la cité du Vatican, sur le flanc gauche de la basilique Saint-Pierre.

*

Louise se rua vers l'entrée de l'établissement, bravant les cordes qui ne cessaient de déferler. Elle se réfugia sous un auvent dérisoire qui surplombait deux portes vitrées. Cette annexe de plain-pied, d'apparence moderne, constituait une sorte de verrue collée à l'édifice historique. Elle leva les yeux et, malgré la pluie ruisselante, apprécia l'ampleur du bâtiment, haut de sept étages. Avec le temps, la construction entièrement conçue en béton armé – le *nec plus ultra* dans les années 1930, signe d'une modernité décoiffante à l'époque – ressemblait à une barre HLM affligeante. L'enquêtrice s'imagina la tête des curistes quand ils débarquaient ici, de quoi déprimer direct et accélérer le dépérissement. Ces impressionnants « paquebots » de béton échoués à flanc de montagne étaient pourtant très courus avant-guerre, expliquant d'ailleurs qu'une Marie Curie ou qu'un Igor Stravinski fussent passés entre leurs murs. Restaurants, casinos, cabarets et cinémas égayaient les soirées des curistes les plus fortunés, tandis que les croyants se recueillaient dans la chapelle Notre-Dame-de-Toute-Grâce, dite « l'église des malades », richement dotée avec ses mosaïques de Fernand Léger, son tabernacle en bronze de Georges Braque, et son baptistère signé Marc Chagall.

Louise tenta de forcer les battants transparents, mais ils restèrent bloqués. Sancellemoz, depuis son abandon en 2021, demeurait interdit d'accès, et donc bouclé à double tour. Des vigiles effectuaient même des rondes de surveillance, mais avec ce temps, nul ne s'aventurait. Dans ses multiples recherches sur le Web, la jeune femme avait lu que les explorateurs urbains grimpaient sur la façade opposée et pénétraient dans l'immense bâtisse désaffectée par une porte-fenêtre restée ouverte au sixième étage. Louise glissa le long des murs pour tenter d'échapper aux torrents d'eau et contourna l'ancien sanatorium. Elle découvrit le revers de la médaille, plus attrayant, avec une succession d'arches tout le long du rez-de-chaussée et, aux étages supérieurs, une kyrielle de balcons exposés plein sud offrant un panorama exceptionnel sur le Mont-Blanc. Avec la tempête, seuls les éclairs laissaient entrevoir l'imposant relief. Au premier plan, le massif de la Tête-Noire – qui portait bien son nom en cette journée infernale – était à peine plus visible. Des stores rougeâtres tannés par le soleil pendouillaient encore au-dessus de certains balcons, et s'affolaient sous les bourrasques.

Louise s'avança jusqu'au bâtiment central, qui formait une excroissance entre les ailes est et ouest, et découvrit un paysage de désolation. Des dizaines d'extincteurs, livres, documents, palettes, oreillers, tables, chaises, et même des carcasses de lit d'hôpital jonchaient le sol. Les explorateurs indélicats avaient tout jeté par les fenêtres. Les anciens propriétaires avaient dû partir précipitamment pour abandonner autant de matériel dans l'établissement…

Tandis qu'elle enjambait tant bien que mal les objets disparates, elle posa le pied sur une masse de dossiers dont les couvertures de plastique détrempées glissaient comme une planche à savon. Sa jambe ripa dans un grand écart, si bien que Louise exécuta un salto désordonné avant de retomber violemment sur des extincteurs. Elle ne s'était pas ratée. Percluse de douleurs qui irradiaient ses reins et son genou droit, elle réussit à se relever et fit quelques pas tout en prenant appui contre le mur.

Au niveau du bâtiment central, un double escalier conduisait à des portes, qui permettaient certainement aux malades d'accéder au jardin. Évidemment, elles étaient solidement arrimées. Louise réfléchit, hésita, puis, aux grands maux les grands remèdes, elle empoigna son semi-automatique et déchargea cinq cartouches dans les montants de bois. Elle donna ensuite plusieurs coups de pied de sa jambe la plus valide, tout en souffrant le martyre après sa chute. Elle s'acharna ; les battants vacillèrent. Elle ramassa un gros extincteur et le jeta violemment sur les portes. L'une d'elles commença de s'entrouvrir. Elle reprit la bonbonne écarlate et frappa, une fois, deux fois, six fois jusqu'à ce que la menuiserie cède enfin. Pantelante, épuisée, elle poussa le vantail et pénétra dans le bâtiment.

Les détonations et les fracas de l'extincteur avaient été couverts par le raffut de l'orage. Personne n'avait pu l'entendre.

Personne, ou presque.

*

– Je ne comprends pas très bien... Qu'est-ce qui te porte à croire que la menace est réelle et concrète ? Les seules supputations de ce... Philippe Charlier, à propos du dernier message que vous avez retrouvé ?

Andrea De Luca fronçait les sourcils, le buste en avant et les coudes plantés sur son bureau. Ses doigts s'effleuraient, traduisant un mélange d'inquiétude et de perplexité. Il avait écouté attentivement son collègue de la Catturandi, auquel il vouait le plus grand respect. En plus d'être un fin limier, Bianchi cultivait le même sens de l'humour que lui, si bien que l'espace d'une minute, le gendarme avait cru à un canular

– certes, de mauvais goût. Il ne s'attendait certainement pas à ce genre de révélation, douze ans après leur dernier échange. Sans doute espérait-il une simple visite de courtoisie, autour d'une bonne bière.

– C'est bien le problème. Je n'ai aucune preuve tangible, rien de concret. C'est pour ça que je t'ai appelé, en direct, en dehors de toute procédure. J'ai besoin d'aide pour essayer de détecter une réelle menace et de glaner des éléments qui puissent nous permettre d'envisager une véritable opération. L'enjeu est crucial, car tout peut basculer, Andrea. Si j'ai raison, des centaines, voire des milliers de vies sont en jeu. Et à commencer par celle du souverain pontife, s'il se trouve dans la cité.

De Luca recula dans son fauteuil et soupira bruyamment. Il n'aimait décidément pas ce que le grand flic était venu lui annoncer.

– Si ce que tu dis est vrai, alors je dois immédiatement avertir l'inspecteur général Broccoletti, qui dirige la gendarmerie et l'ensemble des services de sécurité de l'État. Ensuite, immanquablement, il en référera à monseigneur Vérgez Alzaga, le président du gouvernorat du Vatican. Et là, ce sera l'alerte générale, l'évacuation de la cité, la mise en place d'un plan avec les forces italiennes… Et notre bureau de liaison avec Interpol demandera l'aide des services de police étrangers, compte tenu de l'emprise de ton enquête dans plusieurs pays. Ça remontera aux gouvernements français, italien, britannique…

– Je sais, Andrea, je sais. C'est énorme, c'est colossal, même. C'est pour ça qu'on ne peut pas se permettre d'y aller à la légère. Si jamais on ne trouve rien, j'éliminerai cette piste comme d'autres jusqu'ici. Mais je sens qu'on touche au but. Et on a plutôt bien joué jusqu'à maintenant ; seulement, on s'est parfois trompés de cible, comme pour le tombeau de Dante ; ou encore, alors qu'on était là au bon moment, les commandos se sont joués de nous, sous notre barbe, sans qu'on s'en aperçoive, comme à Westminster Abbey. Quant au crâne de Descartes, cette fois, on était en avance, mais ça a mal tourné.

L'officier de la gendarmerie vaticane acquiesça. Il avait évidemment suivi de près l'évolution de l'affaire des cerveaux, depuis que l'un des premiers cadavres avait été exposé, le crâne trépané et la cervelle réduite en bouillie, dans les jardins de la villa Borghèse, à quelques pas du Vatican. Il s'informait comme tout le monde grâce aux médias et avait eu vent de l'implication de Bianchi dans l'enquête. Il savait donc que son homologue parlait en connaissance de cause. Il fallait le prendre très au sérieux, que cela lui plût ou non.

Il se redressa et s'empara du clavier de son ordinateur. Il tapota quelques touches, puis se concentra sur son écran.

– OK, c'est parfait. Suis-moi.

Les deux hommes quittèrent les locaux administratifs de la gendarmerie, dans l'ombre de l'imposante basilique Saint-Pierre, et à quelques dizaines de mètres seulement de la résidence Sainte-Marthe, où le pape François avait élu domicile. Ils grimpèrent dans une Smart électrique de première génération, robe blanche discrète floquée d'un GENDARMERIA bleuté qui ne tenait même pas à l'horizontale, tant le véhicule était riquiqui. Légèrement de biais, l'inscription surplombait la mention « *electric drive* » qui lui donnait un vague air branché. Le gyrophare circulaire planté au beau milieu du toit achevait le tableau et rangeait le véhicule dans la catégorie jouet.

– *No comment*, souffla De Luca en s'engonçant difficilement dans le pot de yaourt.

– T'inquiète, le ridicule ne tue pas.

Ils filèrent vers le nord. Bianchi découvrit des voies qu'il n'avait jamais fréquentées, en aval des zones touristiques. En quelques minutes, ils contournèrent les bâtiments qui ceignaient les cours du Belvédère et qui abritaient les célèbres musées du Vatican, fréquentés par des millions de touristes du monde entier depuis plus de deux siècles. Ils s'enfoncèrent ensuite dans une zone privée, à l'est de la cité. Ils dépassèrent la poste, la pharmacie, l'épicerie, tous les services réservés aux habitants du minuscule État, qu'ils fussent religieux ou laïcs – comme les gendarmes. Ils s'immobilisèrent à la frontière orientale du Vatican, tout près de l'église San Pellegrino. Juste en retrait, un imposant bâtiment rectangulaire de deux étages peinait à se faire discret.

– Bienvenue à la caserne de la gendarmerie, lança De Luca. On a de la chance, j'ai deux collègues de repos aujourd'hui, en qui j'ai toute confiance, et qui vont nous donner un sacré coup de main. En sous-marin.

*

Après avoir déambulé dans l'obscurité en boitillant – sa chute l'avait bien amochée –, Louise découvrit l'imposant hall d'accueil du paquebot désaffecté, jonché de déchets et de débris. Elle identifia deux vastes ascenseurs, dont un la gueule ouverte sur une cage béante. Des câbles couraient à l'air libre, visiblement arrachés. Les guichets d'admission étaient dévastés, recouverts de paperasses sens dessus dessous. La nuit artificielle au-dehors rendait la perquisition sauvage des lieux difficile ; l'enquêtrice brancha la torche de son smartphone et darda un faible rai de lumière sur les reliefs du décor. Tout en trébuchant sur un fatras d'objets abandonnés, elle poursuivit son inspection sommaire, en quête d'un élément qui pût illuminer sa lanterne, dans l'espoir d'un « Eurêka ». Si Vogel l'avait orientée vers le mouroir de Marie Curie, c'était pour une raison précise, elle en était convaincue. Craignant pour sa vie, il avait certainement laissé dans ce lieu une indication permettant de désigner ceux qui le menaçaient – et, par extension, le moyen de remonter enfin jusqu'au Gyrum Novem.

Sur l'un des murs du hall plastronnait une plaque commémorative en hommage à la célèbre physicienne polonaise, à côté d'un panneau d'information mentionnant les différents services du rez-de-chaussée. Elle s'immisça dans les bureaux de la comptabilité et fouilla dans les dossiers qui avaient été délaissés. Certains comportaient des données de santé, attachées à des patients bien définis qui seraient ravis d'apprendre que leur vie privée s'exposait ainsi aux quatre vents. Elle feuilleta aussi des registres d'admission à moitié moisis et des documents comptables qui commençaient à dater. Ces archives ne représentaient sans doute aucun intérêt pour les anciens propriétaires, qui avaient dû transférer l'essentiel de leurs données sur des serveurs informatiques. D'ailleurs, un vieux PC empoussiéré gisait sur le coin d'un bureau, d'une génération telle qu'il n'avait même pas suscité l'intérêt des visiteurs nocturnes.

Elle visita ensuite une pseudo-salle de spectacle, une pièce de cent mètres carrés plutôt minable, garnie de sièges bon marché à moitié dézingués. Elle franchit le seuil du local dédié à la kiné respiratoire, presque vide. Quelques tubes et autres consommables reposaient ici ou là, mais le matériel semblait avoir été déménagé. Elle se rendit enfin dans le restaurant, de loin le plus vaste espace du rez-de-chaussée. Il fallait nourrir jusqu'à quatre cents personnes à la grande époque. Comme ailleurs, tables et chaises étaient en partie retournées. Elle sonda les rangées, se faufila dans les vastes cuisines, toujours en quête du moindre indice.

Mais rien.

Elle souffrait du genou, la lumière famélique de son téléphone donnait des signes de faiblesse, et le capharnaüm rendait la progression plus que chaotique. Bref, elle eut le sentiment de tout bâcler, et que sa visite impromptue ne servait strictement à rien. Évidemment, dans un monde idéal, les gendarmes de Passy, ainsi que la brigade de recherche d'Annecy auraient pu prêter main-forte et organiser une fouille en règle. Mais leur mobilisation eût impliqué une chaîne hiérarchique, depuis la Crim et le parquet de Paris, jusqu'à la procureure d'Annecy… Bref, on n'était pas rendu. Et le temps manquait. L'enquêtrice sentait, tout comme Bianchi au Vatican, que l'issue était proche. Proche, et parfaitement incertaine. Il fallait agir vite, le plus discrètement possible, afin de surprendre l'adversaire et le stopper avant qu'il ne commette le pire.

Le colosse de béton comptait douze mille mètres carrés de planchers, ventilés sur les huit niveaux du bâtiment central et des deux ailes latérales. Comment pouvait-elle espérer trouver quoi que ce soit ?

C'est alors qu'elle perçut un craquement, grâce aux performances de son oreille valide. Il y avait la tempête au-dehors, mais ce bruit venait bien de l'intérieur. Là, au fond des cuisines. Un animal ? Un courant d'air ?

Louise dégaina son Sig Sauer et s'avança prudemment, tout en claudiquant.

– Ne tirez pas ! balbutia une voix terrorisée.

– Levez-vous, mains sur la tête !

Une silhouette effilée se déplia derrière l'une des cuisinières. C'était une jeune femme en haillons, cheveux emmêlés, qui tenait à peine debout et tremblait de la tête aux pieds.

– Qu'est-ce que tu fous là ?

– J'habite ici.

– Squatteuse ?

– Si vous voulez.
– Depuis longtemps ?
– Au moins deux ans. Mais je connais bien l'établissement. J'y ai travaillé, jusqu'à ce qu'ils délocalisent à Cluses et que je perde mon emploi.
– Et du coup, tu te crois chez toi ?
La jeune femme demeura stoïque. Il semblait clair qu'elle n'avait plus de « chez-elle », à proprement parler, et qu'elle n'avait certainement pas le choix.
– Tu es toute seule, ici ?
– Oui. Enfin, la journée. Parce que la nuit, il y a régulièrement des tarés qui grimpent les façades et dégradent tout. Mais moi, je n'ai jamais abîmé quoique ce soit, je vous jure. Je suis la seule à respecter les lieux.
Louise arbora une moue perplexe.
– Par exemple, je n'ai jamais défoncé les portes du jardin à coups d'extincteur, *moi*.
Touchée. L'enquêtrice baissa son arme et s'approcha prudemment, jusqu'à ce qu'une odeur putride la fige net.
– C'était quand ta dernière douche ?
– Vous voulez dire seule ou avec un mec ?
Louise sourit. Elle avait du répondant, cette petite merdeuse de vingt-cinq ans – à tout casser.
– Et… quand tu dis que tu connais bien les lieux, c'est à quel point ?
La gamine se détendit et chancela jusqu'à un tabouret.
– Sur le bout des doigts. J'étais aide-soignante, je logeais au dernier étage, et je passais sans cesse d'un service à l'autre. Cinq ans à arpenter le barnum de haut en bas.
Les yeux de Louise brillèrent.
– Ça te dirait, un job d'auxiliaire de police ?
– C'est toujours mieux qu'auxiliaire de vie, sauf si je dois quand même vous laver le cul.

Louise sourit à pleines dents.

– En attendant, c'est le tien que tu devrais torcher. Et n'hésite pas à l'asperger de plusieurs litres de javel.

*

Andrea De Luca avait convoqué ses collègues Matteo Greco et Aldo Mancini dans sa propre chambre, au sein de la caserne. Il avait brièvement fait les présentations et résumé la situation. Les gendarmes, un officier et un sous-officier, restèrent bouche bée. Ils se demandaient pourquoi une affaire aussi grave devait demeurer secrète. Massimo Bianchi réexposa les raisons qui le poussaient à la plus grande discrétion. Outre l'incertitude et la fragilité des éléments qui conduisaient à l'hypothèse d'une menace sur le Vatican, l'effet de surprise et l'action souterraine s'avéraient les plus à même de neutraliser l'adversaire.

– On a de la chance, Massimo. Matteo est l'adjoint du chef de la cellule de renseignement, et Aldo commande en second l'unité autosabotage, c'est-à-dire notre brigade de déminage, forte de huit artificiers.

Les yeux du cador de la Catturandi s'illuminèrent.

– Vous avez une brigade de déminage ?

– Depuis 2008, exactement. Elle est placée sous le commandement du GIR, le groupe d'intervention rapide, au côté de l'unité antiterroriste.

Bianchi tombait des nues et ignorait qu'un si petit État, protégé par un corps de gendarmerie fort de cent cinquante hommes seulement – en plus des gardes suisses – se fût doté de groupes aussi spécialisés.

– Quant à moi, ajouta De Luca, je supervise justement le GIR, en binôme avec un commissaire principal, et sous la direction d'un *dirigente superiore*. Je travaille donc étroitement avec Aldo, et, forcément, nous utilisons les informations glanées par la cellule de renseignement de Matteo.

– Matteo, vous n'avez jamais eu vent d'une quelconque menace, ces dernières semaines ? Depuis la découverte du corps de Luigi Lombardo, dans les jardins de la villa Borghèse, en particulier ? Et depuis l'opération meurtrière du commando de Ravenne, et la profanation du tombeau de Dante ?

– Rien de concret, non. Cela étant, notre travail consiste essentiellement à analyser les images de notre parc de caméras de surveillance, toutes reliées à notre salle d'opération et de contrôle. Salle qu'on partage d'ailleurs avec les pompiers, l'idée étant de pouvoir intervenir instantanément en cas de problème lié à la sécurité, un accident, un incendie… Mais dès qu'on repère quelque chose d'anormal, on est capables de se mobiliser, d'enquêter discrètement et, éventuellement, de déclencher une procédure de contrôle ou même d'arrestation.

– Et vous surveillez toute l'enceinte du Vatican ?

– Oui, mais pas seulement : tous les territoires de l'État, ce qui implique les bâtiments extraterritoriaux, comme les trois basiliques papales hors les murs, ou encore la résidence d'été du Saint-Père à Castel Gandolfo.

– Et, que ce soit ici ou dans les autres sites, rien, aucun élément suspect ? Des va-et-vient anormaux ? Ou la visite récurrente d'un même groupe d'individus, qui auraient pu venir faire du repérage ?

– Rien d'anormal, non. Après, on a pu rater des choses. On a quand même cinq millions de visiteurs par an ! C'est la deuxième plus forte fréquentation au monde pour un musée, juste après le Louvre… Mais maintenant qu'on sait tout ça, il est clair qu'on sera beaucoup plus attentifs à la moindre situation inhabituelle.

Bianchi se retint de balancer un « C'est sûrement trop tard, banane ». Il se leva et se posta à la fenêtre de la modeste chambre d'Andrea De Luca. La tension montait, et il ne pouvait visiblement guère compter sur la vigilance de ces hommes. N'étant pratiquement jamais confrontés à des situations critiques, ils n'étaient ni suffisamment aguerris, ni entraînés à repérer l'insolite, le détail qui pouvait tout faire basculer.

– Et dans vos opérations extérieures, pour gérer la protection du pape lors de ses déplacements en territoire italien, rien de particulier non plus, ces dernières semaines, ou même ces derniers mois ? Je ne sais pas, quelqu'un qui se serait adressé au souverain pontife en latin, ou en faisant une citation étrange... Du genre qui pourrait sortir de *La Divine Comédie* de Dante ?

Les trois gendarmes échangèrent un regard incrédule.

– Bon, OK, on va s'y prendre autrement, maugréa Bianchi tout en se rasseyant. On a quelques indices, ou en tout cas, des pistes potentielles. Il faut bien commencer par quelque chose. D'abord, l'idée d'un lien entre la fin du monde et une histoire de cerveau, n'importe quoi qui vous ferait penser à des cerveaux, et une situation catastrophique, comme une rivière de lave, un incendie... C'est sans doute symbolique. Il y a tellement d'œuvres d'art dans les musées, ou parmi les statues, les décors sur les bâtiments... Ça pourrait désigner un endroit potentiel pour poser une bombe.

Massimo se garda de préciser « atomique », conscient de l'énormité de l'assertion.

– On n'est ni guides, ni historiens de l'art, rétorqua Aldo Mancini, consterné.

Cette situation n'avait ni queue ni tête. Qu'un flic de la trempe de Bianchi, l'élite de la Squadra Mobile, leur fît perdre du temps avec une histoire aussi abracadabrantesque, c'était tout bonnement incroyable. Et puis, ils étaient de repos, officiellement.

– Il y a peut-être quelque chose, souffla Matteo Greco.

L'enquêteur de la Catturandi leva les sourcils, plein d'espoir.

– Je suis passionné par les œuvres de la Renaissance. J'avoue que si j'ai postulé à la gendarmerie vaticane, c'est d'abord parce que je suis croyant, évidemment, mais aussi parce que j'aime l'histoire de l'art.

Son collègue Mancini tordit le nez. Il passait pour un médiocre inculte.

– Comme plein de gens, ce n'est pas très original, je suis fasciné par la chapelle Sixtine. Toutes ces œuvres peintes des murs aux plafonds, par les artistes de la Renaissance, dont le plus grand génie de tous les temps, Michel-Ange. Et… Je crois que vous serez intéressé par quelque chose. C'est un guide qui m'avait fait la remarque.

Dix minutes plus tard, les trois gendarmes et le policier investirent discrètement le bâtiment béni des dieux, campé en vis-à-vis du pignon nord de la nef de la basilique Saint-Pierre. Dès l'entrée, comment ne pas être saisi par la magie spectaculaire des lieux ? De bas en haut, l'œil est emporté dans un tourbillon esthétique : d'abord les tapisseries de Raphaël, puis, dans la partie médiane, une succession de scènes de l'Ancien et du Nouveau Testament, exécutées par des artistes aussi prestigieux que Botticelli, Rosselli ou le Pérugin. Les parois de la chapelle se lisaient comme un livre vivant, relatant des événements de la vie du Christ et de celle de Moïse, tels que le baptême de Jésus, le passage de la mer Rouge, la remise des tables de la loi, la Cène, et bien sûr la Résurrection. Au-dessus de ces œuvres aux couleurs saisissantes dominaient les portraits des premiers papes, ainsi que ceux des ancêtres du Christ.

Matteo Greco entraîna ses collègues au fond de la chapelle, au pied de l'autel, face au chef-d'œuvre magistral qui s'étalait sur vingt mètres de hauteur pour dix de large. La fresque titanesque offrait ses trois cents personnages tourmentés aux regards stupéfiés du public.

– Quand on pense que Michel-Ange a commencé à peindre ça à l'âge de soixante ans et que ça lui a pris presque dix ans… Commandant, vous avez bien parlé d'une allusion à la fin des temps, ou la fin du monde, dans vos messages ?

– Absolument.

– Eh bien… Voici *Le Jugement dernier*. Les morts ressuscités se retrouvent au milieu des vivants, ce qui crée ce sentiment étrange, presque de malaise. Et juste avant la fin des temps, et donc la fin du monde, c'est-à-dire au moment du Jugement dernier, Michel-Ange nous dépeint une scène incroyable, épique, un tiraillement entre le haut du tableau, où s'envolent les âmes sauvées, et qui s'apprêtent donc à entrer au Paradis ; et le bas de l'œuvre, avec les âmes damnées, qui sont irrémédiablement tirées vers les flammes de l'Enfer.

Massimo Bianchi sentit son cœur s'emballer. Il réalisa que le génie florentin s'était clairement inspiré de *La Divine Comédie* et décrivait, comme Dante, la dualité entre le haut et le bas, le Paradis et l'Enfer, la noblesse et l'avilissement. Il s'approcha de la partie inférieure du tableau qui esquissait le royaume de Satan.

Charon, le passeur des Enfers, particulièrement agressif, semblait battre les damnés récalcitrants qui refusaient de rejoindre la fournaise.

– J'ai retrouvé les vers de Dante qui décrivent cette scène, siffla Greco, pas peu fier d'étaler sa culture.

Il lut sur l'écran de son mobile, en ânonnant :

– « Charon, le démon aux yeux de braise, rassemble toutes les âmes, frappant de sa rame celles qui veulent s'asseoir. » C'est dans le troisième chant, les vers 109 à 111. Michel-Ange a traduit en peinture le texte du poète.

Bianchi se remémora aussitôt le premier message retrouvé dans le crâne de Marie Curie, ainsi que dans le cerveau de Loïc Eyrolles : « Le pécheur conduit par Charon à travers l'Achéron ira de la ville rouge au neuvième cercle de glace, et périra ensuite par la colère du plus petit cercle »...

Et si Philippe Charlier avait raison, et que le Vatican était bien la cible ? La preuve semblait se trouver là, sous ses yeux.

– Et c'est ça que t'a raconté le guide ? Que cette immense fresque racontait la fin du monde, la fin des temps, et s'inspirait de Dante ?

– Non, commandant. Ça, tout le monde peut le déduire. Mais vous, vous cherchez un lien entre l'Enfer, la fin du monde et le cerveau, c'est bien ça ?

– Absolument.

– Alors, levez les yeux.

Bianchi haussa lentement le regard vers les voûtes sublimes.

– Regardez la scène la plus célèbre, lorsque Dieu touche Adam de son index.

Le limier de la Catturandi plissa les paupières et réfléchit. « Un lien entre la fin du monde et le cerveau »... Et il percuta, d'un coup.

C'était évident.

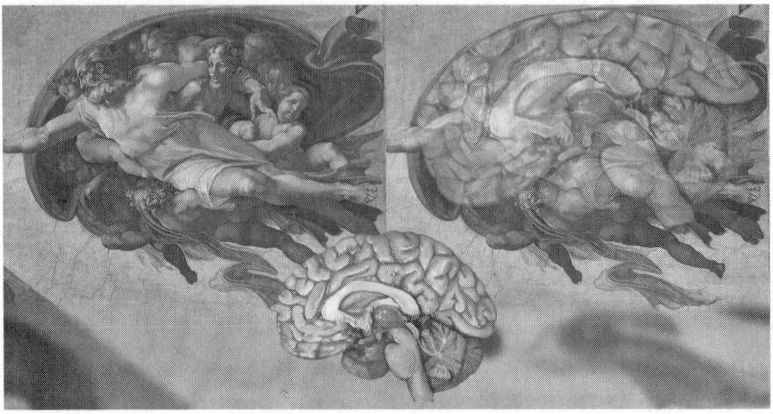

– C'est un cerveau ! Dieu est représenté dans un cerveau !

– Bravo, commandant, fayota l'officier. C'est exactement ce que le guide m'a fait remarquer. Le cerveau se confond donc avec le royaume de Dieu, c'est-à-dire le ciel.

– Le ciel avec notre système solaire, notre galaxie…, balbutia Bianchi, qui se remémora la remarque d'Étienne Klein : il y avait autant de neurones dans notre encéphale que d'étoiles dans la Voie lactée…

Cette fois, l'écho avec les hypothèses du physicien-philosophe, mises à jour par Philippe Charlier, paraissait clair. Tout se tenait. Il existait bien ici, au Vatican, un lien direct avec toute l'affaire, et les messages codés de l'organisation criminelle.

*

Louise et Léa, la squatteuse providentielle, s'étaient posées autour d'une des tables encore valides du restaurant. Ou plutôt, de la cantine, car tout paraissait minable dans cette immense salle sans âme. À la faible lueur de la torche du téléphone, la jeune femme avait dessiné un plan grossier sur le verso d'un courrier administratif. Louise s'empara du croquis et inspira profondément.

– Donc, au rez-de-chaussée, on a le hall d'accueil, les admissions, le resto, la salle de projection vidéo qui servait aussi pour la messe le samedi matin, le salon télé, une salle de travaux manuels, quelques boutiques dans la rotonde, la kiné respiratoire pour les asthmatiques – le visage de Massimo Bianchi passa furtivement devant ses yeux –, le bureau du personnel, la compta et l'assistante sociale. Au premier, les bureaux des toubibs, les secrétariats médicaux, et toute la rééducation. C'est quoi déjà ces cases, au bout du couloir ?

Léa se pencha, à moitié chancelante. Vernay supposa qu'elle était camée, en plus d'être crade et complètement paumée.

– La grande, c'est le gymnase, lieu de passage de la quasi-totalité des malades, et donc, une des rares occasions de socialiser. Ici, ça tchatchait à tout va. Il y avait environ quinze tables de massages. Les kinés étaient sympas, mais très collants, parfois…

Léa marqua une pause, égarée dans ses souvenirs.

– Les deux pièces attenantes, c'était la rééduc spécialisée. Ici, pour les traumas, les accidentés ; et ici, la neuro, pour ceux qui avaient eu un AVC par exemple.

– Et ça, c'est bien la piscine ?

– La balnéo, oui. Massage par remous, température de trente-deux degrés. Les malades adoraient. En plus, la grande baie vitrée donne direct sur le mont Blanc, quand on arrivait à le voir. Le temps était souvent pourri, ici. Comme l'ambiance.

– C'est-à-dire ?

– Les patients étaient un peu traités comme du bétail. Il fallait faire du chiffre. On leur disait à peine bonjour – enfin, pas moi, j'étais toujours polie, bien sûr.

– Bien sûr.

– Ils raquaient pour tout, la télé, l'Internet, le moindre café, et pendant des années, on leur interdisait de rentrer chez eux le week-end. Pour faire cracher la Sécu au max. Des malades et même des soignants ont fini par contraindre la direction à arrêter ça. On était au bord de la mutinerie, à la fin. Du coup, les patients devaient demander l'autorisation de sortir au plus tard le mercredi précédent, comme des mômes de maternelle. Ils étaient infantilisés, surtout les vieux, on leur gueulait dans les oreilles, sous prétexte qu'ils étaient à moitié sourds. Moi, j'avais l'impression qu'on les prenait pour des débiles.

Louise baissa les yeux. Elle s'imagina finir comme ces grabataires. C'était bien parti avec son oreille HS.

– Et puis le directeur était un hystérique, ou plutôt, un bipolaire. Le lundi, il pouvait être tout mielleux, et le mardi, s'énerver pour un rien, à tout bout de champ. Il devenait rouge comme une tomate, un peu comme Joe Dalton.

– Tu as lu *Lucky Luke*, toi ?

– Non, mais c'est les vieux qui le surnommaient comme ça.

La lumière du téléphone se mit à flancher. Louise la coupa, pour ne pas vider totalement l'appareil. De toute manière, rien ne passait entre ces murs épais, d'autant que l'orage avait peut-être bousillé le relais GSM du coin.

– Avec tout ça, j'imagine que le groupe propriétaire de Sancellemoz s'en mettait plein les poches ?

– C'est sûr. Mais les affaires ne marchaient plus aussi bien. Les derniers temps, ils avaient fermé une cinquantaine de lits ; il n'y en avait plus que cent vingt à la fin. Les deux derniers étages ont été réservés au personnel, et aux séjours de courte durée. En fait, on manquait tout le temps de bras ; moi, je faisais le boulot de deux aides-soignantes, au bas mot. Pas assez de médecins, d'infirmières, de kinés… Il faut dire qu'on est complètement paumé ici. Quand tu débarques, t'as l'impression d'arriver en taule, surtout avec ce bâtiment déprimant.

– On dirait un HLM.

– Voilà. Mais ce qui nous a tous surpris, c'est qu'ils ont injecté dix millions d'euros juste avant de fermer.

– Dix millions ? Pour quoi faire ?

– Ils ont refait presque toutes les chambres, qui étaient très vieillottes. Ils ont aussi tout mis aux normes de sécurité, installé du double vitrage... Ils avaient déjà refait le resto et deux ou trois autres trucs avant mon arrivée. Et puis à peine les travaux terminés, fermeture, et transfert à Cluses. C'était au moment du Covid.

Louise haussa les sourcils. Elle tenait peut-être enfin du concret.

– Et il y a eu des rumeurs à propos de cette fermeture soudaine ? Tu as entendu quelque chose ?

– Officiellement, c'était une décision politique, un ordre de l'Agence régionale de santé, pour rassembler les soins sur un seul pôle. Mais nous, on a cru comprendre qu'ils essayaient d'étouffer un scandale.

– Quel scandale ?

Louise, tout ouïe – enfin, à moitié –, s'était penchée pour mieux entendre la jeune femme, qui avalait ses mots.

– Je n'en sais rien, honnêtement. On a dit un peu n'importe quoi. Ils auraient découvert des documents compromettants, une activité non déclarée, qui aurait impliqué des médecins.

– Quelle activité ? rebondit aussitôt Louise, plus tendue que jamais.

– Aucune idée. Franchement.

L'enquêtrice accusa le coup.

– Et... toi, tu ne penses pas qu'ils ont fait des travaux à

la va-vite pour détruire des preuves, boucher des trous, bref éliminer des traces ?

Léa haussa les épaules. Tout ceci la dépassait. Son niveau de paranoïa était très inférieur à celui de Louise.

– OK, il faut absolument qu'on trouve. Quelles seraient les zones que tu fouillerais en priorité, si tu devais chercher quelque chose de compromettant ?

La jeune femme écarquilla les paupières.

– Je ne sais pas…

Elle replongea dans le schéma.

– Tous les étages se ressemblent, en tout cas jusqu'au sixième. Une enfilade de chambres, presque toutes individuelles, plus le local des infirmières et la salle de pause du personnel de service qui s'occupait du ménage.

– Et la chambre de Marie Curie ? Elle existe toujours ?

Léa pouffa.

– Ben non, c'était il y a un siècle ! Aucune idée de l'endroit où elle était.

– Moi j'ai lu *Chambre 424*, et apparemment, il y avait une aile pour les hommes, l'autre pour les femmes. Tu sais laquelle était réservée aux femmes ?

– Non, sincèrement, c'était plus du tout comme ça. Et je vous ai dit, les chambres ont été refaites. C'était pas plus mal, il y avait des couleurs délavées, une pour chaque niveau, histoire de ne pas se planter d'étage : le bleu, le rose saumon, le vert pomme bien pourri… Je sais juste qu'à l'époque de Curie, il y avait carrément des monte-crachoirs entre les étages. Bien dégueu.

– Des monte-crachoirs ?

– Les tuberculeux passaient leur temps à mollarder du sang et des gros glaviots dans des coupelles. Après, il fallait bien les évacuer pour les laver et les désinfecter, histoire de ne pas filer leur merde à tout le personnel et aux visiteurs. On m'a dit que les stérilisateurs se trouvaient au sous-sol.

– Au sous-sol ? Mais tu ne m'as pas du tout parlé du sous-sol !

– Je n'y suis allée qu'une fois, à mon arrivée. Il y a les chaudières, des lave-vaisselle, pas mal de matos. Les réserves aussi, avec plein de consommables et de bouffe. Et puis la crypte.

– La crypte ?

– Une ancienne chapelle, avec des vitraux, un autel, et même un piano.

– Mais je croyais que la messe était célébrée dans la salle de projection, le samedi matin ?

– Tout à fait. La crypte était inaccessible depuis des années. Comme je disais, je ne l'ai vue qu'une fois, quand je suis arrivée dans l'établissement. Ça m'a marquée parce que, à côté des peintures de la Bible, il y avait le piano sur lequel un grand musicien, dont j'ai oublié le nom, avait composé une partie de ses œuvres.

– Igor Stravinski ?

– Oui, exactement, comment vous savez ça ?

Louise ignora la question – elle n'allait pas lui expliquer les heures passées la veille sur Internet à se documenter sur l'histoire de l'ancien sanatorium.

– Et tu sais pourquoi la chapelle était bouclée ?

– Aucune idée, mais seul le directeur possédait la clé, et c'est d'ailleurs lui qui nous l'a montrée, avec les autres nouveaux arrivants, quand il nous a fait visiter le bâtiment. Il ne s'est pas attardé et a refermé juste derrière lui.

– OK, donc on va ratisser le sous-sol.

– Sans moi.

– Pourquoi ça ?

– Une légende à la con, mais ça fait son effet. Soi-disant qu'on entendait des hurlements, certaines nuits. Ça file les jetons, et je ne sais pas quels fantômes rôdent là-dessous.

Louise éclata de rire.

– Tu ne vas pas me dire que tu crois aux fantômes, si ?

Léa fronça les sourcils et croisa les bras.

– Et d'abord, qu'est-ce que j'ai à y gagner, moi, à vous aider ?

– Une nuit d'hôtel avec une bonne douche brûlante. Et je te filerai des fringues propres, aussi.

– Et un resto ?

– Et un resto. Ça te va ?

– Deal.

La gamine avait tendu sa main osseuse ; une couche de crasse dissimulait sa peau diaphane. Vernay surmonta son dégoût et la serra. Au contact de sa paume, elle sentit un léger picotement, comme un furtif courant électrique. Léa la touchait ; ses addictions l'avaient entraînée vers le fond, et Louise pouvait l'aider. Après l'enquête, elle lui offrirait bien mieux qu'une douche et un dîner. Cette paumée aurait pu être sa fille, ou tout simplement elle-même, si elle n'avait pas eu la force de s'en sortir, après la mort tragique de ses parents et le coma de son frère. Son goût prononcé pour le cannabis n'était qu'un stigmate de ces années funestes.

L'enquêtrice retira sa main et reprit ses esprits.

– Il y a d'autres trucs dont t'aurais oublié de me parler ?

– Non, je ne crois pas. Ah si, peut-être, le septième étage était un peu particulier. Vous aviez des box de consultation, des bureaux de médecins, et surtout, la bibliothèque qui donnait sur les toits-terrasses avec vue imprenable sur le mont Blanc.

– Intéressant, on ira jeter un coup d'œil. Mais pour commencer, on va faire la perquise du bureau du dirlo. Apparemment, Joe Dalton avait pas mal de choses à cacher…

*

Massimo Bianchi fut tenté d'alerter immédiatement la hiérarchie et de faire évacuer la Sixtine. S'il était un lieu évident dans lequel dissimuler une bombe, c'était ici, sous le cerveau enveloppant les courbes musculeuses du Créateur, et face aux mines d'épouvante des âmes damnées du Jugement dernier, poussées à coups de rame vers les affres de l'Enfer. Mais l'Italien se trouvait bien incapable de mesurer le degré d'urgence, si tant est qu'une réelle menace planât sur ce joyau exceptionnel de la Renaissance – et, plus largement, sur tout le Vatican, Rome et une bonne partie de la banlieue.

Andrea De Luca et ses deux collègues n'étaient guère plus à l'aise. Ils commençaient à se prendre au jeu et à épouser les hypothèses alarmistes du grand flic de la Catturandi. Ils hésitaient, eux aussi. Fallait-il sonner l'inspecteur général, chef de la gendarmerie et des services de sécurité de la cité ? S'ils déclenchaient l'alerte, le pape en personne eût tôt fait d'être informé et aussitôt évacué. En théorie, c'était la meilleure chose à faire, la précaution évidente et première. Dans le même temps, il était environ 16 h 30, et la chapelle fermerait ses portes deux heures plus tard : était-il vraiment nécessaire de provoquer la panique chez les milliers de visiteurs qui s'extasiaient devant les chefs-d'œuvre, entraînant une vague médiatique face au caractère exceptionnel de la situation ? Ils se trouveraient sous pression immédiate, incapables d'agir dans la discrétion nécessaire pour surprendre leur ennemi et, peut-être, déjouer ses plans.

Le dilemme pouvait se lire sur les traits angoissés des quatre hommes. Même Aldo Mancini, le plus dubitatif, se retenait d'avertir ses subalternes, les artificiers qui formaient l'unité autosabotage, afin de procéder immédiatement à la recherche d'un engin explosif.

– Avant d'agir, il faut explorer toutes les pistes, trancha Andrea De Luca.

Comme superviseur du groupement d'intervention rapide, au plus près du commandement général et des diverses unités de la gendarmerie, il voulait mettre toutes les chances de son côté. Une fois le plan rouge déclenché, ses hommes pourraient difficilement poursuivre leur travail souterrain. Il en était conscient.

– Tu disais, Massimo, que ton consultant, là... Le Dr...

– Philippe Charlier.

– Oui, c'est ça. Tu nous expliquais qu'il vous avait permis de découvrir une coïncidence troublante entre la statue de la Pigne et le cerveau, c'est bien ça ?

– Exactement, la pomme de pin a la même forme que l'un des noyaux cérébraux, la glande pinéale, qui serait le siège de l'âme, d'après Descartes. La Pigne serait un symbole majeur, comme une porte vers l'au-delà.

– La grande pomme de pin en bronze ? C'est bien de ça qu'on parle ? interrogea Mancini.

– Oui, acquiesça Bianchi. Dante y fait clairement allusion dans son texte : « la Pigne de Saint-Pierre à Rome ».

– En plus, il y a une connexion avec ce qu'on vient de découvrir ici, remarqua Matteo Greco. Elle est posée au sommet d'un double escalier qui, si je ne me trompe pas, a aussi été conçu par Michel-Ange, tout comme Dieu représenté dans un cerveau, et la fresque du Jugement dernier...

– Suis-nous, Massimo, la *Pigna* est au pied du palais du Belvédère, à l'autre bout des galeries.

Michel-Ange, comme Dante, pouvait-il avoir eu l'intuition d'une passerelle divine vers l'au-delà, à travers d'invisibles portes, au fin fond du cerveau comme sur la Terre ? À l'image des trous de ver qui permettraient de passer d'un univers à l'autre ? Ces artistes d'exception s'étaient-ils volontairement transmis une connaissance occulte, ou bien certains esprits supérieurs percevaient-ils des horizons qu'aucun autre mortel ne pouvait entrevoir ? Bianchi, tout en talonnant les trois gendarmes dans les méandres du Saint-Siège, demeura absorbé par cette réflexion qui le dépassait. Le Gyrum Novem tentait certainement de percer le secret du génie humain, en détournant les cerveaux d'Einstein et de Marie Curie, ainsi que les crânes de Dante, Darwin ou Descartes. Dans le même temps, ils s'en prenaient à des vivants, en massacrant leur « cerveau du bas »... Il existait clairement un lien, une opposition volontaire entre les deux.

L'escouade reflua dans le sens contraire de la visite des musées du Vatican et remonta au pas de course l'immense aile de trois cents mètres qui aboutissait au palais du Belvédère. Ils bousculèrent de nombreux touristes agglutinés devant les tapisseries de Raphaël, ou dans l'impressionnante galerie des candélabres aux accents de temple antique. Parvenus au bout de l'aile occidentale, ils dévalèrent l'escalier jusqu'au hall des Quatre Grilles, et débouchèrent enfin dans la cour de la Pigne. La sculpture leur sauta aussitôt au visage, juste en face d'eux, au pied de l'imposante façade du palais du Belvédère. La pomme de pin de quatre mètres de hauteur, aux teintes émeraude du bronze oxydé par le temps, trônait entre deux paons altiers, au sommet du double escalier de Michel-Ange. La Pigne était particulièrement mise en valeur, pour ne pas dire mise en scène, devant une niche monumentale creusée à même la façade du palais.

Bianchi eut le souffle coupé par cette vision. Comment ne pas ressentir la puissance du symbole, au cœur même de la cité du Seigneur et de son représentant sur Terre ? Il longea l'escalier monumental, examina la fontaine qui l'ornait, puis grimpa pour observer le socle de marbre voluptueusement sculpté qui supportait la *Pigna*. Les trois gendarmes furetaient tout autour, en quête du moindre indice qui pût dénoter la présence d'une éventuelle charge explosive.

– Il n'y a eu aucun mouvement suspect autour de l'escalier ? Personne n'a eu l'occasion de démonter la Pigne, ou de la manipuler, ces dernières semaines, ou ces derniers mois ?

– À vrai dire, la façade du palais, le double escalier et l'exèdre qui forme la niche ont été ravalés il y a quatre ans environ. Tout a été démonté pendant les travaux. Et je crois que la sculpture n'a été réinstallée que fin 2020. En plein Covid, de mémoire.

C'était un peu loin, mais qui sait si le Gyrum Novem n'avait pas dissimulé à cette occasion un mécanisme capable d'être activé à distance, même des années plus tard ? Il faudrait sans doute démonter l'œuvre millénaire afin d'en inspecter l'intérieur, ainsi que le socle en marbre. L'opération serait certainement délicate ; le bronze avait été façonné au Ier siècle après Jésus-Christ, avant d'être mis au jour au Moyen Âge dans les ruines des thermes d'Agrippa, puis exposé dans l'antique basilique Saint-Pierre, que Dante avait d'évidence visitée.

Mais l'Italien doutait. Était-ce vraiment la bonne cible ? Quel était le lien avec les autres messages, l'allusion au « plus petit cercle », ou au « neuvième cercle », qu'Étienne Klein assimilait au Soleil, voire à un trou noir, tandis que Philippe Charlier l'attribuait à la Terre ? Rien ne semblait correspondre, dans le décorum, ou la mise en scène. La pomme de pin seule ne suffisait pas à le convaincre…

Puis Bianchi leva le nez et embrassa la place de la Pigne, aussi vaste qu'un stade de football, avec ses quatre rectangles de pelouses au cordeau, séparés par un chemin en forme de croix, dans la tradition des préaux de cloître. C'est alors que son regard buta sur une étrange sculpture, campée en plein centre de la place, à la croisée des allées.

Son cœur manqua un battement.

Rêvait-il ?

Il se précipita vers l'objet, qui n'avait rien à voir avec les œuvres historiques exposées dans les musées du Vatican. Celle-ci était beaucoup plus moderne, clinquante – elle brillait dans la lumière du soleil –, et surtout, elle semblait représenter un astre éventré, hébergeant une plus petite planète en son sein. Elle se trouvait dans la perspective de la Pigne et épousait les rondeurs de la niche du palais du Belvédère. Le plus troublant était qu'elle tournait lentement sur elle-même, comme une véritable planète…

Tandis que Mancini et Greco continuaient d'inspecter les contours de la pomme de pin, Andrea de Luca, qui avait perçu le manège son collègue tournant autour de la sculpture comme une toupie, s'avança jusqu'à lui.

– Andrea ! Je crois qu'on le tient ! C'est énorme ! Regarde, tout y est : à l'extérieur, ça brille comme un soleil, et à l'intérieur, le plus petit cercle, qui ressemble à la Terre éventrée, torturée… Comme si c'était la fin du monde !

De Luca en fut stupéfié, lui aussi. Il n'avait jamais vraiment prêté attention à cette œuvre, pourtant installée depuis une trentaine d'années dans la cour de la Pigne. Tout semblait rappeler la teneur des messages et leur interprétation.

– Je me souviens juste que ça s'appelle *Sfera con sfera*, la « sphère avec une sphère », balbutia le gendarme.

Bianchi était surexcité. Il s'empara aussitôt de son téléphone, prit une photo de la sculpture en intégrant la pigne en arrière-plan, et s'apprêta à l'envoyer à Louise, via Signal. Qu'était-elle en train de faire, de son côté ? Était-elle parvenue à entrer dans l'ancien sanatorium, et avait-elle trouvé quelque chose en lien avec l'enquête ? Avec cette photo, elle déciderait peut-être de renoncer à ses recherches dans le lieu abandonné et de rappliquer à Rome. Au fond, c'est tout ce que Massimo souhaitait. Il s'inquiétait de plus en plus pour elle et n'était pas confiant dans cette mission solitaire, compte tenu de son état physique et psychique, sans que personne n'en fût informé. Bien que rattachée officiellement à la Crim, en renfort du groupe de Ceylac, elle évoluait comme un électron libre et considérait à tort qu'elle pouvait n'en faire qu'à sa tête.

Au moment d'envoyer le cliché, le téléphone vibra, tandis que l'écran affichait « Appel inconnu ». C'était sans doute elle ; les deux enquêteurs étaient connectés, depuis le début, et peut-être allait-elle lui annoncer une bonne nouvelle aussi de son côté. Tout convergeait. Surexcité, Massimo parla le premier.

– Tu ne devineras jamais ce que j'ai trouvé ! J'allais t'envoyer la photo…

– *Sfera con sfera*… Félicitations, commandant Bianchi.

L'Italien se décomposa.

*

Le bureau du dernier directeur de la clinique Sancellemoz n'avait rien livré. Pas plus que les secrétariats ou les box des médecins. Ils avaient certainement fait le ménage, et seules des paperasses sans aucune utilité pour l'enquête traînaient un peu partout, essentiellement par terre. Les deux détectives, dont une improvisée, s'étaient épuisées pour rien. Heureusement, elles avaient bénéficié d'une lumière plus généreuse, le temps s'étant apaisé. Les nuages avaient viré de l'anthracite au laiteux et débouchaient légèrement l'horizon. Louise avait même pu apercevoir une partie du massif du Mont-Blanc depuis la bibliothèque, au dernier étage.

Là encore, elle avait ouvert une trentaine d'ouvrages abandonnés en les secouant, dans l'espoir qu'un message en tombât. Mais rien.

Elle pestait contre Vogel qui l'avait envoyée là pour rien. Peut-être l'avait-il volontairement éloignée pour mieux frapper ? Ou bien était-il canné, ce qui était beaucoup plus probable, et ses petits secrets autrefois planqués dans l'ancien sanatorium s'étaient-ils volatilisés à la faveur du déménagement, ou des coups de boutoir répétés des explorateurs urbains peu scrupuleux. Ces derniers avaient peut-être même découvert le pot aux roses et l'avaient mis au frais sans se douter de sa portée.

Pourtant, cette rumeur de scandale taraudait l'enquêtrice. Elle sentait que la clé de l'affaire était nichée tout près, sous son nez. Les propriétaires du site n'avaient pas investi dix millions d'euros pour tout plaquer dans la foulée.

– Bon, on perd notre temps. Et on ne va pas y passer la nuit non plus. Allons faire le sous-sol, je suis sûre qu'on va trouver quelque chose là-bas. Il le faut.

– Pitié ! haleta Léa. J'en peux plus. Il me faut un break.

Louise n'était guère plus flambante, et son oreille recommençait à la lancer, sans parler de son genou. La douleur s'approchait de celle d'une entorse, voire d'une rupture des ligaments croisés.

Elles refluèrent jusqu'au point de départ. La salle de restaurant, mieux éclairée, n'en parut pas moins triste. Les patients comme les soignants devaient déprimer sévère, et la fermeture du site n'était pas forcément un mal. Léa plongea dans sa réserve secrète et en extirpa un paquet de Choco BN. Louise se jeta dessus comme la faim sur le monde ; elle n'avait rien avalé depuis la veille au soir. Elle observa cette gamine fragile, perdue dans cette bâtisse de béton désaffectée, et se voyait en elle comme dans un miroir déformé. Sa vie n'était guère plus enviable, et elles n'étaient finalement que deux paumées. Louise se reprit ; il fallait aller jusqu'au bout.

– Allez, courage, on termine et je t'embarque.

Une lueur de terreur traversa les pupilles de la jeune femme.

– Tu m'embarques ?

– Non, non, je veux dire que je t'emmène avec moi. Je vais te trouver une piaule, et ce soir, je t'invite au resto. Pas question que tu y ailles seule. Et demain…

– Demain ?

Louise se racla la gorge, gênée.

– Oui, enfin, on verra. Bon, on y va ? Prête pour la chasse aux fantômes ?

– Je t'ai déjà dit que je n'étais pas chaude du tout…

– Il faut que tu me guides, Léa. Je n'ai aucun repère là-dessous.

La jeune femme hésita. Finalement, elle se leva et traversa le restaurant. Arrivée dans le grand hall, elle se dirigea vers une cage d'escaliers.

Deux minutes plus tard, les deux femmes lézardaient dans les corridors humides des sous-sols de l'ancien sanatorium. La torche du portable vivotait, oscillant entre peu et très peu de puissance. Elles franchirent rapidement les espaces techniques, la salle des chaudières, jusqu'aux réserves. Léa découvrit que des boîtes de conserve traînaient encore, et qu'elle pourrait s'en délecter. Au même instant, elle crut entendre un bruit. Un frisson la traversa. Louise, privée d'une partie de son audition et affairée dans un carton regorgeant de factures alimentaires, n'y prêta aucune attention.

Plus loin, une porte close arborant la mention « Archives » s'offrit à leur regard. L'enquêtrice s'échina sur la poignée et regretta de ne pas avoir embarqué d'extincteur. Finalement, elle saisit son neuf millimètres.

– Bouche-toi les oreilles, vu l'espace confiné, ça va décoller les tympans.

Léa obtempéra, à moitié terrorisée. Louise tira deux cartouches en protégeant son oreille valide, histoire de ne pas se flinguer les deux esgourdes.

Le verrou explosa et laissa facilement pivoter la porte. À l'intérieur, l'humidité le disputait à la poussière, si bien que l'air était vicié. Léa éternua bruyamment dans le dos de Louise qui sursauta.

– Désolée…

À la surprise de l'enquêtrice, les étagères regorgeaient de boîtes pleines. Les propriétaires n'avaient ni transféré, ni détruit les précieuses archives. Classées dans l'ordre chronologique, elles remontaient, pour les premières, aux années 1980.

– Aide-moi, tu veux bien ? À deux, on ira deux fois plus vite.

Léa éprouvait un mauvais pressentiment, peut-être en raison de ce bruit perçu dans les réserves. Elle se sentait piégée comme un rat – lesquels pullulaient, en témoignaient des couinements réguliers – sans autre issue possible que l'escalier emprunté plus tôt. Impossible de fuir dans une autre direction en cas de danger. Le malaise grandissait, d'autant que la batterie du téléphone vivait ses derniers instants, et que l'obscurité totale les guettait. Paniquée, Léa fut traversée par un souvenir salutaire.

– Il y a des vitraux en hauteur dans la chapelle. Elle n'est pas complètement enterrée, la lumière de l'extérieur passe à travers. Et la porte est juste à côté.

– OK, bien vu, on embarque les cartons, et on va les regarder là-bas.

La porte n'offrit guère plus de résistance que la précédente, grâce à l'arme de Vernay qui venait de souffler deux nouvelles munitions. L'enquêtrice découvrit la fameuse « crypte », et en resta bouche bée. C'était une véritable chapelle, décorée de peintures murales aux couleurs ardentes, de l'ocre à la terre de Sienne. Les malades devaient certainement trouver un certain réconfort entre ces murs. De même, disposés en hauteur comme des soupiraux, les vitraux multicolores distillaient une lumière chaleureuse, d'autant que le ciel s'était bien dégagé.

Un vrai capharnaüm s'entassait au fond, armoires métalliques, photocopieur, matelas, et même une vieille gazinière. Mais pourquoi avaient-ils condamné ce lieu de culte ? Tout près, un piano détonnait avec le reste du décor ; sans doute celui utilisé par Stravinski, tandis qu'une partie de sa famille était venue se soulager de la tuberculose.

Louise riva ensuite son regard sur la gauche et découvrit le clou de la chapelle : l'autel de granit campé sur deux pilastres, face à une fresque impressionnante. Vernay identifia Jésus descendant de la croix, sous le regard intimidant d'un ange aux ailes spectaculaires ; sans doute l'ange de la Résurrection. À cette vision, elle songea de nouveau à Bianchi – allait-il trouver quelque chose au Vatican ? – et aux messages gravés sur les lamelles métalliques, à *L'Enfer* de Dante, au destin de l'âme, à la fin du monde.

Léa, en retrait, n'était pas du tout bercée par le décorum religieux. Elle se sentait de plus en plus mal à l'aise. Elle déposa son carton sur le piano et l'ouvrit à contrecœur.

– On cherche quoi ? murmura-t-elle.

– N'importe quoi d'inhabituel pour un centre de rééducation tel que celui-ci. Des factures pour des trucs improbables, des documents biffés, comme si on avait voulu cacher quelque chose. Bref, tout ce qui peut te paraître anormal. Et regarde bien les noms, aussi : si tu vois apparaître quelque part Alban Vogel, ou Loïc Eyrolles, surtout, dis-moi. Dans une liste d'admissions de patients par exemple. Ou même du personnel, ou d'intervenants extérieurs.

– Mais il y en a pour des heures !

Louise ne releva pas. Elle était déjà concentrée sur les premiers documents, qu'elle sondait de son œil laser. Elle devait trouver quelque chose, c'était vital. Elle n'avait pas fait tout ça pour rien.

*

– Qui êtes-vous ?

– Voyons, Bianchi, faites un petit effort…

Il connaissait cette voix. Ce timbre grave et intimidant… Mais non, c'était impossible…

– Vogel ?

– Eh bien, vous voyez ! Vous n'êtes pas aussi sourdingue que Vernay.

L'Italien était sidéré. Le naturaliste était revenu d'entre les morts, comme au jour du Jugement dernier. Il était convaincu que le cerveau retrouvé au musée de l'Homme était celui du chercheur, et qu'il avait été rayé de la surface de la Terre, tout comme Loïc Eyrolles, Lombardo et Rizzo.

– Où êtes-vous ?

Bianchi, certain d'être espionné en ce moment même par Vogel, lança des regards dans toutes les directions.

– Faites ce que je dis, et nous pourrons peut-être échapper à la fin du monde. Et vous pourrez peut-être aussi sauver Louise Vernay.

– Louise ? Louise est en danger ? Je vous préviens, s'il lui arrive quoi que ce soit…

– Calmez-vous, Bianchi. Ce n'est pas le moment de faire une crise de nerfs. Et puis, il me semble que vous ne m'avez pas bien entendu : il s'agit d'abord d'empêcher l'Armaggedon ! Vos sentiments vous égarent…

– L'Armaggedon ? C'est quoi, ces conneries ? Comme le film catastrophe ? L'histoire de l'astéroïde qui percute la Terre ?

– Avant d'être une fiction médiocre, c'est un terme de la Bible, saviez-vous ? Au moment du Jugement dernier, comme dans le tableau de Michel-Ange que vous avez pris soin d'admirer, l'Armaggedon désigne l'ultime combat entre le Bien et le Mal. Et nous devons tout faire pour contrer le mal, Massimo.

À une quarantaine de mètres de lui, Bianchi aperçut une silhouette qui semblait l'observer, téléphone vissé à l'oreille. Il piqua un sprint et fondit sur l'individu. Il l'attrapa par l'épaule et le retourna bien face à lui, en le secouant.

– Ça va pas non ? Vous êtes complètement cinglé !

– Désolé… J'ai cru… Je vous ai pris pour… Je suis désolé…

– Pauvre taré ! Je vais appeler les flics !

Le policier peinait à reprendre son souffle. Son stress

grimpait en flèche, pris en étau entre le sort de Louise et le danger imminent qui semblait peser sur le Vatican – et, à en croire Vogel, bien au-delà. Ses bronches commencèrent à siffler, et il tangua d'un pied sur l'autre.

– Vogel… Vogel, où êtes-vous ? Montrez-vous ! Vous n'avez même pas… même pas le courage de… de…

– Prenez votre Ventoline, Massimo. Ce n'est pas le moment de claquer. J'ai besoin de vous. Il faut agir, avant qu'il soit trop tard.

– Louise… Louise… C'est vous qui l'avez envoyée dans ce foutu mouroir… Vous l'avez… piégée…

– Non, Bianchi, c'est votre responsabilité. C'est vous qui avez choisi de la laisser partir seule dans l'antre du Mal. Et ce sera votre péché, Bianchi. À vous, et à personne d'autre.

*

Le temps s'écoulait, dans l'angoisse et le sentiment d'une course fatale contre la montre. La gamine feuilletait les dossiers du premier carton, qui remontait aux années 2010, tandis que Louise fouillait la décennie précédente.

– C'est drôle, s'exclama Léa. Je suis dans la liste du personnel qui bossait ici dans les années 2010-2015, avec tous leurs CV. J'en ai connu pas mal, qui étaient toujours là quand je suis arrivée, début 2016. C'est quoi déjà les noms que tu as dits ?

– Alban Vogel et Loïc Eyrolles.

– Mmm… Non. Par contre, je n'avais pas réalisé qu'il y avait autant d'Italiens ici. C'est vrai qu'on est à quelques kilomètres de la frontière. Alfaro, Bassano, Bellini, Caffarelli, Calvino…

Louise leva le nez de son carton.

– Tu peux répéter le dernier ?

– Heu… Calvino.

– Et le prénom ?

– Maria. Maria Calvino.

Louise blêmit. Léa, qui n'avait rien vu, poursuivit.

– Ah mais oui, ça me disait bien quelque chose aussi… C'était la neurologue, elle suivait la rééduc des AVC. Elle a dû quitter vers 2013 ou 2014, avant mon arrivée. Mais j'ai entendu parler d'elle.

– Pourquoi ? articula Vernay d'une voix blanche.

– Des histoires de réputation. Ça taille vite des costards dans un hosto, tu sais. Par exemple, pour savoir qui couche avec qui. Mais elle, ce n'était pas ça. Il paraît que les malades la craignaient. Et les infirmières qui l'ont connue n'en disaient pas du bien non plus. Du style : « Ah, on a gagné au change avec le nouveau. » Tu vois le genre.

Louise s'approcha et s'empara du dossier. Maria Calvino, née le 7 octobre 1979, diplômée en 2007 de la faculté de médecine de la Sapienza, à Rome, avant de poursuivre son internat en neurologie à Genève. Louise savait que Maria était suisse par son père et italienne par sa mère. Passy se situait à soixante kilomètres de Genève, et deux fois plus près encore de la frontière italienne. Un site intermédiaire idéal pour naviguer de l'un à l'autre… Vernay observa la photo d'identité agrafée sur le CV. Elle fixa longuement le regard de celle qui paraissait une gamine, à l'époque. Qui était-elle vraiment ? Louise refusait d'y croire, mais l'évidence était là, sous ses yeux. Maria Calvino était liée à toute cette affaire. Était-elle partie prenante du scandale dont Léa avait entendu parler ? C'est vers elle que Vogel voulait l'orienter. Elle, qu'elle considérait comme une sœur depuis dix ans maintenant, qui avait pris soin de son frère avec abnégation, même si elle l'exhortait désormais à prendre une décision impossible. Le dossier précisait que Maria avait été embauchée juste après son internat, fin 2010. L'enquêtrice se souvenait que la praticienne était arrivée à Liège en 2014, à la création du Coma Science Group, peu de temps avant le transfert de Mathieu dans ce tout nouveau service. Quatre années, donc, passées à Sancellemoz. Qu'avait-elle manigancé entre ces murs ?

Léa perçut enfin le trouble dans lequel se trouvait la policière.

– Ça va pas ?

Louise entrouvrit les lèvres, mais ne put rien articuler, la gorge nouée, l'esprit engourdi par mille questions sans réponse.

– Je vois que vous avez trouvé ce que vous cherchiez.

Les deux femmes sursautèrent.

Une silhouette vêtue de noir de pied en cap, presque indiscernable dans la pénombre, les tenait en joue à l'aide d'une arme de poing. Louise esquissa un mouvement en direction de son holster.

– Fais pas de connerie, Vernay. Il paraît que j'ai la gâchette facile.

Léa tremblait comme une feuille. Encore une minute, et elle se pisserait dessus.

– Qui êtes-vous ?

– On m'appelle Méduse.

– Méduse ? répéta bêtement Louise, qui ne s'attendait certainement pas à ce genre de réponse.

– Méduse, comme la gorgone au regard mortel de la mythologie grecque, précisa l'inconnue.

Léa manqua défaillir.

– Si je te dis que mon *frère* s'appelait Phlégias, *alias* Luigi Lombardo, ça te dit quelque chose ?

L'enquêtrice haussa les sourcils.

– L'enfoiré de mafieux dessoudé à Rome ? Le crâne décapsulé, la cervelle en hachis parmentier ? Une pourriture de moins.

L'inconnue s'empourpra. Une colère sourde monta en elle.

– C'est quel genou, déjà, que tu t'es défoncé en glissant comme une merde à l'extérieur ?

L'enquêtrice était donc suivie depuis le début, comme elle le craignait. Elle s'apprêtait à répondre lorsqu'une flammèche orangée scintilla dans l'obscurité, suivie d'une puissante détonation qui déchira le silence sépulcral de la chapelle.

Louise s'effondra en hurlant de douleur. Son genou gauche était en charpie.

– Putain… putain… C'était l'autre… l'autre genou !

– Je sais.

Léa, terrorisée, s'accroupit en larmes auprès du corps martyrisé. En bonne aide-soignante, elle s'efforça de river l'enquêtrice en position latérale de sécurité, tout en lui maintenant la tête. Tandis qu'elle la manipulait délicatement, elle aperçut la crosse de son pistolet. Elle n'en avait jamais eu entre les mains, mais à cette distance, même une aveugle avait ses chances. Le Sig Sauer de dotation des forces de l'ordre semblait si facile à utiliser, d'autant que Louise venait de s'en servir pour déverrouiller trois portes. La flic avait dégainé et tiré, tout simplement. Il lui suffirait d'empoigner le neuf millimètres et de presser la détente en direction de cette salope. De toute manière, c'était leur seule planche de salut.

La jeune femme tendit lentement la main vers le holster, tout en mimant des soins imaginaires. Elle saisit l'arme, plus lourde qu'elle le pensait. Ses mains tremblaient ; elle n'avait jamais tenu de pistolet de sa vie. Puis, le plus prestement possible, elle se retourna vers la criminelle et tenta de tirer. Mais elle ne s'attendait pas à une telle résistance de la détente.

Louise avait-elle actionné un cran de sûreté ? Elle ignorait le mécanisme de double action du Sig, qui nécessitait une pression de plusieurs kilos sur la détente, lors du premier tir, afin d'armer le chien et de déclencher la percussion. Elle était si frêle…

Cette seconde de confusion avait suffi. La femme en noir bondit et décocha un violent coup de pied en pleine tête de l'impudente qui fut projetée contre un pilier. L'instant d'après, un râle s'exhala de son corps famélique ; elle n'avait aucune force, ni aucune résistance.

L'inconnue ramassa le semi-automatique et s'approcha de Léa, qui semblait à l'agonie. Il n'en fallait pas beaucoup pour la meurtrir…

– Espèce de petite camée de merde, tu t'es prise pour qui ?

Louise, pliée au sol, observait la scène les yeux baignés de larmes. Tyrannisée par la douleur, désespérée d'avoir entraîné cette gamine dans ce traquenard, elle se sentait profondément impuissante. Léa ne voulait pas descendre, pourquoi avait-elle insisté ? Elle avait encore déconné ; elle portait une guigne fatale à quiconque l'approchait. Et cette fois, pas de Bianchi pour sauver la face.

L'impitoyable silhouette brandit le Sig de la policière et visa Léa à bout portant.

– C'est pourtant pas compliqué à utiliser. Au premier tir, il faut appuyer bien fort sur la détente.

Une détonation assourdissante retentit. La balle, éjectée à trois cent cinquante mètres-seconde, déchiqueta la poitrine de la jeune femme.

– Non !! hurla Louise.

Elle tendit le bras vers la gamine ensanglantée, pour lui tenir la main dans ses derniers instants. L'aide-soignante gesticulait sous les spasmes et crachait du sang. La stupéfaction se lisait dans ses yeux exorbités.

– Et tu vois, à partir du deuxième tir, la détente est beaucoup plus tendre.

Seconde détonation.

Le crâne explosa, la cervelle gicla sur le pilier immaculé, sous le regard impavide de Jésus, de l'ange de la Résurrection et des saints auréolés.

Pour Léa, vingt-cinq ans, le jour du Jugement était arrivé.

Chapitre 33

Mardi 23 avril 2024, Rome, 23 h 45

La cité du Vatican était entièrement bouclée.

Les reflets bleutés des gyrophares se perdaient dans la nuit romaine, tout autour de l'enceinte surélevée du plus petit État du monde.

Des véhicules de la Polizia di Stato bloquaient les entrées de la place Saint-Pierre, tandis que la plupart des cent cinquante gendarmes du Vatican étaient déployés dans la minuscule cité. Les autres militaires, ainsi qu'une partie des célèbres gardes suisses, avaient escorté le Saint-Père et les principaux prélats de la Curie romaine, jusqu'à la résidence d'été de Castel Gandolfo. Pendant ce temps, le général Gianluca Gauzzi Broccoletti dirigeait les opérations de sécurisation. Il allait affronter sa mission la plus périlleuse depuis sa nomination, cinq ans plus tôt, comme commandant de la gendarmerie vaticane, ainsi que directeur des services de sécurité et de protection civile de la cité. La gestion de cette crise s'avérait une très lourde responsabilité pour cet officier général qui franchissait juste le cap de la cinquantaine, et qui n'était réputé, jusqu'ici, que pour être le premier « garde du corps » du pape lors de ses déplacements. La situation inédite dépassait largement ses compétences, et il tournait en rond dans la salle de contrôle tapissée d'une trentaine d'écrans vidéo. Il était en liaison permanente avec le président du gouvernorat du Vatican et le secrétaire d'État, deux puissants cardinaux.

Le micro-État se vidait progressivement de ses huit cents habitants, tandis que les alentours du siège de l'Église catholique, enclavé en pleine ville de Rome, faisaient aussi l'objet de mesures exceptionnelles. Les habitants de la rive droite du Tibre étaient invités à se terrer chez eux. La police renvoyait dans ses pénates quiconque s'aventurait dans le quartier. Le plan rouge prévoyait plusieurs niveaux, du confinement dans les appartements, à la descente dans les caves, jusqu'à l'évacuation générale en cas de danger absolu et imminent. Les forces de sécurité italiennes étaient sur les dents, et interagissaient, elles aussi, avec le général Broccoletti et les autorités du Saint-Siège.

L'information s'était répandue comme une traînée de poudre dans les médias du monde entier et, à Paris, Lorrain Ceylac ainsi que les membres de son groupe de la Crim suivaient avec stupéfaction, et une certaine angoisse, les événements romains.

Ceylac avait tenté de joindre Bianchi, qui, évidemment, ne répondait pas, compte tenu de la crise à laquelle il se trouvait intimement mêlé. Il avait aussi téléphoné à Louise, mais n'avait jamais réussi à la contacter : où était-elle passée ? Elle était censée se reposer chez elle et, évidemment, elle n'en avait encore fait qu'à sa tête.

Au même moment, tel un écho, Massimo Bianchi s'échinait à joindre lui aussi l'enquêtrice. La mise en garde de Vogel lui avait cisaillé le cœur. Depuis des heures, il tombait systématiquement sur sa boîte vocale. Pétri d'angoisse, il tentait de rester concentré sur l'alerte générale qui secouait le Vatican, mais il peinait à se focaliser sur son objectif.

Des pensées venaient sans cesse le parasiter. Il imaginait Louise sur la barque de Charon, encaissant des coups de rame jusqu'à se faire engloutir dans les flammes de l'Enfer, tandis que résonnait le rire sardonique de Satan – ou bien, selon les moments, d'Alban Vogel. Son esprit vaquait, et lui jouait des tours. Le naturaliste n'avait toujours pas rappelé, depuis sa conversation énigmatique et alarmante, six heures plus tôt. Il s'était juste contenté de confirmer que *Sfera con sfera* était bien piégée. Mais s'agissant du sanatorium de Sancellemoz, qu'entendait-il par « l'antre du Mal » ? Qu'avait dû affronter Louise ?

*

Louise ouvrit un premier œil.

Puis le second.

Tout paraissait flou ; elle battit des paupières pour faire la mise au point.

Elle se trouvait allongée sur le côté, dans un environnement profondément hostile. Une odeur de chair brûlée se mêlait aux relents de désinfectant. Elle connaissait cet effluve, elle avait dû le supporter au moment des soins appliqués à son oreille gauche : celui de la Bétadine.

Son champ de vision était partiellement bouché par un voile de plastique, qui laissait vaguement entrevoir le cadre d'un bloc opératoire. Des bips stridents s'ajoutaient au climat anxiogène. Elle avait beaucoup de mal à se mouvoir ; finalement, elle réalisa que des sangles la maintenaient fermement sur le lit. Elle n'avait aucune énergie, et bien qu'elle s'échinât à se dégager, ses mouvements restaient indolents et lymphatiques.

Elle avait aussi du mal à réfléchir et à se faire une véritable idée de l'endroit où elle se trouvait. Soudain, le souvenir de l'exécution à bout portant de Léa, l'aide-soignante qui squattait l'ancien sanatorium de Sancellemoz, lui revint à l'esprit. Elle se débattit furieusement.

– Du calme, Louise. Si j'étais toi, j'éviterais soigneusement les mouvements brusques.

La voix cotonneuse lui parvenait difficilement, comme si la personne lui parlait à distance, quelque part derrière elle, si bien qu'il lui était impossible de voir son visage. En plus, l'enquêtrice était étendue sur le flanc droit, ce qui obstruait partiellement sa seule oreille valide.

– Qui… qui êtes-vous ?

Au fil des secondes, sa conscience progressait. Elle se rendit compte qu'un mince tuyau lui pénétrait le nez, sans doute une assistance respiratoire, tandis qu'une douleur au bas-ventre semblait désigner la pose d'une sonde urinaire. Elle tenta de nouveau de se libérer de ses liens ; l'angoisse commençait à monter, même si les résidus des puissants sédatifs de l'anesthésie générale lui épargnaient encore les pires sentiments d'épouvante.

– Louise, j'ai deux bonnes nouvelles.

Elle connaissait cette voix… Le timbre lui était familier, mais ses neurones peinaient encore à le relier à une vraie personne. Puis, un nouveau souvenir furtif l'embrasa. Au milieu des cartons d'archives de Sancellemoz, juste avant l'irruption de cette femme vêtue de noir, elle avait découvert quelque chose. Son encéphale tentait de faire le rapprochement entre les deux. Mais avant de résoudre cette équation pourtant simplissime, une autre image lui sauta au visage : son genou ! La mercenaire lui avait explosé la rotule !

– La première bonne nouvelle, c'est que j'ai sauvé ton genou gauche, grâce à une belle prothèse toute neuve. Quant à l'autre, que tu t'es abîmée en tombant, rien de dramatique. Des anti-inflammatoires, de la rééducation, et tout ira bien.

– Maria ! Maria Calvino ! C'est toi ?

Son système nerveux central venait enfin de traiter l'ensemble de la chaîne d'informations, et avait rapproché cette voix connue de la trouvaille au sanatorium : la neurologue italo-suisse avait travaillé quatre ans dans l'ancien mouroir de Marie Curie.

– Oui, Louise. Tu vois, tu es en de très bonnes mains, avec une amie. Ton amie. Et je suis entourée des meilleurs, un interne en neurochirurgie, un anesthésiste-réanimateur, une infirmière anesthésiste, et deux infirmières qui m'assistent pour les instruments et les pansements.

– Un interne en… neurochirurgie ?

– Oui, et c'est la deuxième bonne nouvelle. J'ai pu te retirer ce méchant éclat de balle qui s'approchait de régions vitales de ton cortex. En revanche, je n'ai aucune compétence en ORL, pour ton oreille interne, il faudra consulter des spécialistes.

Louise s'éveillait et prenait bien mieux conscience de la gravité de la situation.

– Mais qu'est-ce que tu fous, Maria ? Pourquoi je suis au bloc, sanglée ? Pourquoi je ne suis pas en salle de réveil ?

Elle se retint d'ajouter : « entourée de mes proches ». Enfin, au moins de l'un de ses proches, Massimo Bianchi. Que faisait-il en cet instant ? Était-il lui aussi en danger ?

– Très bonne question. Je vois que les effets de l'anesthésie générale se dissipent entièrement. C'est que l'intervention chirurgicale n'est pas terminée, Louise. Elle ne fait que commencer. Ton genou, ton éclat de balle, c'était une mise en bouche. De quoi se faire la main. C'est maintenant que les choses sérieuses commencent. Et tu as beaucoup de chance : tu vas pouvoir vivre ces instants en direct. As-tu déjà entendu parler de la chirurgie du cerveau en condition éveillée ?

*

La place de la Pigne était peuplée des meilleurs artificiers d'Italie. L'unité autosabotage d'Aldo Mancini s'était déployée la première, dès 17 h 30, en pleine évacuation des milliers de touristes qui s'attardaient encore dans les musées du Vatican. Les huit démineurs, vêtus de leur lourde tenue de Kevlar et de leur casque balistique, avaient d'abord sondé l'extérieur de *Sfera con sfera*, à la recherche de traces, de marques ou d'indices d'une charge explosive. Sans succès. Ils avaient ensuite inséré le flexible de leur caméra endoscopique dans les arcanes de l'inquiétante sculpture, avec une infinie précaution, de peur de heurter l'éventuel dispositif et d'en déclencher la mise à feu. Mais, une fois de plus, rien ne laissait supposer la présence d'un colis piégé, ni d'une quelconque bombe.

Les renforts des unités de déminage de la police nationale, ainsi que celles du génie de l'armée de terre, avaient permis d'effectuer des recherches plus approfondies.

Vers minuit, ils avaient enfin capté un signal. Mais c'était une terrible nouvelle, la pire qu'ils puissent imaginer : ils venaient de détecter la présence d'une source radioactive.

Au même instant, le téléphone de Bianchi, resté sur place malgré le danger, vibra enfin.

– Vogel ? Dites-moi qu'on se trompe... Ce n'est pas possible... Vous n'avez pas fait ça... Pas une charge atomique...

Tout en prononçant ces mots auxquels il ne croyait pas lui-même, l'officier italien se sentit terrorisé. Une boule lui tenailla le ventre, tandis que la nausée refluait au bord des lèvres.

– Vous voulez vraiment nous faire tous crever ?

– Ne vous trompez pas de camp, Bianchi. Je suis là pour

que triomphe le Bien. Parfois, dans une guerre totale, les victimes collatérales sont inévitables.

Le naturaliste était devenu complètement fou. Entendait-il seulement ce qu'il disait ?

– Une guerre totale ? Mais qu'est-ce que vous racontez, Vogel ? Quelle guerre ? En Ukraine ? En Israël ?

– Rien à voir, commandant. La guerre de forces occultes qui tiraillent la Terre depuis la nuit des temps. Et nous, les Sapiens, nous sommes malheureusement bien souvent les premiers agents du Mal. C'est ce que ma longue quête à travers le monde m'a démontré. Nous semons le vice et la terreur, et nous engrangeons, depuis des siècles, des milliers de secrets bien gardés, qui, s'ils étaient éventés, révéleraient toute l'ignominie de notre espèce dégénérée.

Massimo Bianchi hallucinait. Il levait les yeux au ciel. La partie s'annonçait encore plus difficile qu'il ne l'imaginait : il allait falloir composer avec un fou à lier. Entrer dans son système de pensée, interpréter ses élucubrations, et tenter de lui faire entendre raison. Mais comment raisonner un irrationnel ?

– Je vois que vous avez peur, Massimo.

– Vous m'observez encore ? Vous êtes toujours ici ?

– Bien sûr, ils ont évacué le Vatican, mais je connais mieux ce territoire que la plupart des prélats qui l'habitent. En particulier, les souterrains.

– Les souterrains ? Vous cultivez aussi vos champignons hallucinogènes dans les sous-sols du Vatican ?

– Disons que je suis simplement l'un des meilleurs spécialistes du monde du dessous. Qui, dans une cité dont la vocation est de célébrer le Ciel, se soucie de la richesse inouïe de ce qui vit sous terre ? Personne, à part moi. Et l'humanité m'en saura gré, très bientôt.

*

Louise était en larmes.

Elle avait compris, en l'espace d'une seconde, qu'elle se trouvait à la merci de celle qu'elle avait considérée, pendant de longues années, comme une véritable amie. Elle s'était confiée à Maria Calvino comme à personne d'autre, et pour cause : elle n'avait jamais réussi à conserver de fidèles relations, en amour comme en amitié. Son tempérament, ses addictions aussi, avaient éloigné la plupart de celles et ceux qui l'avaient approchée, et même aimée, pendant un temps. Elle était percluse de blessures psychologiques, et ses traumatismes, malgré de réels efforts, la rendaient parfois irascible, et souvent incontrôlable. Elle n'en faisait qu'à sa tête, c'était certain, et elle allait payer l'addition. Dans ce bloc opératoire sordide, dans l'incapacité de se lever – ses deux genoux étaient inutilisables – et donc de fuir. Sans compter ce qui semblait se nouer derrière son crâne, et qu'elle était incapable d'apercevoir, étant donné sa position, ses liens, et le voile de plastique qui protégeait le champ opératoire tout autour de sa tête.

– Qu'est-ce que tu fais, Maria ? Qu'est-ce que tu *me* fais ?

Des larmes obstruaient son regard, et le sel imprégnait ses lèvres sans qu'elle pût les éponger.

– Cesse de pleurer, sinon tu vas rendre les choses très difficiles, techniquement. Ton destin est entre tes mains, Louise. Je te conseille de te calmer. Et ce que je te fais, comme tu dis, c'est pour ton bien. Comme à tous ceux qui ont bénéficié de ma thérapie. N'as-tu jamais rêvé d'être une femme équilibrée, qui ne soit plus jamais tiraillée entre le Bien et le Mal ? Qui puisse enfin sereinement affronter la vie, dans l'excellence de tes capacités cognitives ? Tu es un sujet parfait, pour moi, tu sais. Il faut te débarrasser de tes démons, qui te dévorent depuis l'enfance, et de ce satané accident qui te pourrit la vie. Il faut te débarrasser de tes addictions, même si tu les contrôles beaucoup mieux depuis quelques années, j'ai pu m'en rendre compte.

L'enquêtrice paniquait, elle se sentait tellement désarmée, à la merci du moindre geste de la frappadingue – il n'y avait rien d'autre à en dire – qui s'était bien foutue d'elle pendant toutes ces années.

– Tout ce que tu m'as raconté est évidemment faux, n'est-ce pas ? Ces pseudo-rêves prémonitoires de tes malades, soi-disant précogs qui nous mettaient sur des pistes ?

– Disons que j'ai un peu influencé l'un de nos pensionnaires, Laurent Mallet, très réceptif à la suggestion. Il est assez facile de lui souffler des pensées, en particulier pendant ses phases de sommeil. Au réveil cérébral, il peut les répéter, en les prenant pour des rêves. Son état de semi-conscience, spécifique à sa pathologie, le rend incapable de discerner ce qui vient vraiment de lui, de ce qui provient de son environnement.

– Tu m'as manipulée, du début à la fin…

– Te manipuler ? Mais je t'ai permis, au contraire, de lutter contre le Mal, celui qui veut s'immiscer dans ma quête, et dans celle du Gyrum Novem. Celui qui dénature l'objet de nos recherches depuis des siècles. Ne t'ai-je pas envoyée à Westminster Abbey alors qu'une opération allait s'y dérouler ? Quant au Portugal, vous n'avez pas été foutus d'y découvrir quoi que ce soit. Travail bâclé, tant pis pour vous.

Louise commençait à ressentir un profond malaise. La position de son corps, couché sur le côté, était de plus en plus inconfortable. Elle sentait surtout que quelque chose d'anormal se déroulait au-dessus d'elle, qui semblait lui gratter le crâne.

Soudain, le bruit d'une scie électrique envahit tout l'espace.

– Putain ! C'est quoi ce truc ? Mais qu'est-ce que tu fais, bordel ?

– Calme-toi, Louise ! Plus tu bougeras, et plus tu perdras des chances d'en sortir vivante.

Le bruit d'un cisaillement lugubre, terrifiant, s'accompagnait de vibrations qu'elle pouvait ressentir dans tout son corps.

– Ne t'inquiète pas, tu ne souffriras pas. Savais-tu que le crâne, tout comme le cerveau, est indolore ? Je t'ai juste anesthésiée le cuir chevelu, avant de te scalper.

Louise hurla. L'absence de douleur physique n'empêchait nullement la terreur psychique, et le simple fait d'imaginer se faire tronçonner le crâne engendrait une vision d'horreur.

– J'aurais pu… t'ouvrir pendant l'anesthésie générale… pour ton genou, et pour la balle… Mais ç'aurait duré trop longtemps… Je ne voulais pas…

Les mots de la neurologue se perdaient dans le crissement de l'instrument de torture. Louise, dont l'oreille gauche était pratiquement sourde, ne captait qu'un mot sur deux. Elle ignorait qu'un pansement beaucoup plus conséquent, à la suite de l'éviction de l'éclat de balle, dissimulait la partie latérale gauche de son crâne et aggravait son hypoacousie.

– Je ne voulais pas… prolonger trop longtemps l'anesthésie… Je suis sûre que tu me comprends…

Le martyre cessa enfin. Ce qu'elle avait vécu était dix fois pire que l'intervention d'un chirurgien-dentiste en pleine extraction de la moitié de ses dents. L'absence de douleur physique n'atténue rien de l'angoisse profonde ressentie par les bruits et les vibrations à même l'os.

– Voilà ! Craniotomie terminée. Bon, ce n'est pas très régulier, mais tu as bougé, Louise. Je t'avais prévenue : plus tu t'agites, plus c'est compliqué. Tiens, Élodie, montre-lui…

L'infirmière franchit le champ opératoire et vint se

poster devant l'enquêtrice. Il était impossible de discerner le moindre de ses traits, dissimulés sous un masque chirurgical remonté jusqu'aux yeux. Sa tenue azurée, de la charlotte aux surchaussures, renforçait le sentiment surréaliste et profondément angoissant de la situation. La soignante exhiba un objet sanguinolent, de la taille d'une grosse médaille.

– C'est un morceau de ton crâne, Louise. Il ne faut pas le perdre, on en aura besoin quand je refermerai. Enfin, si tu es toujours parmi nous…

*

Vogel avait de nouveau raccroché, sans donner la moindre indication qui pût aider les artificiers. Massimo Bianchi savait que le naturaliste se terrait quelque part sous ses pieds, mais où ? Il grimpa dans l'un des blindés de l'armée qui stationnaient dans les jardins du Vatican, à proximité de la place de la Pigne. Le véhicule servait de QG mobile, en liaison avec la salle de contrôle vidéo du micro-État, aux mains du général Broccoletti. Des officiers supérieurs de la police et de l'armée italienne avaient rejoint le patron des forces de sécurité de la cité, avec l'accord du Saint-Père en personne, afin de l'aider à gérer cette situation exceptionnelle.

Andrea De Luca, quant à lui, dirigeait les opérations de terrain, depuis le blindé.

Bianchi l'interpella entre deux communications avec la salle de contrôle et les démineurs.

– Andrea, Tu connais les souterrains du Vatican ?

– Les souterrains ? De quoi tu parles ? Quels souterrains ?

– Il y a bien des sous-sols sous les bâtiments, non ?

– Oui, bien sûr, forcément. Des caves, des réserves, que sais-je. On a en à la caserne, par exemple. Pourquoi tu me demandes ça ?

– Je ne te parle pas de caves, mais de galeries. Des galeries qui pourraient communiquer entre elles. Comme des catacombes.

– Écoute, Massimo, je ne sais pas où tu veux en venir et je n'ai vraiment pas le temps. Tu as conscience qu'on a certainement une putain de bombe atomique sous le nez ? Juste derrière les murs des musées du Belvédère ? Tu réalises qu'on risque de tous y passer et, au passage, de perdre des milliers d'œuvres qui ont traversé les siècles, les millénaires pour certaines ?

De Luca perdait son calme. Il n'était pas taillé pour supporter une telle pression.

– Tu te rends compte que la Sixtine va peut-être partir en fumée, et que les témoignages des plus grands génies de l'histoire de l'humanité vont peut-être finir en cendres ?

Les trois militaires du génie qui opéraient depuis le blindé écarquillèrent les paupières. Un putain de gendarme de pacotille et un guignol de flic s'étripaient, alors qu'ils géraient une crise majeure, en liaison directe avec la présidente du Conseil et le président de la République italienne ! Les autorités, face à la menace nucléaire, procédaient à l'évacuation d'urgence de plusieurs dizaines de milliers de Romains, qui se jetaient sur les routes à la va-vite. Des bouchons monstrueux se formaient aux sorties de la capitale. Les médias du monde entier relayaient l'information. Bien entendu, le terme « nucléaire » avait été soigneusement occulté, afin d'éviter qu'une panique généralisée se répandît dans la moitié de l'Europe. Mais de nombreux commentateurs s'étonnaient d'un plan d'évacuation aussi massif et s'interrogeaient sur la nature et la puissance de la bombe détectée au cœur du Saint-Siège.

– Calme-toi, Andrea, calme-toi. Je suis désolé si je t'importune.

Bianchi marchait sur des œufs ; sa présence n'était pas

requise, bien au contraire. Il n'avait plus rien à faire ici et il devait absolument éviter de se faire évincer. Il abattit sa carte maîtresse.

– J'ai de nouveau échangé avec Vogel. Il m'a rappelé, il y a quelques minutes.

– Quoi ? Qu'est-ce qu'il a dit ? Il a donné des informations sur la bombe ?

– Non, non... Mais je pense qu'elle a un lien avec les souterrains. Et il semblerait d'ailleurs que Vogel se cache aussi quelque part au-dessous de nous. C'est pour ça que je t'ai demandé, pour les galeries.

De Luca ôta son micro-casque, et s'affala sur un tabouret.

– Qu'est-ce que ça veut dire ? La bombe ne serait pas dans *Sfera* ?

– Si, sans doute, mais... Il l'a peut-être manipulée, et installée, depuis les sous-sols. C'est pour ça qu'on ne trouve aucune trace d'explosif à l'extérieur.

Le visage d'Andrea s'illumina.

– Et que les images de vidéosurveillance de la place, qu'on a remontées sur plusieurs semaines, ne donnent strictement rien ! De jour comme de nuit, on a tous les enregistrements. Broccoletti a mis huit gendarmes et quatre gardes suisses rien que pour les visionner. Rien. Que dalle. Mais s'ils sont passés par-dessous... Je vais tenter de me procurer un plan des sous-sols. Je contacte immédiatement le secrétaire d'État de la Curie romaine, il a tous les pouvoirs, tous les accès.

Au même instant, la radio du gendarme grésilla. Plutôt que de renfiler son casque, il brancha le haut-parleur pour permettre à Bianchi d'entendre.

– Commandant, c'est Greco. On a repéré quelque chose d'anormal sur les vidéos. On a zoomé sur la sculpture et, il y a une dizaine de jours, la rotation a changé.

– Vous ne l'aviez pas remarqué plus tôt ?

– Non, on regardait les images en accéléré pour étudier les va-et-vient, mais là, on a focalisé sur *Sfera*. Je trouvais qu'il y avait quelque chose de bizarre, et là, on a compris : elle ne tourne plus dans le même sens. La vitesse n'est plus tout à fait la même non plus. Maintenant, elle tourne dans le sens contraire des aiguilles d'une montre, au rythme très précis d'un tour toutes les cinq minutes. Avant, c'était un peu au gré du vent…

Andrea De Luca fronça les sourcils.

– Attends… Qu'est-ce que ça veut dire…

– C'est un compte à rebours, lâcha Bianchi d'une voix blanche. Elle remonte le temps, jusqu'au point d'impact, au zéro qui déclenchera l'explosion.

Un silence de mort s'abattit dans le blindé. À l'autre bout de la radio, Matteo Greco était tout aussi pétrifié.

– Il faut absolument comprendre comment on peut arrêter la sphère de tourner, Andrea. Il faut retrouver celui qui l'a construite et qui a installé le mécanisme originel. Il saura peut-être la désamorcer.

*

Bien que Louise mourût d'angoisse, la peur avait fini par la paralyser. Elle avait saisi le message : plus elle s'agitait, plus les gestes de l'aliénée qui tenait désormais son cerveau entre ses mains risquaient de l'endommager à jamais.

Elle était immobilisée sur le flanc, la respiration courte, le champ de vision restreint, contrainte de subir les assauts de son imagination. Car ne rien voir pouvait s'avérer bien plus terrifiant que d'affronter la réalité en face. La suggestion par le bruit, les vibrations, et les relents de chair et de sang, induisaient des projections mentales dignes des pires films d'horreur, et des cauchemars les plus gore.

– Je suis désolée, Louise, j'ai conscience que c'est difficile… En général, on utilise l'hypnose pour faciliter la craniotomie en état d'éveil. Et normalement, on le fait quand on referme, pas quand on ouvre.

L'enquêtrice luttait, les yeux exorbités. Elle devait tenir, et tenter d'inverser la tendance, par la seule force de son esprit, et de son discours.

– Tu as bossé à Sancellemoz, n'est-ce pas ?

– Oui, Méduse m'a dit que tu avais déniché mon dossier. Vogel a réussi son petit coup.

– Quel… quel est ton lien avec… Vogel ?

– Disons que nous faisons, ou plutôt, faisions partie de la même organisation. Nous n'étions pas du tout d'accord sur la direction des recherches à poursuivre. Vogel est un illuminé, pour qui la Terre compte plus que toi, moi et l'humanité tout entière. C'est un nuisible. Le Mal incarné, Louise. Il était soutenu par plusieurs membres du Cercle des neuf, il a fallu faire un peu de ménage. Et ce n'est pas terminé.

Louise, malgré une pensée ralentie, reliait les protagonistes de l'affaire. Eyrolles, Lombardo, Rizzo, Vogel, cette… Méduse, et bien sûr, Maria Calvino faisaient donc tous partie du Gyrum Novem. Six membres identifiés, morts ou vivants, sur un total de neuf… Qui était les trois derniers ? Qu'étaient-ils en train de fomenter ? D'évidence, certains soutenaient Maria, tandis que d'autres préféraient suivre Vogel…

– Bon, j'attaque les méninges. Normalement, c'est aussi indolore, mais il arrive que certains patients souffrent un peu quand on atteint la pie-mère. Le plus simple, c'est que tu me dises si tu as mal, et je prendrai une autre voie.

À ces mots, l'angoisse resurgit d'un coup, et les pulsations cardiaques de Louise s'envolèrent. Imaginer la neurologue plonger son bistouri dans les méandres de sa cervelle à l'air libre la rongeait de terreur. Une peur primale impossible à réprimer.

– Calme-toi, bon sang ! Ton pouls grimpe à cent cinquante, et tu vas nous faire une hyperventilation !

– Maria… Maria… Je t'en supplie… Mais qu'est-ce que tu fais… Qu'est-ce que tu vas faire ?

Des murmures s'élevèrent derrière le champ opératoire. Les soignants discutaient entre eux et semblaient en désaccord.

– Bon, je vais suspendre l'intervention quelques instants. Le temps que tu retrouves ton calme. Sinon je vais te perdre avant d'avoir tenté de te soulager de tous tes maux.

– Mais quels maux ? De quoi tu parles ?

– Je te l'ai dit. Tu es un cas idéal. Je vais t'aider à reprendre ta vie en main. Et cesse de paniquer comme une gamine. J'ai une solide expérience. J'ai réalisé cette thérapie sur plus d'une centaine de malades.

– Mais… quelle… thérapie ?… Quels… malades ?

– Je vais satisfaire ta curiosité. De toute manière, je pense que tu ne te souviendras de rien…

Maria Calvino espérait que cette diversion calmerait sa patiente, de plus en plus nerveuse et incontrôlable. L'interne qui assistait la neurologue refusait de poursuivre l'intervention dans ces conditions. Il fallait apaiser les doutes qui émergeaient des deux côtés du champ opératoire. En nourrissant l'esprit de l'enquêtrice, Maria entendait créer les mêmes conditions que celles de l'hypnose, qui offre de détourner l'attention du malade en le focalisant sur un tout autre objet que celui de la neurochirurgie.

– Je n'ai pas choisi Sancellemoz par hasard. C'est l'un des centres névralgiques du Gyrum Novem, comme Sintra, au Portugal. Ce sont des Américains qui ont choisi le site et financé la construction des premiers sanatoriums.

– La… Fondation Rockefeller…

– C'est bien, Louise, je vois que tu t'es parfaitement documentée. Et parmi les médecins-conseils de Rockefeller, un grand spécialiste de la tuberculose, qui luttait contre cette épidémie ravageuse qui a fauché des dizaines de millions de vies au début du XXe siècle : le Dr Duncan MacDougall. Il dirigeait le service des maladies infectieuses de l'hôpital de Haverhill, près de New York. Or, MacDougall était l'un de mes prédécesseurs, au Gyrum Novem. L'un des neuf Cerveaux de notre organisation, qu'on surnomme Dante.

– Dante ?

Louise hallucinait, mais ses neurones crépitaient en comprenant enfin les tenants et aboutissants de toute l'affaire.

– MacDougall a été un grand pionnier ; c'est lui qui a déterminé le poids de l'âme. Il a prétendu qu'elle pesait vingt et un grammes. C'était en 1907. Et, une dizaine d'années plus tard, comme conseiller de la mission américaine Rockefeller en France, il a milité pour choisir le plateau d'Assy, dans les Alpes, afin de construire les premiers sanatoriums. Mais c'est surtout parce que le site est très isolé, au grand calme, et qu'il pouvait offrir ensuite aux médecins de mener leurs recherches dans la plus grande discrétion.

– Quelles… recherches ?

– Sur l'âme, Louise, tu n'as toujours pas compris ? Ce qui fait la grandeur de l'humanité, ce qui est à l'origine de son génie.

– La glande… pinéale ?

– On l'a beaucoup étudiée, oui, à la suite de Descartes, qui a inspiré la fondation du Gyrum Novem. Mais l'âme est une notion philosophique et religieuse. MacDougall s'est égaré dans ses mesures. Si l'âme existe, elle ne pèse rien. Elle est une composante immatérielle de notre esprit, ce qui fait de nous des hommes, et non des animaux. C'est cela, le sens de la quête.

– Et… Marie Curie…

– Mes prédécesseurs ont tout fait pour convaincre sa famille de l'hospitaliser à Sancellemoz, quand son état s'est fortement dégradé. Pour lui assurer une fin paisible, au grand air, face à la sublime chaîne du mont Blanc. C'était délicat, qu'est-ce qu'une malade atteinte d'une leucémie viendrait faire dans un sanatorium ? Mais ils ont réussi. Ils espéraient pouvoir étudier son cerveau, à sa mort. Seulement voilà, elle était tellement radioactive que l'autopsie a été refusée, et ils l'ont directement inhumée dans un cercueil de plomb, bien étanche, et relativement inviolable.

– Jusqu'à l'opération commando… sous le Panthéon…

– Mieux vaut tard que jamais, n'est-ce pas ? Et je ne regrette pas. Ce que j'ai découvert va tout à fait dans le sens de mes recherches et confirme l'intérêt de la thérapie que j'ai développée.

– Mais… quelle thérapie, à la fin ?

Calvino ignora la question et poursuivit sa longue épopée historique. Il semblait que sa stratégie fonctionne ; Louise ne sentit rien des gestes chirurgicaux de la neurologue, qui avait repris son labeur sans que l'enquêtrice s'en aperçût, absorbée par les révélations.

– Nous avons étudié de nombreux cerveaux, tu sais. L'un des prédécesseurs de MacDougall, Rudolf Wagner, en avait déjà disséqué des dizaines ; il a été l'un des premiers à tenter de découvrir l'origine du génie humain. Il s'est notamment attaqué à la cervelle du grand mathématicien Carl Friedrich Gauss, et à celle de l'anatomiste Georges Cuvier. Mais à l'époque, il ne disposait d'aucun moyen technique lui permettant de découvrir d'infimes différences avec le cerveau de personnes normales. Ça n'avait rien à voir avec la taille, par exemple…

– Comme… comme le crâne de Descartes…

– C'est juste : petite boîte crânienne, petit encéphale, et pourtant grand génie. Et rien à voir non plus avec le poids…

– Comme… le cerveau d'Einstein… plus léger que la moyenne…

Maria siffla, tout en insérant maintenant son bistouri à la surface du cortex. Le franchissement des méninges n'avait posé aucun problème ; si un quart des patients ressentaient une faible douleur à cette étape, Louise n'en avait visiblement éprouvé aucune.

– Tu es très bien renseignée, Louise. Tu as mené une brillante enquête. Tu as compris que nous avions aussi récupéré le cerveau d'Einstein, il y a de longues années. Grâce à un autre Dante, un autre de mes prédécesseurs, le légiste qui a autopsié le physicien : le Dr Thomas Stolz Harvey. Tiens, d'ailleurs, il a bien failli mourir de la tuberculose, celui-là aussi… Quel fléau ! Sais-tu que la tuberculose tue toujours un million et demi de personnes chaque année dans le monde ?

Louise réalisa que Maria Calvino s'efforçait d'occuper son esprit, quitte à faire des digressions.

– Qu'est-ce que tu fais, Maria ? Tu as recommencé ? Tu es… tu es en train de disséquer mon cerveau ?

– Écoute-moi bien, Louise. Je vais te dire les choses en toute transparence. Si je t'opère à ciel ouvert, en état de conscience, c'est pour tenter d'éviter de détruire de manière irréversible des zones fonctionnelles entières de ton cerveau. Tant que tu pourras réfléchir, penser et t'exprimer normalement, et tant que tu pourras bouger tes mains, tes orteils, même faiblement, c'est que je prendrai un chemin sans danger pour toi. Mais si jamais ton comportement n'est plus normal, alors je devrai changer de route. Donc, une fois de plus, je fais cela pour ton bien. Tu dois me croire. Si on devait te rendormir, je ferais n'importe quoi, sans aucun contrôle. Chaque cerveau est différent, et je dois m'assurer, à chaque geste, que je ne commets aucune erreur. Continue de m'écouter, de poser des questions, fais quelques mouvements, même si je sais que tu es entravée. Et tout se passera bien. Sinon, tu seras handicapée à vie. Et peut-être même, un légume qui grossira les rangs de mes malades de Liège.

– Tes… malades… de Liège… Tu les as aussi…

– Certains, oui. Mais je n'ai pas toujours réussi à mener ma thérapie jusqu'au bout.

– Mais… mais… ils étaient déjà…

– Dans le coma, ou inconscients, oui. Mais certains étaient en train d'en sortir. Nous avions des preuves de leur état de conscience, grâce aux travaux de Steven Laureys. Sais-tu qu'il a été mon dernier prédécesseur, autant que mon maître ? L'un des plus grands Dante que le Gyrum Novem eût connus. Il a lâchement abandonné sa mission et s'est réfugié au Canada. On ne le voit plus que deux ou trois fois par an. Je m'efforce d'avancer seule, ou presque.

– Mais… tes patients… alors qu'ils pouvaient sortir du coma… tu les as… tu les as…

– Ils étaient là, sous la main. Ils revenaient à la vie. C'était le moment idéal, l'instant de grâce entre deux mondes, pour étudier leur cerveau, mettre le doigt sur ce qui fait justement le propre de la conscience, et le caractère unique de l'être humain par rapport au reste du vivant. J'ai aussi voulu les aider avec ma thérapie innovante, éliminer ce qui pouvait rappeler leur traumatisme, leurs mauvais souvenirs, leurs pulsions négatives, et parfois suicidaires. Malheureusement, beaucoup n'ont pas supporté et sont retombés dans les limbes.

– Et… et…

Louise avait la boule au ventre, qui semblait grossir à chaque instant.

– Et… et… mon frère… Mathieu…
– Ah, eh bien, justement.

L'enquêtrice perçut des grincements. Un chariot pénétra dans son champ de vision, ainsi qu'un rack d'appareils aux diodes luminescentes. Elle devina une silhouette étendue et immobile. Une silhouette qui lui était particulièrement familière, pour ne pas dire familiale.

*

Les artificiers avaient suspendu leur travail, dans l'attente d'informations stratégiques. S'ils interrompaient, par l'obstruction ou la destruction, le mécanisme permettant à la sphère de tourner sur elle-même, ils risquaient d'entraîner le déclenchement de la charge explosive. Tout était certainement lié.

Un peu plus tôt, un ingénieur américain en résidence à la base aérienne de Ghedi, dans le nord du pays – non loin de Brescia et du lac de Garde – avait été héliporté jusqu'à Rome. Il était le seul capable de renseigner les autorités sur la gestion et le contrôle d'un engin comportant des composants nucléaires. L'Italie n'était pas une puissance dotée de l'arme atomique et ne possédait que quelques dizaines d'ogives entreposées par les États-Unis pour des raisons tactiques, au nom de l'OTAN. Ils n'avaient donc aucune compétence en la matière. Le président français Emmanuel Macron, évidemment informé de la situation sous couvert du secret défense, avait immédiatement proposé d'envoyer ses experts de la Direction des applications militaires du Commissariat à l'énergie atomique. Ironie du sort, trois semaines auparavant encore, ces hommes travaillaient sous l'autorité de Loïc Eyrolles dont tout portait à croire qu'il avait permis à Vogel de se procurer des charges, avant d'être éliminé…

En attendant les renforts hexagonaux, les Italiens et l'Américain quelque peu dépassés par les événements évoluaient sous le regard de la pigne majestueuse, qui dominait la place éponyme. Si tout explosait, les âmes franchiraient-elles le sas invisible suggéré par Dante et Descartes ? Affronteraient-elles réellement le Jugement dernier ? Car la plupart des militaires engagés, notamment ceux de la gendarmerie vaticane et de la garde suisse, étaient de fervents catholiques, qui se rendaient à la messe chaque semaine. Cette situation dramatique évoquait les heures sombres de l'Apocalypse de saint Jean, et beaucoup priaient intérieurement.

Le doigt de Dieu, dans la Sixtine comme sur l'ensemble de la cité qui lui était tout entière vouée, pourrait-il contrer les assauts du Mal et prévenir une catastrophe nucléaire ?

– Commandant, nous avons pu joindre l'artiste qui a créé *Sfera*. Il s'appelle Arnaldo Pomodoro.

Aussitôt, l'image incongrue d'une tomate (la traduction de *pomodoro*, en italien) surgit dans l'esprit des militaires à l'écoute.

– C'est un grand sculpteur, plutôt connu, qui a produit des centaines d'œuvres exposées dans le monde entier. Il a même une fondation et un musée. La police s'est rendue chez lui, à Milan. Il dit qu'il n'est au courant de rien. Voilà, je vais vous le passer. Mais je vous préviens, il est âgé. Très âgé.

– C'est-à-dire ?

– Il va bientôt fêter ses quatre-vingt-dix-neuf ans.

– Pourvu que la tomate ne sucre pas les fraises, persifla Andrea De Luca.

– Non, ça va, je vous remercie, il paraît que j'ai toute ma tête.

Le gendarme rougit de honte. Il ignorait que le civil était déjà connecté.

– Je suis désolé, pardon… Nous avons besoin de votre aide. La situation est très grave, ici, au Vatican.

– Ma *Sfera* serait piégée avec une bombe, c'est bien ça ?

– Absolument, oui.

De Luca se garda bien d'évoquer la nature de la charge.

– Et nous pensons que le mécanisme de rotation, qui a été inversé, sert de compte à rebours.

Silence radio.

– Monsieur Pomodoro ? Vous m'entendez ?

Il était peut-être sourdingue et n'avait pas eu le temps de brancher ses prothèses auditives.

– Je vous entends, oui, répondit la voix chevrotante.

– Pouvez-vous nous renseigner sur le mécanisme interne de votre sculpture ? Peut-on simplement arrêter le système de rotation ?

– Coupez le courant.

De Luca échangea un regard perplexe avec Bianchi.

– C'est-à-dire que, monsieur Pomodoro, il est probable que le dispositif dispose d'une batterie indépendante. Sinon, il serait trop simple de…

– Rien n'est simple ! *Sfera con sfera* est mon œuvre majeure, et justement, elle est une ode à la complexité, voyez-vous. Vous ne trouverez rien de facile, dans ma sculpture. Les lignes se brisent, n'est-ce pas, comme si la surface lisse et parfaite de la grande sphère recélait en son sein la véritable complexité de notre planète. Les nombreux engrenages de la petite sphère témoignent des bouleversements intérieurs de la Terre, qui se réinvente. Et qui va peut-être renaître de ses cendres.

– Je ne comprends pas… La Terre va renaître ? Mais elle est bien là, nous vivons à la surface.

– C'est ce que vous croyez. Les apparences, la surface lisse, la grande sphère brillante de l'extérieur vous laissent le croire. Mais à l'intérieur, notre Terre se meurt. Elle lutte. Elle déploie un trésor de complexité pour se régénérer, se renouveler, comme tous les engrenages que j'ai intégrés dans les entrailles de la Sphère.

Les enquêteurs et les militaires ne cessaient de se regarder, médusés. Ils avaient droit à un discours collapsologique mâtiné de philosophie. Le vieil homme poursuivit, de sa voix chancelante.

– La grande sphère est en gestation, n'est-ce pas ? Elle couve la sphère intérieure. Elle est le symbole de la renaissance d'un monde moins tourmenté, moins destructeur. Quand nous aurons terminé d'épuiser les ressources de la Terre, elle fera peau neuve et renaîtra, en expulsant la petite sphère dans toute sa virginité.

Bianchi, lui, identifiait les accents des imprécations écologiques de Vogel et commençait à nourrir des doutes, pour ne pas dire une forte suspicion. Il s'empara du micro.

– Monsieur Pomodoro, connaissez-vous le Pr Alban Vogel ? Il est français. Naturaliste.

– Naturaliste, dites-vous ? Comme l'était Darwin ?

Le cœur du grand flic fit un bond. Soit le vieillard le faisait exprès et le narguait, soit Vogel avait parfaitement choisi sa cible. Il entrait en résonance avec l'œuvre de son auteur, ainsi qu'avec ses idées…

– Non, je crains que non… Mais vous savez, à mon grand âge, la mémoire n'est plus tout à fait ce qu'elle était. Où l'aurais-je rencontré ?

– Et le cerveau ? Votre œuvre a-t-elle quelque chose à voir avec le cerveau ?

– C'est une question intéressante… Je vois que *Sfera con sfera* ne vous laisse pas indifférent… Je dirais que oui, évidemment. La grande sphère est notre masque, notre visage, et la petite sphère est notre psyché, notre cognition profonde.

La face lisse dissimule la complexité de nos tiraillements intérieurs, entre nos pensées nobles et nos pulsions. Entre le Bien et le Mal, finalement. Dans ma sculpture, les spectateurs voient en quelque sorte le reflet de leur âme et affrontent leurs démons.

Bianchi hallucinait. L'artiste tenait un discours aussi extravagant et insensé qu'Alban Vogel, et que la teneur des messages semés par le Gyrum Novem pendant son épopée macabre. À la différence qu'il évoluait dans une dimension créative virtuelle. Le naturaliste, lui, semblait vouloir appliquer ces idées à la lettre, dans le monde réel…

– Monsieur Pomodoro, savez-vous si on peut accéder au socle de votre sculpture par un souterrain ?

– J'ai créé cette *Sfera* dans les années 1960. Elle a été déplacée au sein du Vatican, et je crois me souvenir qu'elle se trouve là où elle est aujourd'hui depuis les années 1990. Je ne suis pas tenu au courant de chacune des manipulations… Si on devait me dire où sont déplacées toutes mes Sphères dans le monde entier, on ne s'en sortirait pas !

Bianchi écarquilla les paupières.

– Des Sphères dans le monde entier ? C'est-à-dire ?

– C'est mon œuvre majeure, celle qui m'a apporté une vraie reconnaissance. On m'en a commandé partout. Elle est exposée dans de nombreux endroits aussi symboliques que le Vatican. Sur l'esplanade du siège des Nations unies à New York, par exemple.

De Luca planta un regard horrifié dans celui de Massimo Bianchi. Ils étaient traversés par la même pensée terrifiante.

– Les Nations unies ? Le siège de l'ONU ? Et où se trouvent les autres Sphères ?

– Je n'ai pas la mémoire exhaustive, voyez-vous, mais je pourrais citer le ministère des Affaires étrangères, à Rome, non loin de vous, mais aussi Dublin en Irlande, Tel Aviv en

Israël, Téhéran, Hakone au Japon, et plusieurs villes américaines.

Les enquêteurs se décomposaient à mesure que les villes s'égrenaient.

– Outre New York, il y a Washington, Richmond, Indianapolis, San Francisco…

– Mais… si je comprends bien… vos sculptures sont réparties sur tout le globe… Elles forment une sorte de ligne autour de la Terre, non ?

Le vieil artiste sembla réfléchir.

– Oui, c'est vrai, je n'avais pas réalisé que la plupart de ces villes se trouvaient à peu près aux mêmes latitudes…

L'un des militaires, qui prenait en notes le contenu de l'échange, situa rapidement les points géographiques mentionnés par Arnaldo Pomodoro sur une mappemonde. Le résultat était éloquent.

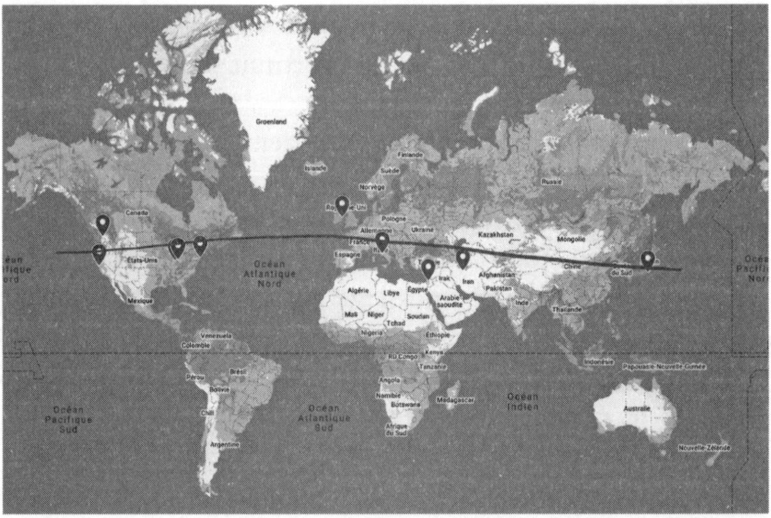

Cette ligne… Bianchi avait déjà vu cette ligne rouge quelque part… Dans le bureau de Vogel, au Jardin des

Plantes ! Il en était certain, maintenant. L'assistante du chercheur avait souligné les innombrables voyages du naturaliste à travers le monde. Il poursuivait donc un objectif qui n'avait rien de scientifique. Et si toutes ces sculptures étaient piégées ? Si des charges nucléaires étaient appelées à déflagrer au siège des Nations unies, mais aussi en Californie, au Japon, en Iran, en Israël et même à Rome, dans plusieurs parties de la ville ?

Cette idée terrifiante glaça les forces de l'ordre. Il allait falloir mobiliser les artificiers et les autorités militaires de nombreuses nations, tout en ordonnant des évacuations monstrueuses à travers la planète…

Le pouvoir de nuisance de Vogel semblait sans limite, avec l'appui du Gyrum Novem, cette organisation tentaculaire, comparable à la pieuvre de la Mafia. Allait-il réellement semer la mort partout sur la Terre ?

C'est alors que le téléphone de Bianchi vibra.

– Alors, commandant, je crois que vous venez de comprendre…

– Vogel ? Vous avez vraiment fait ça ? Vous avez vraiment piégé toutes les Sphères du monde ?

*

Louise était groggy, son cerveau s'épuisait en conjectures. Son regard restait rivé sur ce patient qu'on avait conduit tout près d'elle. Elle refusait d'accepter ce qu'elle avait compris au premier coup d'œil, sans se l'avouer.

– Vous voici réunis, ton frère et toi. Il va nous aider, Louise.

– Mathieu… Mathieu…

– Tu vois, je ne l'ai pas encore débranché. Je t'obéis, je suis ton amie.

Louise crevait d'envie de retrouver son tonus musculaire, d'attraper une barre à mine et de lui défoncer la tronche.

– Je vais progresser dans le cortex… Dès que tu sens que tu perds un peu les pédales, tu me dis. Et je changerai de voie. Sois très attentive.

Nouveaux murmures derrière le film plastique qui masquait le champ opératoire.

– OK, Élodie va venir élargir les sangles. De toute manière, dans ton état, avec tes genoux inutilisables pour l'instant, tu ne risques pas de t'enfuir. Et si tu tentes quelque chose, tu vas t'effondrer avec ta cervelle à l'air. Tu risques d'en perdre une partie.

Chaque terme prononcé par cette folle à lier de Calvino la foudroyait comme un pieu en plein cœur.

L'infirmière reparut et desserra l'emprise aux poignets, cuisses et chevilles.

– Voilà, bouge tes mains, tes pieds, ou au moins les orteils… Fais tous les petits mouvements possibles. Élodie va bien t'observer pour vérifier que tu n'as aucune atteinte motrice.

– Mais qu'est-ce que tu fous ??

– Eh bien… Là… Je fais la même chose qu'à Eyrolles et qu'à Lombardo… mais… en douceur. Sans te tuer, je te rassure…

La neurologue détachait chaque mot ; elle était absorbée par la progression de la chirurgie, qu'elle suivait à l'aide d'une plateforme de microscopie à réalité augmentée. Elle visualisait les images des sinuosités cérébrales, captées par la caméra endoscopique qui équipait son scalpel laser.

– Je l'ai fait cent fois… et le taux de réussite est… disons… disons qu'il s'améliore. Je perds de moins en moins de patients. Alors bien sûr… ils finissent un peu tous comme ton frère…

– Espèce de crevasse, t'es qu'une taupe de lapin, je vais te... crafasser... déruire... t'abrassiner...

Maria Calvino ôta aussitôt son scalpel et décolla les yeux du microscope.

– J'ai touché quelque chose, murmura-t-elle à l'attention de son équipe.

Louise, entre surdité et atteinte cérébrale, se trouvait incapable de comprendre ce qui se tramait derrière son crâne décapoté.

– Tu as dû atteindre l'aire de Broca... Elle articule n'importe quoi...

– Mais je ne suis pas entrée si profondément ! Ou alors elle présente une connectivité associée à Broca dans les couches supérieures, j'ai peut-être touché des fibres qui sont directement reliées... Bon, OK, je vais passer par une voie antérieure.

Louise restait la bouche ouverte, les yeux exorbités. Elle planait dans une sorte de semi-conscience ; ses pensées divaguaient. Des formes connues se succédaient dans son esprit, mais elle était incapable de les nommer. Il semblait qu'elle eût perdu l'usage de la langue française – et de tout autre langage compréhensible, d'ailleurs. C'était comme si son cerveau se réinitialisait.

– Je vais continuer de te parler, Louise. Dès que tu es capable de me comprendre, dis-le ! Dis-le fort !

Puis Maria murmura de nouveau, tout en reprenant la chirurgie.

– J'espère qu'elle va revenir. Je n'ai pas l'impression d'avoir merdé. Tu crois que j'ai coupé des fibres ?

Trois minutes plus tard, après une série de syllabes insensées, semblables au babillage d'un nouveau-né, le visage de Louise se transforma. Des convulsions lui déformèrent la bouche ; elle tira la langue et se mit à baver une fine écume.

– Maria ! cria Élodie, l'infirmière qui se tenait au chevet de la patiente. Arrête ! C'est pas bon du tout !

La neurologue souffla, releva brutalement les projecteurs scialytiques puis se recula de son poste.

– Tiens, Damien, prends le relais. Ça me saoule. On aurait dû faire des IRM avant d'attaquer, mais elle était complètement dans le pâté, on n'aurait rien pu prévisualiser. Elle ne se serait jamais prêtée aux exercices. Fais ce que tu peux.

*

– C'est bien, Bianchi. Vous êtes un homme de parole.

Le policier avait pris place derrière une table de lecture, guère plus large qu'un bureau d'écolier. Tout autour de lui, d'amples grillages protégeaient l'accès aux centaines de rayonnages répartis de part et d'autre d'un couloir qui semblait d'une longueur infinie. L'odeur de papier vieilli emplissait tout l'espace, et stagnait sous le plafond bétonné et crasseux. Aucune source d'air naturel, ni de lumière extérieure. De toute manière, c'était la nuit noire au-dehors – et peut-être que le jour ne se lèverait plus jamais.

Quinze minutes plus tôt, Vogel avait exigé que l'officier vînt à sa rencontre, seul et désarmé. Ici, en plein cœur des archives secrètes du Vatican, qui peuplaient les sous-sols situés juste en dessous de la place de la Pigne. En surface, la « sphère avec une sphère » était donc posée en plein milieu des quatre-vingt-cinq kilomètres d'étagères ployant sous les millions d'archives privées du Vatican, lesquelles avaient fait couler beaucoup d'encre depuis des siècles. Le limier de la Catturandi était tombé des nues en apprenant que la sculpture se trouvait au-dessus de ce trésor, objet de moult fantasmes.

– Vous avez posé votre bombe en passant par ici ? lança Bianchi, sans cérémonial.

– Les sous-sols communiquent avec des caves, qui communiquent avec d'anciennes galeries, qui débouchent sur le célèbre réseau de catacombes romaines. En particulier, la catacombe de Sainte-Calixte, et plus exactement la crypte des Papes, sur la voie Appienne, à environ six kilomètres d'ici. L'Église, pour assurer sa sécurité, a fait creuser de nombreux tunnels au cours de siècles, afin d'échapper à d'éventuels assauts. Il n'est pas très compliqué de retrouver les points d'intersection, ni de dégager les accès. Et j'ai reçu l'aide nécessaire.

Bianchi hallucinait. Tout avait été méticuleusement préparé, comme pour l'opération du Panthéon, et celle de l'abbaye de Westminster.

– Pourquoi m'avez-vous fait venir ?

– Je veux vous laisser une chance d'éviter tout ça. Il faut immédiatement contacter les chefs d'État du monde entier, les réunir en urgence, par visioconférence par exemple. S'ils s'engagent à cesser sur-le-champ leur prédation sur la Terre, je désactiverai les charges. Ici, et toutes les autres, en particulier celle des Nations unies. Car comme ici, elle détruirait l'un des plus grands symboles de l'histoire déviante de l'humanité, dont la dérive perverse et ignoble est en train de porter un coup fatal à notre planète. Et ce n'est pas nouveau : en témoignent ces milliers de boîtes d'archives, ici, tout autour de nous. Pourquoi croyez-vous qu'elles soient tenues secrètes, pour nombre d'entre elles ? Parce qu'elles recèlent de nombreux récits, décisions de l'Église, négociations avec de puissants monarques qui ont passé leur vie à fomenter des actions nuisibles. Ces documents pullulent de preuves des tractations conduites au profit du seul intérêt égoïste des puissants. Les mêmes qui, ensuite, s'en sont pris à notre planète, sans considération aucune pour son devenir. La Terre se meurt, elle doit revivre, et avant cela, elle doit se débarrasser de sa peste, sa tuberculose à elle, ses milliards de baciles humains qui prolifèrent sans aucun contrôle démographique. À moins que nous ne cessions immédiatement toute emprise sur elle.

– Vous avez conscience que c'est absolument impossible ? Comment voulez-vous tout arrêter, du jour au lendemain ? On cesse de produire de l'énergie, de se déplacer ? De boire de l'eau ? De vivre, tout simplement ? Ils n'en ont même pas le pouvoir ! Le monde est beaucoup plus complexe, et les intérêts privés des acteurs économiques rivalisent avec l'autorité publique.

– Alors tant pis.

Le naturaliste dégagea sa main et découvrit un petit boîtier, hérissé de plusieurs boutons pressoirs.

Par réflexe, Massimo Bianchi se recula. Une peur panique s'empara de lui, sans qu'il puisse l'empêcher, ni la contrôler. Les relents d'air vicié, la poussière entassée sur une bonne partie des étagères, l'absence de connexion avec l'extérieur, ravivèrent ses sifflements. Il manquait d'oxygène, du moins le croyait-il. Son asthme réflexe, en grande partie psychosomatique, se réveillait, une fois de plus. Il chercha discrètement son tube de Ventoline.

– Je pourrais simplement appuyer, là, tout de suite. On n'en parlerait plus. Sans attendre la fin du compte à rebours.

– Combien de temps reste-t-il ? balbutia l'Italien.

– Juste assez pour faire ce que je vous ai dit. Et si vous tentez de me maîtriser avant, vous ne pourrez plus rien arrêter. On ne peut pas désactiver les charges, sans une action coordonnée dans le monde entier que je suis le seul à pouvoir ordonner.

Bianchi avait de plus en plus de mal à respirer. Vogel, conscient de la situation, s'efforça de détendre l'atmosphère. Il avait besoin du policier, dont il était persuadé qu'il était le seul à mesurer sa détermination et à pouvoir convaincre en haut lieu.

– Prenez votre Ventoline, commandant. Pendant ce temps, je vais vous raconter une histoire. Courte, rassurez-vous. Vous avez suivi ma conférence à Londres, n'est-ce pas ?

Bianchi acquiesça tout en s'emparant de son bronchodilatateur. Malheureusement, il était vide. Il pressa le piston, espérant que quelques molécules de salbutamol persistent.

– J'ai fait le tour du monde. Vraiment, je veux dire. Il n'est pas un pays que je n'ai visité, je crois.

– J'ai vu votre mappemonde, dans votre bureau, avec tous les points verts et rouges.

– Oui, je sais que vous avez compris à quoi correspondaient les punaises écarlates. Mais au-delà de notre... sujet du moment, sachez que j'ai sondé les entrailles de la Terre comme personne. J'y ai consacré ma carrière, et même ma vie. Et comme la *Sfera* de Pomodoro, j'ai constaté que la Terre déployait un trésor intérieur, constitué de millions d'engrenages invisibles. Savez-vous par exemple que les racines des arbres communiquent à distance avec des signaux chimiques, mais aussi électriques, à la vitesse d'un centimètre par seconde ? Ils peuvent s'avertir en cas de stress. Quant aux champignons, ils s'étendent sur plusieurs centaines de kilomètres carrés et mettent des forêts entières en réseau.

– C'est votre histoire de... Wood Wide Web, c'est ça ? Où voulez-vous en venir, Vogel ? C'est vraiment le moment de parler de ça ?

– Oui, commandant. Le moment ou jamais. Une poignée de terre forestière contient plus d'êtres vivants que d'humains sur terre, et une cuillère à café de cette même terre concentre un kilomètre de filaments de champignons. Vous réalisez ? Sans parler des racines des arbres qui émettent des craquements réguliers, à la fréquence de deux cent vingt hertz. Tous ces êtres interconnectés, tous ces moyens d'interagir, constituent une forme de langage et de pensée bien plus élaborée que vous ne pouvez l'imaginer[17]. Et tous les filaments, les mycorhizes, le mycélium, sans oublier les blobs dont j'ai pu observer l'extension phénoménale au cours de ma carrière, forment un réseau souterrain comparable à celui de notre cerveau.

– Oui, vous l'aviez déjà expliqué, à Londres. Et alors quoi, la forêt pense, la terre réfléchit, et elle vous a dit de nous éliminer tous ? Non mais, vous vous entendez, Vogel ? Vous avez conscience de dire n'importe quoi ? Vous réalisez que votre folie va peut-être conduire à la plus grande catastrophe de tous les temps ?

– Et si c'était vous qui n'aviez rien compris ? Vous, comme la plupart des humains égoïstes, qui ne pensez qu'à votre propre sort, à vos plaisirs ? Toujours plus haut, toujours plus vite, toujours plus fort, alors que la nature, elle, fait l'éloge de la lenteur. Les arbres croissent si lentement ; il leur faut parfois un siècle pour s'élever de quelques centimètres. Ils respectent les temps géologiques, tandis que nous, nous précipitons notre propre fin, et celle de la planète, en quelques décennies. Mais c'est terminé. Nous voici entrés de plain-pied *dans l'étage néolytique de l'anthropocène*.

L'Italien écarquilla les paupières. Cette expression, retrouvée sur les lieux du crime de Rome, dans le tombeau de Dante, et même prononcée par Giuseppe Rizzo, aurait donc été élaborée par Vogel ?

– Vous êtes l'une des neuf têtes de cette organisation secrète, le Gyrum Novem, n'est-ce pas ?

– J'étais celui qu'on surnomme Darwin. Mais désormais, je n'ai plus rien à voir avec cette officine. Depuis que le grand maître, Pluton, le grand Stephen Hawking, n'est plus de ce monde, rien ne va plus. Son remplaçant est un guignol.

Et des dissentions profondes ont érigé des murailles entre nous. Certains de mes anciens camarades ont tout tenté pour me faire taire. Ils n'ont rien compris, eux non plus. Ils sous-estiment mon travail. Ils refusent d'entendre, comme vous, que la Terre se réveille et élabore des stratégies. Ce que j'ai découvert, c'est que tous les réseaux invisibles et souterrains de la planète avaient achevé leur jonction. Comme un cerveau mature, fonctionnel, puissant ! Avez-vous entendu parler de l'hypothèse Gaïa ?

Bianchi oscillait entre panique et urgence ; il piaffait, sentant la pendule tourner inéluctablement, tout en s'efforçant de contrôler son asthme, et donc son stress.

– Il s'agit de l'hypothèse de James Lovelock et de Lynn Margulis, avec qui j'ai travaillé. La Terre se comporte comme un organisme vivant, avec ses rythmes, ses besoins ; elle est capable de s'autoréguler. Et moi, j'ai découvert où se trouvait le cerveau de la Terre, ce méga-organisme. Il est là, sous nos pieds. Il tisse ses dendrites et ses axones depuis des millénaires. Il est désormais mature, comme chez un adulte, et grâce à la jonction de tous ces neurones invisibles, il prend des décisions. Et moi, je vais l'aider à passer à l'acte.

– En faisant tout exploser ? Non mais, vous imaginez l'impact sur votre sacro-sainte planète si vous disséminez de la radioactivité pour des siècles ? Vous délirez complètement, Vogel.

– Prenez l'exemple de Tchernobyl. Des années après la catastrophe, on a observé là-bas l'un des « blooms » de biodiversité les plus flamboyants de l'histoire. Parce qu'on a tout simplement éliminé l'une de ses composantes les plus nocives : l'homme. Et du reste, maintenant qu'il est de retour sur place, avec cette guerre inique entre la Russie et l'Ukraine, le danger revient. Et c'est encore et toujours à cause de l'homme. Son délire de puissance, son avidité de pouvoir. Ce constat est mon seul point commun avec celle qui a décidé de vouloir mettre mes projets en échec. Maria Calvino, *alias* Dante. Nous faisons le même diagnostic, mais sa stratégie est… comment dirais-je… beaucoup trop modeste, et risque de prendre des décennies avant d'aboutir. Elle veut essayer de nous sauver, individuellement. Elle croit encore au triomphe du génie humain, et au Paradis. Mais nous n'avons plus le temps, et puis surtout, Calvino fait n'importe quoi. Elle massacre des cerveaux pour rien. D'ailleurs, je crains que votre chère Louise Vernay, que vous avez jetée seule dans l'antre du Diable, en fasse les frais. En ce moment même.

*

– Je pense que tu ne m'entends plus, mais je vais continuer de te parler. C'est le seul moyen d'espérer te voir revenir. Damien est un interne plutôt doué, on ne sait jamais.

Les convulsions de Louise avaient cesssé, mais son visage était devenu parfaitement inexpressif. Son cœur battait, ses constantes vitales paraissaient normales ; en revanche, son cerveau semblait déconnecté. Elle était désormais en tout point semblable à son frère, qui gisait sur le lit mitoyen.

– Je vais t'expliquer le but de ma thérapie, Louise. Et je suis sûre que tu seras d'accord avec moi. Que tu comprendras mon geste. As-tu déjà entendu parler du « bug humain » ? Bon, c'est une expression de journaliste[18], mais elle est assez juste. L'idée est simple : nous avons toujours été guidés par notre « cerveau du bas », notre système limbique, issu de nos origines primales. Sous la glande pinéale, qui apparaît comme un seuil, ou un sas, entre la cognition, le cerveau du haut, celui qui nous élève, qui crée le génie humain, réside ce que j'appellerais l'Enfer cérébral. Sais-tu que Dante l'avait déjà compris ? Que son œuvre, *La Divine Comédie*, est la meilleure métaphore du fonctionnement du cerveau qui ait été imaginée ? Au-dessus, le Paradis, les « sauvés » des Limbes et de l'Enfer, qui vivent dans l'allégresse. Ils traduisent ce qu'il y a de meilleur dans l'humanité, et donc dans nos capacités cérébrales. Chez les génies comme Einstein, Descartes, Curie ou encore Stephen Hawking, notre dernier grand maître digne de ce nom, et dont j'ai eu l'honneur de disséquer l'encéphale juste après sa mort, ces fonctions cognitives supérieures sont surdéveloppées. Au contraire, en dessous végètent ces noyaux obscurs, dont les sinuosités nous rappellent les cercles de l'Enfer. Et le plus inquiétant de tous, c'est le striatum. Tu te souviens, Louise, je t'ai parlé du striatum, quand tu es venue à Liège ?

L'enquêtrice demeurait inerte. Des bips stressants ponctuaient la logorrhée de Maria Calvino, qui s'était assise tout près de la malade, comme pour se confier à elle.

– J'ai découvert une hypotrophie du striatum chez Einstein, Curie, Hawking et bien d'autres personnalités hors norme. Or, le striatum, c'est le moteur de notre système de la récompense. C'est lui qui projette nos neurones dopaminergiques et nous apporte le plaisir, la satisfaction immédiate. Ce noyau est *la* cible. Chaque fois que nous éprouvons une forme de jouissance, en mangeant des produits très sucrés, en buvant de l'alcool, en faisant l'amour, en prenant des drogues – tu vois de quoi je veux parler, n'est-ce pas, Louise ? –, donc chaque fois que nous activons notre système de la récompense, nous le renforçons. Nous le rendons plus gourmand encore. Il lui en faut plus, toujours plus. Cette vis sans fin s'explique par l'action des « renforceurs primaires ». C'est un certain Wolfram Schultz, de l'université de Fribourg, qui l'a démontré magistralement. Et tu vois, Dante, bien avant Schultz, l'avait déjà bien compris : les péchés capitaux, comme les cercles de l'Enfer, correspondent exactement aux renforceurs primaires : la gourmandise, générée par le renforceur de la nourriture ; la luxure, stimulée par le renforceur du sexe ; l'orgueil, attisé par le renforceur du statut social ; la paresse, boostée par le renforceur du moindre effort… et j'en passe. Ce système nous avilit, Louise.

La voix de la neurologue s'enraya. Elle semblait basculer dans une forme de transe. Les infirmières échangèrent des regards inquiets, tandis que l'interne en neurochirurgie s'activait derrière les loupes binoculaires de son microscope. De la sueur perlait de sa nuque. Il s'échinait à réparer les erreurs de son aînée, qui n'avait jamais été formée à la chirurgie… Son maître, Steven Laureys, s'était toujours opposé à ce que Calvino, *alias* Dante, pratique elle-même de telles interventions. Leur querelle avait envenimé leurs relations. Mais la menace du Gyrum Novem et de ses bras armés, tels que Phlégias et cette Méduse surgie de nulle part au sanatorium, sans compter la cruauté de Rizzo, *alias* Cerbère, avait contraint le neurobiologiste à s'exiler sur l'autre rive de l'Atlantique et à laisser son élève et héritière réaliser des actes qu'il réprouvait profondément.

– Le striatum nous réduit à l'état d'animal, il nous pousse à la facilité, nous enjoint de vouloir toujours plus de pouvoir, d'argent, de puissance, pour satisfaire nos pulsions égoïstes. Et ce n'est pas un hasard si ce noyau est bien moins développé chez les génies. Moi, je vais restaurer l'altruisme, et sauver l'humanité. Mais aussi, sauver la planète. En étant altruistes, en ne pensant pas qu'à nous-mêmes, nous prendrons soin des autres, et de la Terre nourricière. Nous cesserons de la piller sans vergogne, dans le seul but d'accroître nos richesses et d'étancher notre soif de consommation. C'est ce que j'ai tenté d'expliquer cent fois à Darwin, enfin, Vogel. Il m'a pris pour une folle. Mais lui, qu'est-ce qu'il est en train de faire ? On va tous crever, avec ce cinglé ! Si seulement vous aviez pu le neutraliser… Alors que ma thérapie, quand elle sera valide, pourra être pratiquée dès la naissance, dans le cerveau en pleine croissance du nouveau-né. C'est le meilleur moment pour nous sauver de nos instincts les plus vils. J'ai déjà exercé sur des nourrissons, tu sais ? Ça ne marche pas du tout, pour l'instant. J'ai arrêté, c'était un crève-cœur de les voir tous mourir dans d'atroces souffrances.

À force d'être baignée dans ce verbiage ignoble, Louise réagit faiblement. L'une de ses paupières tressauta. Mais c'était certainement un réflexe nerveux, provoqué par les gestes du neurochirurgien.

– J'ai commencé à m'entraîner sur les malades de Sancellemoz, ceux qui avaient été victimes d'un AVC. Mais le nombre de décès et de coma profonds induits par mes premières tentatives a fini par faire jaser. On entendait parfois gueuler certains patients depuis le bloc, installé en sous-sol. Là où on se trouve en ce moment même, Louise. Juste derrière une lourde porte dérobée, située dans la crypte. Si tu avais bien cherché, tu l'aurais sans doute trouvée… Mais c'est moi, enfin, Méduse, qui t'a trouvée. On a bien failli faire la jonction, c'est drôle, non ?

Maria Calvino ne faisait rire qu'elle-même. L'équipe soignante, pourtant coutumière du caractère erratique de son chef, s'affligeait de devoir, une fois de plus, perdre une patiente. Mais « Dante » était intouchable. Personne n'osait l'empêcher de s'emparer des instruments.

– Alors, je vais enfin répondre précisément à la question que tu m'as posée plusieurs fois : pour lutter contre nos instincts les plus sordides et égoïstes, ceux qui génèrent des guerres, des viols, toute la lie de l'humanité, je pratique une exérèse partielle du striatum. C'est cela que je vais te faire. En termes simples, je détruis, à l'aide du scalpel laser, une petite partie du noyau. Comme ça, il ne peut plus projeter autant de neurones dopaminergiques. Fini les surenchères d'alcool, de sexe, d'argent, de pouvoir ! Et pour toi, fini la drogue, la dépression, la négativité, les traumatismes imprimés dans ton cerveau limbique. Avec mon approche, on ne sera bientôt plus guidés par notre striatum ! Tu te rends compte que ce noyau minuscule dirige notre cortex préfrontal, nos pensées, notre libre arbitre, nos décisions rationnelles ? Qu'il leur impose sa loi ? C'est comme si l'Enfer commandait au Paradis !

Maria, désormais penchée sur le visage de Louise, lui effleurait la joue.

– Je touche au but, Louise. Merci de m'avoir aidée. Je t'ai choisie, tu l'as compris. J'ai fait « livrer » Eyrolles à tes pieds, à côté de l'hôpital Georges-Pompidou, pour que tu t'enflammes pour cette affaire. Que tu fasses ensuite tout ce que je t'ordonnais, grâce à mes faux précogs. Car j'étais sûre que tu viendrais te confier à moi, grâce à ton cher petit frère. Je t'ai envoyée chasser cet enfoiré de Darwin, *alias* Vogel, pour que tu le neutralises pour moi. Avant qu'il commette le pire ! Maintenant, je crains qu'il soit trop tard… Ah, et à propos de ton frère, qui nous a liées pendant tant d'années…

La neurologue se dressa comme un dard, visiblement possédée par sa propre prose.

– Il a subi une intervention, lui aussi. Figure-toi qu'il a fini par émerger de son apathie. C'était il y a… je dirais… cinq ou six ans. Tu avais raison d'y croire !

Louise s'agita. Les propos insupportables de Calvino réveillaient quelques fonctions.

– Comme d'autres, j'ai voulu profiter de cet état d'émergence vers l'état de conscience pour l'opérer. J'ai réussi à détruire une partie de son striatum. Mais… il s'est refermé comme une huître. Un peu comme toi maintenant. Et depuis, il n'a plus jamais donné le moindre signe d'éveil.

Les convulsions de Louise s'aggravèrent.

– Du coup, je crois qu'il est inutile de le faire souffrir davantage, tu es d'accord ? Maintenant, tu ne t'y opposes plus, n'est-ce pas ?

Louise réussit à remuer les lèvres.

– Parle bien fort, je ne t'entends pas.

Ses paupières se levèrent brutalement ; ses yeux tournèrent deux fois dans leur orbite.

– Très bien. Aucune opposition. Ta décision est donc prise. Alors adieu, joli Mathieu.

Maria se dirigea vers le rack d'instruments reliés au frère de l'enquêtrice par une série de câbles et de flexibles. Le visage d'ange du jeune homme semblait en paix, comme depuis de longues années.

– Va, je te libère. Que ton âme rejoigne les cieux, et que tes cendres nourrissent la Terre…

– Nooonn… no… nooon…

Le choc terrible du drame qui se nouait à quelques dizaines de centimètres de Louise raviva de nouvelles fonctions cérébrales.

Maria coupa l'assistance respiratoire de Mathieu.

Un long bip strident se fit entendre.

*

Bianchi avait craqué.

L'évocation de Louise, qui n'était pourtant qu'un épiphénomène au regard de la menace qui planait sur une grande partie de l'humanité, avait déclenché une réaction incontrôlée – comme la réaction en chaîne des noyaux fissiles d'une bombe atomique.

L'Italien était ivre de rage, d'autant que le stress et la fatigue cumulés n'arrangeaient rien. Il avait observé les commutateurs du boîtier que Vogel serrait dans sa main. Ils n'avaient pas tous la même couleur, si bien qu'il était fort probable que certains d'entre eux stoppent le compte à rebours et permettent de désactiver les charges nucléaires.

Probable, mais pas certain.

De toute manière, Bianchi ne se maîtrisait plus ; l'idée que Louise fût en danger de mort, ainsi que Vogel l'avait clairement signifié, avait fini de faire sauter ses derniers verrous mentaux. L'adrénaline coulait dans ses veines à grands flots ; il ne se contrôlait plus. Son cerveau du haut obéissait à ses instincts les plus profonds. Il n'était plus tout à fait humain ; son animalité avait pris le dessus.

Il avait attrapé Vogel par le col et le secouait comme un prunier, au risque que le naturaliste déclenche ses bombes. Il tenait toujours sa télécommande bien en main.

Bianchi fit basculer le chercheur qui perdit l'équilibre et s'effondra au sol. L'Italien se rua sur lui et tenta de lui arracher le boîtier.

*

Au même instant, des bruits retentirent dans la pièce.

Louise s'efforça d'émerger du sommeil profond dans lequel elle était plongée.

Les bruits s'amplifièrent ; quelque chose était en train de se produire, autour d'elle.

Il lui semblait discerner des signes de lutte.

Elle crut reconnaître une silhouette… C'était… Oui, c'était Bianchi… Non, impossible… Était-ce la réalité, ou bien son inconscient créait-il ces illusions ? Certainement qu'elle rêvait encore…

*

Darwin, à l'aide de sa main libre, glissa les doigts dans la poche intérieure de sa veste, tout en s'efforçant de résister aux assauts du policier.

Il extirpa un flacon abouté d'une pompe spray et réussit à asperger le visage de son agresseur.

Bianchi s'attendait à ressentir une violente brûlure aux yeux, sans doute du gaz lacrymogène. Il était prêt à le supporter ; il l'avait déjà enduré.

Mais non.

Son nez, sa gorge et ses poumons s'enflammèrent brutalement, pendant que son visage virait à l'écarlate. Il desserra aussitôt l'emprise et porta ses mains à son cou.

Le naturaliste se releva lentement, tandis que l'officier haletait, à moitié recroquevillé au sol.

Les sifflements s'accrurent, de plus en plus terribles et asphyxiants.

– Qu'est-ce que… qu'est-ce que vous avez…

Bianchi ne parvenait plus à s'exprimer ; il luttait pour reprendre son souffle, qui se faisait de plus en plus court. Il subissait la pire crise d'asthme de son existence, et sans doute la dernière.

– Je vous avais préparé un petit cadeau, commandant. Lors de mes nombreux voyages à travers le monde, la Terre m'a offert un condensé des plus beaux pollens. Je vous ai composé un cocktail sur mesure, j'espère que vous apprécierez. En particulier des cellules fécondantes de graminées, de bouleau, d'ambroisie, mais aussi une petite collection d'êtres microscopiques que vous affectionnez, j'en suis sûr : les acariens…

L'Italien se tordait au sol comme un lombric éventré. Il ne respirait plus et se noyait dans l'air.

– Et je n'ai pas résisté non plus à la tentation de recueillir un éventail de poils d'animaux plutôt rares, des espèces endémiques…

Vogel aspergea une seconde fois le visage de l'Italien.

Bianchi, à moitié inconscient, aperçut le naturaliste tendre l'index vers son boîtier.

Il lui sembla qu'il s'apprêtait à presser l'un des boutons.

*

L'interne en neurochirurgie hurla… Impossible d'entendre, ou de comprendre ce qu'il proférait… Il était paniqué…

Et puis le silence.

Un silence de mort.

Louise Vernay sombra dans un profond coma et s'apprêtait à rejoindre son frère, quelque part dans le néant.

*

Le champ de vision du policier se rétrécit brutalement.

Il fut ébloui par une lumière blanche.

Un tunnel étincelant le happait, inexorablement.

Franchissait-il la porte de l'au-delà, derrière la pigne, juste au-dessus de lui ? Son âme s'évaporait-elle de sa glande pinéale ?

Sa respiration cessa, tout comme ses battements cardiaques.

Puis la lumière l'engloutit tout entier.

Il ne sut jamais que Vogel avait déclenché le feu nucléaire, ni que le destin d'une fraction de l'humanité avait basculé, presque en même temps que le sien.

Le Gyrum Novem n'était pas parvenu à extirper le mal du neuvième cercle du cerveau, dans le but insensé d'éradiquer les instincts les plus sombres et les pulsions les plus viles de l'espèce dominante, au profit de son génie dont la nature resterait à jamais un mystère. Mais il avait anéanti une bonne partie de ses représentants, dans les pays industrialisés. Au-delà de sa folie meurtrière, pour aider Gaïa à recouvrer sa liberté, l'organisation avait détruit la mémoire d'une civilisation avilie, mue pendant des siècles par les compromissions, les complots, et d'innombrables manipulations afin d'imposer pouvoir et suprématie d'une fraction élitiste, opulente et despotique envers le reste du genre humain. Les archives secrètes du Vatican étaient parties en fumée, et avec elle des siècles de négociations iniques en vue d'asseoir toujours plus de pouvoir au mépris de l'intérêt des plus humbles. De même, toutes les archives de l'Organisation des Nations unies n'étaient plus que poussière. Mais à quoi avaient-elles servi ? L'institution n'était que vacuité, incapable d'empêcher les pires despotes d'imposer leur loi. Avait-elle mis fin aux conflits qui agitaient sans cesse la terre, de l'Ukraine à Israël ? Avait-elle pesé d'un quelconque poids dans la marche du monde, en vue de restaurer la paix et la raison ? Le Gyrum Novem entendait faire payer à cette caste supérieure son arrogance, qui n'était qu'impuissance, prétention et échec. Les symboles vitaux d'une civilisation avaient été annihilés, ainsi que nombre de ses artisans hypocrites. C'était là le grand œuvre dévastateur et sanglant de l'organisation aux neuf cerveaux, dont l'inspiration dantesque, la conjuration démoniaque avaient conduit l'Homme au plus profond de l'abîme.

FIN

Remerciements

Je tiens d'abord à remercier celles et ceux qui m'ont éclairé sur les aspects techniques – en particulier médicaux et scientifiques – tel que le docteur Marc Rocheman, ancien urgentiste et anesthésiste-réanimateur, dont les conseils ont été précieux. Il est par ailleurs un beau-père idéal, ce qui ne gâche rien !

Un grand merci ensuite aux trois acteurs de ce livre qui existent vraiment, et qui ont accepté, en toute confiance – sans relire les chapitres qui leur sont consacrés ! – d'être représentés dans cette fiction en jouant leur propre rôle : le physicien et philosophe Étienne Klein, à la pensée toujours lumineuse ; le médecin et anthropologue Philippe Charlier, véritable « Indiana Jones des cimetières », qui m'avait déjà fait l'amitié de m'apporter son soutien sur de précédents ouvrages ; et enfin le médecin neurologue Steven Laureys, fondateur du Coma Science Group de Liège, qui s'efforce, depuis de longues années, de décrypter les mystères de notre conscience. Ces trois personnalités, éclectiques et brillantes, dans l'esprit de l'honnête homme devenu si rare, ont été très inspirantes au moment de résoudre les énigmes posées par les messages du Gyrum Novem.

Je tiens ensuite à remercier les équipes du Seuil, et notamment mon éditrice Bénédicte Lombardo, qui m'a fait confiance dès le début de cette nouvelle aventure, et dont l'expérience, la simplicité, l'approche directe et la sagacité ont permis d'améliorer le manuscrit en visant toujours juste. Un grand merci à elle. Merci également à son collaborateur Antoine Toureix, très efficace et sympathique tout au long de notre aventure commune.

Je tiens également à rendre hommage aux équipes de Points, et notamment à Natalie Beunat qui me soutient de manière inconditionnelle depuis le début, et accompagne merveilleusement les éditions poches de mes romans. Merci également à Cécile Boyer-Runge et à Héloïse Offredi, pour leur bienveillance et leur soutien sans faille.

Je veux bien entendu remercier mes proches qui, comme pour chaque nouveau roman, répondent présents et sont mes premiers lecteurs enthousiastes et stimulants, en particulier mes parents, auxquels j'ai dédié ce livre. Ils m'ont insufflé une inaltérable confiance en la vie, et m'ont aidé à forger cette conviction que tout était toujours possible, à condition d'y croire. Un immense merci à eux. Merci également à Judith qui m'apporte tout le bonheur du monde, un amour pur, un grain de folie quotidien, et une inspiration créatrice qui me stimule chaque jour un peu plus. Une dernière pensée pour mes deux garçons, piliers de mon existence, Vincent et Raphaël, qui m'aident à ne pas vieillir trop vite, en restant connecté aux réalités d'un monde à cheval entre le virtuel et le bien réel.

Enfin, je tiens à remercier chaleureusement Franck Thilliez, qui a accepté de lire ce roman bien avant qu'il soit imprimé, et dont le retour enthousiaste m'a comblé de bonheur. Nous avons beaucoup en commun – et pas seulement l'âge, même si je suis son aîné de 6 mois !

Notes

1. Voir Fabrice Papillon, *Alienés*, Plon, 2021 ; Point 2024.

2. Voir Fabrice Papillon, *Le Dernier Hyver*, Belfond, 2017 ; Points, 2019.

3. https://www.nytimes.com/1955/04/20/archives/key-clue-sought-in-einstein-brain-study-of-blood-vessels-in-its.html.

4. Article du *Monde* daté de septembre 2014, Philippe Ridet, « Des lauriers pour le tueur », qui retrace le parcours improbable du *capo di mafia* Giuseppe Grassonelli, qui a inspiré le personnage de Giuseppe Rizzo.

5. Un dixième d'once égale à 2,83 grammes.

6. Duncan MacDougall, « Hypothesis concerning soul substance together with experimental evidence of the existence of such substance », *Journal of the American Society for Psychical Research*, vol. I, n° 5, mai 1907, p. 237-275.

7. Sous-direction antiterroriste, au sein de la Direction centrale de la police judiciaire.

8. Direction générale de la sécurité intérieure.

9. Police technique et scientifique.

10. Steven Levy, « The Search for Einstein's Brain », *New Jersey Monthly*, 1er août 1978.

11. « L'ample toile d'araignée en bois », en référence au World Wide Web (www), le système mondial de pages publiques interconnectées grâce à l'Internet.

12. Commission rogatoire.

13. Omniscient, dont la culture est immense.

14. Les médecins affectés aux centres de détention sont des légistes, comme ceux réalisant les autopsies, car ils sont spécialistes du droit

pénal, d'où leur qualificatif de « légiste », en référence à la loi. Ils sont habilités à définir les causes des pathologies ou blessures liées aux conditions de détention des prisonniers, et à en tirer des conclusions sur le plan légal.

15. Fichier national automatisé des empreintes génétiques.

16. *Descartes, autopsie d'un génie*, film documentaire de Dominique Adt, coécrit avec Philippe Charlier, production Capa/Matcha, diffusé sur France 5 en février 2021.

17. Peter Wohlleben, *La Vie secrète des arbres*, Les Arènes, 2017.

18. Sébastien Boehler, *Le Bug humain. Pourquoi notre cerveau nous pousse à détruire la planète et comment l'en empêcher*, Robert Laffont, 2019.

Crédits photographiques

P. 163 : Troisième œil de Descartes © ART Collection / Alamy Banque D'Image.

P. 277 : Le crâne de Descartes © Fabrice Papillon.

P. 399 : *Cosmographicus liber*, Petrus Apiani © FAY 2018 / Alamy Banque D'Image.

P. 428 : Fresque *Le Jugement dernier*, Michel-Ange, 1537 © The Picture Art Collection / Alamy Banque D'Image.

P. 430 : © Daily Geek Show.

P. 441 : *Sfera con sfera*, Arnaldo Pomodoro © Fabrice Papillon.

P. 480 : Planisphère © Fabrice Papillon.

DU MÊME AUTEUR

ROMANS

Le Dernier Hyver
Belfond, 2017 ; Points, 2019

Régression
Belfond, 2019 ; Points, 2020

Alienés
Éditions Plon, 2021 ; Points, 2024

ESSAIS

Copies conformes, le clonage en question
Nil Éditions, 1998 ; Pocket, 1999
(avec Axel Kahn)

La Planète obèse
Nil Éditions, 2001
(avec Philippe Froguel et Patrick Sérog)

L'avenir n'est pas écrit
Bayard Éditions, 2001 ; Pocket, 2003
(avec Albert Jacquard et Axel Kahn)

Le Secret de la salamandre,
la médecine en quête d'immortalité
Nil Éditions, 2005 ; Pocket, 2007
(avec Axel Kahn)

Erreurs médicales
Nil Éditions, 2008
(avec Patrick de la Grange)

Et l'homme créa la vie…
LLL Éditions, 2010 ; Babel, 2012
(avec Joël de Rosnay)

Le Ventre, notre deuxième cerveau
Tallandier/Arte Éditions, 2014
(avec Héloïse Rambert)

RÉALISATION : NORD COMPO À VILLENEUVE-D'ASCQ
IMPRESSION : NORMANDIE ROTO IMPRESSION S.A.S À LONRAI
DÉPÔT LÉGAL : MARS 2024. N° 152406 (2305930)
IMPRIMÉ EN FRANCE